Neue isländische Literatur
Herausgegeben von Hubert Seelow

über zu sein, daß ich eine Abstellkammer suchte; sie fragte:

Brauchst du nicht viel eher eine kleine Wohnung für deine Zwecke? Jetzt ist es leicht, eine zu kriegen. Das macht die schlechte Zeit, die in unserem Verständnis keine schlechte Zeit ist, weil wir die schlechte Zeit gekannt haben, und hoffentlich bist du nicht wie der junge Mann, dem ich einmal letztes Jahr vermietet habe.

Wie war er? fragte ich, um etwas zu dieser gutmütigen Frau zu sagen, die mir im selben Moment, als ich sie vor mir stehen sah, prima gefallen hatte, etwas beleibt und ständig unbewußt mit den Daumen den Rock an den Seiten glattstreichend.

Nein, ich rede dummes Zeug, sagte sie und schien sich zu besinnen. Das war nicht jetzt, sondern zu der Zeit, als es fast keine Möglichkeit gab, eine Wohnung zu bekommen, selbst wenn man eine Menge Geld dafür bot. Er nahm das Zimmer hier im Keller, doch sein Zuhause stellte er sich auf seine ganz eigene Weise vor, die etwas speziell war, weil er die Küche im einen Stadtteil mietete, das Schlafzimmer in einem anderen, und den Gang bekam er im Zentrum.

Sie machte eine Pause, um Atem zu holen, denn sie war kurzatmig.

Kannst du dir ein solches Arrangement vorstellen? fragte sie.

Ja, antwortete ich und versuchte aus dem Labyrinth, das dieser Mensch offensichtlich konstruiert hatte, schlau zu werden, und ich war davon überzeugt, daß seine Bauweise etwas Besonderes bedeutete, sogar für mein Leben und für mich selbst.

Als ich nach einem geeigneten Ort suchte, hatte ich das Gefühl, daß ich beinahe jedes Kellerloch in der Stadt besichtigt und mir keines gefallen hätte. Zuletzt beschloß ich, eine Anzeige wegen einem geräumigen Abstellraum in einem Keller aufzugeben, in der Vorstellung, daß sich doch irgendwo eine alte wohlhabende Witwe verbergen müsse, die nicht mehr gut sah und die beschlossen hatte, das frühere Spielzimmer der Kinder neben der Waschküche, das lange leergestanden hatte, zu vermieten. Anscheinend war mein Bewußtsein zu jener guten Frau geschweift, die seinerzeit an mich vermietet hatte: eine halbblinde Witwe, desinteressiert an ihrem eigenen Aussehen, die nach altem Essen roch, aber eine warme Art hatte und verständnisvoll war, wie solche Frauen eben sein können. Aufgrund sinnloser Prüfungen in der Ehe, des Unglücks ihrer Kinder und der Blindheit der Augen sind sie über Vorurteile erhaben und lieben das Leben aus Gleichgültigkeit, aber nicht, weil sie selbst etwas davon verlangen, ganz im Gegenteil, sie haben schon lange aufgehört, sich etwas vom Dasein zu erwarten, und möchten, daß die, die jünger sind, dieses Leben genießen, das seinem Wesen nach nichts ist, wenn man vom Wesen von etwas sprechen kann, das an und für sich nichts ist, aber zur eigenen Erfüllung unendlich viel von anderen annehmen und so für den Menschen wünschenswert werden kann.

Nachdem ich zweimal in den Zeitungen annonciert hatte, bekam ich ein schriftliches Angebot. Als ich in das Haus kam, sah mich die alte Frau belustigt und mißtrauisch an und schien nicht ganz zu glauben oder erfreut dar-

Gudbergur Bergsson

Liebe im Versteck der Seele

Roman

Aus dem Isländischen von Hans Brückner

Steidl

Titel der isländischen Originalausgabe:
»Sú kvalda ást sem hugarfylgsnin geyma«,
zuerst erschienen im Verlag FORLAGIÐ, Reykjavik

Der Verlag dankt der Stiftung zur Förderung Isländischer Literatur,
die diese Übersetzung finanziell unterstützt hat.

Wir senden Ihnen gern unser kostenloses Gesamtverzeichnis zu:
Steidl Verlag, Düstere Straße 4, D-37073 Göttingen

1. Auflage 2000

Umschlaggestaltung: Klaus Detjen
unter Verwendung eines Fotos von Gerhard Steidl
Satz, Druck, Bindung:
Steidl, Düstere Straße 4, D-37073 Göttingen
Printed in Germany
ISBN 3-88243-736-7

Dieses Buch ist Gott gewidmet

Jedes Ereignis in dieser Geschichte ist auf irgendeine Weise real, und alles, was hier niedergeschrieben steht, hat sich irgendwann in mehrfacher Bedeutung ereignet. Wenn daher jemand meint, er erkenne sich in diesem Werk wieder, so ist dies mehr als nur richtig, der Autor hat ihn zweifellos als Vorbild benutzt. Nun ist es nicht unwahrscheinlich, daß das Vorbild meint, es habe ein ausschließliches Recht an sich selbst, und sich dazu veranlaßt sieht, einen Prozeß anzustrengen, und ihn dafür verurteilen lassen will, aber dann soll es bedenken, daß Worte, die gesagt oder geschrieben worden sind, selbst wenn es nur einmal gewesen ist, niemals zurückgenommen werden, und schon gar nicht durch ein Gerichtsurteil oder den Buchstaben des Gesetzes.

Tagebücher

16. Oktober 1993

... Es hat mich eine ziemliche Zeit gekostet, ein geeignetes Zimmer zu finden, in dem wir uns treffen konnten, ohne daß es auffiel, denn es mußte in einem Keller sein, so daß man direkt von der Straße aus hineingehen konnte. Es mußte so aussehen, als käme man zufällig auf dem Gehsteig daher, und dann konnte man einfach auf dem Absatz kehrtmachen und verschwinden, als ob einen die Erde verschluckt hätte. Niemand sonst durfte dort wohnen, die Leute in Kellern haben kein Verständnis, sondern nur Neugier für die Situation derer übrig, die unter den gleichen Umständen wohnen wie sie selbst, und sie verachten sie innerlich, weil sie es im Leben nicht zu etwas gebracht und ein Haus erworben haben. Solche Leute haben die Angewohnheit, auf jedes Geräusch zu hören, doch sie lassen andere nicht dafür bezahlen, wenn sie über irgendeine Unstimmigkeit stolpern, Diebstahl oder Schwarzbrennerei, Prostitution, Ehebruch oder Schmuggelei. Das hat nichts mit Toleranz zu tun, sondern sie denken, daß sie, wenn sie nur das geringste Zeichen von Verachtung oder Einmischung zeigen, Gefahr liefen, ganz andere Sachen nicht mitzukriegen, etwas viel Übleres, denn bei solch armen Schluckern kann es noch viel schlimmer kommen. In dieser Hinsicht sind sie verständnisvoller als gesunde und anständige Leute. Man könnte glauben, Kellerbewohner seien die letzten Nachfahren der Höhlenbewohner, die Kontakt mit guten und schlechten Erdgeistern hatten, bevor wir zivilisiert wurden und einen sogenannten Menschengeist bekamen. Es sind nicht nur schlechte äußere Umstände, die einen in ein düsteres Loch treiben, um dort zu hausen, es trifft auch eine ganz spezielle Sorte Menschen mit den Wohnungen, die entweder in Kellern oder zu ebener Erde liegen.

Ich kannte das aus eigener Erfahrung und habe in meiner Schulzeit damit Bekanntschaft gemacht, als ich als Fremder in die Stadt kam. Da wohnte ich in Kellern zur Miete, nicht nur, weil ich wenig Geld zur Verfügung hatte und die Miete billig war, sondern auch, weil ich fast noch ein Erdbewohner im wahrsten Sinne des Wortes war. Seitdem hatte ich immer Sympathie für Kellerleute empfunden, und ich sah mich als ihnen in der Seele verwandt an, obwohl ich mich langsam, aber stetig in der Gesellschaft hochgearbeitet habe, die ich in meinem Herzen verachte, besonders die Ornamente auf ihrer leicht gekräuselten Oberfläche. Dennoch habe ich das gegründet, was man ein trautes Heim nennt, mit großen, hellen und stilvollen Räumen, vier Schlafzimmern und einer perfekt eingerichteten Küche. Das stimmt nicht ganz – keiner kommt im Leben nur aus eigener Kraft voran –, in meinem Fall sind es die Kontakte zu einem Jugendfreund und seinem Wohlstand oder seinem unglücklichen Schicksal, die mein finanzielles Wohlergehen oder Unheil bewirkt haben. So ist alles zu einem Ganzen verflochten, und daher kann es im Leben der Menschen gemeinsam zugrunde gehen.

Ich hingegen war etwas befremdet, fuhr die Frau fort, und fragte wegen dieser Lebensweise nach, und da sagte er: »Ich puzzle mir das Zuhause auf isländische Art und Weise zusammen; alles ist zu einem unlösbaren Knoten geworden, aber es ist an seinem Platz, und obwohl kein einziges Stück halbwegs zum andern paßt, so hält es vielleicht trotzdem irgendwie zusammen.« So war seine Situation. Alles war vorhanden, aber nichts paßte zusammen, weil jedes Teil ganz für sich war.

Die alte Frau lachte das tiefe Lachen der Kettenraucherin, und es endete mit einem komischen Knurren und dem Verlangen nach Tabak, den sie sich vorenthalten hatte, solange sie sprach. Sie war erheitert, nicht von dem, was sie sagte, sondern wahrscheinlich von einer ähnlichen Erinnerung aus ihrem eigenen Leben innerhalb dieser vier Wände, die sie mir vermietete.

Hoffentlich hat er trotzdem selbst irgendwie zu seiner fragmentarischen Lebensweise gepaßt, sagte ich und versuchte, mich gut, doch nicht zu gut auszudrücken.

Da antwortete sie und sagte geheimnisvoll:

Man darf nie etwas buchstäblich nehmen. Manche Leute leben ohne Zusammenhalt, und ihr Leben paßt sich daran an. Doch das kann ein ausgezeichnetes Leben sein. Und damit du es weißt, ich fand dabei die Methode des jungen Mannes gut, wie er die Zeit, die vergeht, mit der Zeit verband, die in unserem Zusammenleben mit anderen gewöhnlich zum Stehen gekommen ist und in Scherben in einer Küche liegt, vielleicht in einem Schlafzimmer, in einem Bad, in einem Gang oder an den unmöglichsten Orten.

Ja, sagte ich. Die Ehe war vielleicht etwas ausgeleiert und ohne Zusammenhalt.

Das kann man wohl sagen, stimmte sie zu. Er betrog natürlich seine Frau und gab zu, daß das Schwierigste gewesen sei, dem Alten, der ihm den Gang vermietete, klarzumachen, daß er einen Gang mieten wolle, der nicht zu einer Wohnung führe. »In was für einem vernünftigen Haus sind die Gänge so?« rief der Alte wütend, wie ratlose alte Leute es tun. Der junge Mann erklärte ihm daher, daß das Heim, das er gegründet hatte, in Trümmern lag, und es deshalb logisch wäre, daß er eine Wohnung mietete, die in Stücken über die ganze Stadt verstreut war. Da beruhigte sich der Alte und begriff den Stand der Dinge, und der Junge bekam den Gang, aber ich sagte: »Die Frauen, die dir das Schlafzimmer vermieten wollten, haben dieselben gewichtigen Argumente nicht verstanden, mein Lieber.« Darauf antwortete er: »Es ist ihr gutes Recht, nur das zu verstehen, was ihnen gerade paßt.«

Und was hast du gesagt? fragte ich.

Ich sagte nur: »Ach so, und wo soll dann deine Frau bei einer so seltsamen Lebensweise bleiben, soll sie dich kreuz und quer durch die ganze Stadt verfolgen?«

Nein, antwortete er, wir haben Trennung von Tisch und Bett, doch wir wohnen zusammen, jeder auf seine Weise, so daß sich die Mietverhältnisse danach zu richten haben. Wenn ich im Bad in dem einen Stadtteil bin, ist sie in der Küche im anderen und dann im Schlafzimmer, während ich in dem Zimmer bin, das du mir hier im Keller vermieten würdest. Andererseits begegnen wir uns mit unseren Herzen in der Stadtmitte in dem Gang, der zu keiner Wohnung führt, falls wir uns überhaupt begegnen, aus Furcht vor dem Alten, der an uns vermietet und den Gang benutzt, um dort herumzulaufen, furchtbar wütend darüber, wie schlecht man wieder das Erste Programm im Radio empfängt.

Sie seufzte geistesabwesend, rührte sich etwas und sagte:

Daran kannst du sehen, daß dieses Zimmer in mancher Beziehung viel Glück bringt. Ständig kamen Leute zu ihm.

Hoffentlich wird es bei mir genauso sein, aber nicht in derselben Beziehung, sagte ich.

Im selben Moment öffnete sie die Tür zum Zimmer und führte mich in ein kleines Bad mit Klo, und dann öffnete sie eine andere Tür, die zu einer Küchenzeile führte, und sie fügte mit einem leisen Schnalzen hinzu:

Du bekommst beide Türen dazu. Hier kannst du tun und lassen, was du willst. Ich bin sowieso schon halbblind, so daß ich nichts sehe, und dann bin ich auch noch mehr als taub, so daß ich nichts höre außer dem, was man mir direkt in die Ohren schwatzt.

Zum Beweis dafür sah sie mich an und sperrte die leeren Augen auf, ohne zu sehen oder sich über irgend etwas zu vergewissern, und schnalzte ein paarmal mit den Lippen und fügte hinzu:

In einem gewissen Alter wollen alle Männer das Leben genießen, und oft ist es höchste Zeit für sie; du bist in diesem Alter. Mein Mann dagegen war viel zu normal und anständig, daß er in seinen Sehnsüchten und Phantasien weiter gekommen wäre, als das Kabuff hier einzurichten, um es ganz für sich zu haben, wenn er miese Laune hatte und beleidigt war. Er hatte sein ganz privates Mieselaune-Zimmer, bis zu seinem Tod, ich aber setzte da nie einen Fuß hinein und vermiete es an andere Leute, die einen ähnlichen Zufluchtsort brauchen. Was wolltest du noch mal damit machen?

Ich sagte, daß ich daran gedacht hätte, es zum Schreiben oder zum Meditieren zu benutzen.

Ja, das ist eine gescheite und moderne Beschäftigung, sagte sie. Jetzt sehe ich, daß du eine Menge Kraftpunkte hast.

Übrigens bin ich Lehrer, sagte ich.

Sie sagte »Ja«, und ich dachte, daß sie noch hinzufügen wollte: »Das ist gescheit, weil die Lehrer eine Unzahl Kraftpunkte haben«, doch sie wurde plötzlich geistesabwesend und schien das Interesse ebenso verloren zu haben wie jemand, der sicher zu sein meint, daß er den anderen kein Wort mehr zu glauben braucht, alles ist unwahr, und er weiß es besser.

Im Benehmen der alten Frau war eher der Stil einer vergangenen Zeit als der Formbruch und die Gekünsteltheit der heutigen Zeit, die durch ihr ständiges Hin und Her jede Art von Zeit tilgt. Später sollte sich noch herausstellen, daß sie niemals, weder zu Zeiten noch zu Unzeiten, im Keller herumschnüffelte, obwohl sie natürlich manchmal herunterkam, um in irgendwelche Schachteln zu schauen. So wird es auf der Erde bleiben, solange es Schachteln mit Krimskrams und alte Leute gibt. Ich sollte noch erfahren, wie gut es sein kann, sich zu lieben, während alte Frauen gerade auf der anderen Seite der Wand des Genießens nach altem Kram schauen oder darin herumsuchen, es ist, als ob man liebenswürdig gegen die weibliche Natur sündigte und sich gegen die Autoritäten auflehnte. Die alten Frauen wissen undeutlich, was auf der anderen Seite der Trennwand los ist, sie bekommen es durch den Instinkt mit und freuen sich, daß man sich endlich den Pflichten verweigert. Deshalb ist es wunderbar, mit Unterstützung der alten Weiber in solche gleichermaßen seltenen und schwierigen Situationen zu kommen.

Ich spürte, daß sie am liebsten wollte, daß ich meine Frau in einen tiefen Brunnen hinunterwarf, und sie mir und meinem Kumpan beim Liebesspiel am Brunnenrand zusehen durfte, während ich mich über den Brunnen beugte und so tat, als ob ich sie aus dem Wasser retten würde. Ich dachte bei mir: »Die Alte hätte gerne, daß meine Frau glaubt, meine Schreie wären Angstschreie, weil sie im kalten Wasser ist, daß ich Angst habe, sie würde aufgeben zu strampeln und ertrinken, doch die Alte amüsiert sich, und trotz ihrer Blindheit und Taubheit sieht und hört sie, daß die Schreie durch etwas anderes ausgelöst werden. Ich ertränke die Sorgen, während ich die Ehefrau ertränke. Das amüsiert die Alte. Doch ich bin kein Mörder, außer vielleicht ein theoretischer Mörder, sondern ein Mensch, der seine Pflichten nach festen Regeln erfüllt, obwohl ich sie umgehe und mich im Sonnensystem der Sittlichkeit nicht ganz auf der rechten Bahn halten kann.«

Gesegnet sei die Natur, die ihr Sonnensystem vergißt, sagt die Alte zum Schluß.

Wenn ich der armen Alten, die an mich vermietet, über den Weg laufe, tut sie, als ob sie mich nicht sieht, und erwidert nichts, wenn ich sie grüße. Andererseits nimmt sie am Letzten jeden Monats die Miete entgegen, entschieden, aber uninteressiert. Ich habe jedesmal Angst davor und denke, daß sie mir die Leviten liest oder mir kündigt, was sie nie tut. Trotzdem schlägt mein Herz heftig, wenn ich anklopfe und sie anscheinend schon gespannt auf die Bezahlung gewartet hat, doch sie öffnet die Tür nie mehr als gerade nötig, so daß sie einen Arm durch den Spalt stecken und das Geld entgegennehmen kann. Dann reicht sie mir die Quittung, die sie bereithält, und schlägt unter beträchtlichem Lärm die Tür zu.

Dann hallt der Knall im Takt des Herzschlags und eines fürchterlichen Schuldgefühls wider, doch das Verwunderlichste und Schlimmste dabei ist, daß trotz des Knalls – oder vielleicht gerade deswegen – in mir ein fast unwiderstehliches Verlangen erwacht, der Alten die Wahrheit zu sagen und um Trost oder Verständnis zu betteln, obwohl ich weiß, daß es in solchen Dingen nicht möglich ist, von anderen Trost oder Verständnis zu bekommen. Jeder Mensch muß mit seinen Gefühlen leben, das Leben leben, das er sich gewählt hat, und den Attacken, die eher von innen her gegen ihn und seine Zweifel erfolgen als von der Umgebung, zum Opfer fallen, falls es so kommen sollte, oder ihnen standhalten, denn es gibt kaum etwas so Schwächliches, daß es nicht die Attacken von etwas anderem als sich selbst abwehrt.

Zunächst war am auffälligsten, wie schrecklich die Stille im Haus war. Als ich versuchte herauszufinden, ob die Alte mich ausspionierte, und ich still dasaß und kaum zu atmen wagte, dachte ich, das Haus würde unter der Last der Stille zusammenbrechen und über mir einstürzen, bersten, nur um die Stille im Haus und die Unruhe in meiner Brust zu zerreißen. Ich konnte kaum atmen vor erstickender Ruhe und dachte:

Was wohl die Alte gerade oben bei sich treibt? Womit kann sich eine einsame alte Frau den ganzen Tag lang im Erdgeschoß und unter dem Dach so ganz allein beschäftigen?

Je länger ich dort zur Miete wohnte, desto mehr hatte ich Angst davor, daß sie sterben könnte, und ich dachte, daß sie vielleicht mausetot oben bei sich auf dem Fußboden lag, während wir in dem Zimmer unter ihrem Schlafzimmer gerade zugange waren. Aufgrund einer Art primitiver Furcht aus der Urzeit glaubt man, daß die Liebe mit Schicksalsschlägen, Schrecken oder dem Tod verbunden sein muß, oder zumindest mit schlimmen Nachrichten. Ich weiß, daß das ein Aberglaube ist, und ich erkenne ihn an mir selbst, doch es ist egal, wie sehr ich auch versuche, Verstand und Vernunft walten zu lassen, ich weiß, daß die Liebe mit dem Tod verbunden ist und daß wir (wahrscheinlich ich) früher oder später das Leben opfern müssen, vielleicht nicht für sie, sondern wegen ihr.

Natürlich bin ich darauf gefaßt, daß einer von uns oder wir beide Aids bekommen müssen, die Krankheit paßt wie die Faust aufs Auge des Aberglaubens, daß die Leidenschaft und die Liebe untrennbar mit einer Tragödie verbunden sind. Seitdem man die Krankheit zum ersten Mal diagnostiziert hat, war sie in den Augen des Christenmenschen die Strafe dafür, daß eine bestimmte verdorbene und gottlose Sorte Menschen die Liebe und das Bedürfnis nach körperlicher Nähe zu Intimität machte, die ihrem eigenen Zweck diente, die Liebe war Genießen und die Nähe an und für sich. Diese besondere Sorte im voraus verurteilter Menschen befreite sich mit ihrem Verhalten aus den Fesseln des gängigen Denkens und suchte eine Abreaktion und Befriedigung nur im Fleisch um des Fleisches willen, und obendrein beim eigenen Geschlecht.

Die Krankheit, das lodernde Schwert, kam deshalb in die Welt, geschickt von Gott, der einen speziellen Strafvirus erschuf, um den Körper des Verdorbenen mit einem schrecklichen Tod zu belegen, weil er die Liebe nicht auf gesunde Art in einer Ehe nach christlichen Regeln genoß, die Vermehrung der Menschen aus dem Mutterleib im Sinn und die Bevölkerung der Erde. Die Seuche entstand, weil Jemand wider das Heiligtum der Frau gelästert hatte, welches der Ursprung des Lebens ist, und dieser selbe jemand begehrte wohl niedrigere und dunklere Schluchten oder Öffnungen am Körper, wo kein Licht aus der Dunkelheit geboren wird und der Samen ausgesetzt wird, bevor durch Zeugung die Kinder entstehen, wie bei primitiven Leuten.

Dennoch mußte es an den Tag kommen, daß das Leben mechanisch und seelenlos ist, die Krankheit war nicht das Resultat des Wunschdenkens des Glaubens im Herzen christlicher Männer und Frauen, sondern sie war immun gegen Trauer und drang in alle Öffnungen und in jede Art von Blut ein, vornehm oder niedrig, blau oder rot, sie nahm ihren Weg, nichts verpflichtet außer ihren eigenen Gesetzen, und sie war nicht als Strafe für Verbrechen gegen die Gebote Gottes und seine Zeugungslöcher gekommen. Sie war allein gegen alle, auf dieselbe Art wie jeder andere Tod auch.

Ich habe Kinder gezeugt, aber nichtsdestoweniger erwachte in mir das komische Verlangen danach, an dem teuflischen Virus zu sterben. Es ist es durchaus wert, daß man auf eine besondere Weise für die Wahrheit von Seele und Körper stirbt. Es verschafft einem ein Gefühl der Versöhnung, heute wie damals, zur Zeit der großen Erleuchtung, als überzeugte Menschen für eine Idee sterben wollten, sterben für ihre Ansichten, das Leben für den Glauben lassen oder etwas anderes, das dem Menschen nahesteht, wie zum Bespiel sich für den Vater zu opfern, Mutter, Frau oder Kinder, Gott oder die Gesellschaft: für die ganze Welt, auf dieselbe Weise wie der Erlöser es getan hat; die Kunst, ihm nachzufolgen, ist zu den Tugenden gezählt worden. Doch Aidskranke werden kaum von irgend jemand zu den Heiligen gerechnet, sich zu lieben und deshalb an einer realen und fürchterlichen Krankheit zu sterben hat nichts mit Philosophie oder Ökonomie oder Göttern zu tun, sondern mit einem unklaren und unberechenbaren Verlangen, von dem christliche Menschen behaupten, daß es pervers sei, denn es stirbt an sich selbst, sowie es befriedigt worden ist.

Damals wußte ich noch nicht, daß es einmal ans Licht käme, daß nach wissenschaftlichen Untersuchungen alle Menschen, gute oder schlechte, gerechte oder ungerechte, ebenso wehrlos und anfällig für diese Krankheit sind wie auch für andere, weil Krankheiten kaum einen Unterschied zwischen den Menschen machen, sie haben keine Moral, Vernunft oder Logik wie gebildete Menschen, und sie haben keinen Gott, und sie bekennen sich zu keinem Gesetz und keiner wahren Religion.

So dachte ich in dem Zimmer.

Als ich einen Telefonanschluß bekommen hatte und fand, daß nun alles fertig und bereit sei, daß mein Gefährte anrufen könnte, wann immer er wollte, da rief er vor ein paar Wochen an und sagte:

Jetzt komme ich dir nicht mehr nahe, bis du einen Aidstest gemacht hast und ein Attest vom Arzt vorzeigen kannst, daß du nicht infiziert bist.

Ich betrachtete das als Beleidigung, meinen Überlegungen zum Trotz und dem Bedürfnis nach heiligen Martyrien, und ich fühlte mich, als ob mir jemand eine Ohrfeige verpaßt hätte, und ich sagte:

Soweit gehe ich dir zuliebe nicht; das tue ich nie, lieber krepiere ich.

Na, das war's dann wohl und tschüß, sagte er.

Also ging ich zur Untersuchung und wedelte mit dem Attest in seinem Gesicht herum. Er strahlte vor Zufriedenheit und wurde ganz stolz.

Tja, was man sich nicht alles traut, quietschte er vor Vergnügen. Was steht im Attest?

Daß ich serenpositiv bin, antwortete ich.

Was bedeutet das?

Ich habe positives Blut, antwortete ich.

Du bist immer positiv mir gegenüber gewesen, sagte er vergnügt.

Ja, sagte ich. Ich habe ein positives Leben gelebt.

In meinem ist auch alles positiv, sagte er und wurde noch vergnügter.

Gut, sagte ich.

Ja, was man sich nicht alles traut, quietschte er wieder.

Ich war es, der sich getraut hat, sagte ich mit Nachdruck. Und ich traue mich auch für meine Wesensart und meine Krankheit zu sterben.

Spar dir bloß deine Heldendarstellungen, sagte er kurz und drohend. Ich war es, der die Idee hatte, weil ich dachte, daß ich Aids von du weißt schon bekommen und dich angesteckt hätte.

Manchmal betrachtete er das Attest und war so begeistert, daß er vergaß, weshalb er gekommen war.

Was würde passieren, wenn etwas anderes dastehen würde und du mit Aids infiziert wärst? fragte er und antwortete sich sofort selbst: Natürlich würde meine Frau alles herauskriegen, und ich wäre ebenfalls dem Tod geweiht.

Man ist nicht nur hierin dem Tod geweiht, sondern in allem, seit wir geboren sind, sagte ich kalt und barsch.

Er hörte dieser Wahrheit nicht einmal zu und wiederholte ständig dieselben Worte:

Verdammt, wie kalt man sein kann; ich habe es gewagt, dich hinzuschicken!

Was würde passieren, wenn ich Aids hätte und es von dir bekommen hätte? fragte ich und versuchte, die Fassung zu bewahren.

Ich müßte Selbstmord begehen, bevor es alle mitbekommen haben, wie dein Jugendfreund es gemacht hat. Der war kaltschnäuzig.

Wie denn? fragte ich, und mir gefiel diese Art von Gespräch nicht.

Das ist ja wohl klar, daß es am mutigsten überhaupt ist, wenn man sich umbringt, antwortete er.

Ich verstand nicht, was daran mutig sein sollte, sich das Leben zu nehmen, bis er sagte:

Sich selber umzubringen ist mutiger, als andere umzubringen, weil man so gleichzeitig die ganze Welt für sich umbringt.

Warum? fragte ich und sah ihn an, wich dabei aber irgendwie aus, gefühlsmäßig betrachtet.

Natürlich deshalb, weil man dann den Schmerz selbst spürt, antwortete er, verwundert über meine Einfalt. Wenn man einen anderen umbringt, spürt keiner den Schmerz, außer dem, der umgebracht wird.

Ich hatte nie an unser ständiges Spiel gedacht und an das Vergnügen, das darin besteht, den Schmerz herauszufordern.

Einmal, als mein Gefährte kam und begeistert mit dem Aidstest dasaß, schien ihm ein Licht aufzugehen, und er sagte halb verwundert:

Das Kondom ist dann also für die Menschheit die größte Hoffnung auf Leben geworden!

Er fing an, schallend über seine Entdeckung zu lachen.

Ja, es ist Lebensspender und Mörder zugleich, sagte ich kurz.

Nein, das gibt es nicht, das widerspricht sich, protestierte er. Wie soll das gehen?

Der, der ihn überzieht, bleibt am Leben, das, was reingeht, stirbt und wird nie ein Mensch, sagte ich.

Ach so siehst du das, sagte er erstaunt und fügte hinzu:

Ich habe mir nie den Kopf darüber zerbrochen, wie es war, als ich tot war, bevor ich geboren wurde, aber meine Frau sagt oft:

Wenn jemand für die Menschheit gestorben ist, dann nicht Jesus Christus, sondern die Ratten, die benutzt werden, um in den Labors Medikamente auszuprobieren, damit wir Kranke geheilt werden können. Die sterben ganz sicher für die Menschheit. Und es ist eigentlich viel interessanter und rätselhafter, wie es war, tot zu sein, bevor man zur Welt kam, als zu wissen, wohin man geht, wenn man sie wieder verläßt.

Man fährt natürlich mit dem Körper ins Grab, doch die Seele fliegt zu Gott, sage ich dann, sagte er.

In welchem Grab waren wir vor der Geburt begraben und bei welchem Gott? fragt sie zurück.

Und was sagst du, wenn sie das sagt? fragte ich.

Ich versuche mir weder die Zukunft noch die Vergangenheit vorzustellen, wo wir waren oder sein werden, ich will nur, was mir zusteht, antwortete er.

Mir gefiel nicht, wie er mich ansah.

Nach solchen Gesprächen kriege ich immer, was mir zusteht, sagte er triumphierend. Auch wenn wir manchmal bis spät in die Nacht herumdiskutieren oder bis einen der Geist völlig verlassen hat; dann kommt statt dessen nur das Verlangen.

Wo der Geist aufhört, beginnt die Leidenschaft, sagte ich.

Erstes Tagebuch

13/10 1988

Ich war nachmittags zur festgesetzten Zeit im Bett, weil er vorhatte, sich zwischen eins und zwei »blicken zu lassen«. Ich hatte ein Bad genommen, damit ich sauber war und er mich eine Weile mit heiliger Unsauberkeit beschmutzen konnte, mich mit Leidenschaft verunreinigen, mich in seiner Gischt wälzen, meine Liebe mit dem verwöhnen, was von seiner Seite sicher nur Lust ist, doch bei mir so etwas wie gequälte und klare Liebe.

Ich finde, daß der Körper besser zum Liebesakt taugt, wenn er nicht frischgewaschen dazukommt, sondern nachdem er seine Salze auf der Haut wieder bekommen hat und nicht mehr unnatürlich sauber nach Seife oder Parfüm riecht. Das gilt zumindest für Männer. Es ist etwas anderes, wenn ich mit meiner Frau schlafe: Sie ist am besten, wenn sie direkt aus einem gerade angenehm warmen Bad kommt. Ich muß eine kalte Dusche nehmen oder nackt auf dem Fußboden herumlaufen, bevor ich ihr nahekommen darf, denn wie sagt sie immer:

Klare Gegensätze, hierin wie in anderen Dingen, sind am besten.

Ich habe nie die neue Frau meines Freundes gesehen, doch wahrscheinlich ist sie übertrieben reinlich, denn er geht sorgfältig mit seinen Sekreten um, fast auf weibliche Art und Weise, obwohl er ansonsten natürlich rauh im Umgang mit dem Fleisch ist. In bezug auf die äußere Sauberkeit muß ich ihm mit genügend Bädern und Waschen entgegenkommen. Am Telefon sagt er immer, wenn er sein Kommen ankündigt:

Du mußt gebadet haben und fertig sein, wenn ich mich blicken lasse.

Ich möchte, daß der Körper bei der Liebe seinen natürlichen Geruch behält. Ich mag ihn am liebsten, wenn er gerade von der Arbeit gekommen ist und nach Anstrengung duftet und etwas müde ist und bei der Liebe Erholung suchen muß.

Ich hatte zu Mittag gegessen und den Körper darauf vorbereitet, daß wir gegenseitig unser Fleisch verschlingen konnten, unter Schweigen, das von vereinzelten, dürftigen Worten unterbrochen wird, die immer die gleichen sind und dennoch inmitten aller Heftigkeit genauso wirkungsvoll wie zu Beginn, hinterher jedoch problematisch werden und in Gedanken kurios klingen, so daß man sich fast schämt und sich darüber wundert, daß so leere und banale Worte am richtigen Ort und zur richtigen Zeit wahr scheinen und einem Freude bereiten können.

Gerade als ich fertig war, rief er wieder an und sagte mit tiefer, heiserer und ängstlicher Stimme, daß er mich nicht treffen könne. Seine Frau war unten in der Waschküche und konnte ihn jeden Moment überraschen, so daß er so schnell wie möglich zum Telefon gegriffen hatte, und das Gespräch wurde kurz und abrupt.

Irgendwie habe ich das Gefühl, daß seine Frau abends ziemlich oft im Keller ist, um zu waschen und das Bett und alles um sich herum sauberzuhalten. Währenddessen schleicht er zum Telefon, um anzurufen und mir vor

Einbruch der Nacht erregende Worte zu sagen. Wenn ich versuche, ihn damit zu ärgern, daß er damit wohl die Potenz steigern muß, dann widerspricht er und sagt:

Er steht mir immer einwandfrei bei der Frau, und ich brauche keine besonderen Tricks.

Trotzdem ist es nicht unwahrscheinlich, daß er sich mit mir erregt und die Leidenschaftlichkeit auf die Frau überträgt, wenn sie endlich aus dem Keller gekommen ist, mit wolkenlosen Gedanken und strahlend weißer Wäsche, und seine Zudringlichkeit nicht begreift.

Es kommt mir vor, als müßte ich abends kaum in den Keller gehen, damit du in Hochstimmung bist, wenn ich wieder raufkomme, sagt sie erschöpft, doch im selben Moment ist sie sich ihrer Macht über ihn bewußt, und es macht ihr Spaß, widerstrebend nachzugeben.

Ich vermisse dich so, sagt er mit der Heiserkeit im Hals, die Männer oft bekommen, wenn sie in dieser Stimmung sind.

Nur, wenn ich schnell mal in den Keller gehe? fragt sie und fügt hinzu: Das ist eigenartig.

Er erzählt mir das oft, nicht direkt im Vertrauen, sondern in unschuldiger Verwunderung darüber, daß er sich genötigt fühlt, etwas zu sagen, wenn wir fertig sind; er möchte sofort verschwinden. Wenn ich die Inbrunst in seinen Worten höre, denke ich, daß er mir ein besonderes Vertrauen zeigt, das einer aufrichtigen Haltung entsprungen sein muß. Ich frage unwillkürlich, um meinen Wunsch bestätigt zu bekommen: »Warum bist du mit mir zusammen, wenn deine Frau nur mal kurz mit der dreckigen Wäsche runtergehen muß, damit du hinterher nicht ohne sie im Bett sein kannst?« Ich hoffe, daß er etwas sagt, das auf wärmere Gefühle mir gegenüber hinweist, aber meistens sagt er entweder: »Ich habe keine Gewalt über mich, weil irgendwas in mir drin sitzt«, oder: »Ich treffe mich mit dir, um der Frau eine Pause zu gönnen. Und willst du deiner damit nicht auch eine gönnen?«

Ist das, was wir tun, nur dazu da, um den Ehefrauen eine Pause zu gönnen? frage ich.

Natürlich, antwortet er und sieht mich an, beleidigt, daß ich etwas anderes denken kann. Das ist das Gute daran, daß man in der Ehe betrügt. Verheiratete Frauen und Mütter halten nicht viel Belastung durch ihre Männer aus.

Mir wird ganz sonderbar zumute, ich bin etwas durcheinander und weiß nicht, ob ich lachen oder weinen soll angesichts einer ebenso kindischen wie auch natürlichen Einstellung dem gegenüber, was zwischen uns ist, und seiner Ansichten darüber, was Rücksicht auf Mütter sei, doch ich nehme mich zusammen, wappne mich gegen seine festverwurzelten Ansichten über die Sünde und welcher Art das Recht des Körpers in bezug auf sie sein kann, und sage mit einem Sarkasmus, der eher in meinen Gedanken als in Worten oder auf meinen Lippen ist:

Was mich betrifft, so gönne ich nicht der Frau eine Pause, sondern ich mag dich einfach.

Da wirft er mir schweigend und beunruhigt einen Blick zu, und ich glaube, daß er denkt: »Ach so, bist du dann nachts bei deiner Frau, um mir tagsüber eine Pause zu gönnen? Ich dachte, sie hat Urlaub.« Er ist offensichtlich zufrieden mit dem Gedanken, ja sogar selbstzufrieden über seinen Anteil an meiner Potenz, doch er sagt ganz einfach:

Die Frauen müssen auch ihren Anteil kriegen.

Als er vor kurzem anrief, wollten sie gerade zusammen in die Innenstadt fahren. Sie mußte für ihn etwas zum Anziehen kaufen, denn er sagt oft: »Die Frau wählt alles für mich aus; auch die Socken.«

Das Schiff fährt morgen nach Amerika, flüsterte er am Telefon. Wir sehen uns erst in drei Wochen wieder.

Blut und Saft gerannen plötzlich in meinem Körper. Ich bekam Kopfschmerzen, und mir war nach jenem typischen schmerzlichen Weinen zumute, von dem ich mir vorstelle, daß alte Menschen es stets in ihrem Dasein empfinden, jenes trockene Weinen, das der Trauer über ein schwindendes Leben in einem rasch verfallenden Körper entspringt, der eine immer kürzere Zukunft vor sich hat, wenn die Lebenszeit vorbei ist. Wenn einem das widerfahren ist, kann nicht einmal die Trauer von Dauer sein; in einem alten Körper ist schon alles geschehen außer dem eigenen Ende. Das Leben ist vorbei und weit weg. Deshalb ist all das, was alte Leute verpassen, nur ein Teil von keiner Zukunft. Wenn man ein vernünftiger alter Mensch ist, dann macht man sich klar, daß man auch die Zukunft verlieren und diesen Verlust dem hinzufügen kann, was man im Leben verloren hat. Ich fühlte mich ungefähr genauso, da ich die Mitte des Lebens erreicht habe und die Potenz schwindet, doch zum Trost dachte ich mir, daß ich ihn nicht immer zum Gefährten gehabt habe und trotzdem lebte, und ich habe ihn immer noch nicht ganz sicher, aber ich lebe dennoch weiter.

Das Alter bringt eine besondere Art von Freude mit sich, die von Trauer begleitet wird; sie ist von der Art, daß man nicht länger Angst vor dem Leben hat, je kürzer es wird. Diese Art von Liebe ist auch eine Art von Mut: Sie ist völlig anders als die Liebe, die ich natürlich und aufrichtig gegenüber meiner Frau empfand, als sie noch eine eheliche Liebe war und hieß. Wenn man durch eine andere Art von Liebesbanden gebunden wird, beginnt man unwillkürlich ein Leben zu leben, das nicht offen oder auf reale Weise gelebt wird, es wird zu einer Art Phantasie und Dichtung, die man schlecht beschreiben kann.

Vielleicht ist das eine mögliche Erklärung dafür, daß ich mich in meinem Alter mit einem gleichaltrigen und verheirateten Mann in etwas gestürzt habe, dem ich nicht einmal im Traum erlaubt hätte, sich in mein Begehren zu schleichen, als ich noch jung war und noch dazu ein Frauenheld.

Die längste Zeit meines Lebens, beziehungsweise seit ich verheiratet bin, war ich sehr auf meinen guten Ruf bedacht und duldete keinen einzigen Makel auf meinem Leben. Jetzt aber lebe ich hauptsächlich für diesen Makel, der wahrscheinlich ein Muttermal gewesen ist, das erst jetzt zum Vorschein kommt, wie rein und weiß auch immer mein Körper oder meine Seele sonst gewesen sein mögen, bevor es in meinem Umgang mit der Welt, der Frau und den Kindern, doch besonders mit meiner jüngsten Tochter sichtbar wurde. Wie jemand, der hinreichend streng im lutherischen Glauben erzogen und dessen Ideen verpflichtet ist, so hatte ich die Absicht gehabt, das Leben ebenso rein, makellos und nackt zu verlassen, wie ich es bei meiner Geburt in die Welt bekommen hatte. Jetzt habe ich beschlossen, es eines anderen Glaubens wegen tot zurückzulassen.

Also treffe ich ihn dieses Mal nicht, bevor er in See sticht. Nach dem Telefongespräch zu urteilen, hat er sich entschieden, das Ganze fortzusetzen, wenn er nach zwei, drei Wochen oder noch längerer Zeit wiederkommt; wer weiß, wann die Schiffe die Nebel auf dem Meer verlassen und den Hafen ansteuern, selbst wenn sie nach einem Fahrplan segeln?

Er hatte kaum aufgelegt, als unsere Bekannte Sigga anrief. Manchmal kommen die Anrufe für mich alle auf einmal. Oft vergehen mehrere Tage, ohne daß jemand anruft. Dann beginnen Freunde und Bekannte plötzlich anzurufen, und das passierte jetzt. Sigga schien zu spüren, daß mich etwas bedrückte, oder das Ungestüm, mit dem ich den Hörer abnahm, und die Enttäuschung, als ich hörte, daß sie es war, kamen ihr merkwürdig vor. Tatsächlich dachte ich, daß mein Gefährte seine Meinung geändert oder seine Frau plötzlich den Plan umgeworfen hätte, nachdem sie im Schrank gewühlt und gesehen hatte, daß sie in der untersten Schublade mehr als genug Socken und Unterhosen für ihn hatte, und ihn dann gebeten hätte, das Auto zu wachsen, während sie aufräumte, das ist bei Ehepaaren normal, und er würde vom Autowaschplatz anrufen, um zu sagen, daß er käme, doch es müsse schnell gehen. Als ich hörte, daß Sigga am Telefon war und nicht er, hatte ich meine Erregung nicht gleich unter Kontrolle. Jemand, der auf dieselbe Art liebt wie ich, muß Selbstkontrolle haben, am besten darf er seine Gefühle nicht anders zeigen als in kryptischen Zeichen, oder er muß sie im Umgang mit anderen Leuten so entstellen, daß sie nie richtig darauf achten oder ihnen direkt eine Bedeutung beimessen. Das Gesagte muß das normale Verständnis eher verwirren als ihm etwas deutlich machen. So ist die Ausdrucksweise des Clowns, der einen gleichzeitig bezaubert und abstößt.

Als Sigga anfing, neugierige Fragen nach meinem Gemütszustand zu stellen, und versuchte, die Wahrheit aus mir herauszulocken, machte ich sie glauben, ich sei etwas erregt, nachdem ich nach dem Essen mit der Frau im Bett gewesen war. Da räusperte sie sich auf übertriebene und langgezogene Weise, um damit gewisse Andeutungen zu machen und auf gutmütige Art komisch zu sein. Natürlich machte es ihr nichts aus, daß ich durcheinander und erregt war, sie hatte mit ihren eigenen Angelegenheiten zu tun und wollte mit jemandem darüber und über sich reden – wie leid sie es wäre, die Kontoführung in der Bank zu machen, und die Theater fände sie, gelinde gesagt, furchtbar, weder ertrüge sie die Lebensweise der Isländer noch das Konsumverhalten der Leute, die sich trotzdem ständig beschwerten, oder die isländische Kultur, falls man das überhaupt als Kultur bezeichnen könne, und sie würde aus dem Land fliehen, wenn sie im Lotto gewänne.

In einer winzigen Pause gelang es mir, auf ähnliche Weise, wie es gerade Mode ist, zu fragen:

Ja, aber wohin soll man denn gehen, wenn nirgendwo etwas passiert, außer in Dingen, die den Devisenhandel und den Markt angehen, und da ist die Lage kritisch, und alles liegt völlig darnieder?

Das sagst du aus gutem Grund, sagte sie. Das ist eine gute Frage, denn die Politik lief bis jetzt darauf hinaus, daß es nirgends auf der Welt etwas anderes gibt als die Gleichberechtigung der Mittelmäßigkeit.

Im selben Moment mußte ich aus irgendeinem Grund an meine Mutter denken, in der Weise, daß ich mich als breiten und langen Strich empfand, der in das unendliche Weltall gezogen ist. Ich weiß nicht, warum mir das in den Sinn kam, oder was eine so lächerliche Vorstellung mit meiner Mutter zu tun hatte, außer daß sie seinerzeit das eintönige Leben draußen auf dem Land gründlich satt hatte und ständig damit drohte, sich von Papa scheiden zu lassen und nach Reykjavik zu ziehen, bis er es in die Tat umsetzte, sich scheiden ließ, eine andere Frau fand und dort hinzog, und sie blieb allein im Haus zurück, damit sie nicht am gleichen Ort wohnen mußte wie er. Ich erzählte das Sigga und nahm Mama als gutes Beispiel für die Entschlußfreudigkeit der Frauen, und jetzt sei sie heilfroh, daß sie Papa dazu gezwungen hatte, einen Entschluß zu fassen, und ihn mit einer anderen Frau in die Stadt verjagt hatte, sie selbst war jetzt frank und frei und viel näher am Flughafen in Keflavik dran als er und konnte ins Flugzeug steigen, wann immer es ihr einfiel, und mit ihrer Rente in die Welt hinaus fliegen.

Sag mal, Sigga, glaubst du, daß mich meine Mutter nur geboren hat, damit ich jemand einen großen Strich durch die Rechnung mache, und daß der vielleicht im Weltraum ist? fragte ich.

Ich weiß nicht, was mit dir los ist, man kann heute mit dir nicht vernünftig reden, sagte Sigga und legte auf.

Kurz darauf klopfte die Frau von der Wohnung gegenüber an, um nach meiner Frau zu fragen, und als ich antwortete, daß sie Ferien im Norden mache, sagte sie, daß die Sprechanlage in unserem Treppenhaus im Block anscheinend kaputt sei, ein Bekannter von ihr wäre gekommen und hätte geläutet, doch man hätte es nicht gehört. Ich erschrak, doch die Frau sagte, daß es nicht so schlimm wäre, man könnte ja immer noch das Telefon benutzen und seinen Besuch zu einer bestimmten Zeit ankündigen, was nur höflich wäre und europäische Sitte, und dann würde man hinuntergehen und an der Eingangstür auf den Gast warten, wenn die Klingel kaputt wäre.

Ich pflichtete ihr aus vollem Herzen bei, und da fügte sie hinzu:

Diese gute Sitte kann man hierzulande nur einführen, indem man die Gegensprechanlagen in allen Häusern mindestens ein Jahr lang kaputt bleiben läßt.

Ich bekam einen Schreck, da ich es nicht mitbekommen hätte, wenn mein Freund vorbeigekommen wäre. Während ich mich mit der Frau unterhielt, rief J. an, so daß ich einer weiteren Diskussion über Gegensprechanlagen entkam. Als ich abnahm, fing er an, davon zu erzählen, daß er sich seit der Beerdigung von M. vor zehn Jahren immer noch nicht erholt hätte, sie hätte in ihm zum ersten Mal Erinnerungen aus seiner Jugendzeit geweckt, und er dachte, daß er bald mehr Verwandte und Freunde im Grab hätte als im Leben.

Das war eine ziemliche Lebenserfahrung, sagte er.

Beerdigungen neigen dazu, Erinnerungen zu wecken und die Leute zu denkenden Wesen zu machen, zumindest in Büchern, antwortete ich.

Das ist mir passiert, wo ich doch keine besonderen Talente habe, und ich bin nicht so bemerkenswert, daß ich als Vorlage in einem Roman taugen würde, sagte er. Ich sah das Blut der Fische daheim auf dem Kai vor mir, wie es in der Kälte zu feinen Kristallen gefror, und mitten in der Leichenrede des Pfarrers kam mir der Gedanke, daß mit meinem eigenen Blut etwas Ähnliches passiert sei. Die Erinnerung ist merkwürdig.

Ja, das kann man wohl sagen, sagte ich und hatte schon keine Lust mehr zuzuhören, doch er redete in einem fort, mit poetischen Schilderungen, wie ihn in der Kirche ein strenger Frost aus der vergangenen Jugendzeit befallen hätte.

Ich hörte nur mit einem Ohr desinteressiert hin, denn es ist jetzt der neueste Schrei hierzulande, daß alle so tun, als seien sie gläubig, und sagen, daß man sich in der Ungewißheit und dem Chaos zur Jahrhundertwende an Gott anlehnen müsse.

Gott ist heute das Größte! fügen sie hinzu und tun so, als ob diese Erkenntnis auf ihrem eigenen Mist gewachsen ist.

Vor der Beerdigung dachte ich, daß in meiner Jugend immer Regen war oder Tauwetter und Glatteis auf den Pfützen im fahlgelben Moor, aber so ändert Gott unsere Erinnerung an das Wetter und die Farben, sagte er.

Während ich versuchte zuzuhören, ergriff mich eine Niedergeschlagenheit, die ich mit der Unendlichkeit verbinde und von der ich glaube, daß sie in der absoluten Leere an einem unbekannten Ort im Weltall entstanden ist. Es ist nicht das Weltall der Sterne und Planeten, sondern die Weite des Universums, die, so habe ich das Gefühl, in jedem Menschen ist, da die Trauer zweifellos aus der Weite der Seele kommt. Sie stammt nicht von einem bekannten oder bestimmten Ort, sondern schleicht sich an uns heran aus der Erfahrung des Daseins, aus dem unendlichen Bereich des Gedankenlebens: Sie entspringt zugleich allem und nichts, auf dieselbe Weise wie die Angst. Ich hielt den Hörer etwas vom Ohr weg – das mache ich oft, wenn die Leute anrufen und lange reden –, so daß ich aus der Distanz nur den Klang der Worte hörte.

All das entsprang nur der Sehnsucht nach dem, der mit dem Schiff wegfuhr. Das wußte ich. Wahrscheinlich sehnte ich mich nach Trauer. »Du bist versessen auf Traurigkeit wie die Kinder auf Schokolade«, hat meine Frau einmal gesagt.

Als ich das Haus verließ und den Laugavegur hinunterging, um das schlechte Gefühl abzuschütteln, das überall in mir war, fiel mein Blick auf eine Gruppe von Leuten, die um irgend etwas in einer Hofeinfahrt herum zu stehen schienen. Gleichsam von dem Bedürfnis nach Trauer geleitet, stieg ich auf einen Absatz und sah eine ältere Frau an der Treppe liegen, eine andere, jüngere, war damit beschäftigt, sie zuzudecken. Während ich zusah, wie sie sich hinabbeugte und die ältere Frau streichelte, fragte ich mich, warum man sterbende Menschen oder Leichen immer zudeckt. Es scheint ganz egal zu sein, wo man sich aus dem Leben verabschiedet, innerhalb kürzester Zeit erscheint eine Decke aus dem Nichts oder aus Humanität, die sich auf diese Weise bemerkbar macht, wenn sie nicht mehr nötig ist. Denn was nützen eine Wolldecke und Gutherzigkeit angesichts des Todes? Welche Decke kann einen Körper wärmen, der in den Zustand seiner Erkaltung übergeht?

Die Frau, die auf dem Rücken dalag, das eine Bein leicht untergeschoben, war schon älter, sie war sorgfältig geschminkt, die Lippen waren bemalt und halbgeöffnet. Man sah die ebenmäßigen Zähne der Prothese, die in dieser Situation so unnatürlich waren wie die rote, leuchtende Schminke im Gesicht. Die halbgeschlossenen Augen schienen gebrochen, oder die Hornhaut war von einem trockenen Film überzogen, das linke Auge hatte sich in die Augenhöhle gedreht, als ob es im Augenblick des Todes nirgendwohin gerichtet wäre, um in der letzten Sinnlosigkeit des Lebens völlig blind auf nichts blicken oder starren zu können.

Da begann ich darüber nachzudenken, was im Leben es sein kann, das am meisten stirbt, wenn wir sterben, und ich stellte mir vor, daß es nicht der Körper als Ganzes war, sondern der Mund und die Augen. Sogleich begriff ich, daß der Zweck des Lebens höchstwahrscheinlich darin besteht, daß man andere sehen und mit ihnen reden kann: entweder mit sich selbst, mit Tieren oder mit anderen Menschen. Darüber zerbrach ich mir auf meinem erhöhten Platz den Kopf und betrachtete die Frauen, die aus allen Richtungen herbeiströmten, um ihre sterbende Geschlechtsgenossin zu streicheln, sie streichelten sie sanft, aber bestimmt, offenbar, um zu versuchen, sie wieder ins Leben zu prügeln, es mit Schlägen zu Gehorsam zu bringen und zur Rückkehr zu bewegen, so wie Mütter es mit unartigen Kindern machen, die sich nicht um ihre Regeln kümmern, und versuchen, sie zum Gehorsam zu prügeln. Ich sagte zu mir selbst: »Es ist egal, ob die Frau gestreichelt, ausgelacht oder beweint wird, einerlei, was man probiert, sie ist tot und unempfindlich gegen alles. Das Leben ist erbarmungslos und unbändig, und nur seine Gesetze können dem Körper den Tod aufzwingen.«

Kurz darauf war das heulende *Herzauto* am Schauplatz erschienen, die Männer, die darin saßen, stürzten heraus und hatten mit solchen Fällen offensichtlich Routine; sie sahen gleich, wie die Sache stand, und nahmen ihr Funksprechgerät zur Hand, einer hob fachmännisch mit zwei Fingern beide Augenlider der Frau an, die Augen bewegten sich dabei nicht heftig, verwundert und pulsierend vor Leben, beinahe spöttisch frohlockend, wie wenn die Lider eines Menschen, der tot scheint, aber nur in Ohnmacht gefallen ist, angehoben werden, sondern sie waren so leblos wie die Augenlider. Dann packten sie den Körper auf eine Bahre, schoben sie hinten in das Auto hinein, schlossen die Türen und fuhren weg. Die Gruppe der Frauen zerstreute sich, und danach war es so, als ob auf der Straße nichts geschehen sei. Zu meiner Erleichterung war meine Deprimiertheit weg, und ich rief meine Frau an und sagte:

Komm doch in den Sonnenschein hier im Süden, laß dir nicht länger im Norden auf die Brüste regnen.

Brauchst du nicht mehr Muße, um deine Angelegenheiten zu Ende zu bringen? fragte sie.

Nein, antwortete ich. Ohne dich bin ich am Ende.

14/11

Ich wartete den ganzen Morgen rastlos, daß mein Gefährte anrufen und sagen würde, daß er kurz von Bord verschwinden könnte oder eine Entschuldigung gefunden hätte, um die Arbeit einen Moment zu verlassen, doch der Wunsch und seine Kraft sind weit davon entfernt, einen solchen Einfluß zu haben, daß er in Erfüllung geht. Mittags hatte ich alle Hoffnung aufgegeben, ich ließ von meinem Wunsch ab und begleitete das Schiff in Gedanken aus dem Hafen hinaus. Ich sah seine Frau vor mir, wie sie sich von ihm verabschiedete. Sie tat es auf dieselbe Weise, wie einfache Leute sich voneinander verabschieden, auf eine neutrale und distanzierte Art, als ob sie ihre Gefühle nicht auf eine Weise zeigen könnten, daß sie den erreichen, an den sie eigentlich gerichtet sind, und deshalb dem eine Bürde scheinen, für den sie sich regen, und aus Verlegenheit verlöschen.

Ich sah ihn deutlich vor mir, ein bißchen wie ein Schaf, wie er sich über die Reling beugte, mit viel zu großen Arbeitshandschuhen an den Händen, erleichtert, daß er nach kurzer Zeit aus dem Blickfeld der Frau entschwinden würde, die ebensowenig wußte, was sie neben dem Auto auf dem Kai mit sich anfangen sollte, ob sie winken oder etwas rufen sollte; ihr fiel nichts ein, und es war nicht mehr möglich, ihn wegen irgend etwas fortzuschikken oder mit ihm über die ewigen Probleme der Kinder zu reden, die niemals auf eigenen Füßen stehen konnten und sich ständig Geld von den Eltern leihen mußten, die wiederum gezwungen waren, bei der Bank einen Kredit mit hohen Zinsen aufzunehmen, um dem ohnmächtigen Gejammer zu entkommen. Er legte den Zeigefinger auf ein Nasenloch und blies aus dem anderen, um irgend etwas zu machen, bevor er sich ganz vergaß und in die Arbeit und Anstrengung versank, zufrieden, daß er nun seinen Körper mehr spürte als seine Gefühle, denn auf einem Schiff gibt es viel zu tun, nicht nur ständig etwas anzustreichen und den Rost von der Brücke zu klopfen, da gibt es keine Zeit, um an Kleinigkeiten an Land zu denken, Probleme und Sentimentalitäten. Ich hatte ihn einmal gefragt:

Sitzt die Liebe bei dir mehr im Kopf oder da ...?

Er zeigte sofort auf »da« und fragte verwundert:

Wo soll sie denn sonst sitzen?

Vielleicht erfinde ich das bloß, vielleicht ist das schon lange zur Gewohnheit geworden, daß er bei jedem Wetter hinaus ins Ungewisse fährt, daß er mit der Unsicherheit lebt und nie selbst über seine Zeit verfügen kann, daß es nicht möglich ist, mit Sicherheit zu wissen, wann er heimkommt und wann er den Hafen wieder verläßt, daß das ganze Leben in der Kunst besteht, mit verschieden großen Ungewißheiten und Risiken im Dasein und in der Arbeit bei niedrigem Lohn leben zu können, hart zu schuften, schlimme Unwetter, starken Seegang zu erleben, nur wenig Liebe an Land zu erfahren, wo ihn ständig irgendwelche Zahlungen und ewige Besorgungen per Auto erwarten.

*

Ich erinnere mich jetzt daran, als ich am Nachmittag desselben Tages in das Lehrmittelzimmer im ersten Stock ging, wie klar das Blau über den Sunden war, und ich wußte, daß in diesem Moment, als ich zum Fenster hinaussah, der Eindruck mehr von meinem seelischen Zustand, meinen Gefühlen und meiner Sehnsucht herrührte als vom Meer selbst. Tags darauf ging ich wieder ins Lehrmittelzimmer hinauf, frühmorgens in der Dunkelheit des Winters, bevor es Tag wurde, und blickte unausgeschlafen aufs Meer hinaus und zu den Bergen, aus der unnatürlichen Helligkeit des elektrischen Lichts in die Dämmerung, die trüber war, als die wilde Helligkeit tatsächlich ist, da der Uhr zufolge der Tag bereits angebrochen sein mußte. Ich sah hinaus in die Dunkelheit unterhalb des Hauses, auf die Kiste oder den kleinen Container, der dort auf der Seite lag und auf dem Sjoskip h.f. stand. Ich tat das, um meines Freundes zu gedenken und ihm auf diese Weise nahe zu sein, indem ich einen konkreten, sichtbaren Gegenstand betrachtete, der mit seiner Arbeit und seiner Reederei zu tun hatte. Obwohl ich den Container nicht berühren konnte und ihn in der Morgendämmerung nur undeutlich sah, leistete er mir in gewisser Hinsicht Gesellschaft, während ich die Regale absuchte und das Material für den Unterricht zusammenstellte.

Keiner von meinen Schülern konnte wissen oder ahnen, daß ich oft nicht in das Lehrmittelzimmer im ersten Stock hinaufging, um Unterrichtsmaterial für sie zusammenzusuchen, oder auf die Toilette, um mich zu erleichtern, sondern um mein Gemüt zu beschweren und die Trauer zu verstärken, indem ich eine Weile aus dem Fenster den Container der Reederei betrachtete. Auf diese Weise segelte ich immer weiter und tiefer hinein in die Qual, die Liebe weckt.

Wenn ich wieder ins Klassenzimmer zurückkehre, rötet sich manchmal der Gipfel des Berges. Der Schein ist schwach, aber voller Hoffnung auf einen klaren Tag oder voller Sehnsucht nach einem neuen Tag. Dann, wenn ich begonnen habe, eine andere Klasse weiter oben im Schulgebäude zu unterrichten, erscheinen die Sunde in den großen Fenstern des Raumes, hell und klar, je weiter die

Helligkeit den Himmel öffnet. Das Licht ist langsam, doch die Morgendämmerung dringt entschieden aus der Nacht.

Auf einmal war ich während des Unterrichts völlig in Gedanken verloren oder folgte den Schiffen und ihren Fahrten über die Sunde in den Hafen, doch nie zuvor hatte ich ihnen besondere Aufmerksamkeit geschenkt, ich entdeckte die Aussicht zugleich mit der Schönheit, vor allem, wenn man an dem Ort aus dem Fenster blickte, den ich früher bloß als für einen einzigen Zweck notwendig angesehen hatte, nämlich daß sich der Körper dort erleichtern konnte, und ich hatte mich beeilt, hinunter zu meinen Schülern oder Kollegen zu kommen, um über Politik herumzudiskutieren und so zu tun, als ob man von allem zwischen Himmel und Erde eine Ahnung hätte. Jetzt wurde er zu einem Platz für Träumereien, die mehr mit der Jugendzeit zu tun hatten, der Pubertät, als mit dem mittleren Alter eines verheirateten Mannes in seinem Heim oder den reifen Gefühlen eines Vaters dreier Kinder. Aber was zeugt von größerer Reife, als einem voll ausgewachsenen Körper und Charakter zu gestatten, aus dem Ei der Gewohnheit schlüpfen zu dürfen?

Unten im Klassenzimmer sitzen meine Schüler, froh darüber, daß ich kurz verschwunden bin, so daß sie einen Moment miteinander schwatzen und sich mit ihren Privatangelegenheiten beschäftigen können. Währenddessen ergehe ich mich in Klarheit. Einmal als ich wieder in die Klasse zurückkehrte, sprach ein Mädchen gerade von ihrer Traurigkeit darüber, daß ihr Freund auf See war. Es war in der Zeichenstunde. Ich hatte sie zuvor nie besonders beachtet, doch ich begriff, daß wir etwas gemeinsam hatten, während ich schwieg und zuhörte, wie sie offen von ihrem Kummer erzählte, da ihre Liebe und die Trauer, die ihr entsprang, natürliche Reaktionen eines Bedürfnisses waren, das darin besteht, daß man mit einer Meereswelle zusammenfließen möchte, die über einen strömt, doch dann taucht der, der die Klippe ist, rein und unversehrt am Strand auf, wie ein freies und unabhängiges Individuum.

Nachdem ich dem leichten Gezwitscher des Mädchens bis zu Ende zugehört hatte, fragte ich eher aus Neugier denn aus Sympathie:

Ist er Seemann?

Auf einmal schien sie erleichtert. Sie sah mich mit dankbaren Augen an, froh darüber, daß ich an ihren Herzensangelegenheiten Anteil nahm, anstatt sie zum Schweigen zu bringen und zu versuchen, Seele und Hände der Schüler durch Kenntnis und Beherrschung der technischen Zeichnung zu bereichern. Im Nu hatte ich mich von einem langweiligen Zeichenlehrer in ein lebendiges menschliches Wesen verwandelt, und sie antwortete mit etwas gekünstelter Traurigkeit:

Nein, mein Freund ist auf einem Trawler und kommt erst in drei Tagen wieder an Land. Das ist eine schrecklich lange Zeit, eine ganze Ewigkeit. Du weißt einfach nicht, wie das ist.

Was sind drei Tage im Vergleich mit einem langen Leben? dachte ich, doch ich sagte:

Wenn man jung ist, werden drei Tage Trennung von dem, den man liebt, zu einer unendlich langen Zeit, doch das Warten wird durch die Freude beim Wiedersehen vielfach vergolten. Andererseits geht es uns mit zunehmendem Alter immer mehr so, daß man dankbar dafür ist, daß der, den man einmal geliebt hat, für einige Tage fortgeht, so daß man sich von ihm und seiner ständigen, erdrückenden Nähe erholen kann; das kommt daher, daß man in der Hoffnung lebt, jemand käme unverhofft in unser Leben, während er fort ist, ja sogar mehr als nur einer. Wenn man dieses Glück nicht hat, besteht immer noch die Möglichkeit, zu glauben, daß der, der fortgegangen ist, am Ende seiner Abwesenheit die Erneuerung mitbringen werde.

Das Mädchen lächelte freundlich, wie jemand, der zu verstehen vorgibt, was er aufgrund seiner Jugend oder mangels Lebenserfahrung nicht versteht, oder sie tat es vielleicht aus Toleranz gegenüber einem Lehrer, der fast nur unverständliches Zeug redet. Junge Leute verstehen nur das, was konkret ist oder ihnen als völlig simples Beispiel dargeboten wird, als Erklärung von etwas anderem, Komplizierterem; doch falls der Unterricht geklappt hat, begreift der Schüler in den Worten des Lehrers etwas, was ihm vielleicht später einmal im Leben klar wird. Ein normaler Schüler versteht im Spiel der Jugend die unumstößliche Tatsache nicht, daß ein kompliziertes Beispiel eine komplizierte Erklärung erfordert, die am besten unverständlich sein soll, um ein nachhaltiges Verlangen zu wecken, verstehen zu wollen.

Wir sahen einander in die Augen, und ich dachte:

Ob du wohl Verständnis und Toleranz zeigen würdest oder dich weigern, als Schülerin meine Nähe zu dulden, wenn du wüßtest, was keiner wissen darf? Würdest du dann dasselbe sagen, was ich zu dir gesagt habe?

In den nächsten Tagen begann das Mädchen mir unerwartetes Verständnis zu zeigen und zu fragen, wie es meiner Frau ging. Als ich ihr halb im Spaß, halb im Ernst antwortete: »Ach, ihr geht es ganz gut«, da lächelte sie, weil ich ihr eine zweideutige Antwort gab und meine Probleme verbergen wollte, und sie nickte sogar, zum Zeichen dafür, daß auch sie sich im Lebenskampf wacker schlagen und nie über die Liebe klagen wolle, ich hätte sie gelehrt, ihre Probleme zu ertragen. Zum ersten Mal in meiner Berufskarriere hörte ich von einem Außenstehenden, daß ich ein prima Lehrer sei, einer der wenigen an der Schule, der seine Schüler und die Jugend verstand; das kam daher, daß ich es selbst irgendwie schwer im Privatleben hatte, auch wenn ich es nicht zeigte. Der Schülerrat machte dem Rektor den Vorschlag, mich zum Freistundenbetreuer zu machen und jedem, Eltern wie Jugendlichen, wenn sie Mittwoch abends ohne besonderen Grund geradewegs von der Straße hereinkamen, mit Rat und Tat zu helfen, ich käme so gut mit den Schülern zurecht, doch ich lehnte diese Ehre dankend ab.

Du möchtest abends natürlich daheim bei deiner Frau sein, das verstehe ich, sagte der Rektor.

Ja, sagte ich. Unsere Jüngste ist zur Zeit nicht ganz gesund.

Das war dem Mädchen unzweifelhaft zu Ohren gekommen, denn es fing an, taktvoll und voll unangenehmen und sentimentalen Mitgefühls zu fragen, wie es meiner Tochter ginge. Als ich es dabei beließ, mit einem neutralen Lächeln zu antworten, erfuhr ich, daß meine Tochter an einer unheilbaren Krankheit litt, und innerhalb von zwei Wochen hatte sich die Klasse in den meisten Fächern erheblich verbessert, das Pflichtbewußtsein war eine Anstrengung der Schüler, um mir ihre Sympathie zu erweisen und mir durch ordentliche Noten in den mündlichen Prüfungen Mut zu machen. Dann wurde alles wieder wie früher und sogar noch schlechter, und da begann ich nervös zu werden und war auf der Hut, ich horchte, ob nicht irgendwelche seltsamen Geschichten über mich in Umlauf wären. Als ich nichts hörte, was darauf hinwies, war ich erleichtert und sagte spöttisch zu mir selbst, daß man meinen könnte, Reykjavik sei eine Millionenstadt geworden, wo kein Mensch die nicht zu bewältigende Aufgabe lösen kann, tatsächlich das Privatleben jedes einzelnen Menschen auszuspionieren, und jeder ist dem andern scheißegal, nur er selbst zählt, ausgenommen bei den Kommunal- und Parlamentswahlen alle vier Jahre, und in der Zwischenzeit kultivierten die Einwohner ihr Mitleid mit ständigen Spenden für die Notleidenden in der Wohlstandsgesellschaft, die die Rezession durch ein schwindendes Bruttosozialprodukt zersetzte.

Ich hatte nicht aus eigenem Antrieb nach der neuen Reise des Körpers auf den unergründlichen Wegen der Liebe gesucht, sondern es war der Tod eines alten Freundes und Schulkameraden, der mir unerwartet Flügel verlieh. Als er seinen Lebensfaden abschnitt, übernahm ich das, was von ihm immer noch da war und was er verlassen hatte: Ich übernahm seinen Geliebten. Es war ganz, als wäre ich durch seinen Tod gestärkt worden; eine schreckliche Lebenslust ergriff mich und zügelloser Optimismus, gepaart mit Freude und Hunger nach Sättigung. So kann des einen Tod des andern Brot werden oder das

Manna in der Wüste des Lebens. Der, der ins Brot beißt, bittet die Allmacht darum, es ihm täglich zu geben, doch zugleich ruft er etwas in sich selbst an und befiehlt ihm zu weichen, damit er weiter in den Fesseln der Gewohnheit am Tisch sitzen darf, wo er Tag für Tag dasselbe Mischbrot aus der Hand seiner Frau und des Bäckers ißt.

19/11

In der letzten Zeichenstunde malte eines von den ältesten Mädchen etwas auf ein Blatt, das sie mir und den anderen mit merkwürdigem Eifer zeigte und sagte:

Mein Gott, ist das nicht ein Selbstporträt?

Wenn das der Fall war, dann schien sie sich als himmelblaue Frau zu sehen. Sie bestand fast nur aus einer riesengroßen Nase, nicht unähnlich einer Tülle, die verkehrt herum an einer grotesk künstlerischen Kaffeekanne saß. Nachdem sie das Bild lange mit einer Mischung aus Eingebung und Zweifel in ihrer Miene betrachtet hatte und niemand eine Antwort gab oder eine Bemerkung machte, wie originell es sei, fragte sie naiv und mit der Affektiertheit dessen, der nichts von einem Künstler in sich hat:

Findet ihr es nicht sonderbar und gleichzeitig zum Heulen, daß alle Bilder, die man macht, vom kreativen Aspekt her irgendwie über einen selbst sind; und was können sie anderes sein als ein Ausdruck der eigenen Persönlichkeit?

Sie könnten zum Beispiel einfach etwas sein, das völlig absurd und furchtbar unästhetisch ist, antwortete ein anderes Mädchen kurz.

Aber was ist das in mir, das mich zu einer einzigen Adlernase macht? fragte das erste mit derselben Eindringlichkeit und ließ sich ebensowenig beeindrucken wie ein Dummkopf.

Ich beließ es dabei, ein paarmal zu nicken und gewichtig dreinzuschauen, und dachte: »Ja, vielleicht ist die Tülle deine starke Seite, die bei dir die Nase ist, weil du eine moderne Frau bist; sie reicht bis zum Mund, und das wird hoffentlich so bleiben, wenn du ins Leben hinausgehst, um der Gesellschaft zu begegnen.«

Daher sagte ich, daß ich nicht verstehen könne, daß in dem Werk etwas anderes enthalten wäre als der Ausdruck ihrer Stimmung in Farben, und die Form selbst könnte ja vielleicht die starke Seite an ihrer Nase darstellen. Bei dieser Analyse streckte sie ihre Zunge heraus und wurde ganz froh und sah zweifellos eine große Zukunft in himmelblauer Elfenfrauenentfernung vor sich.

In diesem Augenblick ist es nicht unwahrscheinlich, daß auch ich gerade ein Bild von mir mit Worten male und daß die starke Seite der Nase der Wörter aus einem ähnlichen Material ist wie das, was vielleicht in der Stimmung der Wunderwelt des Mädchens war. Diese einfältige und lehrerhafte Mutmaßung verwirrt mich ein bißchen, doch ich habe meine sarkastischen Gedanken weder im Griff, noch kann ich sie zügeln. Nach meinem Verhalten in der letzten Zeit zu urteilen, habe ich offensichtlich keine so starke Seite an der Nase, wie man sie braucht, um sie mit dem Mund verbinden zu können, wie wenn Worte und Wut bei einem ganzen Menschen zusammengehen. Wenn meine Frau recht hat, dann ist es keinem außer den modernen Frauen gegeben, wahre

Worte und Wut miteinander zu verbinden und die starke Seite der Nase alles bestimmen zu lassen, was wir uns vornehmen.

21/11

Heute, nachdem wir miteinander geschlafen hatten, legte ich mich auf ihn und roch den Duft von dem, was wir getan hatten. Hinterher hatte er die Arme ausgestreckt, wie er es häufig macht, und man könnte meinen, auf diese Weise empfinge er staunend und befriedigt den Himmel. Ich legte beide Arme auf die seinen, und wir spreizten die aufeinandergelegten Handflächen; wir sind etwa gleich groß, und unser Körperbau ist nicht unähnlich, so daß wir im wörtlichen Sinne zusammenpassen. Als ich mein Gesicht langsam in seinem Hals vergrub, spürte ich die Wärme und den Duft des Wohlgefühls, der beim Lieben entsteht, der liebliche Wohlgeruch der Liebe selbst. Sein Fleisch war überall, sowohl konkret als abstrakt. So lagen wir lange, wie Wesen, die bereitwillig und aus freien Stücken aufeinandergenagelt worden waren, um an einem gemeinsamen Kreuz sterben zu können. Ich lag wie im Traum da und nahm wahr, wie unsere Körper langsam zusammenflossen, so wie ein Regenwurm langsam in die feuchte Erde kriecht, ich spürte, wie Fleisch in anderes Fleisch hineinwuchs, und wir klebten zusammen durch den einen Leim, der alles leimen kann und nun außerhalb unserer Körper war, der zuvor jedoch innerhalb gewesen war. In dieser Stellung zeigt sich in gewisser Weise jenes Gefühl und Verlangen, daß wir ineinander sterben wollten.

Dann dachte ich auf einmal:

Nein, das ist nur Wunschdenken.

Auf diese Weise aufeinander gekreuzigt, schlummerten wir, oder vielleicht habe ich das nur geträumt. Ich glaube, daß die Träume der Menschen eine Erkundung der Leere der Tiefe sein müssen, daß der Traum auf Umwegen durch das Labyrinth der einen Gewißheit gehen muß, welche das vergängliche Dasein des Körpers ist. Nur er existiert mit Sicherheit, solange wir unser Leben fristen, und in diesem Moment habe ich kein anderes Bekenntnis als dieses:

Falls mich irgend jemand mit schönen Worten aufforderte, vom Kreuz herabzusteigen und wieder in die Gesellschaft anderer Menschen einzutreten, damit niemals ein Speer in mein gepeinigtes Fleisch und in meinen Unterleib gesteckt wird und kein Blut oder Wasser dort herausrinnt zum Zeichen der inneren Flut, und mir wäre das Himmelreich verheißen mit unzähligen Wohnstätten, Sicherheit bei meinem Vater und immerwährende Mahlzeiten in seinem Haus, und ich dürfte in alle Ewigkeit unter dem liebevollen Schutzmantel meiner Mutter wohnen und auf diese Weise im Schoße der heiligen Familie enden, so würde ich eher wählen, gekreuzigt an meinem Freund zu hängen, auch wenn die Welt das für eine Todsünde hielte und mich steinigte und verstieße, weil ich lieber in seinen Staub hineinsterben wollte, als das Leben in Versöhnung mit dem zu leben, was ich vor ungefähr fünfzehn Jahren heiratete und womit ich das erste Kind vor fünfundzwanzig Jahren hatte, als etwa Zwanzigjähriger.

Heute behauptete er, daß er nie etwas vor seiner Frau verheimliche, außer das mit uns. Das sagte er mir am Telefon, als er allein zu Hause mit Grippe dalag und mir mitteilte, daß er nicht kommen könne.

Außerdem habe ich Herpes, sagte er zu seiner Entschuldigung.

Als er sagte, daß er nicht kommen könne, und ich ihm verraten hatte, daß ich mich danach sehnte, krank bei ihm zu liegen, spürte ich zu meiner nicht geringen Verwunderung, daß es mir in verschiedener Hinsicht besser gefiel, mit ihm in Gedanken zusammen zu sein als in Wirklichkeit. Zu begehren ist oft besser als das andere – zu bekommen.

Es verschafft einem Befriedigung und Wohlbefinden, allein zu sein und auf den zu warten, den man liebt, aber von dem man weiß, daß er nicht kommt. Als ich darüber nachdachte, kam ich zu dem Ergebnis, daß das daher kommt, daß der, der abwesend ist, in Wirklichkeit stets nach unserem Willen bei uns ist, doch mit seiner Anwesenheit stößt er sich an dem meisten in unserem Verhalten, und am Ende verscheucht er sich ein für alle Mal selbst durch seine ständige Nähe.

Und was ist dann das, was kam?

Wenn jemand an einem bestimmten Mann oder einer Frau festklebt, dringt so wenig Phantasie in sein tägliches Leben, daß das, was vorher besonders und begehrenswert war, alltäglich wird, die Nähe vertreibt die Sehnsucht, und bei uns sitzt jemand, der nur in seiner egoistischen Gestalt einen Willen hat, der sich einem aufdrängt und das beste in den Gefühlen ausrottet. Wenn also die Nähe des Geliebten den Liebenden seiner Phantasie beraubt, dann werden langersehnte Begegnungen zu heftigen, aber toten Vorgängen, und dann entsteht das Bedürfnis, ihnen zu entkommen. Dann möchte man am liebsten Haus und Kindern entfliehen und in die Freiheit entkommen, die destruktiv ist, weil man nicht gewohnt ist, ungebunden zu sein, und weder von der Freiheit noch von der Freude eine Ahnung hat.

Statt Enttäuschung überkam mich eine eigenartigere und größere Ruhe, als ich sie bisher erfahren hatte. Doch der Friede hat auch eine quälende Seite, nämlich das Gefühl von Leere. Nichts ist frei von seinen Gegensätzen, außer dem Orgasmus, und daher ist er die vollkommene Einsamkeit und nur sie selbst, in dem kurzen Augenblick, der ihn zunichte macht.

Ich verließ das Arbeitszimmer und war ein guter Ehemann und Vater. Am Abend sagte die Frau, daß ich manchmal so zärtlich sein könne, daß sie für mich sterben könnte.

Läge es nicht näher, zu behaupten, Liebste, daß wir in der letzten Zeit unsere Ehe ein bißchen wie eine Lotterie betrieben haben? fragte ich.

Doch, freilich, gab sie zögernd zu und begriff nicht ganz, worauf ich hinauswollte, doch sie hatte sich bald wieder gefaßt und sagte fröhlich:

Dann habe ich heute abend wohl den Hauptgewinn gezogen?

Als ich sie das sagen hörte und wußte, wie sie sich selbst täuschte und ich sie, wurde ich bedrückt von ihrer Einfalt und von dem, worauf ich mich eingelassen hatte, und wollte sie über die Wahrheit aufklären. Doch am traurigsten wurde ich wegen mir selbst, daß ich sie nicht mehr liebte, und ich wünschte mir zutiefst, sie zu lieben, nur weil ich sie nicht liebte. Eine Zeitlang glaubte ich, sicher zu sein, daß eine solche Liebe im Wesen des Menschen existieren müßte, aufrichtige Liebe, die aus dem Fehlen von Liebe entsprungen wäre, aber als ich daran dachte, daß sie im Alltag ihren Anteil bekam, selbst wenn er nicht aus Liebe gegeben wäre, und sie damit zufrieden war, wandte sich mein Denken von dieser Geringfügigkeit ab, die nur das Gewissen betrifft. Ich wurde müde und ging schlafen wie sie; ohne Zweifel schnarchten wir vereint wie wahre christliche Eheleute, doch jeder ganz für sich, während wir im Schlaf einander den Rücken zukehrten.

9/12

Irgendwie bin ich durchsäuert von Qual und will mich von dem Genuß der Qualen befreien. Ich gehe nicht aus dem Haus, aus Furcht, er könnte anrufen, gerade wenn ich weggegangen bin, oder ins Zimmer kommen und mich nicht dort antreffen. Vielleicht will ich in der Arrestzelle der Liebe sitzen. Obwohl ich weiß, daß er aus Gründen der Vorsicht nur ab und zu anruft, läutet jedesmal, wenn ich kurz weggehe, in meiner Vorstellung unablässig das Telefon, und er sagt, obwohl niemand den Hörer abnimmt und antwortet, daß er jetzt vorbeischauen könne, aber da bin ich natürlich nicht da.

Er ist überall in meinem Leben, doch ich habe Angst,

daß ich ihn nicht festhalten kann, so daß es am besten wäre, sich von allem zu befreien und es zugleich zu bekommen, indem ich sterbe. Der Tod ist gewiß, aber dennoch keine Lösung, das weiß ich, denn wenn der Körper stirbt, wird er weder gequält noch von der Qual befreit. Er ist nichts, vom Aspekt des menschlichen Bewußtseins her betrachtet. Nichtsdestoweniger denke ich mir den Tod traditionell als Erlösung von allem Übel. Immer wieder schließe ich mich diesem alten Glauben an und schwöre ihm genauso schnell wieder ab. In Gedanken schleiche ich den langen Tunnel des Selbstmordes entlang, und dabei fährt die Qual hoch, vor Freude über das Unausgesprochene, mit dem ich lebe und das keiner kennt außer vielleicht in geringem Maße ich, und hoffentlich die Qual selbst, da bei uns beiden, ihr und mir, eher das Unbewußte als das volle Bewußtsein bestimmt. Manchmal kommt es mir vor, als würden wir einander im Traum begegnen, in einer Verkleidung aus Gefühlen, die sich außerhalb von uns befinden, weit weg von uns selbst. Ich lege mich schlafen und beginne sofort, Träume im tiefen Meer zu fischen, und ich weiß nicht, ob mein Gefährte seine Gedanken in der gleichen Weise darauf richtet wie ich, doch wir scheinen uns bei einer Huldigung, Anbetung oder in einem Tempel, an einer heiligen Stätte zu begegnen, im düstersten Winkel des Übernatürlichen. Eine solche Erfahrung scheint von der Art zu sein, daß oberhalb der Erde niemand sie sich ganz zunutze machen kann, sondern nur in einer dunklen Erdbehausung tief im Unterirdischen, wo im Garten der Dunkelheit zarte Gewächse aus Schatten gedeihen. Vielleicht ist das die Erklärung dafür, daß Menschen, die sich in die

Gewalt einer solchen Liebe begeben, ein größeres Bedürfnis nach Selbstmord haben als andere. Sie nehmen sich das irdische Leben, um hinunter in ihr eigentliches Reich zu kommen, welches unter den Wurzeln des Lebens und der Vegetation wartet. Oder ist das Wesen des Selbstmords, wo auch immer im Schöpfungswerk er begangen wird, einer Liebe entsprungen, die sich in allem verbirgt, was sich bewegt, ob in einem selbst, in den Ideen der Menschheit oder der Botschaft der Religionen von ewigem Leben und Harmonie in der Liebe, die nach dem Tod von einer einzigen Art ist, und weshalb man ruhig fragen darf:

Findet sich die Liebe nur in der Liebe selbst wieder, die sich selbst verzehrt, und war sie ursprünglich eingeschlechtlich, auf dieselbe Art und Weise, wie das Leben aus einer einzigen Zelle entstand, die sich in alles Lebendige aufspaltete, das seither stets auf der Suche nach seinem Ursprung ist, indem es sich tötet?

*

Wir treffen uns und sind oft zusammen in einem Körper, ohne es im Geiste zu sein. Doch es kann sein, daß das Geistige etwas Körperliches ist und wir es bloß noch nicht kennen. Wir kennen einander nur auf diesem einen Gebiet, das ein kleiner Teil ist und nicht verwandt mit den anderen Teilen unseres täglichen Lebens und unserer Handlungen. Deshalb warte ich gespannt auf diesen Lichtblick in meinem Leben, wie nach Art des Jägers oder des neugierigen Menschen, der erwartungsvoll an der Tür zu dem wenig Gekannten in seinem Charakter lauscht und fragt: Begnügt man sich damit, mit einem anderen im Körperlichen verbunden zu sein, wenn dieses für sich allein steht? Kann uns die Berührung langfristig genügen, oder daß wir uns herumwälzen und ein Säugling sind, ohne Sprache oder andere Ausdrucksmöglichkeiten als die, welche im Betasten des Fleisches bestehen, obwohl wir wissen, daß es uns aus der heißen Leidenschaft des Schoßes in die Kälte der Menschen und die Kälte der Umgebung gebären muß?

Das meiste oder alles, was ich über meinen Gefährten weiß, ist etwas, das ich mir eingebildet oder zurechtgelegt habe. Vielleicht ist diese Art des Umgangs mit anderen am besten: schweigende körperliche Nähe zum eigenen Phantasiegebilde. Wir lernen uns vor allem kennen, wenn er anruft und ziemlich offenherzig spricht, da wir uns nicht in die Augen schauen, und das macht uns mutiger, während seine Frau gerade zum Kiosk gegangen ist oder hinunter in die Waschküche. Aus irgendeinem Grund glaube ich, daß sie dort viel öfter nur in seinen Worten ist als tatsächlich bei der Waschmaschine und am Trockner. Es ist mir schon in den Sinn gekommen, daß er nur eine imaginäre Frau hat, die er benutzt, um sich meiner oder einer denkbaren Aufdringlichkeit meinerseits zu wehren. Auf diese Weise könnte die Frau sein Phantasiegebilde sein, ähnlich wie er in meinen Tagträumen vorkommt. Nichts davon weiß ich mit Sicherheit. Vielleicht denkt er dasselbe von mir, daß Frau und Kinder Phantasiegebilde sind oder ein Mittel, um mich zu wehren, falls es ihm einfallen sollte, aufdringlich zu werden, weil er meine Schwäche spürt, harte Bedingungen zu stellen, Geld von mir zu verlangen oder ständig auf Bekanntschaft oder Freundschaft zu borgen oder etwas in der Art, wie Männer es bei anderen Männern anstellen, dann aber ganz andere Methoden anwenden, um Frauen ins Bett zu kriegen.

*

Nun, da er eine Weile nicht mehr zur See fährt und angefangen hat, an Land zu arbeiten – um mal etwas Neues zu probieren –, und wir eigentlich mehr und bessere Gelegenheiten haben müßten, um uns zu treffen, kommt er auf einmal mit Ausflüchten, und unser Kontakt verlagert sich auf das Telefon. Die Frau schickt ihn ständig hierhin und dorthin, er bezahlt andauernd Rechnungen, kümmert sich um seine Schwiegermutter, erledigt Sachen für die Kinder, oder es geschieht plötzlich etwas Unvorhergesehenes, der Lack am Auto hat einen Kratzer, so daß er mich nicht treffen kann. Obwohl er so beschäftigt ist, kann er aus irgendeinem Grund stundenlang am Telefon hängen, und er kommt mit der Erklärung an, daß die Frau kurz zum Kiosk oder hinunter in die Abstellkammer gegangen ist, so daß er mir in der Zwischenzeit unanständiges Zeug sagen kann. Es ist, als ob diese langen Gespräche voller Intimität keine Auswirkungen auf seine Telefonrechnung hätten.

Das nächste Mal kommst du damit an, daß du die Telefonrechnung bezahlen mußt und deshalb nicht kommen kannst, sage ich.

Mach dir keine Sorgen, antwortet er, um keine Ausrede verlegen. Ich lasse sie über die Visakarte abbuchen.

Ich weiß nicht immer, von wo aus er anruft, manchmal scheint er zu Besuch bei seiner tauben Tante oder Mutter zu sein (vielleicht liegt die Taubheit bei ihm in der Familie), sie sind schon in Rente, wohnen allein in ihren Häusern und haben deshalb einen kostenlosen Anschluß, den er benutzt, während seine Frau gerade im Keller ist und für die beiden wäscht. Einmal fragte ich ihn, wozu taube Mütter ein Telefon bräuchten.

Das gibt einem Sicherheit, antwortete er. Mama kann anrufen, falls jemand etwas für sie erledigen soll.

Aber sie kann nicht hören, wenn es läutet, sagte ich.

Nein, sagte er. Um so besser für sie. Das Telefon kann manchmal eine Plage sein, und dann ist es gut, wenn man taub ist.

In unserer Telefonbeziehung sind die Gespräche eher körperliche Nähe in Worten als Unterhaltungen im herkömmlichen Sinne, ohne daß er deshalb mein Vertrauter würde, obwohl ich ihn durch mein Verhalten in seiner Aufrichtigkeit bestärke und sein Vertrauen zu gewinnen suche und hoffe, daß er ein bißchen von sich selbst erzählt. Ich versuche, es aus ihm herauszulocken, indem ich mich anstrenge, ihn davon zu überzeugen, daß er mein einziger Vertrauter sei. Deshalb werden die Gespräche zu ständigen Ausflüchten, die sich bei ihm dadurch zeigen, daß er ausweicht und versucht, Verwirrung zu stiften, falls etwas einmal in aller Aufrichtigkeit gesagt worden ist, von dem er nicht will, daß es sich herumspricht. Ich lasse mich dennoch nicht irre machen, noch nicht. Ich habe ihm vorgeschlagen, daß es, wenn es ihm Schwierigkeiten bereite, mich zu treffen oder er es nicht könne, am besten sei, unsere Bekanntschaft in reine Freundschaft umzuwandeln. Doch das will er nicht.

Manchmal brauche ich ein Treffen mit dir, wenn mir gerade danach ist, und man kann nie wissen, wann das ist, sagt er und faßt zögernd mit Daumen und Zeigefinger an einen Nasenflügel, wie wenn er hin und her gerissen wäre und glaubt, er müßte zu mir, der so viel weiß, obwohl ich vielleicht keine Ahnung von praktischen Dingen habe, eigentlich etwas anderes sagen.

Ich spüre einen prophetischen Geist, von dem ich glaube, daß er etwas mit Mystik zu tun hat, und er redet mir ein, sein Bedürfnis nach mir würde über dem Körper und dessen höheren Bedürfnissen stehen.

Auf Grund des Telefonkontaktes wünsche ich mir nun, daß er keine feste Arbeit an Land bekommt und nicht immer wieder etwas anderes machen kann, so daß er einfach dazu gezwungen wäre, wieder zur See zu fahren, wo er sich mit der salzigen Kraft auflädt, die er mit an Land bringt und brüderlich zwischen seiner Frau und mir teilt. Und auf dem Weg zwischen uns beiden würde er sich mit neuer Kraft aufladen. So wird alles aufs neue rein und klar, die Konturen werden deutlicher, die Treffen werden seltener, aber um so intensiver. Die Beziehung teilt sich in bestimmte Perioden von Nähe und Distanz auf, die wir nicht selbst organisieren, sondern die zufälligen Fahrtrouten von Sjoskip h.f. zwischen Island und dem europäischen Festland und einzelne Male nach Amerika und sogar Afrika.

Ich bin kein gläubiger Mensch im üblichen Sinn, da ich auch kein Heuchler bin, aber es hätte nicht viel gefehlt und ich hätte zu Gott gebetet, er möge Sjoskip h.f. nicht bankrott gehen lassen, damit die Fahrtrouten der Schiffe und seine Besuche bei mir nicht in Mitleidenschaft gezogen würden.

Je länger er an Land arbeitet und alle möglichen Gelegenheitsjobs annimmt, desto mehr sehne ich mich nach Abwesenheit, Trauer und danach, das Aufprallen der Nähe zu spüren, die anhält, während wir Befriedigung suchen, und dann verwandelt sich die Nähe langsam aufs neue in Distanz, wie wenn Meer und Land sich bei Flut begegnen und bei Ebbe wieder voneinander entfernen, ohne daß Erde und Meer jemals völlig voneinander geschieden werden; auf diese Weise bekäme ich Ruhe vor der Suche nach dem, was man zum Glück nie ganz bekommt, für dieses Mal ist es vorbei, doch es kommt wieder.

*

Plötzlich sagte er:

Am Donnerstag kann ich nicht wieder vorbeikommen.

Ich lag mit dem Rücken gegen seinen linken Arm, den er nicht um mich gelegt hatte, da sein Körper neutral geworden war.

Der Körper eines gewöhnlichen Mannes, der nicht viel von Liebe versteht, aber um so mehr Bedarf an ihren Wirkungen hat, kann sich quälend weit entfernen oder neutral werden, geschlechtslos möchte ich fast sagen, und einem leeren Sack gleichen, nachdem er Verkehr mit einem anderen Körper gehabt hat.

Ich bin total fertig, sagt er, und es überkommt ihn das, was ich bei einem Kind, das gerade der Brust entwöhnt ist, den Wiegezustand nenne.

Ich habe diesen Zustand der Betäubung beim Schlafen mit Frauen empfunden, wie ich dadurch, daß ich mich hinterher selbst spürte und wiedergewann, dem Geist abspenstig wurde, der mich in ihnen zunichte gemacht hat. Es ist für mich normal, in der Liebe alles zu geben, und das schätzen die Frauen, doch sie begreifen nicht, daß der, der während des Akts alles gibt, was er hat, hinterher nichts mehr besitzt. Ich habe sie in die Unterwelt des Mannes gebracht und gleichzeitig in die höhere Welt der Frau, und wenn der Zusammenfall dieser beiden Welten geschehen ist und ich genug bekommen und gegeben habe, dann müssen sie festen Halt in der Verpflichtung gegenüber sich selbst suchen. Das verstehen sie nicht und wollen deshalb das Zwielichtgefühl und das Vergessen genießen oder Sicherheit haben und sogar eine Ehe eingehen. Doch ein Mann geht nicht mit einer Frau ins Bett, um zu heiraten, sondern er will den Mann in sich loswerden. Einmal sagte eine Frau zu mir, und das ziemlich herablassend, weil ich ihr weder ewige Liebe noch lebenslange Treue schenken wollte:

Willst du nicht einfach nur deinen Nuckel kriegen und Heia machen, wenn du brav in Mamas Topf gemacht hast?

Ich war jung und begriff den Sarkasmus nicht, doch sie erklärte mir die Natur der Sache, da sie glaubte, viel Erfahrung mit Männern zu haben und haargenau zu wissen, wie sie gestrickt waren.

Mit dem Körper der Frau ist das anders. Mit ihm kommt man oft nach dem Geschlechtsverkehr in besseren Kontakt als währenddessen. Nach dem Geschlechtsverkehr kann ein befriedigter Mann unterwürfig und sanft wie ein Hund sein, oder vielmehr still und gehorsam, es überkommt ihn himmlische Ruhe, doch die Frau wird selbstsicher und befehlend und geht sich waschen; ohne Zweifel kann sie triumphieren, weil sie einen Orgasmus bekommen hat, doch die Tatsache, daß sie einen anderen befriedigt hat, betrachtet sie als lächerliches Opfer ihrerseits, und sie muß schnell die Opfergabe abwaschen.

Der Körper meines Gefährten wurde nicht ganz wie ein Kartoffelsack, in den eine Frau nach ein paar Kartoffeln für den Kochtopf gegriffen hat und der danach wieder von selbst in die Speisekammer zurückkriecht, sondern er war auf der Hut vor meiner Nähe, und ich spürte, daß er auf etwas in meinem Charakter horchte, was bei mir ein schlechtes Gefühl bewirkt. Ich glaube, daß er denkt: »Ich will, daß dieser verheiratete Typ mir so hörig wird wie ein schwarzes, schleimiges und krötiges Schwulenaas.«

Obwohl ich mich darauf verstehe, ihn zu ersehnen, weiß ich, daß ich, wenn es darauf ankäme, nicht wüßte, was ich tun soll, wenn er mein wäre. Ich weiß, daß er mit dem Wunsch und seiner Erfüllung, die nie lange währen darf, verwandt ist. Aus Erfahrung müßte er wissen, daß ich nicht will, daß er länger bei mir bleibt. Andernfalls müßte er mehr auf dem Herzen haben als das, was im Blut liegt, etwas, das erwähnenswert ist und mit seiner Arbeit zu tun hat oder was er bei seinen üblichen Aktivitäten erlebt hat. Wenn er mit dem Herz allein und dem Kreislauf des Körpers kommt, genügt es, wenn er bleibt, solange wir einander zur Ader lassen. Dann muß er gehen. Er ist dennoch nicht der typische Mann, der kurz zu

Besuch kommt, in einem Redeschwall das bißchen, was er dabei hat, eilig aus sich hervorpreßt und dann eine Plage wird, wenn er wiederkommt. So ist der Einweggast. Die meisten sind sich darüber im klaren, daß sie kaum länger als anderthalb Besuche halten, und trauen sich keine weiteren zu, deshalb hängen sie jeden Abend daheim vor dem Fernseher herum. Dadurch ist selbst langweiligen und beschränkten Leuten ihre Begrenztheit klargeworden, und sie wissen, daß sie nichts anderes verdient haben, als auf den Bildschirm zu glotzen. Doch weil mein Gefährte sparsam mit Worten umgeht und selten kommt, hält die Erwartung bei mir an, und hoffentlich bin ich für ihn ebenfalls ein kleines Abenteuer in einem eintönigen Leben, in dem dies fast die einzige Abwechslung ist.

Findest du das Leben hier nicht lahm und langweilig genug, um mit unserem Vergnügen hier weiter zu machen? fragte er einmal, nachdem ich gewollt hatte, daß seinetwegen Schluß damit wäre.

Wir treffen uns, weil ich keine Lust habe, mir noch mehr Schundromane und Krimis reinzuziehen, sagte er.

Die Erfahrung wird noch zeigen, wozu unser Abenteuer sich verwandelt, wenn es zu einem alltäglichen Ereignis wird.

Natürlich wird es unerträglich und ein endloses Gerangel mit der normalen Realität!

Ich drehte mich um, um mich dicht an ihn zu legen und den warmen Geruch seines Körpers zu finden, einen Geruch, der mich jedesmal, wenn ich das mit ihm mache, mit Helligkeit umgibt, und sich der Duft von einem müden, aber gesunden Körper wie Ruhe über mir ausbreitet.

Als ich eine Zeitlang so gelegen hatte, sah ich in sein Gesicht und fragte ihn:

Warum kannst du nicht am Donnerstag kommen; du brauchst wohl kaum zwei Tage, um neue Kräfte zu sammeln?

Ich darf die Frau nicht so vernachlässigen, antwortete er. Das ist nur gut, wenn man es im Wechsel betreibt.

Er lächelte geistesabwesend ein Lächeln, das weder entschuldigend war noch mit Schuldgefühl gemischt. Ich habe nie etwas in seinem Wesen bemerkt, das dem geglichen hätte. Nichts in ihm schien von Reue zu zeugen. Da gibt es auch keine Leidenschaft, nichts, was auf Schmerz oder Leidenschaftlichkeit deutet. Er kommt nur, um das zu kriegen, was er will, wenn der Trieb sich bemerkbar macht und er sich abreagieren kann, ohne Umschweife und aus freiem Willen, in unterschiedlicher Form, fleischlich oder abstrakt, ohne daß jemand davon etwas weiß. Ich sagte zu ihm und versuchte dabei weder Großzügigkeit noch Verständnis zu zeigen:

Wir können damit Schluß machen, wenn du willst.

Nein, sagte er.

Warum nicht? fragte ich und hoffte, er würde eine Andeutung machen, daß ich ihm etwas bedeutete, doch er sagte gleichgültig:

Ich weiß es genausowenig wie du.

In der Leere war nichts, das erkennen ließ, weshalb er sich nicht entschloß, damit Schluß zu machen und sich an die Frau zu halten. Noch weniger schien es mit Liebe zu tun zu haben, wenn er weitermachte. Obwohl ich das Gefühl habe, noch nie von einem lebenden menschlichen Wesen auf eine vergleichbar geheimnisvolle und bedingungslose Weise geliebt worden zu sein, weder von meinen Eltern, Geschwistern, meiner Frau, meinen Söhnen noch von meiner jüngsten Tochter, die noch daheim wohnt und noch nicht von der Welt verdorben ist, doch vielleicht um so mehr durch mich.

Wahrscheinlich ist das Gefühl nur etwas, das ich mir wünsche, doch egal, ob es sich so verhält, ob Wirklichkeit, Einbildung, Lüge oder Wahrheit, es führt mich in lieblichere Gefilde, als etwas anderes es jemals, so weit mein Gedächtnis in die Vergangenheit zurückreicht, getan hat.

Bei diesem Gedanken versenkte ich mein Gesicht in die Neutralität, die von seinem Körper ausströmt, und mich befiel die Vorstellung, ich hätte den Rausch des Gedichtes empfunden, das ich nie verfassen würde, weil ich dessen Motiv nicht aus meinem Geist entkommen lassen wollte. Ein solches Licht im Geist ist besser als jenes, das eine Lampe verstrahlt, und es erleuchtet viel mehr Bereiche als ein anderer Lichtschein. Ich fand es eigenartig, aber natürlich, zu glauben, daß ein Gedicht aufhört, ein Lichtschein zu sein, sobald man es verfaßt hat. Diesen Verdacht hegte ich oder entschied so, während ich mein Gesicht in seinem Duft verbarg, obwohl ich nie andere Gedichte lese als die in den Lesebüchern, die ich unterrichten muß.

Auf einmal fragte ich in Fortsetzung dieses unerwarteten Gedankens, der mir gekommen war:

Magst du Gedichte?

Dadurch schien er aus seiner Ruhe zu erwachen und machte große Augen. Dann sagte er:

Nein, wieso?

Nichts, antwortete ich. Dann sind wir uns in einer Sache gleich.

Das glaube ich nicht, sagte er zögernd. Ich bin anders als du.

Worin?

Ich würde nie deine Hemden tragen, sagte er in sachlichem Ton.

Warum nicht?

Die Frau würde mir nie solche Hemden kaufen.

Ich suche sie nicht selbst aus, sagte ich, teils um ihn nachzuahmen, teils um mich über ihn lustig zu machen. Meine Frau kauft alles für mich; auch die Socken. Willst du sie sehen?

Nein, antwortete er. Ich habe genug davon auf dem Fußboden gesehen.

Und die Hemden?

Das kann keine besondere Hausfrau sein, die solche Hemden für ihren Mann aussucht, sagte er und versuchte, noch überzeugender zu wirken.

Warum nicht? fragte ich, und es machte mir immer mehr Spaß, seine Reaktionen anzuhören.

Solche Hemden sind, mit einem Wort gesagt, idiotisch, sagte er erregt. Im übrigen kümmern mich deine Hemden überhaupt nicht. Glaubst du etwa, ich hätte nicht gemerkt, daß du sie jedesmal ausgezogen hast, wenn ich komme, und dich schämst, dich einem darin zu zeigen, und sie nie anziehst, bevor ich gegangen bin?

Ich war kurz davor, loszulachen, doch ich unterdrückte mein Gelächter aus Furcht, es könnte ihn verletzen, daß ich Ansichten lustig fand, die in heiligem Zorn vorgebracht wurden. Was konnte so schlimm an Hemden sein, die völlig normal und meistens blaßblau gestreift waren? Seine Hemden waren dagegen uni, entweder grün oder braun. Vielleicht sind das die einzig richtigen Farben für Männerhemden. Ich fragte, um die Sache klarzustellen:

Wie müssen richtige Hemden sein?

Natürlich uni bei Männern, antwortete er, verwundert darüber, daß ich das nicht wußte. Die Frau möchte, daß ich diese Sorte unter dem Jackett anhabe.

Seine Erregtheit machte mich nervös, und ich schwieg.

Keinem vernünftigen Mann kommt es in den Sinn, in einem gestreiften Hemd zu einer Beerdigung, einem Leichenschmaus oder zu einer Konfirmationsfeier zu gehen, fügte er hinzu.

Auf gestreiften Hemden sieht man die Flecken nicht so sehr, und verheiratete Männer wissen, daß es für ihre Frauen ziemlich wichtig ist, daß Farbe und Stoff von Männerkleidung den Schmutz gut abweisen, sagte ich zu meiner Verteidigung und zum Schutz der Hemden.

Wieso das denn? fragte er wütend und warf mir einen finsteren Blick zu, während er sich an den Nasenflügel faßte.

Wenn man eine Karamelkartoffel verliert oder sich einen Kaffeefleck macht, dann sieht man es auf dem Stoff nicht so; man kann in demselben gestreiften Hemd zu fünf Feiern gehen, ohne es zu waschen, sagte ich.

So einen Schwachsinn höre ich mir nicht an; welche Soße sieht man auf einem dunkelbraunen Hemd, und habt ihr denn keine Waschmaschine? fragte er, sprang auf und ging.

*

Heute rief er an, und ich konnte ihm anhören, daß er unbedingt kommen wollte, doch mit einem Mal ritt mich ganz unerwartet der Teufel, und ich sagte, daß ich aus dem Haus gehen müsse, obwohl es nicht wahr war. Ich bekam sofort ein schlechtes Gewissen oder glaubte, wenn ich ihm nicht erlaubte, mich zu besuchen, wenn er das Bedürfnis hatte, würde ich ihn ein für allemal verlieren. Er begann die Worte zu zerdehnen, wie er es macht, wenn er seinen Willen haben muß, und sie wurden in seinem Mund zu kleinen Kartoffeln, die langsam mit einer Gabel zerdrückt werden, deren kleine Zinken sie kaum bewältigen; trotz des Zögerns oder gerade deshalb liegen Vorwurf und Frechheit im Ton seiner Stimme, die am Ende mein besseres Wissen und meine Zweifel besiegt; seine simple und heftige Gewißheit bricht meinen Widerstand, obwohl sie keine Überzeugung ist, sondern natürliche Gier, ähnlich dem Verlangen nach Essen, wenn man Hunger bekommt. Ich genieße es, meinen Intellekt zu beugen, während er die Wörter zerquetscht, vielleicht, weil ich ein Neuintellektueller bin. Das bedeutet, daß es in meiner Familie keine Tradition für höhere Denkungsart gibt, und ich habe den Verdacht, daß ich mich an meinem Verstand dafür räche, daß er nicht an jemand anderen gegangen ist, der ihn eher verdient hätte. In gewisser Weise verachte ich ihn und behandle ihn schlecht im Umgang mit meinem Gefährten, der wie die Faust aufs Auge des Ursprungs paßt, den ich betrogen habe und dem ich auf dem Weg der Bildung entkommen bin, ich habe mir einen Ort in der Gesellschaft gesucht, an dem ich mich in meinem Herzen nicht zu Hause fühle und wohin ich durch die Frau und die Hilfe ihrer Verwandten gekommen bin.

Aaaaah, sagt er langsam, wenn er glaubt, daß er nicht bekommt, was er verlangt.

Er zieht die Wörter in die Länge, um mir genügend Gelegenheit zu geben, meine Meinung zu ändern, ohne mich zu schämen.

Dieses Mal änderte ich meine Meinung nicht, denn irgendein Teufel war in mich gefahren, selbst wenn er an diesem Nachmittag die Worte dreimal zerdehnte, ohne Zweifel fassungslos darüber, daß es ihm nicht gelang, sich langsam, aber sicher einen Weg durch meine solide Verteidigung zu bahnen. Doch plötzlich hatte er das Interesse verloren und sagte kurzangebunden:

Tja.

Kaum hatte er das Wort ausgesprochen, als ich Lust hatte, nachzugeben und zu sagen: »Also gut, dann komm, du Kerl«, und dann würde ich zu hören bekommen, wie gerührt er wäre, daß ich ihn als Freund nie enttäuschte, wenn es so um ihn und sein Verlangen stand. Doch er legte schweigend auf, und wahrscheinlich trieb mich das schlechte Gewissen dazu, das aufzuschreiben, was hier geschrieben steht. Auf diese Weise kann ich mit ihm den Worten nach zusammensein und mich mit ihm versöhnen, denn ich kann die Ereignisse und ihre Natur analysieren, wenn ich mit meinem Intellekt allein bin, doch ich werde verwirrt und wehrlos, wenn ich mit den lästigen und primitiven Trieben meines Gefährten konfrontiert werde.

Als ich anfing zu schreiben, wurde es sofort besser, mit ihm in Worten zusammenzusein als in Taten. Wörter geben einem nichts anderes als das, was man den Staub des Trommelwirbels nennen könnte. Sie verschaffen uns nicht die Trommel selbst, ihren Umfang, den Körper, und auch nicht die Hand, die auf das gespannte Fell schlägt, denn die Wörter sind Zeichen für das bißchen Etwas, an dem man sich erwärmt, wenn das, woraus sie entsprungen sind, fehlt. Sie erwärmen den Geist, doch sie sind kaum etwas anderes als Schmerzensgeld dafür, daß man die Sache und die Welt nicht in Händen hält. Zum Glück ist das nicht möglich. Wenn wir ohne Umschweife alles in die Hände bekämen, würde die Sprache in unserem Mund verlorengehen und wir würden statt dessen brüllen, unendlich langgezogen, und auf die gleiche Weise fluchen wie die Tiere, vor allem wie der Bulle.

Mit Worten ist das meiste zwar möglich, aber noch nicht erlangt.

Ich fuhr heim zu meiner Frau und sagte aufgeräumt und froh zu ihr:

Die Worte.
Die Worte und die Blume.
Und der Frühling.

Also, das ist ja unglaublich, daß du mal guter Laune bist, wenn du nach Hause kommst, sagte sie. Soll das eine Art Gedicht sein? Als Hausfrau und Gattin möchte ich aber trotzdem, daß du den Abfall für mich rausbringst.

Ich werde den Abfall rausbringen und sogar mich selbst für dich aus dem Weg räumen und in die Mülltonne werfen, sagte ich froh und brachte den Müllbeutel hinaus.

Mit einer mir sonderbar erscheinenden Freude schaute ich in den Garten, der gegenüber von unserem Wohnblock ist, und betrachtete die Sonne. Sie schien auf ein paar Plastikspielsachen, die ein Kind im Gras zurückgelassen hatte. Niemand war draußen. Ich sah keinen Menschen auf der Straße und sagte zu mir selbst:

Warum sind die Leute bei diesem schönen Wetter nicht draußen.

Ich setzte mich unter die Hauswand, um dem guten Wetter Solidarität zu zeigen, doch mir wurde schnell langweilig, und ich schlich wieder in das Arbeitszimmer, wie ein Dieb in der Nacht, und wartete dort voller Spannung, doch niemand rief an, und ich wußte nicht, was ich mit mir anfangen sollte. Es war warm drinnen, und ich nahm einen roten Buntstift aus der Bleistiftschachtel und zeichnete einen kleinen, runden, roten Fleck auf die Wand, nur um irgend etwas zu tun.

*

Danach glaubte ich, ich würde mir niemals darüber klarwerden wollen, wann ich mit ihm körperlich zusammen war und wann gedanklich. Das vermischt sich leicht, wie das meiste in der Erfahrung der Menschen, wenn die Zeit vergeht; denn ist nicht auch das Gefühl nur ein unsichtbares und sich ständig veränderndes Material, das man mit seinem Interesse berühren kann?

Aus diesem und auch anderen Gründen wuchs ständig das Verlangen, anzurufen und ihn zu bitten, zu kommen, damit er durch Präsenz und auf greifbare Weise real würde. Ich wollte nicht, daß er wie Rauch ist, der aus der Asche des zuvor flügge Gewesenen aufgestiegen war. Er durfte weder ein saurer noch ein süßer Wunsch sein, keine Schwäche, die in einem unaufhörlichen Monolog aus Worten erwachsen ist, nicht die Auferstehung der Neigungen, die ich geerbt, aber unterdrückt habe, nicht Rache für den Betrug an meiner Herkunft, nicht poetische Metapher in einem Tagebuch, sondern ein normaler Mann, mit festem Fleisch, dem das Alter zusetzt, um ihn zu Fall zu bringen, und der attraktive Vergänglichkeit ist. Ich sagte zu mir selbst:

Zum Glück bist du ein Mann, der nur etwas zum Anfassen zu bieten hat, an Gedanken habe ich von mir selbst genug.

Doch ich wußte, daß ich niemals anrufen durfte, egal, was in Fleisch und Kopf passierte, wie sehr ich mich auch danach sehnte, ihn bei sich daheim im Kreise der Familie den Hörer abnehmen zu lassen, so daß ich fragen könnte: »Wer ist dran?«, und er würde übellaunig, weil man ihn im trauten Schoße der Familie störte, antworten: »Ja, ich bin's.« So würde ich mir Gewißheit über etwas verschaffen, zum Beispiel darüber, daß er an einem bestimmten Ort in der Welt wohnt, obwohl ich nicht weiß, wie die Straße heißt. Falls eine unbekannte Stimme antwortete, wäre ich genauso schlau wie vorher und würde nur sagen: »Entschuldigung, ich habe mich verwählt.«

Ich hatte versprochen, ihn nie zu grüßen, falls ich ihm zufällig auf der Straße oder bei einer öffentlichen Veranstaltung begegnete, ich habe das akzeptiert, indem ich mich selbst mit logischer Beweisführung fragte:

Ist Liebe nicht vielmehr die Fähigkeit, leichtfüßig in einem tiefen Schatten und in Unsicherheit herumzustreifen, als die Eigenart, sich unbedingt Klarheit über etwas verschaffen zu wollen oder ein Heer unter der Fahne der Gewißheit aufzustellen?

Und ich antwortete entsprechend dieser Logik:

In der Liebe verschafft man sich nie über irgend etwas Gewißheit. Kann meine Liebe also eine Ausnahme sein?

Nein, nein, antwortete ich und machte es mir im Schatten meines Gefährten bequem.

Die Grenzen, die den Begegnungen gesetzt waren, hatten ihre Vorzüge, die unüberbrückbare Kluft zwischen uns; da wir so eingeschlossen ineinander waren, war es für mich ungefährlich, ihm meine Privatangelegenheiten anzuvertrauen. Ohne Angst konnte ich ihm von mir selber und den chaotischen Zuständen erzählen, unter denen ich gelebt habe, ohne jemandem davon zu erzählen. Außerdem konnte ich ohne Gefahr bei der einen oder anderen Sache lügen, erfinden, so tun als ob, meiner Person etwas hinzufügen und zurechtbiegen, ganz wie es mir paßte oder es nach den jeweiligen Umständen am günstigsten war. Ich wußte, er war ebenso wie ich ein Gefangener seiner Taten und konnte bei keinem Menschen etwas ausplaudern, wie die Männer es tun, triumphierend über das Vertrauen, oder sagen, er hätte mich auf ähnliche Weise erobert wie eine Frau; das habe ich auch schon getan, um nachzuwürzen, wenn etwas nicht so gut gewesen war, wie ich es mir vorher ausgemalt hatte, und es keine Gelegenheit gegeben hatte, an Ort und Stelle zu würzen. Falls er so etwas im Sinn gehabt hätte, dann hätte er sich damit zu erkennen gegeben, die Maske fallen lassen und bewiesen, daß er keineswegs besser ist. Deshalb war es jedesmal, wenn er kam und wir unserem Verlangen Genüge getan hatten, daß er gebeugt dasaß, wie ein Gefangener in der Zelle, und mir eine angemessene Zeit lang zuhörte.

Zweifellos hat er nicht genug Phantasie, um unser Verhältnis so darzustellen, als handle es sich um andere Männer, von einem Freund oder unbekannten Mann irgendwo in der Stadt etwas zu behaupten, das er triebe, und zu sagen:

Wißt ihr was, ich kenne oder weiß vielmehr von einem verheirateten Mann, den keiner im Verdacht haben würde, daß er »so« ist, aber wie dem auch sei ... Manche von ihnen sind unersättlich ... und seine Alte hat keinen blassen Schimmer ...

Dann würde er auf mysteriöse, übertriebene Weise bis ins Kleinste über uns berichten, so als ob es sich um jemand anders handelte, und sich so Erleichterung von seiner Perversität verschaffen, während er anderen die Gelegenheit gäbe, den Autor durch die Geschichte dieses Groschenromans hindurch zu erkennen, und alles über die realen Personen offenbar würde. Auf diese Weise erhöhte er wie ein abgebrühter Verbrecher das Risiko, daß ihm jemand direkt ins Gesicht sagte: »Nein, das handelt nicht von einem Unbekannten irgendwo in der Stadt, sondern das ist niemand anderes als du selbst; ich habe schon lange den Verdacht gehabt, daß du vom anderen Ufer bist, und wenn du willst, dann werde ich es dir machen, damit du spürst, wie ein richtiger Mann zu sein hat ...«

Er nahm das Angebot nicht an und glaubte, das würde ihn von allem Verdacht reinwaschen, obwohl beide Lust hätten, es auszuprobieren.

In der Ungewißheit und dem geistigen Durcheinander nach dem Spiel spreche ich aufrichtig mit ihm, seltsam siegesgewiß, und er sitzt ganz weit hinten auf dem Diwan, als Opfer meines Vertrauens, und preßt die Nasenspitze zusammen, denn er kann weder der Wolf sein, der das Lamm verschlingt und dann zu den anderen Wölfen läuft, um sich im Anheulen der Wölfinnen zu verstecken, noch wie die Biene den Pollen der Geschichte zwischen den Blumen übertragen. Ich beobachte ihn, wie er dasitzt, verflucht, in einem isländischen Knoten, wie er entweder deprimiert ist oder mir einen unschuldigen und bittenden Blick zuwirft. Das ist ein gutgebauter Mann, der nur aus harter Arbeit besteht und einem Körper mit dem unkontrollierbaren Bedürfnis des unbändigen Fleisches nach dem schnellen Erguß des Schleims, der das Leben entfacht, so daß er versucht, in jeder Ritze, die er dafür findet, einen Erguß zu kriegen, ohne daß dies Verantwortung nach sich zöge, ein Zeugnis von Liebe oder tieferen Gefühlen. Er ist der Erguß schlechthin, nichts anderes als die Männlichkeit.

Obwohl ich versuchte zu erraten, was aus den klaren blauen Augen schien, begriff ich nicht, was hinter seiner Aufmerksamkeit steckte. Ich weiß, daß das, was jemand in der Einfalt seines Geistes im Charakter eines gewöhnlichen Menschen für schlicht halten mag, sehr kompliziert sein kann, und oft ist dies viel schwieriger zu ergründen oder zu definieren, als das Komplizierte im Charakter eines ungewöhnlichen Menschen zu enträtseln, denn es gibt weniger Formeln für das Einfache, als für das, was verworren erscheint. Ich weiß auch, daß es bei einem Idioten eine viel kompliziertere Idee geben kann als bei einem Weisen, doch gewöhnlich hat sie keinen anderen Wert als die Heiterkeit, die sie erregt; die Idee des Intellekts besitzt dagegen praktischen Wert. Es gibt unzählige Erklärungen des Intellekts und seiner Tricks, denn der Intellekt ist logisch oder versucht, frei von Widersprüchen zu sein, und demzufolge findet man unvermeidlicherweise früher oder später eine Erklärung für seine Taten. In ihm gibt es nichts Phantastisches, keinen Zufall, und er bemüht sich, die Fehler der Unvernunft auszurotten, doch die Einfalt ist unberechenbar, voller Zufälligkeiten, wunderbarer Flatterhaftigkeit und oft lustiger Einfälle.

Er saß schweigend auf der äußersten Kante des Diwans und sagte kein Wort, und ich kam nie dahinter, ob er die Ohren vor dem verschloß, was ich von mir gab, oder ob das seine Art war, »dafür zu bezahlen«, daß er mir erlaubte, in einem fort zu reden. Sein Verhalten zeugte weder von Toleranz noch von Interesse, denn im Wesen des gemeinen Mannes ist es fest verwurzelt, das meiste einfach über sich ergehen zu lassen, sowohl Gerechtigkeit als auch Ungerechtigkeit, Gutes und Böses, Haß und Liebe, Trauer und Freude, Anklage, Aggressivität und Freundlichkeit. Hinterher, wenn der Sturm sich wieder gelegt hat, geht er ruhig an seine Arbeit; sie ist der einzig sichere Weg in seinem Leben. Wenn es passieren sollte, daß er zu sich kommt, gerade wenn die Wellen am höchsten schlagen, und er meint, man habe ihn beleidigt, und er sich gegen die Ungerechtigkeit, die ihm im Beruf, zu Hause oder in der Ehe zuteil wird, zur Wehr setzt, dann wird er blind, reagiert wütend und schlägt nach allen Richtungen um sich, doch meist ziellos ins Leere. Kommt es dennoch vor, daß er aus reinem Zufall trifft, dann bereut er es ebenso schnell wieder und sucht Versöhnung und wird viel unterwürfiger als vor seinem Wutanfall. Dann verwandelt er sich auf die gleiche Weise wie der Intellekt, wenn er sich in Zweifeln verliert, oder wie die Frau, die wie eine Natter auffährt, es jedoch inmitten ihres Ungestüms bereut, und das ganze Getöse endet in Liebenswürdigkeit.

So ist alles irgendwo in allem verborgen und kommt nie zum Vorschein, außer wenn es sich einmal von seiner anderen Seite zeigt.

Nach einer gebührend langen Zeit machte er Anstalten zu gehen, so als ob er jetzt genug für mich, meinen Redefluß und meine Marotten getan hätte, indem er sitzen geblieben war, obwohl nichts davon an ihm hängen geblieben war, nichts von all meinen Bemerkungen und Bekenntnissen eine Wirkung zeigte, doch bevor er sich rührte, sagte er unvermittelt, doch vielleicht, um zu testen, wie ich reagieren würde:

Also, jetzt muß ich aber für die Frau zur Apotheke.

Er sah auf die Uhr, um seinen Worten Nachdruck zu verleihen; die Uhr erteilt so den Menschen die Aufgaben. Dann stand er träge auf, zögernd und mit einem Flackern in den Augen – vielleicht wartete er darauf, daß ich ihn nach Art der Ehefrau aufforderte, noch sitzen zu bleiben und mir doch mal zuzuhören, was ich auf dem Herzen hatte – er drückte sich auf die gleiche Weise herum wie ein Mensch, der nicht weiß, ob er noch weiter Rücksicht zeigen oder sich losreißen und schnellstens retten soll vor dem Irrsinn und der Lächerlichkeit, daß ein erwachsener Mann keine Hemmungen hatte, sich in Problemen zu wälzen und zu jammern und auch noch krank zu werden auf Grund der Bedürfnisse des Fleisches, die nur kommen und gehen, wie der Urin, der in die Blase läuft und aus ihr hinaus.

Ich sehe ihn vor mir, während ich dies schreibe. Er erwacht wie aus einem Winterschlaf. Schließlich erhebt er sich und geht zu seiner Schufterei und den simplen Dingen, unbehelligt von allem um sich herum außer der Arbeit und dem Pflichtgefühl gegenüber seinem Zuhause, bis der Körper von neuem die verfluchten Bedürfnisse meldet, vielleicht während er sich gerade mit einem höllisch schweren Eisenstück abmüht, und sie noch einmal abwehrt, während er es hochstemmt, um es nicht auf die Zehen zu bekommen. Doch sobald es an Ort und Stelle gekommen ist und er wieder leichter atmet, kann er das Verlangen nicht länger im Zaum halten, er wird verwirrt, räuspert sich und denkt undeutlich: »Also, verdammt, hat es mich schon wieder gepackt?«

Er wird die Triebe befriedigen müssen, was es auch kostet, und es kostet oft beträchtliche Auseinandersetzungen; das macht nichts, alles im Leben hat ihn unendliche Auseinandersetzungen gekostet, doch diese Auseinandersetzung hat den Vorteil, daß sie vor anderen verborgen ist. Meistens gebe dabei ich in meiner Wehrlosigkeit ihm gegenüber nach, oder es belustigt mich, doch einmal nahm ich mir die Freiheit, mit Rachegelüsten in der Stimme zu sagen:

Ich verrate dir meine Geheimnisse, wenn du dich befriedigt hast, aber nur, weil du damit nicht zu jemand anderem gehen kannst, ohne dich selbst zu erkennen zu geben.

Als ich das gesagt hatte, wartete ich auf eine Reaktion, doch das einzige, was er tat, war, sich geistesabwesend mit den Fingerspitzen leicht über die Augenbrauen zu streichen oder nach einem unnatürlich langen Haar zu suchen, um es auszureißen. Oder vielleicht verscheuchte er ein Trugbild.

Ich weiß nicht, weshalb seine Reaktion mich daran erinnerte, wenn ein sterbender Mensch verwirrt nach etwas zu tasten scheint, woran er sich festhalten kann, verloren in den Verirrungen des Todes, er versucht die Täuschung zu greifen, die kurz vor dem Moment des Sterbens den Geist umflattert. Für mich wurde er deshalb interessanter, mir war, als sähe ich in ihm die Heiligkeit der sterblichen Natur, darum begehrte ich ihn absurderweise immer stärker, so daß ich seinetwegen mein Privatleben in Gefahr brachte und die Vernunft einer Leidenschaft wich, die derjenigen glich, welche bewirkt, daß das Gras nach Wasser dürstet, ohne zu wissen, woher der Durst kommt. Ich machte mir vor, der Durst müßte dadurch entstehen, daß das Gras zu zwei Wassern gleichzeitig werden will: dem Wasser, welches angeboren ist und in seinen Adern fließt, und demjenigen, das mit dem Geräusch des Regens kommt und geht.

Bei diesem Gedanken schämte ich mich in seiner Anwesenheit ziemlich lange dafür, niemals auf natürliche Weise zu diesen zwei Wassern werden zu können. Die Liebe der Menschen ist wie zwei düstere Wasser in einem klaren Wasser. Ich wußte das sehr gut, doch mein Gedankenleben hinderte mich daran, daß ich mich in Demut vor meiner Einsicht verneigte und ich die ungehemmten und freien Winde mich hierhin und dorthin in das Regengebiet tragen ließ, wenn es ihnen gefiel.

All das ist verwandt mit einer Phantasie, die mit eher unsicherer Hand auf einem Blatt fixiert ist. Ich finde, daß ich dabei lüge: Er ist es, der bestimmt, ob er kommt oder mich warten läßt, ob oder wann wir uns treffen und wie die Begegnungen ablaufen. Er ist es, der unsere Wirklichkeit bestimmt, während ich nur über das Heiligenbild von ihm in meiner Vorstellung bestimme.

Die Vorstellung, die er sich von sich selbst macht, hat nichts zu tun mit meiner Vorstellung von ihm, kommt es mir vor, denn diese scheint ihm von seiner Frau eingegeben worden zu sein; vielleicht ist er derselben Meinung wie sie, daß er ein Mann sein muß, der nur ganz kurz daheim ist und sonst auf See oder unablässig Besorgungen für andere erledigt.

Ich weiß, daß kein Mensch bei einem anderen etwas bewirken kann, wenn er einmal zu Verstand gekommen und erwachsen ist. Alles andere ist eine Illusion. Man kann im Erwachsenenstadium nicht einmal bei sich selbst etwas bewirken, nachdem das Gehirn das gewählt hat, was es will, was ihm paßt und womit es klarkommt, alles andere weist es zurück. Wir sind kaum etwas anderes als die Fortsetzung der Ansichten und Verhaltensweisen unserer Eltern, und ihre Ansichten über uns und sich selbst sind der Nachklang der Ansichten von ihren Eltern und so weiter bis zum Anbeginn von Zeit und Mensch zurück. Wenn sich daher jemand unterdrücken und in eine Beziehung oder Ehe drängen läßt, so unterdrückt ihn nicht die Partei, die anscheinend unterdrückt, sondern er nimmt jene Verpflichtung, Unterdrückung oder Unterwürfigkeit an, die in der Seele sitzt und das Erbe seiner Eltern und deren Eltern und der Vorvätern ist, vom

Anbeginn der Zeit. Die Mutter hat sich sorgfältig in der Unterdrückung eingerichtet, und wenn sie es sich in der Tochter bequem macht, wird das Resultat zum Vorteil des zukünftigen Ehemannes sein, und beim Sohn wird sie zum Nutzen seiner Arbeitskraft und der Ehefrau sein; der Sohn wird seinem Arbeitgeber ergeben sein und seinem Heim hörig, doch er ist kein Mann.

Die Frau ist viel tüchtiger als er, sagen die Leute in einem solchen Fall, und ich glaube, daß das auch auf meinen Gefährten und mich zutrifft.

Wer oder was hat mir die Gefühle eingegeben? In unserer Natur muß sich etwas von jemandem verbergen, vergleichbar dem Verlangen, das den Mond dazu bewegen könnte, seine Rückseite sehen zu wollen, aber falls das gelänge, würde ihm klarwerden, daß sich die helle und die dunkle Seite an einem Ort befinden, der im All schwebt, und die Folge davon, daß dem Mann im Mond gelungen ist, seine Rückseite zu sehen, ist dieselbe, wie wenn seine Augen das Ungesehene nie geschaut hätten. Der Mond hat nach wie vor zwei Seiten, die eine hell, die andere dunkel, und er ist nicht klüger als vorher und scheint trotzdem; ebenso trage ich in mein Tagebuch ein, was ich von meinen beiden Seiten sehe.

*

...Ich gleite in die kurzwährende Ewigkeit deines Körpers, wo die Macht ist, obwohl sie Neutralität und Stille zu sein scheint, doch sie hat den Effekt, daß man auf den Stein schlagen möchte, in der Hoffnung, daß durch die Schläge die Flut in reißenden Strömen zu laufen begänne, die den Körper waschen und der Seele zu trinken geben, und im selben Moment finge es auf der rauhen Oberfläche des Felsens zu glimmen an, und dann stünde jede seiner Kanten in den hellen Flammen des Wassers. Doch in ihm, meinem Gefährten, ist allem Anschein nach nur eine unverbindliche Neutralität, die Unbefriedigtheit und Leere bewirkt, aber beides nährt in mir das Bedürfnis, von dir voll zu werden. Bei diesem Gedanken spüre ich ein Zittern im Fleisch, nicht das, welches die Knochen bekleidet, sondern jenes, welches sich im Fleisch selbst verbirgt und ein abstraktes Gebiet ist...

Wenn ich dies aus dem Gedächtnis aufschreibe, möchte ich auf ähnliche Weise sterben wie der, der es gesagt hat, mein Jugendfreund, und mich von dir entfernen und in derselben Bewegung wieder zu dir kommen, denn der Tod ist beides: Er ist die Trauer darüber, daß man Abschied von der Erde und den Freunden nehmen muß, und gleichzeitig die Freude darüber, zum vermuteten Anbeginn im Ebenbild Gottes zurückzukehren und ihn um neue Erschaffung in anderer Gestalt zu bitten.

Ungefähr so drückte sich mein Jugendfreund manchmal aus. Ich hingegen bin erdgebundener im Glauben. Ich ergreife die Hand, die hart und müde von der Arbeit ist, wie die Hand des Schöpfers aller Dinge, und spüre bei dieser Berührung Jugend, Ursprung und Kindheit, das, womit ich aufwuchs und was ich selbst an meiner Brust im zweiten Abschnitt meines Lebens aufziehen möchte. Ich glaube, daß ich mit dir wieder ein kleines bißchen zurück zum Ursprung gekommen bin, obwohl ich weiß, daß dort niemals meine endgültige Wohnstätte sein wird; was man einmal im Leben erlebt hat, erlebt man nie wieder von neuem in der Materie, sondern im Geist, und das Vergangene ist dort auch entstellt und existiert nicht. So bringe ich dich mit Gewalt in mein Tagebuch hinein. Du bist so in mir verstrickt wie ich in dir, deine Frau kann dich nicht aus dem Knoten lösen und die Kinder auch nicht, denn keiner weiß, wo der Knoten im Gewebe sitzt, und ohne Hilfe kannst du dich noch weniger losschneiden. Keiner kann dich daraus lösen außer mir, und das weißt du, während du mit mir ein Vergnügen teilst, das die Hinwendung zur Ehefrau verstärkt. Indem du außer- und innerhalb des Kreises der Familie und fast gleichzeitig in anderen Kreisen bist, hältst du dich in einer ausgewogen unangenehmen und reißerischen Spannung und holst soviel aus dem Leben heraus, wie deine Potenz erlaubt. Ich spiele das gleiche Spiel, so daß es am besten wäre, wenn wir zu dritt oder viert im warmen Bett derselben Gefühle lägen, denn keiner ist nur für sein Gegenteil gemacht und auch nicht für seine Entsprechung. Was könnte mehr Vergnügen bereiten als mit allen, die man liebt und die einen lieben, in einem Bett zu ruhen?

Man darf keine Angst vor der Liebe haben, welche Richtung sie auch einschlägt, sie ist stets auf dem rechten Weg, sie irrt nie vom Weg ab, und sie irrt sich auch nicht in der Person.

*

Einmal, als du vom Arzt kamst, weil die Frau dich hingeschickt hatte, obwohl dir nichts fehlte, und du die Gelegenheit ergriffst und vorbeikamst, weil du früher als erwartet fertig warst, da warst du erregt und froh über deine körperliche Gesundheit und packtest mich an den

Schultern und gestandest, daß du Angst gehabt hättest, weil dir niemals unwohl würde, und du gedacht hättest, daß du Krebs haben könntest. Um wie ein Mann auf die Diagnose des Arztes gefaßt zu sein, hattest du einen anständigen Schluck zur Brust genommen, bevor du zur Untersuchung gingst, nicht deinetwegen, sondern wegen der Frau, die meinte, dich ständig husten zu hören.

Jetzt ist es bewiesen, daß mir nichts fehlt, sagtest du. Ich habe recht gehabt, nicht sie. Und ich hätte nichts trinken sollen; das war einfach nicht richtig von mir.

Du warst nichtsdestoweniger siegessicher und sagtest, daß du über deinen Zustand und deine Gesundheit am besten Bescheid wüßtest.

Ich bin stark wie ein Elefant und habe den Rüssel immer hoch in der Luft! riefst du beinahe und warst aggressiver als sonst, und dein gerötetes Gesicht strahlte vor Freude.

Da entfuhr mir plötzlich, weil du den lästernden Teufel, der die Freude zerstört, geweckt hattest:

Gut und schön, aber ich möchte nicht, daß du dich verbrennen läßt und man die Asche unter einen Stein schüttet, wenn du einmal den Löffel abgibst.

Du fuhrst zusammen und fragtest voller Bestürzung, die einen unsicheren Menschen überkommt, der zwar großspurig tut, aber im selben Moment seine Siegesgewißheit verliert und sich aufs neue dessen bewußt wird, daß er genauso unbedeutend ist wie eh und je und es immer sein wird.

Warum sagst du das? fragtest du voller Verwirrung.

Ich fand schnell eine Antwort in der Hölle der Liebe und antwortete völlig gelassen:

Wenn du auf dem Scheiterhaufen landest, verbrennst du sofort zu Asche, aber ich will, daß du so langsam in deinem Sarg verfaulst, wie du nach und nach aus meinen Gedanken getilgt wirst. Ich habe mich entschieden, mich ebenfalls nicht einäschern zu lassen, damit du das gleiche mit meinem Körper tun kannst: ihn im lebendigen Vergessen tilgen.

Bei diesen Worten sprangst du zitternd vor Schreck auf, wichst in Panik vor mir zurück und sagtest mit bleicher Stirn:

Ich lasse mir diesen Wahnsinn nicht länger bieten. Ich lasse mich hier in dieser finsteren Hölle nie wieder blicken.

Hinterher entschuldigte ich mein Benehmen damit, daß ich meinen schlechten Gefühlen freien Lauf gelassen hätte, weil ich Lust bekam, die Freundschaft auf die Probe zu stellen, indem ich auf das Unvermeidliche im Leben hinwies, und zugleich herausfinden wollte, ob es möglich wäre, meinen Gefährten durch brüskes Verhalten zu verjagen und ihn mit dem Gegenteil wieder anzulocken.

Zwei Tage später rief er an und kam wieder und tat, als ob nichts gewesen sei. Da sagte ich leise, während wir einander so nahe waren wie Schneide und Rücken eines Messers:

Jedesmal, wenn du von mir weggehst, füllt sich mein Körper mit Schnee, ich nehme eine Handvoll davon, mache daraus einen Ball und werfe ihn auf das, was mir gerade vor die Augen kommt, auch auf dich, und dabei spürt das Herz in seinen Kammern ein Bedürfnis nach dem Tauwetter, das natürliche Männer wie dich mit dem Schürhaken in die Höhlen der Kälte treibt.

Mein Jugendfeund hatte zweifellos etwas Ähnliches gemeint, als er ständig darüber klagte, bevor er sich umbrachte, daß er nie mit sich selbst in Verbindung käme, außer in einem anderen Leben, daß er auf der Erde mit einem gefrorenen Körper unter den Menschen wandelte, doch jenseits des Todes hätte er eine andere, brennende Welt, die er finden müßte, indem er in die Höhlen der verwinkelten Kälte zu einer Begegnung mit dem ging, was nie aus der Hand Gottes gelangt war, als er Mann und Frau in einem Körper erschuf, der sein Ebenbild war. Deshalb sind Männer und Frauen von gleicher Natur, und die Rippe ist kein Symbol, das eine Abwertung der Frau bedeutet oder ein Zeichen dafür ist, daß sie unter dem Mann steht, diese Deutung wäre eine Entstellung durch eine Epoche, die nicht an eine menschliche Ganzheit glaubt; auf solche Weise wird alles durch unnötigen Gebrauch entstellt, auch die Begriffe Mann und Frau.

Wir haben eine widerliche Zeit erzeugt, um darin zu leben, wo keine menschliche Ganzheit mehr existiert, nur Bildung, Aufsplitterung und langweilige und abtötende Unterscheidung, sagte er.

Solche Äußerungen waren mir ziemlich unverständlich, als ich sie das erste Mal hörte, und ich muß zugeben, daß es sich wie Fiebergestammel anhörte, wenn ich ihm zuhören mußte und er in dieser seltsamen Stimmung war, wenn nichts anderes Platz hatte als der ständig wiederkehrende Gedanke an den Teil von ihm, der offensichtlich nicht existierte, aber um so mehr seine Wirklichkeit ausmachte.

Gewöhnlich hatte mein Jugendfreund die leidige Angewohnheit, mich fast sofort anzurufen, nachdem ein Treffen zwischen euch stattgefunden hatte, um mit irgend jemandem in geistigen Kontakt zu kommen, denn das ist der höchste Grad von Freundschaft, wenn man dazu imstande ist, einen Menschen nach seiner persönlichen Anwesenheit in Worte zu verwandeln. Ich fand es unangenehm, gerade kurz vor Büroschluß, mit den ganzen Menschen um uns herum, seinen Erzählungen von euch zuzuhören, doch ich akzeptierte es und dachte, daß dein Körper seiner Seele nie Zufriedenheit gegeben hätte und daß dies der Grund dafür sei, daß er sich bei der Rückkehr nach Island der halben Existenz noch schmerzlicher bewußt geworden war als zu der Zeit, als er sich noch im Ausland aufhielt, vielleicht um sich verlieren zu können.

Mein jetziger Gefährte stellte für ihn nicht den Vertreter der Hälfte dar, die Gott wie ein Spielzeug aufbewahrt, bis es ihm beliebt, die andere von der Erde abzuberufen, um sie ebenfalls in seinen Schoß zu fällen.

Wir lieben nur die, welche eine Kompensation für das sind, was in uns fehlt, sagte mein Jugendfreund. Die Liebe ist kaum mehr als eine ständige Suche nach der besseren Hälfte, die bei Gott ist, und deshalb verehren wir den Geliebten oder die Geliebte, wenn wir glauben, wir hätten sie als Kompensation für das gefunden, was in uns schmerzlich gefehlt hat, bevor wir zu lieben begannen.

Mir scheint glaubhaft, daß mich trotz meiner Abneigung gegenüber solchen Gesprächen am Telefon (vor allem, wenn meine Frau in der Nähe war oder nachdem ich meine größte Neugier über sexuelle Verhaltensweisen und eine Lebenseinstellung, die mir geheimnisvoll erschien und die ich nie zuvor kennengelernt hatte, gestillt hatte) die genauen Schilderungen von euch so sehr fasziniert haben, daß ich dich, als es dazu kam, übernahm und ziemlich leicht in die Rolle schlüpfte, nachdem das Leben meines Jugendfreundes zur Begegnung mit dem verlorenen Teil im Dickicht der Bäume des Gartens in der Umarmung Gottes gegangen war. Durch den Tod des Fleisches sind wir in Leben und Tod eingeschlossen, wie zwei Muschelschalen fest den Muskel umschließen.

Mein Jugendfreund hatte die Absicht, sein Leben und seinen Tod selbst zu lenken, ohne Glauben an Gott, obgleich er zu wissen glaubte, daß er existierte, denn niemand außer ihm gibt etwas, das er einem zugleich nimmt. Von dieser anfänglichen Spaltung durch Gottes Hand stammt die Doppelnatur des Menschen und die Regel, daß jedes Ding zwei Seiten hat. Es kam oft vor, daß mein Jugendfreund kaum den Kopf hochhalten konnte, doch dann sagte er um so entschiedener:

Wenn ich mich umbringe, nehme ich mir das Leben, ich gebe Gott den Teil von ihm zurück, den er mir bei der Geburt gegeben hat und der mir in seiner Umarmung fehlt, und durch diese Gabe erlangen wir das Vollkommene wieder, bevor er es einfordert und mich durch eine Krankheit oder einen Unfall zu sich nimmt. Das könnte man wahre Großzügigkeit gegenüber Gott nennen, doch dadurch, daß ich gebe, lasse ich ihn wissen, daß es niemand gibt, der über mein Leben bestimmt außer mir, und aufgrund der eigenen Initiative werden wir beide ganz, was meine Existenz betrifft.

Ähnliche Gespräche oder Monologe hörte ich mir gewöhnlich von Freitagabend bis Samstagmorgen an, gleichermaßen hypnotisiert wie verständnislos.

Ich habe Theologie immer eher langweilig gefunden, in welcher Form sie auch auftreten mag, ob sie für oder gegen den Gott des Weines ist, den Glauben an den Sozialismus oder die Marktwirtschaft oder von der Superfrau handelt, und auch die Dogmatik der Homosexualität war für mich ein Buch mit sieben Siegeln, und sie wurde viel diskutiert, als ich noch ein junger Revoluzzer war. (Da hatte ich noch keine Spur davon in mir selbst gefunden.) Kurz gesagt, es war etwas in der Art, daß wir, wenn wir geboren werden, das ewige Leben, das sich des Körpers nicht bewußt ist, hinter uns lassen und zum irdischen Leben erwachen, das vor allem das Wissen vom Fleisch bedeutet, von den Bedürfnissen des Körpers und von beider Unterhalt. Dazu kommt, was ich bei meinem Jugendfreund erfahren habe und von dem ich dachte, es wäre sein persönlicher Glaube, als er sagte:

Das Leben ist eine gewisse Negierung desjenigen Teils des Geistes, welcher sich in unsichtbarer Form bei Gott befindet. Solange wir leben, können wir das Bewußtsein des Körpers nur in der Amnesie der Liebe vergessen, indem wir die Triebe bestimmen lassen.

Oft konnte ich mir nicht verkneifen, über die Verrücktheiten, die er von sich gab, in meinen Bart zu grinsen, während ich ihm zuhörte, wie er sich betrunken den Kopf über seinen Glauben zerbrach, den er in nüchternem Zustand nie erwähnte und zu meiden schien. Doch seitdem ich von dem Verstorbenen deinen Körper geerbt habe, weiß ich, daß ich den meinen verliere, wenn ich zur Liebe mit deinem geboren werde, selbst wenn ich nicht weiß, ob das daher kommt, daß etwas von mir beim Schöpfer zurückgeblieben ist. Eines jedoch ist einigermaßen sicher, nämlich daß, seitdem ich an dich gebunden bin, mit mir etwas Ähnliches passiert ist wie mit meinem Jugendfreund: Ich habe das Gefühl, daß ich nicht mehr in einen wirklichen Kontakt mit mir selbst komme, doch ich habe nicht die Absicht, von eigener Hand zu sterben, in der Hoffnung, das zu finden, was fehlt, damit ich ganz werde; ich habe nicht die geringste Lust, Ganzheit in irgendeiner Form zu preisen, ich gebe mich mit dem Fragmentarischen zufrieden. Ich weiß, daß ich, wenn ich mein Leben ließe, nicht in dich hineinsterben oder in deinem Fleisch wiedergeboren würde, sondern mich vielleicht in einen unsympathischen Gott verirre und wahrscheinlich nie wieder in der Umarmung dessen erwache, den ich liebe. Meines Wissens habe ich mich selbst so erzogen, daß ich ein Leben hier auf Erden leben kann, ohne mit Sicherheit zu wissen, wer ich bin oder wo ich mich befinde, außer daß meine Gedanken oft bei dir sind; doch das ist mir nicht genug.

*

Gestern, als er verschwunden war, um das Auto zu wachsen, und sich gerade mal Zeit genommen hatte, um kurz seine Nase hereinzustecken, sah ich ein paar Mal auf die Uhr, die nicht zu gehen schien. Da fing ich an zu lachen, gab dem Stuhl einen Tritt und schüttelte einen Zustand von mir ab, der zu gewöhnlich war, als daß ein Mann wie ich sich davon beeinflussen ließe. Ich bin es schon gewohnt, daß mein Zeitgefühl auf diese Weise durcheinandergebracht wird. Das Neue und Unerwartete ist, daß mein Gefährte die einzige Zeit ist, in der ich mich vollkommen bewegen will: die Wärme ist eine Zeit, die vernichtet und behindert. Wie oft bin ich nicht in einem unklaren Gemütszustand heimgegangen und habe meine Frau in dich verwandelt, wenn ich sie mit einem Kuß begrüßte, in dem du warst, und sogleich hatten wir dich gemeinsam in einem Geschmack auf den Lippen, ohne daß sie davon eine Ahnung gehabt hätte; doch ich sagte im stillen zu ihr:

Von jetzt an besitzen wir meinen Geliebten in jeder Zärtlichkeit, jedes Mal, wenn wir Seite an Seite liegen oder ineinander oder ich in dir. Dann ist mein Freund da, selbst wenn du es nur in meiner vermehrten Kraft spürst. Ich werde in meiner Liebe zu dir der Gatte zweier Personen, in allem, was ich tue.

Ich sehnte mich nach dem Schlaf danach und wollte im Traum beide besitzen, doch sie verschwanden oder konnten einander nie begegnen, und auf einmal frühmorgens um fünf befiel mich ein Wachzustand. Ich erschrak zutiefst und lag hellwach und beobachtete, wie sich ein trauriger Tag auf den grauen Gardinen schleppend den Weg in unser Schlafzimmer bahnte.

Jetzt höre ich, daß sie ruhig im Schlaf atmet, und ich wage nicht, mich bemerkbar zu machen, um nicht ihre Träume und ihre Ruhe zu verscheuchen. Manchmal befindet sich nichts in so großer Entfernung voneinander wie zwei Körper, die im christlichen Glauben getraut worden sind, bis der Tod sie scheiden wird. Sie ruhen im selben Bett, der eine schläft ruhig, und der andere liegt wach daneben, ohne daß derjenige, welcher schläft, um die angsterfüllte Wachheit dessen weiß, der im Garten der Liebe und der Seele Qualen erleidet. Wie oft habe ich nicht gegen Morgen versucht, mich wie in Verzweiflung auf dem Körper meiner Frau zu kreuzigen, doch selbst wenn Blut und Wasser herausfließen könnten, bringt dies keine himmlische Seligkeit mit sich und noch weniger den Eingang in das Reich des Vaters.

Kannst du nicht mit mir wachen, während ich eben mal zu jemand anderem gehe; ich komme erholt und rücksichtsvoller wieder! Das habe ich ihr ein ums andere Mal mit meinen Zärtlichkeiten zu verstehen gegeben, doch sie merkt nichts, und das beweist, daß sie unsensibel mir gegenüber ist.

Dann betrügt mich der Bote des Lichts im Morgengrauen mit dem Kuß des Tages, und ich wende mich mit meinen Gedanken den dunkleren Sehnsüchten zu.

Ist es daher verwunderlich, daß ich, anstatt die Frau, die ruht und schläft, zu belästigen, mich damit begnüge, im Wachsein zu träumen, daß am Abend des nächsten Tages der Freund kommt, um mich auf seinem Körper zu kreuzigen? Einmal erzählte ich ihm etwa folgendermaßen von meinen Gedankenstreifzügen:

Wäre ich Christus und römische Soldaten müßten mich kreuzigen und sagten, daß ich zuvor noch einen Wunsch erfüllt bekäme, so wie andere zum Tode Verurteilte, dann würde ich mir wünschen, daß mich meine Peiniger auf deinem Körper kreuzigten und mich dein Nagel ganz und gar durchbohrte.

Steht das in der Bibel? fragte er und freute sich verlegen, daß es vielleicht etwas Gedrucktes über ihn gab.

Nein, antwortete ich. Wir kennen uns noch nicht so lang.

Wahrscheinlich war er enttäuscht, denn er faßte sich unbewußt mit Daumen und Zeigefinger unten an den Nasenflügel, und das war's; er räusperte sich nur und ging.

*

Einsam und mit langsamen Bewegungen spüre ich, wie er sich in das Auge drängt, das in den Kern blickt, und sich dann mit Vorsicht auf dem Weg der Wonne vorarbeitet, auf die gleiche Weise wie ein Flüchtling, der in dunkler Nacht einem schmalen Pfad folgt; die Seele hat die Erfahrung gemacht, daß auf alles Gute Schmerz folgt. Der, der sich damit abgefunden hat, daß er der häufigste Begleiter des Lebens ist, möchte ihn im Körper verwahren und spüren, wie die blinde Leidenschaft sich vorantastet, bis sie den harten Stein in hellem Feuer stehen läßt.

Das ist die Freude über die Fahrt vorbei an Hindernissen auf dem Weg der Gefahr, und sie wird am stärksten mit einem Mann erlebt: Sein Körper an sich ist gefährlich, er ist sanft, aber stark, und in ihm folgt man einem undeutlichen Weg, zu dem der Geist direkten Zugang hat, und dennoch denkt man jedes Mal, daß der eigene Fuß der einzige Straßenbauarbeiter des Genießens ist, daß er die Fahrwege mit der kleinen Maschine baut, während der Körper sich aus eigenem Antrieb hin und her bewegt, seine Methoden und Arbeitsweisen auf dem Weg ändert, der von Anbeginn von der Hand der Natur vorgegeben worden ist.

Die Einsamkeit des Mannes scheint auf unterschiedliche Art und Weise schärfer konturiert zu sein als die Einsamkeit der Frau. Ihr Genießen ist über das ganze Fleisch verteilt, sein Genießen hingegen ein Eifer, der über das Leben, die Welt und die Dinge verstreut ist, die ihn am Ende in der Einsamkeit einschließen, denn er erobert nicht alles, was sein Denken begehrt. In der körperlichen Vereinigung hängt das Vergnügen der Frau mehr vom Können des Mannes beim Sex ab als von ihrer eigenen Fähigkeit, im Akt das Genießen an sich zu reißen. Die Frau weiß, daß der Mann durch eine hastige und harte, ja sogar unschuldig hinterlistige Erwiderung ihrerseits zusammensinken kann, oder er reagiert schroff und kann sich von der Wirkung, die ihre Schläge aus Worten oder Taten auf sein Fleisch haben, losreißen, so daß das Blut dabei aus der Schlaffheit schießt und auf dem Weg zum Kopf zur Raserei wird, und er gewalttätig wird und ihr mit seiner Kraft einen Schlag versetzt.

In der Nähe einer Frau hat er ständig Angst, daß das Blut ihn im Stich läßt, daß die Wallung bei der geringsten Gemütsbewegung nachläßt und aus den richtigen Adern in den Kopf schießt und sich in Schmerz und Erniedrigung verwandelt, so daß die Potenz abstirbt. Die Frau weiß das instinktiv, sie kennt die Empfindlichkeit seines Körpers, und wenn es nötig ist, wendet sie Bosheit anstelle der Fähigkeit zu lieben an. Sie ist bei ihr oft gar nicht vorhanden, und sie weiß, daß sie nicht nötig ist, um Kinder zu zeugen, sie könnte unzählige Menschen im ganzen Sonnensystem gebären, ohne Zuneigung zu empfinden.

Ich habe gespürt, wie mein Gefährte gegen Ende hilflos in der letzten hastigen Bewegung wird, und man könnte meinen, daß er versucht, sich in den Tunnel des Todes hineinzudrängen und neugeboren wieder hinaus, daß er beim Erguß geboren wird, denn vor lauter Anstrengung beginnt er, die Luft über mir zu schmatzen, ähnlich einem neugeborenen Kind. Er verbreitet sogar den Geruch eines Säuglings, einen Milchgeruch ähnlich dem von Muttermilch, und der Sabber eines Babys läuft aus seinem Mund. So daß ich bei mir gedacht habe:

Kann es sein, daß auch ich in den Augen meiner Frau so hilflos werde, so ohnmächtig, und ihrer Haltung und ihren mürrischen Worten völlig ausgeliefert bin? Ist es da verwunderlich, daß sie so oft wie möglich versucht, mich und den Anblick dieser armseligen Erscheinung zu meiden, wenn sie die Augen öffnet? Sie zieht sich zurück, läuft seitwärts wie eine Krabbe, damit sie nicht jedesmal, wenn sie mit mir schläft, das Gefühl kriegt, wenn alles klappt, ein riesiges Baby zu gebären, das sozusagen sabbernd auf ihrem Bauch strampelt.

Befriedigung ist, wenn man es am Ende schafft, auf einem anderen Stern geboren zu werden, pflegte mein Jugendfreund zu sagen.

Auf wie vielen Sternen bist du dann schon geboren worden? fragte ich zum Spaß, was er nicht zu schätzen wußte und mißgelaunt antwortete:

Die Liebe und ihre Handlungen sind eine Religion, und mit jemand anderem vereint zu sein, ist die Begegnung von zwei Göttern.

Ich konnte dies aufgrund der mangelnden Erfahrung des verheirateten Mannes, der kaum sein eigenes Gefühlsleben kennt, nicht verstehen.

Je öfter ich mich mit meinem Gefährten traf, desto mehr bemerkte ich bei meiner Frau eine gewisse Veränderung: Mehr als früher scheint sie ihre Aufmerksamkeit darauf zu richten, wie ich auf ihren dunklen Steigen nach Genuß suche, wie ich versuche, Irrwege einzuschlagen oder die ausgetretenen Pfade von Mann und Frau oder die öffentlichen Hauptstraßen der Ehe auf neue, andere Art und Weise zu gehen. Sie verfolgt meine Reisen eher mit Interesse, als daß sie versucht, ihre Bedürfnisse zu befriedigen, es sei denn, sie sind abstrakter geworden als früher und lassen sie verstummen und lähmen sie.

Mach mit, sage ich und versuche sie anzustacheln.

Durch die Aufforderung scheint sie in Verwirrung zu geraten und nicht mehr zu wissen, was es bedeutet, anderen die Lust zu entreißen, die Lust, von der ich mir wünsche, daß sie sie mir entreißt und zu der ihren macht.

Das hat zur Folge, daß sie selten einen anderen Orgasmus als einen indirekten bekommt und so tut, als ob das Genießen des Körpers sie nichts anginge, das sei nur etwas für Männer. So sagte sie einmal:

Bist du sicher, daß mit dir alles stimmt?

Was meinst du damit? fragte ich und war sofort auf der Hut.

Es muß nur ein Fenster schlagen, oder ich brauche nachts nur aufzustehen, um es zuzumachen, und schon bist du in Stimmung, wenn ich wieder da bin, obwohl ich eiskalte Füße habe. Früher bist du nicht so gewesen.

Ich war überrascht, daß sie hauptsächlich Dinge bemerkt, die ziemlich alltäglich sind, und antwortete:

Du müßtest einen richtigen Eisbrocken in dir drin haben, damit ich Lust bekäme, ihn zum Schmelzen zu bringen.

Was hast du denn für einen Schwachsinn im Kopf? sagte sie und lachte.

Den allerbesten, antwortete ich. Willst du es mal probieren?

Denk dran, mein Lieber, wenn du dich so aufführst, dann kann ich dich verklagen und im Frauenhaus Schutz suchen. Eine verheiratete Frau ist nicht mehr so rechtlos, wie sie es einmal ihrem Mann gegenüber war; sie darf untauglich im Bett sein oder völlig frigide.

Ich lachte über den unerwarteten Humor meiner Frau.

Ich habe nicht versucht, dir zu meinem Vergnügen ein Stück Eis reinzustecken, sagte ich.

Wo zum Teufel hast du denn das gelernt? fragte sie wütend und wollte mich mit dem Kissen schlagen.

Tja, was glaubst du denn, natürlich von einem Schwulen, antwortete ich sarkastisch und sah ihr spöttisch direkt ins Gesicht.

Du bist genauso einer wie die dänischen und die amerikanischen Männer, die die isländischen Frauen über die Jahrhunderte am meisten unterdrückt haben, sagte sie verächtlich.

Nichtsdestoweniger wurde sie durch meine erweiterten Erfahrungen außerhalb der Ehe eher bereit, etwas anderes auszuprobieren als früher, und sie fand es komisch, daß ich behauptete, mit einem anderen Mann zusammengewesen zu sein, und wollte, daß ich ihr zeigte, »was nur ihr Männer macht«. Ich versprach, ihrem Wunsch gern entsprechen zu wollen, doch im selben Moment hörte sie auf, mir zu glauben, und wurde wieder so desinteressiert wie immer; dann nahm sie mir gegenüber eine feindselige Haltung ein, denn unsere Bekannte Sigga hatte sie davon überzeugt, daß es so schlecht um die Frauen bestellt wäre, daß sie, wenn sie sich auf einen Besuch dorthin wagten, wo vielleicht viele isländische Männer beim Schnapstrinken sitzen, sicherheitshalber fragen müßten, bevor sie über die Schwelle traten:

Wo ist in dieser Wohnung das Frauenasyl?

Soso, baut man jetzt schon Wohnungen mit einem extra Frauenasyl? fragte ich.

Wenn Frauen einmal dieselben Möglichkeiten bekommen, Architektur zu studieren, wie Männer, wird keine Wohnung mehr gebaut werden, ohne daß es dort nicht laut Gesetz ein extra Frauenasyl gibt, antwortete sie bestimmt.

Ein paar Wochen lang wurde sie im Kampf um die Gleichstellung der Geschlechter hitziger als zuvor, und auch beim Verfechten der Idee, daß eine eigene Bestimmung in das Wohnungsbaugesetz aufgenommen würde, die besagte, daß es in jedem Gebäude ein männersicheres Frauenasyl geben müsse. Einen halben Tag versuchte sie, bei einer Schauspielerin, einer Freundin von ihr, Dichterin zu werden, um den amerikanischen Schlager »Lieber Papa, komm mit mir heim« zeitgemäß umdichten zu können, so daß das Mädchen lauthals und mit froher Stimme sänge: »Lieber Papa, komm niemals heim, sauf dich in der Kneipe tot, dann sind Mama und ich dich los.«

Nach und nach wurde sie jedoch wieder so wie früher, nachdem die kämpferische Stimmung der 68er-Generation bei ihr wieder abgeflaut war, wie es auch bei mir der Fall gewesen war, doch ich hatte mir die Neugier bewahrt, die in den sechziger Jahren bezüglich sexueller Experimente und freier Liebe geherrscht hatte.

*

Ich frage oft, warum er »das« macht, und gebrauche das Wort »das«, weil wir es vermeiden, den Akt bei seinem richtigen Namen zu nennen – ähnlich wie man vermied, die Heiligkeit in ihrem Tempel mit einem anderen als einem Tabunamen zu nennen oder einer Unzahl von Namen, die außer den Eingeweihten niemand verstand, obwohl sie alle dasselbe bedeuteten, andernfalls würde die geheime Handlung aufhören, geheimnisvoll zu sein. Durch einen einzigen richtigen Namen würde das Verborgene alltäglich, und jeder Mensch könnte mit Worten Macht über die Zeremonie ausüben, und am Ende würde ein gewöhnlicher Wortfetzen reichen. Auf die Frage antwortet er feierlich und leise:

Ich weiß es nicht.

Während er tief Luft holt, wird er schüchtern, und ich betrachte ihn aufmerksam. Ich sehe, wie er nach einer Antwort tastet, schweigend eine Erklärung sucht und keine findet.

Mir kommt es nicht darauf an, für alles eine dämliche Erklärung zu haben, sagt er hastig und beginnt sich zu verteidigen, weil er die richtige Antwort nicht weiß.

Er neigt dazu, meine Worte zu wiederholen, denn er hat wenig Vertrauen in seine eigenen, und wenn er mir eine ähnliche Frage stellt, um etwas entgegenzusetzen, dann sage ich auf gelehrte Art, um ihn zu ärgern:

Einen anderen Menschen zu lieben, ob Mann oder Frau, ist das Verlangen, sich selbst in ihm oder ihr wiederzufinden. Das weiß jedes Kind.

Da sieht er mich mißtrauisch und schüchtern an, doch er möchte offensichtlich aus meinen Worten lernen, soweit er sie versteht, und ich fahre fort und bin ein bißchen gemein, um es später bereuen zu können und von ihm Verzeihung zu erheischen:

Du verstehst schon...

Ich verstehe gar nichts, antwortet er störrisch und gibt nicht nach.

Natürlich verstehst du das, Mann, sage ich mit Nachdruck. Alle versuchen, in ihrem eigenen Charakter das Beste, Edelste und Teuerste zu finden, indem sie es in demjenigen menschlichen Wesen suchen, für das sie Zuneigung empfinden.

Warum? grollt es leise in ihm.

So entdeckt man natürlich sich selbst und gleichzeitig auch andere, antworte ich.

Meinst du, daß man zwei Fliegen mit einer Klappe schlägt oder was?

Ja, sage ich. Du hast den Nagel auf den Kopf getroffen; zu lieben und miteinander ins Bett zu gehen bedeutet, zwei Fliegen mit einer Klappe zu schlagen.

Danach tue ich, als ob ich mich darüber nicht mehr weiter auslassen möchte.

Er sagt dazu nichts, doch er sitzt wie auf Kohlen und möchte offensichtlich am liebsten verschwinden. Ich halte ihn zurück und umarme ihn. Da verliert er alle Kraft und bleibt ruhig liegen, und ich frage:

Magst du es, wenn ich dich streichle?

Ja, antwortet er kaum hörbar beim Einatmen und holt in der Stille leicht Atem.

Ich fahre mit den Händen über ihn, und da möchte er am liebsten wegdämmern, und er tut mir leid, weil er nie von jemand anderem als mir Streicheleinheiten bekommt. Jetzt schließt er die Augen, und ich höre auf,

Mitleid mit ihm zu haben, ich bekomme auch von niemandem welches; nicht einmal von ihm.

Wo hast du es am liebsten? frage ich.

Ich weiß nicht, flüstert er und hat Mühe zu sprechen, und er atmet schwer.

Da umarme ich ihn noch fester, damit er das spürt, wovon er nicht weiß, was es in Wirklichkeit ist, an einer Stelle, wo ich es mir absichtlich bequem mache, damit er mich nie verläßt, und ich flüstere zurück:

Wo?

Man kriegt so wenig davon bei sich daheim, sagt er unwillig und stößt mich heftig und mit einem Ausdruck von Haß im Gesicht weg.

Wenn er aufgesprungen ist, läßt er den Kopf hängen und schämt sich und schleicht zur Tür, ohne sich zu verabschieden.

Wahrscheinlich hat es ihn in seiner Ruhe gestört, daß er an etwas denken mußte, was er bei seiner Frau nicht bekommt, und ich denke ironisch, aber bitter, denn es war mir mißlungen, ihn noch länger zu halten: »Der Hund kehrt immer wieder dorthin zurück, wo er am meisten geprügelt wird.«

Manchmal frage ich ihn, was für ein Gefühl es ist, »so« zu sein und trotzdem verheiratet und Vater zu sein. Das ist, als würde ich mich anstrengen, in seinem aufrichtigen Charakter eine Antwort für das zu finden, was sowohl auf ihn als auch auf mich zutrifft und wovon ich keine Ahnung habe und was ich nur mit Erklärungen beantworten kann, die ich nach langer Überlegung gefunden zu haben glaube, die jedoch überhaupt nichts wert sind. Zweifellos unterliege ich dem Irrtum, daß man die Antworten auf die geheimnisvollsten und wesentlichsten Fragen des Lebens bei primitiven Menschen finden müsse und durch Beobachtung »des einfachen Mannes«, der nicht den Verstand gebraucht, sondern die Intuition zu Rate zieht, die ihm angeboren ist und in einer noch unverdorbenen Weisheit wurzelt. Er mag keine Fragen, und er wird ungeduldig und antwortet ärgerlich:

Das kann man einfach nicht beschreiben.

Er scheint nachdenklich zu werden, und daher strahlt ein heiliger Schein aus den Augen des Mannes, der vielleicht nur deshalb mit mir sündigt, um nicht mit anderen, viel schlechteren Menschen sündigen zu müssen. Da denke ich insgeheim auch, daß man die Befriedigung von Sünden dieser Art nicht an jeder Ecke findet. Er befeuchtet hastig die Lippen und faßt sich an den Nasenflügel, wie gelähmt angesichts dessen, was seine Vorstellungskraft übersteigt und was er nicht definieren kann, was jedoch seine Ursachen haben muß, auch wenn sie nicht offen daliegen.

Wenn er zur Tür stürzt, lasse ich ihn ziehen, vielleicht um mit dem Auto zu rasen und mich und die Grübeleien auf die gleiche Weise von sich abzuschütteln wie leeren Schall und Rauch.

Doch vielleicht verschloß er seinen Geist vor all dem, was zwischen uns passiert ist, schneller, als er die Tür hinter sich zumachte; das ist nicht unwahrscheinlich. Mit seiner Autoleidenschaft, alle zu überholen und schneller zu fahren als erlaubt, beruhigt er sich und vergißt die Bedürfnisse und das, was in seiner Leidenschaft und seinen Gefühlen am nachhaltigsten zu sein scheint. Doch es kann sein, und ich möchte, daß es so ist, daß er umgehend nach Hause fährt, mit kreischenden Bremsen vor dem Wohnblock anhält und versucht, in seine Frau einzudringen, bis es nicht mehr tiefer geht, weder im Fleisch noch in Gedanken, so wie ich nach ähnlichen Gesprächen versucht habe, in meiner Frau auf den Grund zu tauchen, und nur zu der Erkenntnis gelangt bin, daß er mir bei weiteren Versuchen mit ihr nur noch schwerer auf den geistigen Schultern lastet.

Wenn ich mich nicht ebenfalls nach Hause trolle, liege ich einfach nur so da und denke an seine Ansichten, die es rechtfertigen, daß normale verheiratete Männer und gute Väter »es« treiben, wenn das Bedürfnis sich meldet, und man nichts dagegen tun kann, obwohl man es verheimlicht und vorgibt, man würde »es« nur tun, um der Ehefrau eine Pause zu gönnen.

Ich finde, »es« schafft Abwechslung, sagt er manchmal. Aber ich bin nicht »so einer« ...

Was dann? frage ich gespannt, und ich glaube, daß genau jetzt der Zeitpunkt gekommen ist, wo ich dahinterkomme, welches Geheimnis die Wahrheit über »es« wohl enthält.

Ich will mir nicht nur eine Pause von der Frau gönnen, auf die gleiche Weise, wie ich ihr eine Pause von mir gönne, sagt er langsam und verfolgt bedächtig seinen Gedanken. Ich habe auch ein Salzkorn im Herz; aber nur in einer Kammer...

Bei dieser seltsamen Erklärung lacht er anzüglich, und ich weiß nicht, wie ich diese Antwort auffassen soll, und habe Angst, daß er sich über mich lustig macht; dann fügt er hinzu:

Ich habe es einmal bekommen, aber ich sage nicht, wie es ins Herz kam.

Während ich diese unverständlichen Worte aufschreibe, durchdringt mich die Angst, daß ich kein Salzkorn im Herz haben könnte und vielleicht das ganze Leben ohne eines bleiben muß, weil ich gezwungen bin, mit der Ursache der Angst zu leben, die aus allen Richtungen heranwirbelt, vom Himmel und aus der Erde, und die in den Dingen und im Immateriellen wohnt, so daß ich zu mir selbst sage:

»Du bist viel eher im Zusammenspiel des Universums und des Weltraums zu Hause als in dem Versteckspiel, das das menschliche Leben unter der Sonne begleitet.«

Ich habe den Aberglauben oder den Verdacht, daß mein Gefährte Gefahr laufen könnte, zu leeren Wörtern zu werden, wenn ich übermäßig viel über ihn schreibe: Der Drang zu schreiben bedeutet, mit den Täuschungen der Wörter zu ringen, und er ist die Kapitulation vor dem realen Sachverhalt; ein kluger Mensch weist die Wörter nach bestem Vermögen von sich ab. In diesem Zusammenhang erinnere ich mich an etwas, das mein Jugendfreund sagte:

»Ich bin oft in die Wüste gekommen und habe Luftspiegelungen gesehen, die riesig sein können und hoch in den stillen Himmel aufragen, doch falls es dir einfallen sollte, zu untersuchen, woher diese Himmelserscheinungen kommen, dann würdest du in der Einöde höchstens verkrüppelte Gewächse oder kleine Grasbüschel finden.«

Jemand, der allein aus Leidenschaft schreibt, kann niemals die Gespenster der Luftspiegelungen in Wörtern und Sätzen zum Schweigen bringen, doch es hat keinen

Sinn, meinen Schülern so etwas zu erzählen; wie die meisten Menschen glauben sie, daß Wörter und Sprache eine bestimmte Bedeutung haben, und wenn sie sprechen, dann meinen sie gemäß dem Wortlaut, was sie sagen, doch meistens ist es umgekehrt, die Wörter geben nur dem, der sie zu lesen versteht, Gelegenheit, ihren Inhalt von den Luftspiegelungen aus, die sie verursachen, zu deuten.

So verhält es sich vielleicht mit meinem Tun und vielleicht auch mit meinem Gefährten und seinem Salzkorn, daß das, was er mit mir macht, Luftspiegelungen davon sind.

*

Ich glaube, daß es eine fast natürliche Reaktion derer ist, die langanhaltende Qualen erleiden müssen, daß sie alles beneiden, was gestorben ist. Sie sind sogar der Meinung, daß die Toten die einzige Großtat ihres Lebens vollbracht haben, etwas, das alle auf unterschiedliche Art und Weise und mit unterschiedlich großer Tapferkeit und mit Gleichmut leisten müssen, selbst wenn sie versuchen, solange es geht, dieser Tat mit allen erdenklichen Mitteln und Finten aus dem Weg zu gehen, und sie nicht ausführen wollen. Wenn ich sagen müßte, welches wohl die charakteristischsten Merkmale meines Lebens sind, so glaube ich, daß es die Angst vor mir selber ist, Angst vor meinen Taten, Angst vor den Pflichten, und von daher kommt es auch, daß ich meinen Jugendfreund darum beneide, das Problem gelöst und sein Vorhaben abgeschlossen zu haben. Doch dieses Gefühl ist nicht nur an ihn gebunden. Manchmal packt mich eine solche Panik, daß ich unbekannte tote Leute beneide, doch vor allem meine Verwandten, und ich zittere, wenn man so sagen kann, im Herzen meines Daseins und sage:

Wozu ist das Leben in meinem Körper entstanden, was hat es mit meiner eigenen Geschichte gemacht, und wie übel wird es mir noch mitspielen, bevor es damit ein Ende hat?

Ich frage, weil ich mich für unschuldig halte und nicht autonom gegenüber der unbeherrschbaren Natur, die in mir hervorgebrochen ist. Sie kam vorsichtig auf die Beine und bewegt sich langsam, wie ein leidenschaftlicher Dieb, doch im Gegensatz zu ihm stiehlt sie nichts, sondern hinterläßt mir etwas, das ich meinte, nie besessen zu haben, und von dem ich keine Ahnung habe, wo es all die Jahre unbeachtet und unbemerkbar gelegen hat. Es scheint eine natürliche Veranlagung zu sein, die aus langem Schlaf erwacht ist, wie eine Mischung aus Dornröschen und Schneewittchen, und die sich mit dem Herannahen des Prinzen in dem Alter bemerkbar gemacht hat, in dem ich die volle Reife erlangt haben müßte und nichts Neues mehr zum Vorschein kommen oder mir etwas anderes zustoßen sollte, als daß ich ein gutmütiger Opa werde, der den jungen Leuten gegenüber Bescheidenheit und Verständnis für die Probleme der Jugendjahre zeigt und auf dieselbe Weise wie dieselbe Person in immer wieder aufgeführten Theaterstücken sagt:

Meint ihr, ich erinnere mich nicht mehr daran, wie schwer es manchmal sein konnte, jung zu sein; ich bin nicht so senil, daß ich mich nicht mehr an meine Jugendstreiche erinnern kann.

Und dann lächle ich selbstzufrieden und liege weiterhin entweder hinter der hochgewachsenen Dornenhecke der Ehe oder in deren Glassarg, und alle um mich herum glauben, ich wäre völlig tot, außer dem Prinzen. Er lacht nur über das, was ich im Schlaf stammle.

Auf die gleiche Weise lache ich manchmal über mich selbst und sage im Spaß zu meinem Gefährten:

Meinst du, daß ein altes Weib mit einem Apfel in mein Leben gekommen ist und lockend gesagt hat: »Hier, mein Lieber, nun beiß in den Apfel, genauso wie es Eva und Schneewittchen taten, das ist keine Sünde, und der Bissen wird dir nicht im Hals steckenbleiben?«

Soweit ich weiß, steckt den Leuten in Island höchstens eine Rotbarschgräte im Hals, sagt er feierlich und seiner Sache sicher, so wie einer, der sich in seiner Gegend daheim gut auskennt und keinem Fremden erlaubt, irgendein Gewäsch von sich zu geben.

Trotzdem ist es denkbar, daß uns Isländern andere Gräten als die vom Rotbarsch im Hals stecken, sage ich.

Vielleicht im Ausland, aber nicht hier daheim, sagt er selbstsicher. Meiner Frau hat zweimal eine Rotbarschgräte im Hals gesteckt, aber ich habe sie beides mal mit einer Pinzette herausgekriegt.

Hast du eine so lange Pinzette, oder ist bei deiner Frau der Schlund nicht so weit unten? frage ich, um Interesse zu bezeugen.

Man kann auch Briefmarkenzangen nehmen, um Frauen Rotbarschgräten aus dem Hals zu holen, antwortet er.

*

Ich habe eine feste Anstellung, eine angenehme und gutbezahlte Arbeit, und vor zwei Jahren wurde ich befördert, und es herrscht jetzt Balance in unserer Ehe, die eigentlich nichts Besonderes mehr zu bieten hat, es gibt auch nichts mehr zu verlieren, denn ihre Möglichkeiten sind ausgeschöpft, und ich erwarte mir nichts mehr von ihr. Über dem Familienleben liegt jene wünschenswerte Betäubung, die wir gemeinsam geformt und auf die wir uns schweigend geeinigt haben, doch zweifellos denken wir, jeder für sich, darüber nach, ob der andere schon völlig tot ist, und wenn etwas erwacht und wir aus alter Gewohnheit gegenseitig das kleine Licht in uns löschen, was an und für sich prima ist, dann tun wir hinterher im Badezimmer so, als ob nichts passiert sei, außer daß sie vielleicht sagt:

Du kannst doch dasselbe Handtuch benutzen wie ich.

Die Tochter, unser jüngstes Kind, kommt bald in das Alter, in dem sie sich für Jungs interessiert, sie nähert sich im Eiltempo der Pubertät, doch wir halten an ihr fest wie an einem Strohhalm, obwohl wir wissen, daß wir das nicht tun sollten; ein Strohhalm ist eine Sache, aber ein Haltetau eine andere. Sie soll unbeschwert aufwachsen, uns verlassen und mit einem Mann und Kindern in einer Familie aufblühen, während wir zu Hause dahinwelken und in einer zu großen Wohnung umherlaufen, die wir mit Niesen füllen und dann glauben, es käme von einer Allergie gegen die Wolle im Teppichboden, und ihn herausreißen und Parkett nehmen, doch wir niesen ratlos immer weiter. Die anderen Kinder sind vor langer Zeit aus dem Nest geflogen, ich verwende also diesen ausgeleierten und lächerlichen Vergleich von Nest und Elternhaus, Vogeljungen und Kindern. An diesem Donnerstagabend fällt mir kein anderer ein.

Gerade wenn das Leben in der Betäubung ganz nach Wunsch zu verlaufen beginnt und wir wieder zum Tanzen gehen – nicht um jemanden aufzureißen, ich eine Schickse, und sie schnappt sich einen jungen Burschen, sondern zu einer Veranstaltung des Neuen Eheclubs im Viertel, und später folgen die Tanzabende des Vereins älterer Mitbewohner –, beginnt bei mir eine neue Geschlechtsreife, die mich zwar verwirrt, doch so sehr gefangennimmt, daß ich eher mein Leben opfern und die Tat vollbringen würde, für die Liebe zu sterben, als ihren Genuß und ihre Pein zu verpassen. Ein Prophet könnte auf die Idee kommen, ein Blitz habe in den Stein im Herzen eingeschlagen, seinen Sitz gelockert und die Härte in Humus verwandelt, in welchen man, glaube ich, Samen einsäen und davon ein neues Dasein ernten könnte.

*

Ich habe nie so sehr das Gefühl gehabt wie jetzt, daß man nie einen anderen Menschen oder den Menschen in sich selbst kennt und daß wir sehr wenig über andere wissen.

Wer ist dieser Mann, den ich »kenne«?

Und in was verwandelte ich mich, nachdem ich ihn kennengelernt hatte?

Wenn ich nach einer Antwort in die Zeit zurückblicken würde und dort mir begegnete, einem Mann in weitem Anzug und mit geblümter Krawatte, einem Mann, der damit fertig ist, zirka vierzig Jahre seines Lebens in jene Erde zu säen, die immer blühender wird, und ich frage, wer ich sein kann, da antworte ich aus Überzeugung, daß keiner das ist, was er glaubt oder sagt, daß er sei, sondern das, was er eines schönen Tages werden könnte, unerwartet, plötzlich und ohne begreiflichen Grund, wie durch Mutation.

Das ist kein tiefgründiges Verständnis von dem Mann oder mir, und weder der Mann noch ich sind tiefgründig: Wir sind nur gewöhnliche Leute mit ein bißchen Bedarf nach Gewürzen auf dem Fleisch, wo laut den Haushaltskochbüchern freitags keine Gewürze dran dürfen.

*

Jetzt, wo er gerade gegangen ist, habe ich nur den einen Gedanken im Kopf, daß er samstags das natürliche Recht hat, alles zu genießen, was der menschliche Geist zu bieten hat und der Zufall ihm in die Hände spielt, solange niemand dahinter kommt und es der Frau nicht schadet. Ich kann nicht anders sagen, als daß er seine Handlungen und Taten nur mit seinem Gewissen ausmachen muß und daß es die einzige moralische Instanz in seiner Brust ist. Wenn ich versuche, ihm vor Augen zu führen, was es heißt, für seine Taten verantwortlich zu sein, und daß niemand die eigenen Neigungen allein bestimmen lassen darf, dann scheint er wie vom Himmel gefallen zu sein und sagt:

So was höre ich mir nicht an, man lebt mit einer Frau zusammen und hat Verantwortung für sein Heim, und das ist noch nicht alles. Ich habe drei Frauen gehabt und sie mehr als zufriedengestellt. Ich habe fünf Kinder zum Beweis dafür, und sie kommen prima im Leben zurecht.

Na und? frage ich. Kannst du tun, was dir gerade einfällt?

So viel fällt mir nicht ein, antwortet er. Ich kann nichts daran ändern, daß ich mit ihnen auf die Dauer nie zufrieden gewesen bin und sie nicht mit mir, ich habe sie verlassen, oder sie sind von mir abgehauen, ich bin mit eingezogenem Schwanz zu ihnen zurückgekehrt, und sie kamen wieder bei mir angekrochen. Aber man kann nicht mit allen auf einmal zusammenleben. Jeder vernünftige Mensch sieht ein, daß das nie gutgeht.

Warum nicht? habe ich gefragt, in der neuerlichen Hoffnung, daß ich hinter ein Geheimnis kommen könnte, das ich nie geahnt hätte, doch er sagt:

So ist es nun mal, und damit muß man sich abfinden.

Könntest du auf die Dauer nicht mit mir zufrieden sein? frage ich zögernd und voller Neugier. Es belustigt mich fast, doch ich weiß, daß die unnatürlich gute Laune davon kommt, daß die Eitelkeit sich auf diese Weise wehrt, falls er »Nein« sagen sollte.

Das geht nicht, daß ich dich meinen Overall waschen lasse, antwortet er pikiert.

Hast du sie deinen dreckigen Overall waschen lassen?

Nein, das kann ich selbst. Jetzt gibt es überall Waschmaschinen auf den Schiffen, und man kommt geschniegelt und gestriegelt heim zu seiner Frau.

So komme ich nie zu einem Ergebnis, und ich gebe mir selbst die Schuld daran, daß ich irgendwo auf dem sogenannten Bildungsweg verbogen worden bin, indem ich nie etwas vom Leben gelernt habe und nicht in Einklang mit dem leben kann, was man einfach nicht verstehen kann: unter anderem in der Liebe und ihrer Ungewißheit.

Es ist weder aus Angst noch aus Furcht vor seiner Umgebung, daß er nicht will, daß wir reinen Tisch machen und anfangen, in derselben Wohnung oder im selben Stock oder vielleicht im selben Haus zu leben, sondern er weiß aus Erfahrung, daß, wenn wir die Wahrheit akzeptierten, das Mystische aus dem verschwinden würde, was wir nicht zugeben. Bevor wir wüßten, was geschieht und geschehen ist, würden wir Gefahr laufen, daß das Verhältnis sterben würde, ohne daß wir einen Schwerthieb vom Anstandsgefühl der Nachbarn empfangen, und es gibt in meinen Augen nichts Armseligeres als eine Liebe oder Liebesbeziehung, die von selbst stirbt. Es ist nicht unwahrscheinlich, daß dies die Erklärung für das ist, was er sagt, daß man nur mit einer Frau in einem Zuhause lebt, nicht mit einem Mann, das wäre eine Karikatur oder die lächerliche Imitation einer Ehe.

Das eine zu wissen hat schon immer bedeutet, das Wissen um ein anderes größtenteils zu verlieren. In diesem Fall würde Kenntnis von etwas dasselbe bedeuten, wie die Basis der Freude aus der Hand gleiten zu lassen, sie besteht darin, sich und andere hereinzulegen. Ich habe mit meiner Frau die schmerzliche Erfahrung gemacht, daß wir aufgehört haben, Kinder in der Ehe zu sein, wir haben die Grausamkeit des Kindes verloren, die Streiche des Lausbuben und die Launen des Mädchens und statt dessen Tugenden angenommen, vielleicht nicht die der Lüge, doch wir leben nach einer halben Tugendwahrheit, die bestimmend wurde, nachdem das Christentum entstellt worden war. Ich weiß es, aber ich traue mich nicht, so etwas ihr gegenüber zur Sprache zu bringen. Und nachdem ich ein Lausbub zusammen mit einem anderen Lausbuben geworden bin und seiner Phantasie gestatte, das einzige auszuleben, womit sie klarkommt, nämlich der Abwechslung in der Liebe, ist mir meine Frau ziemlich egal geworden. Sie mag ruhig in der abgeschlossenen Welt der Gesellschaft herumlaufen und dort die Superfrau spielen, ganz wie es ihr gefällt, doch als Ehefrau ist sie ein kleines altes Weib, das der Mann nach fünf Uhr nachmittags mit einem einfachen Straßenjungen betrügt, und wenn er nach Hause kommt und den Familienvater spielt, muß er ständig daran denken:

Was fällt mir wohl nächstes Mal bei diesem Teufel ein, den ich zu meinem Vergnügen treffe, wenn es ihm paßt.

Wenn alles offen vor den Augen der anderen geschehen würde, dann könnte es mit der Beziehung genauso gehen wie mit unseren Ehen: Der Wunsch ist erfüllt, doch mit der Zeit hat ihn die Erfüllung zunichte gemacht.

Dennoch ist es denkbar, daß unser Leben sich dahingehend verändert, daß wir, wenn wir zusammenleben würden, anfangen würden, einander zu betrügen, denn das ist die Natur des Mannes, selbstverständlich mit unseren früheren Ehefrauen, um dem Ganzen noch die Krone aufzusetzen.

Natürlich müßten sie sich noch dafür bedanken, an solch originellen Einfällen des Lebens teilnehmen zu dürfen, doch wenn ich die menschliche Natur recht verstehe, dann würden sie in uns eine banale Eifersucht wecken, die daraus entstünde, daß schon nach einem kurz währenden Zusammenleben das Bedürfnis nach einem Eigentumsrecht an anderen erwacht, und das gilt gleichermaßen für den Körper, geistige Regungen, die Ansichten der Leute oder etwas anderes, das eigentlich an das Individuum gebunden wäre, und es ist ein heiliges Recht, daß jeder einzelne seinen Körper nach eigenem Gutdünken und auf seine Weise benutzen darf und nur darauf achten muß, daß er nicht unnötig auf dem Recht anderer Menschen herumtrampelt. Ich weiß, daß dies eine wahre Wahrheit ist und daher brauchbar für die Gerechtigkeit, doch es gibt auch eine Wahrheit der Unwahrheit, die vorzugsweise für die Gefühle und die Liebe gilt und auf nichts Rücksicht nimmt.

In der Wahrheit der Lüge gibt es das Bedürfnis nach jenem vieldeutigen Spiel, das ebenso wünschenswert wie notwendig ist, damit es möglich wird, das Poetische zu genießen, das es im Lauf des Lebens gibt, die Wahrheit der Wahrheit ist jedoch ausgezeichnet zum täglichen Gebrauch und gewährt einem die Sicherheit, die die Zufriedenheit des gezähmten Haustiers ist, nicht die des Vogels, der auf der Jagd umhergleitet, ohne ganz zu wissen, daß er frei und glücklich ist im endlosen Gleiten auf der Suche nach Nahrung, voll Verlangen, schnelle Beute zu machen und sie nur zu seinem Vergnügen zu greifen.

Der Unterschied zwischen der wahren Wahrheit und der Wahrheit der Lüge ist der, daß der Mensch mit der erstgenannten in Zucht und Ordnung lebt und daß sie Beine herstellt, um damit zu Fuß zu gehen, die letztere ist nicht erdgebunden und hat ein Flügelpaar, doch ihr fehlen meist die Beine, und daher muß sie in der freien Luft umhersegeln und macht oft eine üble Bruchlandung, wenn sie auf der Erde aufsetzen möchte.

*

Wenn man es genau betrachtet, dann segelt man einsam mit seinem Herzen auf dem Schiff des Körpers auf der Suche im Nebel, um es zu füllen. Man rudert im Nebel, mit hocherhobenem Enterhaken, um ein anderes Herz zu fangen, das man nicht kennt, obwohl es das eigene Herz ist, aber in einem anderen Körper. Man läßt sich von dem unwirklichen Traum leiten, daß es möglich sei, es sich anzueignen und zum Gemeinschaftsherzen des eigenen Körpers und eines anderen Wesens zu machen und so zwei Herzen auf einmal zu haben, eines in sich selbst und eines in einem andern.

Mir wurde bald klar, daß dies für das Zusammenleben von meiner Frau und mir nicht lange gegolten hatte. Der Teil eines solchen Herzens, der in mir schlägt und von dem ich glaubte, ihn in meiner Frau gefunden und geliebt zu haben, hörte schnell auf, sich zu regen, und da senkte sich der Blutdruck in meinem Leben. Danach schlug das Herz in mir nur aus Gewohnheit in der Wahrheit der Wahrheit, zum täglichen Gebrauch für unseren Unterhalt und den der Kinder, während das andere sich in Gedanken in die Lüfte schwang und sich nach der Wahrheit der Lüge sehnte, obgleich ich seinerzeit davon keine Ahnung hatte.

So segle ich im Nebel der Leidenschaft, und es ist mir egal, ob ich Schiffbruch erleide und ohne einen Anlaß auf Grund laufe und umkomme, weil mir durch die Wärme deines Körpers so warm ums Herz geworden ist, daß alles in der Nichtbefriedigung erfüllt ist: Ich weiß, daß man kaum mehr als ein elender Mensch ist, und jeder ist nur dem Namen nach am Leben.

*

Meine Sehnsucht nach dir ist eine Sehnsucht nach volleren Formen, Schatten und Nieseln, ein Phänomen, das man manchmal bei Sonnenschein sieht, dann kann man gleichzeitig Sonne und Regen sehen, wenn man von dem goldenen Regen umhüllt ist, dem heiligen Wasser aus dem Körper des Daseins, das die Flamme löscht und ihr zugleich Leben gibt.

Alles, was brennt, erlischt und muß früher oder später sterben, mein Gefährte.

Zweites Tagebuch

2. Juni 1989

Jetzt ist es schon lange her, daß ich etwas in dieses sogenannte Tagebuch eingetragen habe, das ich später überarbeiten, weiter anfüllen will. Ich habe darin nur einen Teil meines Lebens eingetragen, den, der fast zur Gewohnheit geworden ist und keine Turbulenzen mehr in meinem Kopf hervorruft. Kein Schuldgefühl erwacht, wenn mein Gefährte anruft und ich kurz darauf zu meiner Frau sage:

Ach verdammt, ich muß mal kurz in mein Zimmer, um zu arbeiten; ich habe plötzlich einen Einfall bekommen.

Entweder sieht sie mich ironisch an oder beginnt zu lachen, wenn ich das sage.

Ich rechtfertige es, wie ich mich dabei aus der Affäre ziehe, indem ich mir vormache, daß diese Neigung und mein Gefährte nur Phantasien seien, die ich in ein Tagebuch verwandle, und seine Besuche seien die Phantasien, die mir zufliegen und die ich in einen Schlüsselroman einfüge. Eines schönen Tages muß beides entweder verschwinden oder zunichte werden. Ich habe mir das Problem von der Seele geschrieben und werde zu einem gewöhnlichen Mann, der zwischen neun Uhr morgens und fünf Uhr nachmittags im Büro sitzt und bis zum Abendessen um sieben Uhr niemanden mit irgend etwas betrügt.

Glaubst du vielleicht, daß du noch Literatur schreiben kannst, in deinem Alter, pflegte meine Frau zuerst zu sagen, und ich meinte oder wollte gerne eine gewisse Verachtung in ihren Worten spüren.

Warum nicht? widersprach ich.

Du solltest eigentlich wissen, daß du geistig und auch gefühlsmäßig so verknöchert bist, daß du dich nicht in die Lage der Personen versetzen kannst, die du selbst erschaffst, antwortete sie. Das ist nur irgend so eine dumme Idee, die mit den Wechseljahren zu tun hat.

Ob wohl die geistig am produktivsten Schriftsteller ständig in den Wechseljahren sind? fragte ich.

Natürlich, antwortete sie.

Nichtsdestoweniger erlaubte sie mir, diese Dummheit zu begehen und ein Zimmer zu mieten, in dem ich arbeiten oder für mich sein konnte.

Seit neuestem reagiert sie mit distanziertem Schweigen darauf, daß ich von daheim verschwinde, »wenn ich einen Einfall habe«. Ich versuche, nicht sofort zu gehen, wenn mein Gefährte anruft und es einmal klingeln läßt und dann auflegt, denn sonst könnte sie glauben, daß ich die Einfälle und den Stoff für meinen Roman vermittels einer Zeichensprache am Telefon bekäme, und sie hätte recht damit. Nun weiß ich, daß die Dichtung aus der Homosexualität kommt, aus dem Umgang des Dichters mit sich selbst in einem Liebesverhältnis, er ist demjenigen Teil seiner selbst zugeneigt, welcher der andere Mensch in ihm ist, den er liebt. Es würde mir nie einfallen, ihr etwas über das Wesen der Kunst zu verraten, es gibt so vieles, das verständige Leute nicht verstehen.

Mein Gefährte wollte keinen Schlüssel zu unserem Zimmer, und als ich ihm einen anbot, damit mein auch sein wäre und er sich frei bewegen könne, sagte er:

Was sollte ich denn sagen, wenn meine Frau zufällig bei mir Hausschlüssel findet, mit denen sie nichts anfangen kann?

Ich war völlig überrascht und fragte, ob er so unfrei sei und unter so strenger Aufsicht oder so ehrlich, daß er nicht einen simplen Schlüssel vor seiner Frau verstecken könne.

Es kann einem immer etwas Unerwartetes zustoßen, antwortete er kurz.

Zum Beispiel?

Ich könnte über Bord gehen und mitsamt einem Fischcontainer, der in einem üblen Zustand ist, ertrinken, und dann findet sie vielleicht unter dem Autositz oder der Matratze in der Koje Schlüssel, die keiner kennt.

Ich fragte, ob er glaube, daß seine Frau, wenn sie nach seinem Tod ein paar Schlüssel fände, wie eine Verrückte in der ganzen Stadt herumlaufen würde, um auszuprobieren, zu welcher Tür sie paßten.

Ihm entfuhr ein langgezogener Seufzer, zum Zeichen, daß ich seine Frau und ihren Orientierungssinn nicht kannte.

Man kann sich nie sicher sein, wenn es sich um das Weibervolk handelt, antwortete er.

Aber sie ist deine Frau, und du müßtest doch langsam wissen, was du vor ihr verbergen kannst.

Dazu reicht es nicht, daß man mit so einer Frau verheiratet ist, sagte er wichtigtuerisch.

Ist sie heller und gewitzter als andere Frauenzimmer?

Die Sache ist nicht die, wie clever sie ist, sonst hätte sie nicht jahrelang dasselbe Büro geputzt und nie in den Akten herumgeschnüffelt, aber als sie noch ein kleines Mädchen war, fand sie in ihrem Viertel einen Schlüssel und steckte ihn ganz zufällig in das Schloß einer Tür, die sie nie zuvor gesehen hatte. Er paßte, sie öffnete die Tür und fand in einer Kammer unter der Treppe ein Kilo frische isländische Butter und drei Weinflaschen, die ihr Papa bis Mitternacht ausgetrunken hat und davon so besoffen und verrückt wurde, daß er sie in der Nacht hinausjagte, um noch mehr Schlüssel zu finden, die zu Kammern voller Weinflaschen paßten – die Butter war ihm völlig egal –, sonst würde er sie umbringen.

Fand sie noch andere?

Nein, antwortete er ganz feierlich und ernst. Als sie keine Schlüssel und keinen Wein fand, die Butter war nicht so wichtig, da versohlte ihr Papa ihr den Hintern und belegte sie mit einem Fluch und sagte bei jedem Schlag: »Du sollst noch andere und schlimmere Schlüssel im Leben finden, wenn es schon zu spät ist, und sie sollen dir in der Ehe einen Riesenstreich spielen.«

Und was hat das mit unserer Angelegenheit zu tun?

Sie ist im Viertel noch immer als das Mädchen berühmt, das die Schlüssel, den Wein und das Butterstück gefunden hat, obwohl es jetzt genug davon gibt, antwortete er. Und glaubst du nicht, daß es riskant ist, sie mit dir zu betrügen, wenn sie in Gedanken immer bei den Schlüsseln ist, die sie noch berühmter machen sollen, aber diesmal zu ihrem Nachteil, falls sich die Prophezeiung ihres Vaters erfüllt?

Das ist natürlich riskant, stimmte ich zu.

Was soll man also davon halten? fragte er dann.

Da bin ich überfragt, antwortete ich und kam in Bedrängnis, die noch größer wurde, als er fragte:

Haben denn die Väter früher nicht immer die Zukunft richtig vorhergesagt, während sie ihre Kinder verdroschen?

Das kann schon sein, antwortete ich, aber das mit den Schlüsseln ist bloß Zufall gewesen.

So was kann man hinterher immer sagen, widersprach er und wollte die Schlüssel nicht.

Ich weiß nicht, was dies bewirkt hat, aber nach seiner Geschichte legte ich immer einen kleinen, roten Stein an einer bestimmten Stelle auf die Betonmauer im Hof, damit er wußte, ob ich schon im Zimmer war.

*

Es ging nicht ganz ohne Kämpfe ab, bis ich ein Arbeitszimmer mieten und dort ungestört sein konnte. Nach einigem Kopfzerbrechen verfiel ich darauf, ein leicht seltsames Verhalten an den Tag zu legen, und vielleicht berichte ich später noch genauer davon. Es fiel mir nicht leicht, mich in einen Exzentriker zu verwandeln, aber nachdem meine Schwiegermutter beschlossen hatte, daß ich etwas wunderlich geworden sei, wurde es leichter, von daheim zu entkommen. Ich habe die Freiheit der Exzentrik zu verdanken. Es reicht, daß jemand diesen gewöhnlichen Satz sagt:

Wißt ihr was, er schreibt jetzt, oder: Ihr ahnt es nicht, aber auf einmal hat er sich in den Kopf gesetzt, Bilder zu malen!

Solche fixen Ideen wecken bei den Leuten Verwunderung, obwohl hier angeblich jeder Mensch schreibt, dichtet und malt.

Das rechtfertigt sogar Untreue, und davon leben ohne Zweifel die Künstler; von irgend etwas müssen sie ja berühmt werden.

Meine Frau antwortet mir ohne Bitterkeit, als ob das Fernbleiben und die Tatsache, daß ich zu den seltsamsten Tageszeiten ohne Vorankündigung aus dem Haus stürze, in jeder Hinsicht normal sei. Am Anfang dachte sie, daß in mir etwas geschehen wäre, womit sie nicht fertig wurde, nun würden sich die Schwachpunkte in meiner Psyche bemerkbar machen, und nach kurzer Zeit müßte sie sie schon entdecken und könnte mir helfen, so daß ich ihr gegenüber nicht ständig eine Abwehrhaltung einnähme, doch am Ende gab sie auf, angesichts der Tatsache, daß sich bei mir die grauen Jahre durch Exzentrik bemerkbar machten, und da könnte man nichts dagegen tun, außer sie schweigend und kommentarlos zu ertragen.

Es steht nicht in der Macht der Frau, die Berufung der Männer zu den Künsten zum Schweigen zu bringen, hat sie mehr als einmal gesagt, und sie findet es viel normaler, daß die Muse die Männer küßt als die Frauen, außer sie haben perverse Neigungen und sind verkappte Männer.

Mit einem ähnlichen Gedanken schien sie ihre Kapitulation vor mir gerechtfertigt zu haben, ein Mensch, der seinerzeit dachte, daß eine Superfrau das Leben selbst in die Hand nehmen würde, wenn sie in roten Strümpfen herumliefe.

Meine Tochter hat ebenfalls schon seit langem aufgehört zu fragen:

Papa, darf ich mitkommen? Warum nicht?

Ich erfinde keine dicken Lügen mehr, sondern sage ganz einfach:

Später mal, mein Lämmchen, aber nicht jetzt.

Zuvor fragte meine Frau herausfordernd:

Warum darf das Kind nicht mitkommen; kannst du nicht arbeiten, wenn jemand in deiner Nähe ist, bist du schon so ein Eigenbrötler geworden?

Da antwortete ich barsch:

Dieses Mal muß ich mit meiner Idee ein Eigenbrötler bleiben.

Wann bekommt man mal etwas von diesem Großprojekt zu sehen, an dem du jetzt arbeitest, seitdem du »kreativ« geworden bist, wie manche Frauen mittleren Alters? fragte sie einmal geradeheraus, und in der Stimme lag ein Hohn, der mich dazu bringen sollte, wieder ein Mann mittleren Alters zu werden.

Ich zuckte mit den Schultern.

Mußt du nicht auch noch Katholik werden, nachdem du einen Streit mit der inneren Qual ausgefochten hast, die in der Liturgie oder im Glauben an die heilige Jungfrau Maria nach Schönheit und Frieden strebt?

Ich zuckte mit den Schultern.

Tags darauf, als sie mich so heftig angegriffen hatte, begann ich aus Rache meine geheimen Machenschaften in ein Tagebuch einzutragen oder Bekenntnisse zu schreiben, die ich ihr irgendwann einmal ins Gesicht werfen und dabei sagen wollte:

Hier hast du mein Leben!

Jetzt mache ich den halben Schlüssel, der zu meinem Leben paßt, aber Gott steh mir bei, wenn sie ihn findet, solange ich noch am Leben bin. Dennoch könnte sie durch diesen Fund sicher etwas lernen, doch darf sie erst dann Kenntnis davon erhalten, wenn ich gestorben bin, sage ich, auch wenn mir die Vorstellung nicht behagt, daß ich Spuren zurücklasse. Ich habe keine Lust, nach meinem Tod durch ein offenherziges Tagebuch Mut zu demonstrieren.

Vielleicht nimmt sie mein Schlüsselwerk und läuft damit durch die ganze Stadt, um meinen Gefährten aufzusuchen, findet die Tür, die zu ihm führt, steckt das Werk ins Schlüsselloch, alle Federn beginnen sich zu bewegen, das Schloß öffnet sich, und sie bittet ihn:

Mein Lieber, erlaube mir, ein kleines bißchen von dem berauschenden Wein mit dir zu genießen, von der frischgestampften Butter und den Lustbarkeiten, welche mein Mann mit dir genossen hat, wenn man seinen Tagebüchern Glauben schenken darf.

Jetzt ist klar, daß ich mich auf die gleiche Weise ausstoße wie jemand, der sich aufgrund seiner Launen und Eigenarten von den anderen absondert; er ist abseits der anderen, und niemand sucht seine Nähe. Wenn es nach meiner Frau und den Kindern ginge, so könnte ich mich wahrscheinlich bis ans Ende der Welt treiben lassen. Zu meinem Erstaunen habe ich dieselbe Erfahrung gemacht wie ein Künstler, obwohl ich etwas anderes bin, doch zu lieben und die Liebe zu erhalten ist eine Kunst und die Basis für das meiste im Leben. Nichtsdestoweniger möchte ich fast sagen, daß wir, mein Gefährte und ich, füreinander ein Snack zwischen fünf und sechs Uhr sind, und wenn wir Glück haben, dann bekommen wir das Abendessen des Geschlechtverkehrs zu Hause aus der

Schüssel der Ehefrau. Ich drücke es mit Absicht so aus, denn manchmal kommt er zu mir mit einem leisen, irgendwie erregenden Gebetsgeflüster, das an das einzige gerichtet ist, was er, wie er sagt, an seiner Frau liebt, so daß ich meinen könnte, sie stille sein Verlangen nicht eher als ein toter Gott. Im übrigen kann die Frau ihrem Mann niemals ein Gott werden, sie kann Herrscherin werden, doch das ist etwas anderes. Im Zusammenleben von Männern wird der Glaube an die Götter praktiziert, und man kann für einen anderen Mann ein Gott neben einem Gott sein, ein Gott neben einem Teufel oder ein Engel bei der Begegnung zweier Engel.

Es ist so seltsam, daß das erregende Geflüster bei mir bewirkt hat, daß ich nun anfange, seine Frau zu begehren, ich habe Lust, die gleiche Methode anzuwenden, wie er sie zweifellos bei anderen Frauen anwendet, und anfangs auch bei mir, anzurufen und zu sagen:

Möchtest du deinem Körper nicht was Gutes tun? Ich denke schon so lange an dich und sehne mich danach, dich kennenzulernen.

Dann wollte ich hinzufügen, so wie er es machte:

Ich rufe später an, wenn du darüber nachgedacht hast.

Mehr sagte er nicht, doch ich würde noch hinzufügen:

Ich habe mich nie getraut, dir näherzukommen, du bist in meinen Augen so göttlich, daß ich Angst kriege, und ich habe erst jetzt den Mut, anzurufen, weil ich dich nicht durch das Telefon sehe.

Nein, das mit dem Telefon lasse ich, sonst denkt sie, das sei ein Witz. Dagegen könnte ich sagen, daß ich kaum atmen kann und auflegen muß, und vorher flüstere ich:

Du könntest mir ja vielleicht gestatten, dich angezogen am Fenster zu sehen.

Ich lasse nicht viel Zeit vergehen, bis ich eine Antwort haben will. Ich rechne aus, wie lange die Gier in den Gefühlen gärt, bis sie aufflammt, bevor die Vernunft und das Anständigkeitsgefühl wieder die Oberhand gewinnen und das Verlangen aus dem Fleisch schwindet und die Stumpfheit seinen Platz einnimmt. Ich habe eine Ewigkeit darauf verwendet, mir zu überlegen, wie ich es am besten angehen soll, mittags von einem öffentlichen Telefon aus anzurufen und auf dem Platz auf einer Bank zu warten, während sie darüber nachdenkt. Dann rufe ich an, bevor ihr Körper taub wird, während ich in Flammen stehe und einen Orgasmus haben muß, nicht unbedingt mit ihr, sondern vielleicht mit jemand anderem, und dann gezwungen bin, zu Sigga zu gehen, die mit katzenhaft schmeichelnder Stimme sagt:

Ach, du bist es, und ich kann mir schon denken, warum. Ich wollte mir gerade den Kopf waschen, du kannst die Gelegenheit nutzen, während ich mich mit den schäumenden Haaren über das Waschbecken beuge.

Eines Tages schritt ich zur Tat, als mein Gefährte aus der Arbeit anrief und mich treffen wollte. Anstatt zur Verabredung mit ihm im Zimmer zu gehen, lief ich schnell zu einer Telefonzelle. Ich rief an, seine Frau antwortete, und ich fragte sie, ob sie ihrem Körper nicht was Gutes tun wollte. Sie schwieg, legte aber nicht auf, und nach einer entsprechenden Pause, als ich der Meinung war, daß die Begierde ausreichend in ihr gegärt hätte, sagte ich schnell:

Also gut, ich rufe später an; wenn du gebacken hast.

Wie, du kennst mich? fragte sie erfreut. Ich bin nämlich gerade am Backen.

Ich würde dich unter allen Frauen der Welt erkennen, sagte ich.

Als ich das gesagt hatte, legte ich den Hörer auf, damit sie dachte, sie habe sich etwas entgehen lassen, vielleicht ein für allemal, und es bitter bereute, daß sie nicht darauf geantwortet hatte. Ich ließ eine entsprechende Zeit vorbeigehen. Mein Mund war trocken, und ich dachte, wenn sie antwortete, würde ich nicht wagen, sie zu treffen, weil sie Lust haben würde, mich im Bett zu küssen, und dann merkte, daß ich einen trockenen Mund hatte und daher nicht so erfahren und lässig im Umgang mit Frauen war.

Du kannst gerne kommen, sagte sie, als ich anrief. Es macht nichts; ich gebe dir was von dem, was ich gebakken habe.

Dann fragte sie hastig:

Kommst du gleich?

Ja.

Mit dem Auto?

Ja, sagte ich. Ich komme sofort. Ich mag es am liebsten, wenn der Körper einer Frau nach warmen Plätzchen duftet.

Ich hörte, wie sie den Speichel hinunterschluckte und versuchte, die Trockenheit im Mund loszuwerden und die Zunge weicher zu machen.

Ich fuhr so schnell, wie der Verkehr es erlaubte, läutete dreimal an der Eingangstür des Wohnblocks. Auf ihrem Schild stand nur der Name einer Frau, und ich bekam den Verdacht, daß mir mein Gefährte in seiner Verlegenheit die Telefonnummer seiner Mutter gegeben hatte, die vielleicht gar nicht taub war. Nach einem kurzen Moment antwortete eine Stimme, die sich ganz wie die einer alten Frau anhörte. Mein Herz klopfte, als ich das Summen des Türöffners hörte und die Stimme sagte:

Es ist im zweiten Stock links, die Tür ist nicht abgesperrt, du drückst sie einfach auf.

Ich sah sie vor mir, wie sie hinter der Tür stand, mit einem Mundvoll warmem Wasser.

Da geschah etwas, und statt auf den Türgriff zu drükken und hineinzugehen, fuhr ich betreten zur Nervenheilanstalt hinaus, sah auf die Fenster und sagte still:

Du solltest dich lieber dort einliefern lassen, als mit der Frau deines Freundes ins Bett zu gehen.

Ich meinte sicher zu sein, daß mein Gefährte im Zimmer war, und beeilte mich dorthin zu kommen und ließ das Auto in der nächsten Straße stehen. Ich sah, daß er auf dem Gehsteig auf und ab lief und so tat, als ob er dort zufällig vorbeikäme und über die Mauern guckte und die Pflanzen in den Gärten betrachtete. Es war lächerlich, weil es in dem Viertel nichts zu sehen gab und er den Eindruck erweckte, herumzuspionieren. Ich ging rasch auf das Haus zu. Eine große, rotbraune Katze saß auf der Mauer, und ich streichelte das arme Tier flüchtig. Dann verschwand ich im Haus und ließ die Tür zum Keller offen. Kurze Zeit später war mein Gefährte da, und er sagte aufgebracht:

Ich wußte nicht, ob du da warst, es war nirgends ein Stein auf der Mauer zu sehen, so daß ich dachte, die Katze würde darauf sitzen, aber ich habe mich nicht getraut, sie zu verjagen, weil zwei alte Schachteln so lange am Gartentor quatschten und es verdächtig gewesen wäre, wenn ein unbekannter Mann hergekommen wäre, um ihre Katze wegzuscheuchen und nachzuschauen, worauf sie saß.

Als ich mir die Beschwerden anhörte, und daß er sich durch das Verhalten der Katze beleidigt gefühlt hatte, da konnte ich mich nicht beherrschen und lachte laut auf. Da fuhr er hoch wie eine Natter, packte mich mit eisernem Griff, schüttelte mich heftig und sagte:

Hör mal, Freundchen, so springst du mit einem Mann nicht um, wenn ihm so zumute ist. Ich könnte dich direkt umbringen.

Mein Herz klopfte heftig, und ich fuhr vor Schreck zusammen. Im selben Moment packte er mich an der Gurgel, und ich konnte kaum stöhnen und Atem holen, fast gelähmt vor Schreck. Ich spürte, wie sich die Eingeweide verkrampften und sich im Magen und den Gedärmen alles löste, so daß ich glaubte, ich würde gleich in die Hose machen.

Komm, hör auf! stöhnte ich fast ohnmächtig.

Er antwortete nicht, doch er drückte auch nicht fester zu. Ich begann zu husten und konnte mit Mühe und Not flüstern:

Was soll das, Mann?

Die Angst nahm zu, und ich dachte, er wäre verrückt geworden, als er brutal fauchte:

So macht man es mit den Frauenzimmern in den Krimis von Agatha Christie, sie werden ganz einfach umgebracht, denn die Schriftstellerin weiß, wie man sie ohne Gnade auf der ersten Seite kaltmacht.

Ich wußte überhaupt nicht, was er meinte, aber mit der Zeit änderte er das Spiel in ein anderes und baute es aus, denn nach diesem Vorfall zwang er mich ein paar Monate lang, die Bücher Agatha Christies genau zu lesen, und bevor er kam, mußte ich mich darauf vorbereiten, daß er mich auf dem Boden oder an den unmöglichsten Orten kaltmachte, kaum daß er durch die Tür geschlüpft war, bereit für ein erotisches Spiel nach dem Vorbild der Morde in den Krimis. Nach ihnen zu urteilen, glaube ich nicht, daß es angenehm ist, in Büchern aus Liebe zu sterben. Zum Glück waren nicht alle Bücher Agatha Christies ins Isländische übersetzt worden, und er kann kein Englisch, sonst hätte er mich tatsächlich umgebracht wie eines der armen Frauenzimmer und sich wie ein Nekrophiler an mir zu schaffen gemacht.

Zuerst fürchtete ich mich, gelinde gesagt, davor, bei jedem Besuch in einen neuen und originellen Liebesmordfall zu geraten und zudem nie im voraus zu wissen, wie die Inszenierung werden würde, denn er neigte dazu, von einer Szene der Geschichte in eine andere zu hüpfen und eine Menge aus seinem eigenen Fundus beizusteuern, und er brachte mich zu Fall wie in einer Revolution der Form, manchmal unter dem Tisch oder auf einem umgestürzten Stuhl. Ich muß zugeben, daß mir dies wie ein ausgeflipptes Kochrezept im Geiste des Postmodernismus vorkam, und ich wußte nie, ob ich das Essen in den Magen oder ins Gesicht bekam.

Ach Lieber, hör auf damit! bat ich.

Du kannst dich nicht beschweren, denn wir richten uns nach der Literatur, steckst du nicht ständig zwischen Büchern? fragte er höhnisch, als ich das Spiel langsam satt hatte.

Zwischen den Mordfällen dachte ich viel nach und kam bald zu der Erkenntnis, daß in der Liebe alles natürlich ist; in ihr geschieht nichts, was einen verliebten Menschen überraschen sollte. Ich sagte zu mir selbst wie ein vernünftiger Mensch:

Sind Liebesspiele nicht ein gewisses Mordrätsel? Wenn mein Gefährte mich einmal dabei umbringt, dann akzeptiere ich es still und schweigend, so wie irgendeines von diesen Weibern.

*

Naturgemäß wollen Menschen anderen Gewalt antun und daß andere ihnen dieselbe Art von Zwang antun. Sie wollen andere schlagen und sich selbst verprügeln lassen. Ich bin daher zu der Ansicht gelangt, daß es die Vollkommenheit des Liebesspiels ist, einen anderen zu vergewaltigen und sich selbst vergewaltigen zu lassen. Alles andere ähnelt eher der Frustration des Esels, den man dazu bringt, Wasser aus einem Brunnen zu pumpen, indem man ihm vorne eine Mohrrübe hinhängt. Sie ist an seiner Nase festgebunden, so daß er sie ohne Unterlaß verfolgt, und dadurch dreht sich die Pumpe; er erwischt die Mohrrübe nie, doch er pumpt für andere Wasser hoch, ohne in sein Wunschobjekt hineinbeißen zu können. Das ist die Tragödie des Esels und das normale menschliche Leben.

Dieser Akt, einen anderen Menschen mit Gewalt zu nehmen und sich selbst am liebsten mit noch mehr Gewalt nehmen zu lassen, ist die Gleichberechtigung und Perfektionierung von Qual und Genuß: Das wissen lebenserfahrene und kluge Frauen wie Agatha Christie, die die Kunst des Kriminalromans betreiben, die darin besteht, andere zu quälen und sich quälen zu lassen. Das ist auch das höchste Ideal des Glaubens an das Kreuz, wie in der Gemeinschaft, so im Bett. Die vollkommenste Freude ist es, andere zu erfreuen und sich im gleichen Moment selbst zu freuen. Eine Freude, die nur den Nehmenden erfreut, bedeutet nichts, sie muß auch den Gebenden erfreuen und am besten noch viel mehr. Das wissen diejenigen, welche in einer kirchlich gesegneten Ehe gelebt haben und es wagen, die Genüsse des Zusammenlebens von Mann und Frau zu akzeptieren. So ist die Natur, und so lautet die Wahrheit über das Geheimnis beider Geschlechter; alles andere ist nur Wunschdenken der zutiefst heidnischen Gefühle von Schwulen, die an nichts anderes glauben als daran, daß alle Männer Götter seien, die frei und ungebunden umherwandeln können und sich miteinander ins Gras legen, wann immer ihnen danach ist, solange Gras auf der Erde wächst und dort Menschen geboren werden.

Männer können eine Perfektion auf dem weiten Feld der Lust nur mit ihrem eigenen Geschlecht erreichen, denn nur ihm wohnt unverfälschte Gewalt und primitive Kraft inne. Die Gewalt und die Kraft der Frau ist zu verstreut, um beim Genießen ins Schwarze treffen zu können, wenn sie schließlich, meist in Worten, losbricht. Es scheint ganz so, als erginge es ihr genauso wie dem gesunden Menschenverstand, mitten im Ansturm zweifelt sie, und der Zweifel wirkt ansteckend, so daß die Raserei erlahmt und in ihrem Gegenteil endet, im Elend und in dem Versuch zu trösten.

Außerdem bin ich zu der Ansicht gelangt, nachdem ich dies an mir selbst beobachtet habe, daß eine Frau nie von einem anderen Mann befriedigt werden kann als dem, der es in einem gewissen Maße auch mit seinem eigenen Geschlecht treibt, doch nie ausschließlich damit, von einem Mann, der je nach den Umständen und Regeln bei einem bestimmten Spiel Mann und Frau gewesen ist und aus Erfahrung alle Regeln kennt und dem nichts verborgen ist, was mit der Liebe zu tun hat.

Dies habe ich immer deutlicher in mir gespürt, je öfter ich meinen Gefährten treffe und je länger ich mit meiner Frau zusammenlebe. Doch sie kann mich nie direkt mit Gewalt nehmen. Sie kann mich leiten, lenken, benutzen, mit Worten entehren, in den Augen anderer erniedrigen, aus der Asche erheben und mir dann ein paar Schwingfedern geben, doch sie kann mich nie mit körperlicher Gewalt nehmen, wie ich meinen Gefährten mit rücksichtsloser Gewalt nehme und er mich mit Wildheit nimmt, wenn etwas in der Seele danach verlangt, daß man einen anderen Mann besiegt und hinterher von ganzem Herzen über seine Niederlage jubelt.

Manchmal glaube ich, daß ich mit meiner Frau nur von Leere erfüllt werden kann, nachdem ich mich in sie entleert habe. Und es stimmt in gewisser Weise, weil sie sich nicht in mich entleeren kann, außer mit einem unzusammenhängenden Wortschwall, während das Spiel vor sich geht. Deshalb bekomme ich keine neuerliche Erfüllung aus ihrer Kraft, nachdem die meine sich in sie entleert hat. Es besteht höchstens die Möglichkeit, daß man Zärtlichkeiten erwarten kann, und sie erwecken Unlust, wenn das Bedürfnis nach der Kraft des anderen nicht befriedigt ist.

Es ist mir oft in den Sinn gekommen, daß darin die Erklärung dafür liegen könnte, daß die meisten Männer nach dem Geschlechtsverkehr mit Frauen abweisend und sogar feindselig werden. Sie sind dazu fähig, sie zu schlagen oder in ihrer Männlichkeit zu weinen und sie deshalb sogar halb tot zu prügeln. Das hängt damit zusammen, daß die Frauen sie nicht im buchstäblichen Sinne reiten können, so wie die Männer eben noch auf ihrem Fleisch herumgeritten sind. Die Frauen wollen nur zärtlich zum Mann sein, anstatt den Genuß am Schwanz zu packen und zurück zum Ursprung zu gehen. Ich wollte gerne darüber mit meiner Frau reden, die glaubt, daß sie kein Feigling ist, weil sie ihre Krallen zeigen und mit den Nägeln kratzen kann, doch – ach nein – das Geheimnis des Mannes ist und bleibt eine verborgene Angelegenheit, und die Männer lassen die Frau ununterbrochen von sich selbst erzählen, damit sie sich im Staub endloser Geschichten über Probleme verstecken können, die die Männer schließlich für sie lösen, und die Frauen sehen es als ihren eigenen Erfolg an und sagen:

Wo würdest du sein, wenn du nicht mich, deine Frau, hättest und all ihre Ratschläge?

*

Mein Gefährte kann sich damit abfinden, daß etwas nur einen Augenblick währt und keinen anderen Zweck hat als den, zunichte zu werden, und weder Vergangenheit noch Zukunft hat.

Das geschieht einfach, daß man etwas will und sich nicht beherrschen kann, man muß es einfach haben und fertig, sagt er.

Dann hat man vielleicht für unbestimmte Zeit überhaupt kein Verlangen danach; aber manchmal direkt hinterher, manchmal ohne Unterlaß, bis man wie von Sinnen und völlig am Ende ist, aber es einen trotzdem danach verlangt und man nicht kann und dann anfängt, mit Händen zu quälen und nicht mit Worten, wie die Frau es in ihrer Ohnmacht tut. Das versteht nur das eigene Geschlecht oder vielmehr nur ein Bruchteil davon, die Erfahrung, völlig erschöpft zu sein, aber voller Verlangen nach Potenz. Viele sehen das ein, doch sie begreifen nicht die Natur davon, sie erlauben sich nichts und vergessen sich oder rackern sich bei Schwerarbeit ab, um auf irgendeinem Gebiet vorwärtszukommen.

Treffen können ohne Liebe sein und diese sind oft am reinsten und besten. Sie sind das Abenteuer, das plötzlich und mit voller Kraft geschieht und dann wieder vorbei ist. Wahrscheinlich ist das Wesen des Todes ähnlich. Die Reihe kommt an ihn im Leben, der Kampf beginnt, und man beißt ins Gras. Der Tod ist die vollkommene Lebenskraft, die das Leben zu Fall bringt und im selben Moment sich selbst; denn er kann nicht zweimal denselben Menschen besiegen. Er sucht alle heim, als ob er keine Vergangenheit oder Zukunft hätte und als ob ihm niemals irgendein Gedanke gegolten hätte. Niemand kann sich daher auf ihn vorbereiten. Auch ich kann mich nicht auf das unerwartete Kommen meines Gefährten vorbereiten oder wissen, auf welches der Bücher von Agatha Christie er Bezug nimmt, wenn er mich umbringt.

Als ich noch ein Kind war, dachte ich viel an den Tod, so wie Kinder es tun, sagte mein Jugendfreund. Ich glaubte zu verstehen, daß er eine Zeit ist, die schneller ist als das Licht. Man braucht lange, um zu sterben, nicht wegen des Todes, sondern weil der Tod jenseits von sich nach einer Entsprechung für den sucht, der stirbt, um ihm das Leben einzugeben. Diese Entsprechung befindet sich weiter weg, als die Lichtjahre sich erstrecken, und deshalb braucht unser Leben hier unglaublich lange, um zur Unendlichkeit zu gelangen. Der Tod braucht ebenfalls lange, um zu uns zu gelangen, und er erreicht den Körper erst bei der Geburt; das ist der Tod, bevor man geboren wird, denn es gibt zwei Arten von Tod. Im Leben reift der Mensch heran, um zu sterben, und ein Greis hat vielleicht nicht hundert Jahre gelebt, sondern er hat hundert Jahre gebraucht, um zu sterben.

Ungefähr so dachte ich, als ich ein Kind war, doch mir kam nie der gleiche Gedanke wie meinem Jugendfreund, daß etwas von mir bei Gott zurückgeblieben sei. Ich entsinne mich dessen, daß ich viel mehr über das System von Leben und Tod nachdachte und darüber, wie man die Erde zu einem bestimmten Zeitpunkt verläßt, aber gerade jetzt fällt es mir nicht ein. Ich entsinne mich aber, daß ich mich als Kind so auf das Sterben vorbereiten wollte, obgleich es unmöglich ist, sich auf etwas vorzubereiten. Wenn es soweit ist, wird alles anders, als man es sich vorgestellt hat.

*

Ich scheine für meinen Gefährten zumindest in irgendeiner Weise ein Gegenstand des Nachdenkens zu sein – niemand gibt sich damit zufrieden, nur etwas Greifbares zu sein –, er muß seine Gedanken auf mich richten, denn er ruft jetzt so oft an, wenn ich im Zimmer sitze und schreibe oder die Wahrheit vertusche, während ich darauf warte, daß er anruft.

Je öfter er mit mir am Telefon spricht, desto weniger unanständig werden die Gespräche. Zögernd bringt er sie der Seele näher, wenn man dies so ausdrücken kann, denn er nennt sie »das Innerliche«. Seine Gefühle manifestieren sich als undurchsichtiges Gerede darüber, ob ich es mir in dem Zimmer nicht »ordentlich bequem machen« und »mir ein paar Möbel reinstellen« wolle, und »vielleicht bekommst du dann bessere Gelegenheiten«.

Ich verstehe nicht, was für Gelegenheiten das sein könnten.

Doch einmal, als ich kurz vor dem Orgasmus war, sagte er, daß er sich wünschte, seine Frau würde ins Gras beißen.

Ich erschrak ziemlich und verlor fast meine Erektion, weil ich bereits selbst den Wunsch gehegt hatte, nicht insgeheim, sondern offen, daß meine Frau sterben würde. Es war mir sogar in den Sinn gekommen, sie mit der Variante einer Methode von Agatha Christie zu ermorden, bei der ich weiß, wie es geht, doch ich habe überhaupt keine Lust dazu. Ich habe solche Einfälle nur, um meine Gefühle damit zu würzen. Ich könnte sie nicht töten. Wenn ich morden könnte, dann würde mir nie einfallen, einen Menschen zu ermorden, sondern die Mordgelüste überkamen mich auf die gleiche Weise wie ein plötzliches, unausweichliches Verlangen, das Leben zu vergewaltigen.

Meine Frau darf uns nur nicht mit ihrer Nähe im Weg stehen. Ich sehe sie quicklebendig in Gedanken vor mir, wenn eiskalte Mordlust mich packt; sie hat einen leicht merkwürdigen Blick, wenn sie sieht, wie ich mich aus einem Nebel in einen Menschen verwandle, und sagt mit schwacher Stimme:

Mir ist unwohl. Ich gehe besser ins Bett.

Und so erwache ich am nächsten Morgen an ihrer Seite. Ich möchte lieb zu ihr sein, aber da ist sie gestorben, weil das Wunschdenken ihr das Leben ausgetrieben hat, indem es sie im Schlaf plötzlich hat sterben lassen, was die beste Todesart ist, aber auch die schrecklichste.

Wahrscheinlich bin ich ein richtiger Mann. Ich möchte, daß das, was ich geliebt habe, an meiner Seite stirbt. Sogar hierin ist der Mensch egoistisch. Der Wunsch nach dem schönen, unheimlichen Tod ist stark in uns. Vielleicht ist das ein Nachklang aus der Vergangenheit und den Erzählungen der Leute, denen ich in meiner Jugend zuhörte, als Unschuld noch die höchste Tugend war. Da sagten die Witwer:

Wir haben das ganze Leben lang zusammengelebt, die Kinder großgezogen, bis sie erwachsen waren, und dann wache ich eines Morgens aus tiefem Schlaf auf und küsse meine Frau, doch da liegt sie tot neben mir.

Nie haben die Leute etwas so Schönes gehört.

Wenn meine Frau plötzlich sterben würde, hätten alle Mitleid mit mir, denn der Aberglaube ist weitverbreitet, daß es ein Zeichen wahrer Liebe ist, wenn einer der Eheleute am Morgen neben dem toten Partner erwacht. Ich müßte immer wieder die Frage beantworten: Hast du wirklich nichts gemerkt?

Die Leute verspüren einen wohligen Schauer angesichts der Tatsache, daß ich eine ganze Nacht lang unschuldig und fest an ihrer Seite geschlafen habe, die in den großen Schlaf gefallen ist.

Irgendwo im Tagebuch unseres Unbewußtseins steht geschrieben, daß dies der Höhepunkt des Lebens ist, daß wir an der Grenze zwischen ihm und dem Tod tief schlafen können, und deshalb verflechten sich im Dunkel der Menschheitsgeschichte eine furchterregende und auch eine angenehme Einstellung zur Liebe; sie ist in zweierlei Träumen, die derselben Wurzel entspringen: Sie ist eng verwandt mit dem unschuldigen Schlaf und dem empfindungslosen großen Schlaf.

Nach dem Verlust meiner Frau bieten sich mir unzählige aufopferungswillige Frauen für den Platz der Verstorbenen an, sie sind gern bereit, an meiner Seite im Schlaf zu sterben, überzeugt davon, daß »die Liebe dieses Mannes groß sein muß«. Zweifellos wollen sie ums Verrecken so schnell wie möglich an meiner Seite sterben, vielleicht schon in der Hochzeitsnacht, und die Braut des Todes werden. Später würden die Leute bei der Beerdigung sagen, daß dies einen exquisiten Stoff für einen Kinofilm abgeben könnte.

Viele möchten lieber, daß der Groschenroman der Liebe in der Weise von Gott verfaßt würde, daß ein Ehepartner oder beide beim Geschlechtsverkehr in der Hochzeitsnacht sterben. Der größte Reiz liegt darin, wenn es dabei so heftig zugeht, daß die Frau stirbt und der Mann es erst beim Orgasmus merkt – wenn er aus dem schweren Meer wieder zum Bewußtsein auftaucht –, daß er in irgendeiner Hinsicht Intimverkehr mit der Leiche der Ehefrau gehabt hat. Unterschwellig wissen alle, daß sich darin die Rache verbirgt, die durch die Tugend der Frau bedingt war; dies war der Triumph des Ideals der Jungfräulichkeit, daß die Frau, jenes göttliche und mit Tugenden geschmückte Wesen, einfach ihren Geist aufgeben würde, wenn sie im seligsten Moment ihres Lebens darum gebracht wird. Deshalb sagten die alten Frauen daheim oft, daß es am vernünftigsten wäre, einen als Mädchen verkleideten Mann in der Hochzeitsnacht zum Bräutigam ins Bett zu schicken, und das hätte man in Island oft gemacht, obgleich niemand offen darüber sprach, denn junge Burschen halten mehr aus als Jungfrauen, und den Männern hätte es früher ausnehmend gut gefallen, in ihrer Einfalt zu glauben, sie hätten ihre Frau mit ihrer Potenz zweimal entjungfert. Vielleicht kommt es von dem geheimen Wissen um diesen Trick der Frauen, daß mein Gefährte sagt:

Ich mache das nur, um meiner Frau eine Pause zu gönnen.

*

Wir wissen, daß der Tod, solange wir leben, fortwährend Geschlechtsverkehr mit dem Leben hat, doch in der Helligkeit hinter der Dunkelheit hoffen wir, daß wir ihm auf diese Weise am Ende entkommen müßten und jenseits von ihm ewiges Leben erlangen.

Darüber zerbrach ich mir oft den Kopf, als ich noch ein Kind war und den unklaren Gesprächen der einfachen, alten Frauen zuhörte. Die normalen Leute waren früher in ihren Gedanken ständig mit der Grenze zwischen Leben und Tod beschäftigt, denn die Gefahren für das Leben zu Wasser und zu Lande waren zahlreich und die Krankheiten unheilbar.

Nun stelle ich mir vor, in Fortsetzung dieser Erkenntnis der Erkenntnislosigkeit und gemischt mit der Angst, mein Gefährte könnte sterben, daß er ganz unerwartet auf der Couch in meinem Arbeitszimmer aus dem Leben scheidet.

Ich habe das Geschehen auf ähnliche Weise wie auf Bildern vom Krieg oder auf Gemälden vor mir gesehen: Er stirbt in meinen Armen wie ein Soldat am Ende des Gefechts in der Umarmung seines Kameraden, der mit schmutzigem Gesicht weint, den verdreckten Körper und die geschwollenen Hände an seiner Brust. Wenn mich diese Vision heimsucht, bin ich verwirrt, doch dann versuche ich sofort, dem Verstorbenen wieder die Kleider anzuziehen. Ich weiß nicht, ob ich es wagen soll, sofort die Polizei anzurufen, doch ich weise den Gedanken von mir, es wäre in der Angelegenheit wohl von Vorteil, wenn die Polizei ihn zumindest in Hosen vorfände. Ich könnte sagen, ich hätte diesen kranken Mann zufällig draußen auf der Straße direkt vor dem Haus gefunden, ihm hereingeholfen und ihn sich hinlegen lassen, damit er sich ausruhen konnte, und ihm die Kleider ausgezogen, doch da hätte er den Geist aufgegeben. Meistens nehme ich mir vor, die Leiche hinaus auf den Gehsteig oder vor die Haustür zu schleppen; wenn er dann da liegt, beabsichtige ich, die Polizei anzurufen und zu sagen:

Da liegt ein Mann in schlechter Verfassung vor dem Haus.

Sie kommen, holen die Leiche, verhören mich ein bißchen, und die Sache hat sich, ich verfolge nur im Morgunbladid mit, ob irgendein Nachruf kommt und ich auf diese Weise etwas Sicheres über ihn erfahre. Ich habe sogar die Idee gehabt, einen anonymen Nachruf über ihn zu schreiben.

Wenn ich in dieser Stimmung bin, lasse ich meinen Gefährten in Gedanken leben und bringe meine Frau dazu, zu sterben. Ich sage zu ihr:

Ich habe mit dir drei Kinder gezeugt, und ich könnte mit dem Kinderkriegen weitermachen, wenn meine Gefühle meinen Penis und meine Liebe nicht auf eine andere Bahn gelenkt hätten. Jetzt sollst du verrecken.

Wenn sie gemäß meinem Wunsch stürbe, dann würde ich eine kurze Zeit das Mitleid genießen und sofort mit meinem Freund zusammenziehen. Das Gerede ist schon beträchtlich, wenn man seine Frau verloren hat und kurz darauf mit einer anderen zusammen ist (ein Witwer muß sich mindestens ein Jahr ruhig verhalten, wenn er nicht von den Freundinnen der Verstorbenen ertränkt werden will, obwohl sie ebenso danach streben, ihren Platz einzunehmen), doch wenn ich mich auf dem Friedhof mit einem Mann zeigte, würde das ein noch viel schlimmeres Gerede auslösen, falls ich nicht soviel Glück hätte, daß eine solche Ungeheuerlichkeit selbst den schlimmsten Schandmäulern die Sprache verschlagen würde und sie nichts mehr sagen könnten.

Wenn ich allein im Zimmer sitze, vertreibe ich mir damit die Zeit, der öffentlichen Meinung zuzuhören, die in der Luft liegt:

Stellt euch vor, seine Frau starb ganz plötzlich an seiner Seite und liegt kaum unter der Erde, und – ich kann diese Ungeheuerlichkeit kaum in Worte fassen – da zeigt er sich zusammen mit einem anderen verheirateten Mann am Grab. Kannst du dir so was vorstellen? Beide haben

Kinder, und kein Mensch wäre auf die Idee gekommen, daß es so etwas Ungeheuerliches bei Männern gibt, die ein ganz normales Gesicht zur Schau tragen. Man muß ihnen das Sorgerecht für die Kinder nehmen, denn was, denkst du, würde aus den Armen einmal werden, wenn sie bei Männern aufwachsen, die zusammen wohnen und schlafen? Ist das normal am Ende des Jahrzehnts der Frau?

Während mich diese Gedankengänge an dem Tag beschäftigten, als meine Frau mit Sigga unterwegs war, um *Vorwärts Mädchen* zu singen und den Jahrestag der Frauenbewegung zu feiern, küßte ich meine Tochter auf die Stirn, als sie auf dem Sofa vor dem Fernseher saß und sich in den Schlaf kuckte. Ich legte die Lippen an die Schläfen, dort, wo man die feinen bläulichen Adern durch die weiße Haut sah, und sagte still:

Mein Unschuldsengel, du solltest wissen, wie dein Papa zutiefst im Innern ist. Eine Menge anderer Papas sind auch so, ich weiß von einem und verdächtige zwei andere wegen derselben Sache. Ich werde mich sicher auf die gleiche Weise umbringen wie mein Jugendfreund, denn nichts ist unvorstellbar, und deshalb habe ich einen Brief geschrieben, der zusammen mit einem anderen Brief in einem braunen Umschlag sein wird.

Meine liebe Tochter!

Du darfst mich nicht im Gedächtnis behalten, versuche nicht, mich zu verteidigen, betrachte mich als einen unbrauchbaren Gegenstand mit einer Natur, die du nicht kennengelernt hast. Man weiß wenig über die Sachen, bis sie unbrauchbar geworden sind und man versucht herauszufinden, wie sie funktionierten, indem man sie auseinanderschraubt.

Ich sage das nicht meinet-, sondern deinetwegen, damit du dich nicht quälst wegen der Mitmenschen und ihrer Reaktionen, ohne daß du selbst weißt, weshalb du dich quälst, denn trotz meiner Qual habe ich mich nie über meine Natur beklagt. Ich würde meinen Weg aufs neue gehen, selbst wenn alle Steine der Welt am Wegesrand gesammelt und mit Schimpfwörtern auf mich geworfen würden.

Ich weiß nicht, wie ich dir dabei helfen kann, mich zu verachten, oder ob du eine solche Schande nötig hast, um dich gegen die Angriffe anderer zu wehren und dich ihnen anzuschließen. Ich weiß nicht, ob du dies nötig hast, um deine Reinheit gegenüber dir selbst und anderen zu bewahren.

Denk daran, daß ich tot bin und daß für Tote und ausgesprochene Worte dasselbe gilt, man kann sie nicht zurücknehmen, auch wenn sie verurteilt werden. Ebensowenig kann ein Toter einer Sache überführt werden, wenn er weder ein Zeichen noch ein schriftliches Zeugnis hinterläßt. Doch du hast diesen Brief.

Warum will ich, daß du allein das über mich weißt, was bis in alle Ewigkeit leicht zu verbergen gewesen wäre? Möchte ich in dir das Leben der Qualen verlängern? Weshalb wähle ich dich von meinen Kindern? Ist es, weil du erst nach meinem Tod völlig erwachsen sein wirst und dann das Urteil oder das Zeugnis milder ausfallen würde, als wenn ich gerade erst gestorben wäre?

Vielleicht werden andere Zeiten gekommen sein, mit Verständnis für die Natur des Menschen, und er wird akzeptiert, wie er ist, und nicht, wie Gott ihn erschaffen haben soll.

Der Grund dafür, daß ich einen Brief hinterlasse, ist wohl ein anderer, eine Ahnung, die nicht die Erbsünde betrifft, sondern die Vererbung:

Ich weiß, weil ich so bin, daß wieder ein anderer in der gleichen Art geboren werden muß, weil das, was geboren wird, bereits vorher einmal geboren worden ist und geboren werden wird, solange Menschen auf der Erde geboren werden. Ich will meinen Familienstamm vor einer bevorstehenden Geburt warnen, damit das, was geboren wird, nicht ausgesetzt wird. Der Brauch, Kinder auszusetzen, sie unter eine Steinplatte zu legen, damit das Wetter sie tötet, ist nicht mehr üblich, statt dessen werden Worte verwendet.

Daß man Leute mit Worten aussetzt, wird nicht durch Gesetze abgeschafft. Das ist überall Brauch, wo sich eine Zunge rührt.

Ich kann dir keinen Ehemann geben, sondern Wissen. Das wird mein Testament an dich.

Ich lasse meine Lippen an der Schläfe meiner Tochter ruhen, während die letzte Person im Film umgebracht wird und sie zur Ruhe kommt. Da denke ich und habe keinerlei Interesse an dem Film:

Die Leute glauben, sie wären mit ihrer Heimlichkeit ganz allein, doch neben einer Heimlichkeit gibt es noch eine Unzahl anderer Mysterien.

Dann schläft meine Tochter ruhig ein, sicher in der Umarmung ihres Vaters, und hat keine Ahnung von seinen Wahnvorstellungen. Ich trage sie völlig entspannt ins Bett zu den Träumen und übergebe sie dem Schlaf. Hoffentlich kommt sie mir im Traum näher als im Wachen.

Ich wollte, daß der Traum auf diese Weise das Problem löst, das ich im Wachen nicht zu lösen wage. Weshalb muß man für andere das sein, was man in Wirklichkeit ist? Damit wird einem das Leben unerträglich gemacht. Wahrer Mut hat nichts mit Schuld oder Zorn zu tun, er ist nur er selbst, neutral und natürlich. In gewissen Fällen kann es zur Verhaltensweise eines Feiglings gehören, mutig zu sein, und manchmal zeugt es von großem Mut, nichts zu erkennen zu geben.

Wenn alle ihr nacktes Wesen außen auf der Brust trügen, würden sie und das Dasein unerträglich werden, meine Tochter.

Denk daran, wenn du groß bist.

*

Heute nachmittag, als wir beieinander lagen und es bei uns beiden »nahe« war (wie er den Orgasmus nennt), sprang er plötzlich auf und fragte:

Was macht die Polizei denn jetzt wieder für ein verdammtes Theater?

Ich hörte das gewöhnliche Heulen eines Polizeiautos draußen auf der Straße.

Führt sich die Polente hier im Viertel immer so auf? fragte er und war schon hinausgestürzt, um nachzuschauen, was los war, bevor ich Gelegenheit hatte zu antworten.

Während er draußen war, fühlte ich mich, als wären wir Kohlestücke, die sich in den falschen Heizofen verirrt hatten, um ein Phantasiehaus zu wärmen, das nur aus Rauch bestand.

Ungehobelte Menschen können die Eigenschaft haben, innerlich zartfühlend zu werden, und sich im Umgang mit anderen sogar wie Höflinge benehmen, wenn sie jemandem erlauben, ihnen näher zu kommen. Ich kenne das ausgiebig durch meine Bekanntschaft mit diesem Mann. Früher wäre mir nie in den Sinn gekommen, daß Männer, ja sogar üble Gestalten, eine empfindsame Seele haben können, was sie stets abstreiten. Ihre Seele ist ein Filigranschloß, ein fertiges, aber schlechtgebautes Werk aus unsichtbarem Silber. Ich weiß, daß ich nicht versuchen darf, es auf einem gebahnten Weg zu erreichen oder mit dem Verstand Erklärungen für seine Architektur zu finden. Jedesmal, wenn ich versuche, mich dem Schloß intellektuell zu nähern, zieht es sich zusammen, wird mißtrauisch und abweisend, doch von widerspenstigen Schlössern im Wesen der Leute bin ich genauso angetan. Im Nu würde er sich in einen Grobian verwandeln und mich zusammenschlagen, wenn ich ihn mit etwas anderem als den leisen, flackernden Worten des fast verlorengegangenen Jungen, der sich immer noch in mir verbirgt, angriffe. Ich bedaure, daß in mir nichts von einer diskret groben Körperkraft ist, doch wahrscheinlich haben ich und mein Geschlecht so eine Kraft nie besessen, sondern andere nur darum beneidet.

Dann kam er unerwartet wieder herein, und ich dachte, daß er weitermachen und es beenden wollte, doch da war er in eine ähnliche Stimmung geraten wie schon manchmal früher, besonders als er auf einem Trawler war und selbst nichts abhaben wollte, um sich selbst zu quälen, bevor er mich verließ und nach Hause zu seiner Frau ging. Diesmal hatte er eine neue Methode. Wir lagen beisammen, und es war wieder nahe bei uns beiden, da sagte er:

Ich muß mal anrufen, kann ich mal ganz kurz?

Ja, antwortete ich.

Er rief irgendwo an, und nach kurzer Zeit wurde mir klar, daß er seine Frau angerufen hatte. Zuerst sprach er mit ihr über ganz allgemeine Dinge, obwohl sie offensichtlich wütend und ungeduldig war und solche Anrufe von ihm nicht ertrug. Ich hörte, daß sie bei der Arbeit war, und ich vernahm das Geräusch ihrer schrillen Stimme:

Dann lege ich auf!

Du legst mir nicht auf, sagte er ruhig.

Ja, ich weiß! schrie sie. Deshalb brauchst du nicht anzurufen.

Plötzlich änderte er den Tonfall, wurde freundlich und begann davon zu sprechen, wie sie das letzte Mal miteinander geschlafen hatten, während er mir durch Zeichen zu verstehen gab, daß ich mit seinem Körper auf die gleiche Weise spielen sollte, wie er erzählte, daß sie es gemacht hätte.

Ich hörte, daß die Frau erregt und wütend war, doch ich konnte die Worte nicht verstehen, bis sie rief:

Ich bin in der Arbeit beim Putzen.

Du bist nicht beim Putzen, antwortete er ruhig und herausfordernd. Du atmest dermaßen heftig, daß ich höre, daß du etwas Schlimmes für den Bürohengst dort im Kultusministerium machst, der immer gestreifte Hemden anhat; du magst sie, obwohl du für mich nur simple, einfarbige Hemden kaufst. Die taugen ja für einen so grobschlächtigen und völlig fertigen Ehemann.

Daß du dich nicht schämst! rief die Frau.

Nein, ich schäme mich nicht, antwortete er. Ich höre, daß der Typ verschwunden ist, weil er die Polizei hörte. Unten auf der Straße vor dem Haus macht die Polente Radau, und der Typ dachte, daß seine Frau, die gut aussieht und sich gerne Schuhe kauft und im *Komm heut abend* sitzt, euch wegen eures Treibens angezeigt hat, und die Polente ist gekommen, bevor er deinen Kopf ins Putzwasser steckt und dich auf die gleiche Weise ertränkt hat, wie man es in den Büchern von Agatha Christie mit den Weibern machen sollte, weil sie untreu sind oder anderes unanständiges Zeug mit Männern treiben.

Mein Gefährte lachte wie ein kaltblütiger Verbrecher und sagte, er hätte sich bereits damit abgefunden, daß man ihm Hörner aufgesetzt hatte, und daß sie sich wohl toll vorkäme, weil sie sich einen Bürohengst geangelt hatte, der sich von hinten an sie heranschlich, während sie die Treppe putzte.

Man könnte meinen, daß nicht du die Nonne in unserer Ehe bist, sondern ich, sagte er.

Schließlich knallte er den Hörer auf die Gabel und sagte zu mir:

Frauen sind so gewissenhaft, daß sie sich nicht trauen, ihre Pflichten zu vernachlässigen und mit ihrem Mann unanständige Sachen zu reden, wenn sie bei der Arbeit sind. Meine Frau glaubt, es wäre eine Sünde gegenüber dem Putzlumpen, wenn sie länger mit mir sprechen würde.

Dieses Mal war er ungewöhnlich zudringlich und gab nicht nach, bis er mich dazu genötigt hatte, meine Frau anzurufen und zu ihr ungefähr das gleiche zu sagen wie er zu seiner Frau.

Ich habe so das Gefühl, daß deine Frau auch gerade putzt, sagte er.

Aus irgendeinem merkwürdigen Zufall stimmte es, sie putzte gerade den Küchenboden und sagte, daß sie keine Lust hätte, mich durch Geschwafel vom Schreiben abzulenken, ich könnte manchmal so nervtötend sein, wenn ich mit meinen Ideen nicht weiterkam.

Ich legte auf.

Ich wollte gerne ihre Reaktionen vergleichen, sagte er dann. Ich bin eine Art Wissenschaftler für Ehefrauen.

Ich hatte nie zuvor gehört, daß jemand Wissenschaftler für Ehefrauen ist, sondern daß manche Leute Experten für frauenspezifische Angelegenheiten sind, doch vielleicht ist das Seemannsjargon, den ich nicht verstehe, so daß ich mich nicht weiter um diesen falschen Sprachgebrauch kümmerte.

Ich muß gestehen, daß der Einfall mich nicht erregte, im Gegenteil war ich niedergeschlagen und betreten.

Er rief wieder seine Frau an, und ich hörte, wie sie rief:

Du bist wie die Kinder, du kannst nie aufhören, du kriegst nie genug!

Dann knallte sie den Hörer auf die Gabel, und er knallte seinen Apparat mit größerer Heftigkeit auf mich, als ich es bisher gekannt hatte.

Langsam glitt ich hinüber in die Wunderwelt der eigenartigen Techniken, und wir liebten uns mit nie zuvor gekannter Kraft. Zu lieben bedeutet, eine besondere Magie auszuüben, die ständig neue Techniken erfordert, doch das Resultat bleibt am Ende dasselbe: Die Einsamkeit des Ergusses, neue Sehnsucht nach neuer Harmonie und Verschmelzung mit der Welt, Enttäuschung und der Wunsch, daß sich alles bis in Ewigkeit im Frieden des Fleisches wiederholen möge.

Da hatte er einen neuen Einfall, und er sagte, daß wir mit unseren Frauen zur gleichen Zeit ins Bett gehen sollten, er würde das Telefon einmal läuten lassen und auflegen, wenn es ihm gekommen war, falls ich Probleme dabei haben sollte.

Willst du, daß ich einen Minderwertigkeitskomplex bekomme, weil ich länger brauche als du? fragte ich.

Nein, so ein Arschloch bist du nicht, antwortete er.

Die Methode erregte uns am nächsten Tag, als wir uns trafen, noch mehr, und er sagte stolz:

Man muß sich immer etwas Neues einfallen lassen.

Du bist der Dichter der schrecklichen Liebe, sagte ich.

Er entgegnete darauf nichts, doch er war offensichtlich erfreut über die Bezeichnung und die Definition, die er als Lob ansah, obwohl er meine Worte wahrscheinlich kaum begriff; das Unklare machte die Sätze noch bestrikkender, so wie etwas, das man nicht ganz versteht, sondern nur halb.

Zum ersten Mal in unserer Bekanntschaft küßte er mich, bevor er ging. Er nahm mich so komisch und linkisch in die Arme, daß mich eine Ruhe umfing, die ich nicht kannte, und ich war ganz gerührt. Ich hörte in mir den Regen und wurde von Dankbarkeit erfüllt, daß irgendein Gott dem Ungläubigen seine konkrete Existenz bewiesen hatte und er sein Gebet mit einer unbeschreiblichen Berührung, die die Wurzel der Schöpfung ist, erhört hatte.

Im selben Moment hat dieser einfache Mann zweifellos gespürt, was in meinem Gefühlsleben geschah; er drückte mich wieder an sich und räusperte sich.

Sag nichts, flüsterte er leise und ging dann.

Da wußte ich, daß wir nie voneinander loskommen würden und daß er mich sogar noch mehr mochte, als ich ihn liebte, denn er sprach nie über seine Liebe und zerstörte sie nicht mit Worten, sondern vermehrte sie durch seine Anwesenheit und nun durch die Umarmung.

Als wir uns das nächste Mal trafen, erzählte ich ihm lang und breit davon, wie ich durch seine Bekanntschaft in meinem Denken durcheinandergebracht worden war, doch ich hatte nicht vor, ihm anzuvertrauen, wie sich das bei mir äußerte. Er bestand darauf, es zu erfahren, da ich ihn mit Andeutungen bombardierte. Da erzählte ich ihm von meinem Wunsch, daß ich wollte, daß meine Frau sterben würde, und er war verwundert.

Meinetwegen kann meine Frau vor Schufterei während der Nachtschicht verrecken, entfuhr es ihm in dem Moment, als er gekommen war.

Arbeitet sie nachts? fragte ich, nachdem auch ich gekommen war, was ich mit Hilfe gemeiner Gedanken in mir hinausgezögert und zurückgehalten hatte.

Arbeitet sie nachts außer Haus? wiederholte ich, als er nichts antwortete.

Ja, aber es geht nur mich etwas an, wo meine Frau arbeitet oder schläft, antwortete er kurz, denn er hatte seinen Orgasmus gehabt und war so erschöpft wie immer.

Daraus zog ich die Schlußfolgerung, daß er mich auf seine spezielle Weise gern hatte. Bei einem Schwerarbeiter ist alles schwer, auch die Gedanken zur Sprache zu bringen. Sogar eine sanfte Berührung ist schwer, vielleicht am schwersten von allem, viel schwerer als Schwerarbeit. Deshalb spricht er mit Schweigen und notgedrungen in einer Zeichensprache, die man leichter mißverstehen als verstehen kann; falls ich einmal frage, regt er sich über die Dummheit auf, daß man offenherzig und mit deutlichen Worten sprechen soll.

Das ist schwachsinnig, schimpft er.

Es ist vernünftig, deutlich zu reden, sage ich.

Er seufzt tief.

Warum glaubst du, daß ich komme? fragt er trotzig, als könnte ich den Grund dafür erraten, es könnte viele tausend dafür geben, und es würde mir doch nichts helfen.

Es ist mir oft in den Sinn gekommen, welche Freude einem bereiten würde, wenn man das Leben nähme, wie es ist, ohne zu versuchen, es auseinanderzunehmen, es aufzulösen wie ein Gedicht in der Schule oder wie man komplizierte Sätze zerlegt, um ein besseres Verständnis davon zu bekommen. Man kapiert nichts dadurch und hat auch gar nichts davon. Ich glaube nicht, daß es für jemanden gut ist oder einen Wert hat, alles zu verstehen. Ich finde nicht, daß es wichtig für uns Menschen ist, alles im Wesen des Menschen zu verstehen, der hoffentlich noch lange die Erde bevölkern wird.

Das beste, was man Freitag nachmittags machen kann, ist schwulen Sex zu haben, während die Frau zur Pediküre geht; dann wird alles so inniglich bei einem, sagt mein Gefährte.

Ich werde schüchtern und verlegen und versuche, bei ihm darauf zu achten, ob seine Frau bei der Pediküre ist, wenn er kommt. Plötzlich wird mir klar, daß er dann mehr Brunstschreie ausstieß als sonst in gewissen Momenten. Und als ich mir Gewißheit darüber verschafft hatte, daß es wahr war, was er sagte, er war hingebungsvoller, wenn seine Frau bei der Pediküre war, da ließ ich meine Frau ebenfalls hingehen, während wir zwei Gefährten uns trafen, und sie seufzte vor Genuß und Wohlbehagen, als ich sie abholte:

Man kriegt davon völlig neue, geflügelte Füße.

Ich auch, stimmte ich ihr zu.

Ach, bist du das Hühnerauge und die Hornhaut an den Fersen hinten los? fragte sie erstaunt.

Nein, antwortete ich, ich habe gerade erst ein Hühnerauge gekriegt.

Wo?

Am Fuß.

An welchem? fragte sie.

Das ist meine Angelegenheit, wo ich ein Hühnerauge kriege und ob ich es gut finde, antwortete ich.

Du bist so komisch, sagte sie verwundert und hatte keine Lust mehr, noch länger darüber zu reden.

Ich fing an zu lachen, und das ertrug sie nicht.

Du bist wie der todlangweilige Franzose, den meine Schwester kennt, sagte sie mit müder Stimme; er kann seinen Mund nicht aufmachen, ohne beides gleichzeitig zu sein, unglaublich geistreich und witzig.

Drittes Tagebuch

21. Februar 1990

Gestern wollte er unbedingt, daß ich ihm meine Frau zeigte, und er sagte, er sei sicher, daß er sie von ferne auf der Straße gesehen habe und sie unglaublich gut aussehe, mit einem Heck, wie es die Frauen und Schiffe hatten, als er anfing, sich für Frauen zu interessieren und auf Schiffen zu arbeiten.

Frauen mit Heck sind jetzt wieder in Mode, sagte ich und versuchte, auf seinen Vorschlag spöttisch zu reagieren.

Ich werde dir dafür meine Alte zeigen, fügte er hinzu. Das ist Zusammenarbeit, Gleiches gegen Gleiches. Ich habe das Treffen schon lange geplant.

Wir mußten sie zusammenbringen, ohne daß sie eine Ahnung vom Zweck des Ganzen hatten. Dieses Mal war er erregt, und er hatte die Ruhe verloren, die ihn sonst immer umgibt. Er hatte das Treffen so arrangiert, daß wir ins *Kringla* gehen würden, damit die Frauen hochhackige Schuhe anprobierten und wir selbst Gummistiefel, und dann würden wir sie zum Drei-Uhr-Nachmittagskaffee ins Restaurant *Komm heut abend* einladen.

Frauen kriegen Durst, wenn sie sich hochhackige Schuhe kaufen, sagte er.

Man geht schon lange nicht mehr mit seiner Frau in ein Geschäft, um Schuhe anzuprobieren; das haben Ehepaare früher einmal gemacht, sagte ich, und es war mir etwas peinlich wegen der Lächerlichkeit des Ganzen.

Ich war sicher, daß meine Frau mir vorwerfen würde, wie altmodisch ich sei, wenn ich ihr den Vorschlag machte, gemeinsam zum Schuhekaufen zu gehen.

Nein, widersprach er, doch er versuchte nicht, sich näher zu erklären.

Vielleicht machen das noch die Leute draußen auf dem Land, wo es Coop-Läden gibt, sagte ich und wurde wütend, weil er mit mir wie mit einem Hinterwäldler sprach.

Ach, ist deine Frau dann etwa keine Hausfrau? fragte er erstaunt und fügte hinzu: Du kannst sicher sein, wenn du vom Schuhekaufen sprichst, ist sie völlig begeistert und scharf darauf, mit ihrem Mann zum Anprobieren zu gehen; ich kenne das Weibervolk in- und auswendig.

Du kennst meine Frau nicht, sagte ich. Sie ist selbständig und will nicht, daß ich mich in ihre Schuhkäufe einmische.

Da sei dir mal nicht so sicher, sagte er träge.

Du weißt nicht, daß meine Frau in der Frauenbewegung in der ersten Reihe gestanden hat und daß sie eine Superfrau ist.

Auch wenn du so eine tolle Frau hast, ändern sich die Frauen nicht, nur die Farbe der Strümpfe, was glaubst du denn; egal, ob sie super oder mini sind.

Es langweilte mich, ihm und seinem Gerede zuzuhören, so daß ich am Ende nachgab und mit allem einverstanden war, was er mir vorschlug.

Glaubst du nicht, daß so ein Treffen nützlich für sie sein kann? fragte er fröhlich. Sie werden dadurch um eine Erfahrung reicher.

Möchtest du das Risiko eingehen, daß wir auffliegen? antwortete ich kurz.

Ich möchte es ausprobieren, und Schuhe sind dazu ganz gut geeignet, antwortete er und blickte unschuldig drein. Es schadet nicht, wenn man einen Versuch macht.

Frauen sind sehr sensibel, sagte ich zögernd.

Wer sagt das? fragte er erstaunt.

Sie haben Intuition, antwortete ich.

Intuition, nee, widersprach er und dehnte das Wort. Du kennst das Weibervolk nicht. Sie sehen vielleicht die Sachen, aber sie kriegen nie etwas mit.

Wir werden ja sehen, sagte ich.

Wenn sie etwas mitkriegen, dann existiert es bestimmt nur in ihrem Kopf, sagte er überzeugt.

Also gut, in Ordnung, sagte ich.

Man braucht einfach eine gewisse Spannung dabei, und ich habe es satt, mir von einer alten Schachtel wie Agatha Christie vorschreiben zu lassen, was wir tun, sagte er.

Ich habe es noch viel mehr satt als du, sagte ich. Aber es geschieht auf deine Verantwortung, wenn die Frauen das Ganze durchschauen. Und was dann?

Sofort Scheidung bei mir, antwortete er und lachte vergnügt.

Und ...?

Nichts, sagte er. Ich würde nur einmal mehr mit ihm draußen im Regen stehen, außer ich würde mich ewig mit ihr herumstreiten, bis sie völlig verwirrt ist und aufgibt; das habe ich schon früher probiert, und es hat prima funktioniert.

Dann beschrieb er mir genau, auf welche Weise unsere Begegnung vonstatten gehen sollte. Wir brauchten nicht am selben Tisch zu sitzen, die Tische mußten nur nahe genug beieinander sein, am besten direkt nebeneinander, damit wir einen guten Überblick hatten, und falls ich nach ihm käme, dann hätte er schon einen Tisch reserviert, und ich sollte dann zu meiner Frau sagen:

Können wir uns nicht an den Nebentisch bei diesem Paar setzen, oder hast du etwas dagegen?

Als ich meiner Frau den Vorschlag machte, zusammen ins *Kringla* zu gehen, um Schuhe anzuprobieren, war es, als habe sie seit unserer Heirat nur darauf gewartet, und sie sagte:

Ich habe das Gefühl, als sei einer der glücklichsten Momente in meinem Leben gekommen. Papa machte das mit Mama, wenn die Spitzen an ihren guten Schuhen kaputt waren, da ging er mit ihr zu den Gebrüdern Hvannberg am Hafen und ließ sie neue anprobieren und kaufte sich gleichzeitig ein Paar Gummistiefel. Hinterher ließ er sich bei Sigurjon die Haare schneiden, und zum Abschluß tranken sie im *Kaffeewagen* bei den Hafenarbeitern Kaffee und aßen Kopenhagener; das war eine feste Regel. Ich bekam ebenfalls neue Schuhe, und Papa sagte zu mir:

Jetzt mußt du so gut auf deine guten Schuhe aufpassen, als wenn sie dein Mann wären.

Und Mama lachte immer und sagte:

Eine Frau hat doch ihren Mann nicht an den Füßen.

Sie konnten so komisch sein, und Mama und Papa waren ein glückliches Paar von Kopf bis Fuß, und man sprach sogar davon. Du hingegen machst so was nie, ich muß immer allein gehen, wenn ich ein paar neue Latschen brauche, und ich bin mir dabei nie wirklich sicher; vielleicht werde ich es jetzt zum ersten Mal.

Ich sah, daß ihre Augen feucht wurden, in denen sich höchstens eine Träne zeigte, wenn sie die alten Songs der Beatles anhörte und an die alten Tage dachte, als man noch die Vorstellung hatte, Frauen und Kinder an die Macht zu bringen und die Menschheit mit Protestplakaten zu erziehen.

Als deine Eltern lebten, war es noch anders, da mußte man beim Schuhkaufen noch Sorgfalt walten lassen, sagte ich.

Ach und warum? fragte sie dämlich.

Da waren so viele Nägel in den Schuhen, sagte ich.

Ich erinnere mich nicht daran, daß in den Schuhen meiner Eltern jemals Nägel gewesen wären, und ich müßte es wissen, weil ich oft Mutter- oder Vatertier spielte und in den Schuhen von den beiden auf allen vieren ging, und glaubst du, daß ich die Nägel mit den Fingern nicht gespürt hätte?

In den Schuhen von Papa und Mama waren immer Nägel, warum, weiß ich nicht, sagte ich und wurde ihr gegenüber verlegen.

Sie hatten nicht so eine positive Einstellung wie meine Eltern und haben es auch nicht so gemacht wie sie. Seitdem war ich immer der Meinung gewesen, daß es ein Zeichen für eine glückliche Ehe ist, wenn ein Ehepaar zusammen mit seiner Tochter Schuhe anprobiert; die Astrologie sagt, das bedeutet, daß sie Seite an Seite gehen werden, bis der Tod sie scheidet. Der Schuhkauf, zu dem wir jetzt gehen, ist ein Zeichen für Liebe und Treue, zumindest, was mich angeht.

Dann meinte sie mich küssen zu müssen, und währenddessen dachte ich daran, daß mein Gefährte diesen

Brauch, der sich bei den einfachen Leuten erhalten hatte und noch üblich war, zweifellos kannte. Ich war gerührt, und sie sah es, doch ich war ihr dankbar dafür, daß sie nicht wollte, daß wir zusammen weinten, so wie es ihre Eltern bei christlichen Zusammenkünften und manchmal laut am Nachttisch ihrer Mutter getan hatten, doch sie wußte nicht, worüber ihre Eltern da unter schmerzlichem Seufzen weinten, es sei denn, um Gott zu besänftigen, damit er nicht mit Krankheiten über sie herfiel.

Wir nehmen das Mädchen mit, damit sie von ihren Eltern etwas Schönes lernt, sagte sie.

Mein Gefährte war mit seiner Frau bereits an Ort und Stelle erschienen, als ich mit der meinen zögernd hineinging und sie vorausgehen ließ, so daß ich mich umblikken und ihn erspähen konnte, ohne daß sie es bemerkte. Ich erspähte ihn sofort. Um uns einen Platz zu sichern, hatte er eine Plastiktüte mit Schuhen und seinen Mantel auf die Stühle am nächsten Tisch gelegt. Er hielt den Kopf etwas eingezogen, während er Schokoladentorte aß, doch er beobachtete alles sorgfältig. Es herrschte ein ziemliches Stimmengewirr. Das Lokal war voll von Leuten, die herumliefen, um einen Tisch zu finden. Ich sah, wie sie zu dem reservierten Tisch gingen, doch er murmelte mürrisch irgend etwas, und sie zogen sich zurück, vielleicht dadurch eingeschüchtert, wie er das Kinn dabei auf die Brust preßte. Ich steuerte meine Frau, indem ich ihr die Hand auf das Kreuz legte, und wir näherten uns dem Tisch. Plötzlich erboste sich eine Frau, die versuchte, sich an den Tisch zu drängen, und sagte, sie hätte mit eigenen Augen gesehen, daß dort lange niemand gesessen hätte, es könne nicht angehen, daß Leute ewig einen Tisch besetzen könnten. Sie war bereits im Begriff, den Stuhl zu packen und sich auf den Sitz fallen zu lassen, doch der Mann, der bei ihr war, sagte:

Nein, man sieht doch, daß der Tisch besetzt ist, weil dort Schuhtüten sind.

Ich hörte, wie mein Gefährte grunzte, ohne von seiner Tasse aufzublicken:

Manche Weiber sind unglaublich frech. Sie meinen, daß ihnen alles gehört.

Die Frau, die bei ihm saß, kicherte, sagte aber nichts. Sie war ein ziemliches Kaliber und duckte sich über irgendetwas, das sie mit Löffel und Gabel verschlang, und als sich die Leute von dem Tisch zurückzogen, schlug sie zum Scherz mit dem Teelöffel nach ihm, um ihn halb im Spaß, halb im Ernst für seine Unverschämtheit zu strafen, und begann wieder weiterzuschlingen. Beide schienen sich königlich zu amüsieren, und ich fand es lustig zu sehen, daß es in unserer Gesellschaft noch solche Leute gab, doch in diesem Moment hatte ich keine Lust, näher Bekanntschaft mit ihnen zu machen, und ich näherte mich unentschlossen dem Tisch, als ich hörte, wie sie darüber diskutierten, wohin man während des langen Wochenendes im August am besten zum Zelten fahren sollte, um zu hören, was die Leute im Zelt nebenan trieben. »Solche Leute essen immer noch Fisch mit Talg und Griebenschmalz«, dachte ich und war froh, als meine Frau den Tisch nicht wollte, nachdem sie das Gezanke darum gehört hatte, und sagte:

Gehen wir woanders hin; hier ist anscheinend alles belegt. Außerdem gefällt es mir hier nicht.

Im selben Moment sprang mein Freund äußerst dienstbeflissen vom Stuhl auf, und seine Frau beugte sich noch tiefer über die Sahnetorte und rechnete ohne Zweifel mit neuen Streitereien, bei denen ihr Mann gewinnen und sie halbernst sagen würde:

Meine Güte, du wärst gut bei der Bereitschaftstruppe der Polizei aufgehoben.

Sie hielt die verschmierte Gabel griffbereit, wahrscheinlich um ihm für seine Unverschämtheit einen leichten Schlag auf den Mund zu geben, und dann würden sie anfangen zu lachen.

Ich fragte, ob der Tisch ganz sicher nicht besetzt sei, und er antwortete:

Weshalb sollte der verdammte Tisch besetzt sein, bloß weil ein paar Tüten auf den Stühlen liegen. Es ist eine Unverschämtheit von den Leuten, in der schlimmsten Hauptgeschäftszeit einen Tisch zu blockieren, wenn massenhaft Kundschaft kommt und einen Schluck Kaffee haben möchte; das Lokal verliert dadurch Einnahmen. Ich nehme die Tüten und mache Platz für euch, und es geht auf meine Verantwortung, wenn die, die hier gesessen haben, zurückkommen und das Maul aufreißen.

Du hast doch selbst den Tisch mit unseren Tüten belegt, du Schlingel, kreischte die Frau.

Ja, für diese netten Leute, antwortete er.

Ich hörte, daß er fröhlicher war als für gewöhnlich in meinem Arbeitszimmer, und es war offensichtlich, daß sein Verhalten in der Öffentlichkeit ungezwungener war, als wenn er mit mir allein war. Zweifellos kannte ich nur wenige Seiten an ihm, wahrscheinlich war er von Natur aus lustig und einfallsreich, wie verschlossene oder steife

Menschen es sein können, und nun erhielt er von seiner Frau oder von beiden Frauen Unterstützung gegen mich. Es war offensichtlich, daß er sich unter Frauen wohlfühlte, so wie alle wahren Schürzenjäger, die Techniker auf dem Gebiet der Gefühle sind, meiner Meinung nach selbst jedoch eher gefühlsarm, und die meisten haben die Angewohnheit, wenn sich die Gelegenheit dazu bietet, sich im Bett bei anderen Männern zu bereichern, um von ihnen das zu lernen und zu bekommen, was ihnen noch fehlt, denn keine Fähigkeit oder Begabung ist so groß, daß sie nur auf eigene Erfahrung und Wesensart bauen kann, sondern sie braucht auch die entsprechende Erfahrung und Wesensart anderer.

Dann setzten wir uns. Für meine Frau ist es normal, daß sie alles bekommt, aber sie entschuldigt sich, wenn sie ihr Recht selbst in die Hand nehmen muß, und nun wurde sie etwas verunsichert und sagte zu mir:

Ich hoffe, du nimmst nicht irgend jemandem den Platz weg und bekommst dann Schwierigkeiten wegen deiner Unverschämtheit zu hören.

Nein, dein Mann muß sich hier von niemandem irgendwelche Unverschämtheiten anhören, sagte mein Gefährte und schnitt ihr das Wort ab.

Meine Frau tat, als ob sie die Bemerkung eines Mannes, den es nichts anging, was sie sagte, nicht gehört hätte, doch unsere Tochter lächelte sehr geheimnisvoll, und es war unmöglich zu wissen, was sie dachte.

Die fette Kuh, die mit meinem Gefährten am Tisch saß, hätte eher seine Mutter als seine Ehefrau sein können. Sie saß etwas geduckt da, während sie mit langsamen Bewegungen ein großes Stück Sahnetorte in sich hineinstopfte. Offensichtlich verhielt es sich mit ihr so wie mit vielen dicken Frauen, die in Cafés gehen, sie hatte keine Lust gehabt, ihren Mantel ganz auszuziehen, sondern ihn von den Schultern gezogen und mit dem Futter nach außen über die Stuhllehne fallen lassen, so daß man die Schweißflecken an den Ärmeln sah. Auf diese Weise nutzte sie die Gelegenheit und ließ sie trocknen, und auch den Schweiß in den Achselhöhlen, während sie Kaffee trank. Die mächtigen und großen Brüste legten sich fast über den Rand des Tisches. Ansonsten schien ihre Aufmerksamheit völlig davon in Anspruch genommen zu sein, die Torte zu verspeisen, nachdem wir uns gesetzt hatten, doch mein Gefährte beobachtete insgeheim meine Frau und sah zu, wie sie auf elegante Weise und ohne Appetit ein bißchen mit der Gabel in der Torte stocherte und sie mit der Zungenspitze kostete, denn sie ist der Ansicht, daß es fein sei, wenn sie in der Öffentlichkeit niemals zeigte, daß sie Hunger hat.

Hunger zu haben ist die Privatangelegenheit jedes Menschen oder sollte es zumindest bei den Leuten sein, die in den Wohlstandsregionen der Welt leben, hatte sie oft gesagt, als sie befand, ich würde viel zu heftig in mich hineinschlingen, und fügte auch hinzu, daß sie, obwohl sie in der Beatles-Zeit Atheist geworden war und den Glauben an Gott abgeworfen hatte, dennoch an das glaubte, was sie als Kind in der Gemeinde ihrer Eltern gehört hatte, daß Jesus mit ein paar Broten und Fischen fünftausend Menschen satt bekam, denn wohlerzogene Leute wären in der Öffentlichkeit oder in einer Gesellschaft niemals hungrig, besonders wenn sie inhaltsreichen Reden zuhörten.

Unsere Tochter war froh, daß sie sich uns beim Besuch im *Komm heut abend* angeschlossen hatte, und sie glaubte, daß ein Lokal mit einem solchen Namen ein geheimnisvoller oder fast gefährlicher Ort sein müsse. Bevor wir losgingen, hatte sie mich zweimal aufgeregt gefragt:

Werden da kleine Mädchen umgebracht und von schrecklichen Vergewaltigern in Stücke geschnitten?

Ich fühle mich bei solchen Gesprächen nicht ganz wohl, aber Kinder lernen so etwas durch das stetige Interesse der Medien an kleinen Mädchen, so daß sie womöglich in jedem Mann einen schrecklich spannenden Vergewaltiger sehen. Eine Zeitlang war das eine richtiggehende Plage bei meiner Tochter, ich konnte kaum mit ihr auf die Straße gehen, denn sie zeigte andauernd auf alte Männer und fragte:

Papa, glaubst du, daß der da kleine Mädchen vergewaltigt?

Nein, mein Liebes, sagte ich.

Warum nicht? fragte sie frech. Hat er einen schlappen Pimmel?

Ich kenne ihn, das ist ein harmloser Kerl, der bei der Post arbeitete, als ich während der Schulzeit im Sommer immer Briefe austragen durfte, antwortete ich.

Die Lehrerin sagt, daß die Geheimnistuer am schlimmsten sind, sagte sie voller Überzeugung. Sie stecken Mädchen in Postsäcke und vergewaltigen sie. Ich habe gesehen, wie ein Kerl ein Mädchen in einem Postsack vergewaltigt hat, auch in einer schwarzen Mülltüte; sie paßten da beide rein.

Da sagte ich:

Nein, hier kriegst du keine Vergewaltiger zu sehen, sondern Schokolade und Sahnetorte.

Sie schwieg, doch ich glaube, nicht aus Enttäuschung.

Plötzlich sagte mein Gefährte ganz laut, so daß wir es hörten:

Und, wie schmeckt der Dame die Torte?

Ausgezeichnet, aber ich finde sie zu kalorienreich, antwortete sie. Die Garnierung ist vielleicht nicht so üppig, aber im Verhältnis zum Belag ist der Boden zu gehaltvoll. Er ist viel mächtiger.

Aaaach, sagte er träge und leicht ironisch, ich dachte mir, genau das würde dich ansprechen, daß du einen anständigen Boden kriegst.

Manch einer verwechselt mich mit sich, sagte sie kichernd mit der verschmierten Gabel in der Luft. Ich hätte doch die Brottorte nehmen sollen.

Ich habe schon lange keinen mehr so leutselig reden hören, und da wird mir ganz warm ums Herz bei der guten, alten Weisheit, daß manch einer mich mit sich verwechselt, das bringt die ganze üble Bagage zum Schweigen.

Dem Paar schien beim Kaffeetrinken ganz warm ums Herz zu werden, sie fingen an, lauthals herumzustreiten, als wären sie ganz allein bei sich zu Hause, und er sagte, daß sie nie das nähme, worauf sie eigentlich Lust hätte, und man meinen könnte, daß sie das Beste immer nur für andere bestellte und selbst nur die Reste essen wollte.

Du bestellst nicht für mich, meine Liebe, sagte er. Denn ich habe nie Lust auf das gehabt, was du dir kaufst.

Das war nur ein typisch menschlicher Irrtum, daß ich die Sahnetorte und nicht die Brottorte genommen habe, sagte sie. Ich esse nicht die Reste von anderen. Das ist eine Lüge. Meine Mama machte das. Ich hatte die Torte einfach genommen, ohne mir den Boden anzuschauen.

Hättest du sie nicht zurückstellen können? fragte er scharf und sarkastisch.

Man kann doch nicht etwas zurückstellen, was schon auf dem Tablett gewesen ist, sagte sie.

Möchtest du, daß ich sie für dich zurückstelle und dem Mädchen hinknalle, wenn du nicht den Mumm hast, dich durchzusetzen? Komm schon, gib mir eine Stecknadel, ich stecke sie in die Torte und frage die an der Kasse, ob hier die Stecknadelverschwörer unterwegs sind, um dich umzubringen.

Die Frau reagierte ausweichend und lachte nervös, um sich zu verteidigen.

Du läßt nicht etwas zurückgehen, was schon in mir drin ist, sagte sie und legte beide Hände über das, was sich noch auf dem Teller befand.

Aber sicher, widersprach er. Ich könnte dich mitsamt der Torte zurückgehen lassen.

Meine Frau hörte das Gezanke und verdrehte mit verkniffenem Mund die Augen, um anzudeuten, daß ich sie nie so schonungslos und auf so chauvinistische Art angreifen würde, und sie fand, daß der Mann an einem öffentlichen Ort wie diesem zu weit gegangen war mit seinen Witzen, die nur er komisch fand. Sie drehte leicht den Kopf und sah die beiden mit überaus würdevollem und strengem Blick an.

Sie, die bei meinem Gefährten saß, begriff, daß meine Frau sie kritisierte, und wurde vorsichtig, sie wechselte das Thema und sagte ganz unvermutet:

Ich verstehe nicht, warum dieses Restaurant *Komm heut abend* heißt, wenn abends nie offen ist, sondern nur zur Geschäftszeit.

Das macht dann zwei, entfuhr es meiner Frau, die im selben Moment entschuldigend ihre Fingerspitzen auf die Lippen legte, begleitet von dem typisch weiblichen Hickser, den sie bekommt oder macht, wenn sie der Meinung ist, etwas Unpassendes getan zu haben.

Als die andere hörte, daß sich meine Frau einmischte, wandte sie uns das Gesicht mit vorgestrecktem Kinn und erhobener Gabel zu, die mit einer großen Portion Schlagsahne beladen war, und ich rechnete schon damit, daß sie sie uns ins Gesicht schleudern würde, wie irgend so einem bürgerlichen Pack, doch statt dessen nickte sie meiner Frau auf dämliche Art und Weise zu, und da sagte mein Gefährte in leicht ironischem Ton:

Ich höre, daß euch Frauen etwas verbindet.

Zumindest die feministische Ansicht, daß alles seine Richtigkeit haben muß, sagte meine Frau leicht herablassend und hielt ihn sich so vom Leib.

Die Unterhaltung ging nicht weiter, nachdem mein Gefährte seiner Frau einen Blick zugeworfen hatte, der besagen sollte: »Ich habe dich nicht ins Café eingeladen, damit du dort mit den Weibern am nächsten Tisch schwatzt und so tust, als ob ich nicht existiere; du bist hier mit niemand anderem außer mit mir.«

Meine Frau entschied, daß wir auch Sahnetorte nehmen sollten. Ich ging und brachte sie und den Kaffee auf einem Tablett. Wir aßen und tranken die meiste Zeit schweigend, während ich fühlte, wie ich innerlich immer mißgelaunter wurde und einen leichten Schmerz in den

Waden und Schenkeln verspürte, wahrscheinlich aus Nervosität oder geistiger Anstrengung, denn er war fast im selben Moment, als ich nach Hause kam, verschwunden.

Heute morgen, als ich meinen Gefährten traf, sagte ich:

Na, das hat ja prima geklappt bei uns.

Was meinst du damit? fragte er.

Ich sagte es ihm, und er sagte gleichgültig:

Ach, du meinst den Kaffee. Ja und? Man macht sich in der Öffentlichkeit nicht in die Hose.

Er hatte es eilig und wollte fertig werden, weil er das Auto zur Inspektion bringen und seine Frau abholen mußte, die beschlossen hatte, sich einen schiefen Zahn ziehen zu lassen, der auf einem anderen lag und sie in der linken Mundhälfte wie einen Haifisch aussehen ließ, so daß sie nur mit halbem Mund lächelte und dann nach rechts.

Ich wollte sagen, daß er sich nicht gerade eine Frau von der jüngeren Sorte ausgesucht hätte, und zugeben, daß ich vor nicht allzu langer Zeit beinahe versucht hätte, sie anzumachen, um genauso ein Draufgänger zu sein wie er, ich hätte angerufen, an der Haustüre geklingelt, doch als es ernst wurde, hätte ich mich nicht getraut, etwas zu tun, um ihn nicht zu verletzen, und jetzt dankte ich Gott dafür, daß ich nicht bei so einem Weibsstück gelandet war. Es schien mir unpassend, ein solches Argument anzuführen, und ich hatte bereits vergessen, daß die Umgangsformen einfacher Leute vor allem auf Hinterfotzigkeit und gegenseitiger Provokation beruhten sowie darauf, ständig zu vergleichen und andauernd miteinander in Wettstreit zu treten. Er hätte es ohne Zweifel prima gefunden, wenn wir miteinander gewetteifert hätten, wer von uns die Frau mit den besseren inneren Werten hatte.

Er schien meine Gedanken gelesen zu haben und sagte an der Tür:

Du solltest dir eine ältere Frau zulegen.

Warum? fragte ich, und seine Bemerkung überraschte mich völlig.

Nur, um mal eine Abwechslung zu haben und um zu spüren, daß sie innerlich besser sind als die anderen, die vor lauter Verjüngungsgymnastik und Sonnenbaden nicht altern, aber eines Nachts triffst du dann eine hellbraune, runzlige Rosine im Bett an, sagte er.

Einen Augenblick dachte ich, daß es vielleicht nicht dumm wäre, eine Frau hauptsächlich dafür zu haben, damit sie sich um einen kümmert, statt daß sie einen liebt.

Willst du damit sagen, daß du nicht mit derselben Frau zusammen bist ...?

Ich kam nicht weiter, denn er unterbrach mich und sagte:

Nein, was glaubst denn du, die, die ich ... du weißt ... sie ist auf und davon, sie ist letztes Jahr abgehauen.

Da gab ich mir einen Stoß und sprach einfach aus, was ich die ganze Zeit im *Komm heut abend* gedacht hatte:

Diese Alte könnte deine Großmutter sein.

Man muß einfach jemanden in der Wohnung haben, sagte er. Großmütter sind eine Zeitlang prima. Du solltest sie mal ausprobieren. Sie ist nämlich besser als eine ofenwarme Dampfnudel.

Ich spürte, wie ich bei dieser liebenswürdigen Definition dahinschmolz und verlegen wurde, was er zweifellos bemerkte, und er fügte hinzu:

Mit ihnen stampft und schlägt sich die Sahne um so besser.

Er war an der Tür stehengeblieben, die Hand auf der Klinke, und fing plötzlich an zu lachen. Das Lachen war offen und ungezwungen und zeigte eine kindliche Freude. Es war, glaube ich, das erste Mal, daß ich ihn in meiner Anwesenheit lachen sah; er veränderte sich ganz und gar, und in dem Lachen war Jugend und Boshaftigkeit zugleich, doch es zeugte auch von herzlicher Sympathie für die »Alte« und andere Frauen, denen das Unglück widerfährt, vorzeitig zu altern, und die durch ihre ständige Esserei selbst daran schuld sind.

Ich kann nicht abstreiten, daß er das treffend formuliert hat, seine Frau war ein richtiger Hefekloß, den er zweifellos von einem Einkaufswagen im Supermarkt weggelockt oder auf der Straße aufgelesen und ins *Komm heut abend* mitgenommen hatte, um mir einen Streich zu spielen.

Das gemeine Volk beziehungsweise die gewöhnlichen Leute, denen man auf der Straße keine Aufmerksamkeit schenkt und von denen man meint, sie hätten eine alltagsgraue Seele und führten ein ereignisarmes Leben, führen oft ein abwechslungsreicheres und unterhaltsameres Leben als andere, die schön, gebildet und berühmt sein können. Viele in der grauen Masse verwandeln ihr Leben in ein wahres Kunstwerk oder in lebendige Dichtung zum täglichen Gebrauch, durch Untreue, eine Lebenslust, die sich um die Triebe dreht und alle Arten von wunderbaren menschlichen Tricks. Das ist zwar Alltagspoesie, so ähnlich wie in einem Groschenroman, doch da passiert wenigstens etwas, mit einem raschen und klar erkennbaren Handlungsverlauf, selbst wenn es nur darum geht, wie man das eine oder andere kriegt, um Autoschieberei, Wohnungskauf und die Kunst zu feilschen oder um Neid und harmlose Entrüstung über diesen oder jenen, der sich mehr erlauben kann als andere. Und dann gibt es natürlich auch etwas anderes, vor allem gebildete und gesittete Leute, die immer nur das Beste wählen, aber nie etwas kriegen oder das Leben durch vorgebliche Treue, die sie mit theoretischen Sünden würzen, zu einem Alptraum machen.

Ich weiß, daß mein Gefährte den Sieg über mich davonträgt, was den täglichen Gebrauch der Phantasie in unserer Bekanntschaft und im Leben betrifft; er ist der Treibstoff, die Triebfeder und der Motor in allem, während ich finde, daß ich in dem, was ich schreibe, kaum etwas anderes bin als das Motorengeräusch.

Während ich allein im Zimmer blieb und darauf wartete, daß eine angemessen lange Zeit verstrich, bis ich nach Hause ging, begann ich über diese Dinge nachzudenken und hielt sie dann am 14. März 1990 auf dem Papier fest.

*

Wohlgemerkt: Was unsere Freundschaft betrifft, bin ich ihm in einem Punkt überlegen: Ich kann mit ihm auf eine Art und Weise zusammensein, wie er es mit mir wahrscheinlich nie sein kann. Dabei kommt der Intellekt zum Tragen, doch weder körperliche Potenz noch die Kraft des Fleisches und des Blutes. Wann immer es mir gefällt, kann ich mit ihm in geschriebener Sprache zusammensein und auf jede erdenkliche Weise, die mir gefällt, da bestimme ich alles und setze meinen Willen durch, so wie jetzt gerade. Doch es gibt einen Nachteil bei dieser Freiheit: Mit einem lebendigen Wesen in geschriebener Sprache zusammenzusein, ist eigentlich, wie wenn man allein mit sich selbst spielt. Und wenn jemand nur in der geschriebenen Sprache existiert, dann ist er größtenteils nur Erfindung und Dichtung. Die Kunst des Schreibens besteht gerade darin, daß man sich in möglichst vielen Bereichen einigermaßen selbst zu lesen versteht und sich aus der Hosentasche des Lebens hinter dem Alltagsleben ziehen und eine schriftliche Beurteilung seiner selbst, für sich wie für andere, erstellen kann. Dichtung ist, sich auf das Halbgekannte einen Reim machen zu können. Deshalb ist der Kontakt zwischen der Sprache und dem, der schreibt, Selbstbefriedigung im wahrsten Sinne des Wortes. Lesen ist das Verlangen des Lesers, mit dem Dichter und seinen wenigen Ideen Selbstbefriedigung zu betreiben; sonst nichts.

Ein Mensch, der um die Lebenserfüllung weiß und sie dadurch genießt, daß er bis zum Lebensende einfach am Leben ist, schaut weder in ein Buch, noch betreibt er Dichtung; er überträgt seine Gedanken und Taten nicht in ein Tagebuch, er lebt hauptsächlich dafür, sich so oft wie möglich in anderen zu verlieren. Der, der ein vollkommenes Leben leben will, lebt es in anderen. Ich hoffe, daß mein Gefährte auf eine bedeutende Art und Weise in mir lebt und deshalb die Begegnung mit mir sucht, um zu versuchen, die verborgene Seite der Nähe zu sehen, so wie ich es von der Sprache und dem Mond gesagt habe. Es ist jedoch möglich, daß er es weder wagt, vor sich und vor anderen zuzugeben, daß er auf mehr als eine Art liebt, noch daß er es wagt, zuzugeben, daß er nicht wagt zu wagen.

Weshalb sollte es ein Mensch auf sich nehmen zu wagen? Meistens ist es viel besser, nicht zu wagen. Die Folgen der Kühnheit sind schrecklich. Kühnheit ist ein veralteter, altmodischer Mut, der zur Tragödie führt. Meines Wissens leben wir nicht in der Zeit der Tragödie, sondern im Moment der langanhaltenden Zerstörung. Weshalb sollte sich das Verhalten der Menschen in der Liebe nicht in Übereinstimmung mit anderen Dingen des Zeitgeistes befinden?

*

Ganz plötzlich hatte ich den komischen Einfall, mich untenherum zu rasieren, um dort jünger zu wirken, als es das Alter an anderen Stellen des Körpers mit sich bringt. Mir fiel ein, daß meine Frau das aus demselben Grund macht, wenn sie auf einmal meint, sich rasieren zu müssen, sie möchte jünger werden und brennend heiß, obwohl ihr Sinn kalt wie eine Leiche ist und weder Wärme noch Liebe sucht. Mir fiel auf, daß sie mich danach manchmal voller Verzweiflung empfängt, und ich habe den Verdacht, daß die Leidenschaft nur gespielt ist und sie wegen ihrer Frigidität zu einem Psychiater gegangen ist, der ihr geraten hat, Gemüt und Körper durch ein einfaches Mittel miteinander zu verbinden, und zwar indem sie sich das Alter abrasiert, das sich gewöhnlich zuerst unten am Körper einnistet und anschließend zum Kopf weiterwandert.

Ich nahm dieselbe Verjüngungsmethode zu Hause im Badezimmer vor, mit Hilfe des alten Rasierers, den ich nach dem Tod meines Vaters aufgehoben hatte. Hinterher war ich wahrlich nicht gerade zu einem kleinen Jungen oder Jugendlichen geworden, sondern eher abstoßend, und ich wagte nicht, mich im großen Spiegel zu betrachten, aus Angst, die Lächerlichkeit dessen, was ich getan hatte, würde sich mit Riesengeschwindigkeit von diesem kleinen Fleck über den ganzen Körper ausbreiten, anschließend würde sie sich durch die Haut graben und nach innen gehen und in jeden Winkel der Seele eindringen, so daß ich zu einer einzigen abstoßenden Nacktheit würde. Ich dachte bei mir:

Jetzt muß ich in der Unterhose schlafen, und ich kann meiner Frau zwei Wochen lang nicht nahekommen außer im Dunkeln, und sogar dann würde ich Gefahr laufen, daß sie sagte:

Sag mal, hast du Filzläuse, irgendwas sticht mich doch?

Dann würde sie darauf bestehen, mich zum ersten Mal im Leben oder in unserer Ehe da unten anzuschauen, und laut ausrufen:

Mein Gott, du hast dich doch nicht etwa da unten rasiert wie eine Frau?

Danach befahl sie mir, solange in Unterhosen auf dem Sofa zu schlafen, bis die Haare wieder gewachsen waren, und mich vor keinem Menschen nackt zu zeigen und nie mit unseren Söhnen ins Schwimmbad zu gehen, und ich dürfte keinesfalls krank werden oder zum Arzt gehen.

Denn was würde wohl der Hausarzt sagen, wenn er dich sähe?

Bei ihren um Wohlanständigkeit besorgten Worten begann eine vergleichbare, doch viel schlimmere und eindringlichere Angst sich bemerkbar zu machen:

Ich habe kaum gewagt, Alkohol anzurühren, nachdem die Verbindung von mir und meinem Gefährten eine gewisse Regelmäßigkeit bekommen hatte, aus Angst, ich könnte zu betrunken werden und etwas ausplaudern. Ich, dem es immer Spaß gemacht hatte, bei Gesellschaften im Kreise lieber Freunde oder zusammen mit meiner Frau zu trinken. Nicht nur, daß ich mich nicht mehr sinnlos betrinken darf, weil ich anderen sonst mein Geheimnis erzähle. Ich darf mich nicht operieren lassen. Ich bin sicher, daß mir etwas herausrutschen würde, sowie ich die Beruhigungsspritze bekommen hätte und die Krankenschwester anfinge, mich untenrum zu rasieren. Doch vielleicht bin ich kein so starker Trinker und führe keinen so unsteten Lebenswandel, als daß ich anfinge, etwas von meinem Privatleben auszuplaudern. Man sagt, daß Leute mit unstetem Lebenswandel bei einer Operation mehr beichten und sich schlimmer aufführen als diejenigen mit einem regelmäßigen Lebenswandel.

Um sicherzugehen, habe ich eine Krankenschwester gefragt, die ich kenne. Sie sagte, daß das Pflegepersonal daran völlig gewöhnt sei und das Gerede nicht weiter ernst nähme, außer bei nahen Verwandten, Ehemännern und Ehefrauen. Da käme immer wieder etwas Interessantes zum Vorschein. Sie selbst hatte sich nach einer Operation von ihrem Mann scheiden lassen. Sie hatte bei ihm wachen wollen und erwartete, daß seine Liebe zu ihr im Zustand der Benommenheit aufrichtig und gestärkt zum

Vorschein käme, doch als es zu den Liebesbekenntnissen kam, wurde ihr klar, daß sie nicht ihr galten.

Mein Mann hatte sich eine andere Frau in die Narkose mitgenommen, sagte sie.

Sie erzählte auch, daß es oft vorkäme, daß sterbenskranke Leute den, den sie am meisten liebten, in ihren letzten Gedanken in die Narkose mitnahmen, bevor sie völlig eingeschlafen waren, in der Hoffnung, daß sie während der Bewußtlosigkeit eher durch die Nähe des geliebten Menschen als durch die Operation des Arztes geheilt würden.

Das erzählte meine Freundin.

Trotzdem reizt es mich, mich operieren zu lassen, nur um zu sehen, was passiert. Wer weiß, vielleicht würde ich ja meinen Freund bei einer Operation für immer in meinen Traum bringen. Auf diese Weise würde er zu meiner Wirklichkeit werden. Ich würde wieder aufwachen, aber dennoch weiter unter Narkose stehen.

Ich darf auch kein schweres Fieber oder Halluzinationen bekommen.

Eigentlich darf ich auch nicht sterben. Wenn ich sterbe, könnte ich als Wiedergänger zurückkehren, nur um der Welt etwas anzuvertrauen, was nicht einmal sie wissen durfte. Sowie das geschehen wäre, müßte ich ganz sterben.

Bevor dies geschah, hatte ich die Angewohnheit gehabt, mich gelegentlich zu betrinken, das war ganz in Ordnung, und es machte einen ziemlichen Spaß, sich wie ein Verrückter aufzuführen und herumzualbern und sich am andern Tag dämliche Bemerkungen anzuhören. Das passierte nicht oft und gab dem Leben die richtige Würze.

Meine Frau hatte sogar richtig Spaß an meinem ausgelassenen Benehmen, denn ich ließ mir nie etwas zuschulden kommen, ihrer Meinung nach wurde ich dann nur viel menschlicher; doch der Alkoholgenuß bedeutete auch Vergessen, und ich wußte daher nie, was ich getan hatte, nur was meine Frau mir erzählte – daß ich tierisch verrückt gewesen sei.

Und was du dann für Sachen daherredest, sagte sie und war belustigt, aber auch leicht nervös, wie ich fand, und bestimmt hätte sie gerne irgendeine krumme Geschichte bei mir herausgefunden, etwas, das es damals nicht gab.

Wenn ich allein war, dachte ich oft mit Schaudern und dem Herzklopfen eines Menschen, der einen Kater hat, daran, was ich in diesem Zustand des Vergessens gesagt haben könnte. Ich fand es nie heraus. Meine Frau sagte meistens nur:

Solange andere dabei sind, hast du dich unter Kontrolle und bleibst sauber, aber kaum sitzt du nur noch mit mir allein da, fällst du in eine emotionale Trance.

Wie meinst du das? fragte ich voller Spannung, die ich dennoch unter Kontrolle hatte, denn ich dachte, daß sie nur flunkerte, um mir einen Schreck einzujagen und mich noch mehr in ihre Gewalt zu bekommen, während ich elend und leicht zu handhaben war.

Ich kann es nicht beschreiben oder nachmachen, sagte sie.

Näher an eine deutliche Auskunft kam ich nie heran, und ich hätte mir gerne eine Videokamera gekauft, sie eingeschaltet und mich total besoffen, wenn es keiner sähe, damit ich eine Vorstellung von meinem Verhalten bekam, doch ich tat es nie oder hatte nie Gelegenheit dazu, da wir in diesen Jahren für gewöhnlich immer zusammen waren.

Jetzt trinke ich mir bei großen Feierlichkeiten nicht einmal mehr einen Schwips an, ich genehmige mir kaum ein einziges Glas, und alle wundern sich und wollen mich zum Trinken verleiten, damit ich lustig werde und mich danebenbenehme, und sie sagen:

Wenn du so weitermachst, dann bringen sie es in den Nachbarländern in den Nachrichten, wenn der Damm unter dem Druck deiner Lust auf Schnaps gebrochen ist.

Ich belasse es dabei, zu lachen. Ob sie mein Geheimnis lustig und unterhaltsam fänden, wenn es ungehindert aus mir hervorströmen dürfte?

Du trinkst überhaupt nichts mehr, sagte meine Frau verwundert, als ob sie die alten Zeiten vermißte, und sie versuchte mich mit allen Mitteln dazu zu bringen, aufzuhören, den strengen Abstinenzler zu spielen. Obendrein mußte ich zum Trinken noch das Rauchen aufgeben, um zu unterstreichen, daß es sich um einen ernsten Vorsatz handelte, obgleich ich auf diesem Gebiet nicht sehr konsequent bin.

Ich sehne mich danach, anderen zu erzählen, was mich innerlich beschäftigt. Ich sehnte mich eine Zeitlang so sehr danach, daß ich es einmal einem Schwachsinnigen anvertraute, einem Schwachsinnigen, der wie eine Wurst aussieht und hier im Viertel wohnt. Ich tat es, damit irgend jemand das Geheimnis mit mir teilte.

Natürlich ist es absurd, sich vorzustellen, daß ich, ein gebildeter Mensch mit Hochschulabschluß, einen mongoloiden Schwachsinnigen zu meinem Vertrauten machte, doch das ging so zu, daß ich ihn einmal frühmorgens auf dem Spielplatz bemerkte, als ich allein im Viertel unterwegs war. Ich sah ihn auf der Schaukel sitzen, und da überkam mich ein unbezwingbares Verlangen. Er kauerte auf dem Schaukelbrett, vorübergeneigt, und die Zunge hing ihm aus dem Mund, und neben ihm war eine andere Schaukel, die hin und her schwang, und ich setzte mich darauf, und wir schaukelten jeder in seine Richtung. Während wir schaukelten, lächelte er mir zu, wie Schwachsinnige es tun, mit einem vor Freude verzerrten Gesicht, das keiner versteht außer vielleicht die Natur, die es so gemacht hat, doch in dem Lächeln fand ich eine Gemeinsamkeit mit dem, was sich in meiner Brust abspielte, eine Freude und Trauer, die unberührt ist von dem Bedürfnis, zu klassifizieren und zu definieren, zu verurteilen oder zu verherrlichen. Unsere Schaukeln begegneten sich einen Augenblick, und ich fragte im selben Moment:

Hör mal, mein Freund, soll ich dir ein kleines Geheimnis sagen?

Er lächelte, was ich so interpretierte, daß er das Angebot mit Bescheidenheit annahm.

Kannst du darüber den Mund halten?

Er lächelte.

Versprichst du, keinem etwas zu sagen?

So fragte ich bei jedem Schwung, jedesmal, wenn wir uns einen kurzen Moment trafen und wieder aneinander vorbei nach oben verschwanden und die Beine ausstreckten, um mehr Schwung zu bekommen.

Dann komm, bat ich ihn und zeigte auf den Sandkasten.

Er schien zu begreifen, daß ihn etwas Bedeutendes erwartete, und hörte auf zu schaukeln, und wir gingen zusammen zum Sandkasten. Dort erzählte ich ihm alles in ganz knappen, einfachen Worten.

Danach war mir angenehm leicht zumute. Vielleicht kam das daher, daß ich seitdem den geheimsten und tiefsten Teil meines Lebens und meiner Gefühlswelt mit einem Verlierer teilte.

Ich verabschiedete mich höflich von ihm und gab ihm die Hand und machte einen Spaziergang durch das Viertel, doch dann kehrte ich wieder zu ihm auf den Spielplatz zurück, um ihn auf die Probe zu stellen, und fragte:

Was hat der Mann dir erzählt?

Der Schwachsinnige sagte nicht einmal: »Nichts.« Er lächelte nur in seiner Einfalt, und ich wußte, daß kein vernünftiger Mensch einen Schwachsinnigen wegen einer so komplizierten Sache befragen würde, und der Schwachsinnige würde es auch nie in Worte fassen können. Und selbst wenn er reden könnte, so würde ihm niemand glauben. Das haben Schwachsinnige den mit Vernunft begabten Menschen voraus, und bei dem Gedanken war ich merkwürdig dankbar und froh darüber, daß es in dieser vernünftigen Welt Schwachsinnige gab.

Jedesmal, wenn ich seitdem den Schwachsinnigen sehe, finde ich, daß ich mit ihm etwas Wichtiges gemeinsam habe.

Wir teilen ein Geheimnis, sage ich manchmal, wenn er auf der Straße herumläuft.

Und er lächelt und lallt etwas Unverständliches.

Ich wollte gerne meiner Frau davon erzählen, mich an sie lehnen und beichten, doch selbst wenn ich jetzt an Vertraulichkeit denke, schaudert es mich vor meinem Verlangen. Die Liebe ist vielleicht von der Art, daß man an der Seite des Geliebten zum Kind werden möchte. Bei ihr werde ich zum Kind, und sie hat mich fest im Griff, und ich möchte nie erwachsen werden. Ich erzählte das dem Schwachsinnigen beim nächsten Mal, als ich ihn sah.

Er sah mich an und lächelte mich mit einem verständnisvollen Lächeln an.

Auf der letzten Feier vor einer Woche fing ich plötzlich an zu trinken, um mich zu testen. Es war schon so lange her, seit ich das letzte Mal etwas getrunken hatte, daß ich es für unwahrscheinlich hielt, daß ich so große Gedächtnislücken bekommen würde, daß ich in ein schwarzes Loch fiel, und ich mich daher genau daran erinnern könnte, was ich tat oder sagte. Das war richtig. Am nächsten Tag erinnerte ich mich, daß ich schweigsam durch die Feier gekommen war und mich auf halbwegs anständige Art und Weise hatte vergnügen können, ich hatte getanzt, anderen Komplimente gemacht und an dem üblichen Geschwätz der Leute teilgenommen, war maßvoll ausgelassen gewesen, hatte mich herumgestritten und mich zum Vergnügen anderer entsprechend lächerlich gemacht, wie es unter Freunden üblich ist. Doch als ich am nächsten Morgen gutgelaunt aufstehen wollte, überkam es mich wieder, und ich lag den ganzen Tag mit Schuldgefühlen im Bett. Ich weiß nicht, warum, doch als ich den Fuß auf den Boden setzte, war ich sicher, daß ich einer Lehrerin alles verraten und sie dann verstümmelt und umgebracht und versteckt hatte.

Es kam keine Nachricht von einem Mord in den Mittagsnachrichten. Keine Leiche war in dem Lokal gefunden worden. Mein Herz drohte zu zerspringen.

Du hast einen ganz schönen Kater, sagte meine Frau. Das kommt davon, wenn man nicht regelmäßig trinkt. Abstinenz lohnt sich nicht in der heutigen Gesellschaft.

Unter irgendeinem Vorwand brachte ich sie dazu, zu Hause bei der Lehrerin anzurufen, und sie verstand nicht, weshalb die arme Frau nicht in Frieden ihr unsinniges Gerede ausschlafen durfte. Sie hatte zum Schluß ziemlich viel Unsinn geredet, sagte meine Frau, so unglaublich viel, daß sie sie am liebsten hätte umbringen wollen.

Vielleicht hast du es getan und die Leiche versteckt, sagte ich.

Zu meiner Verwunderung antwortete die Lehrerin und war also zu Hause, gerade dem Bad entstiegen. Sie bestellte Grüße und gratulierte mir, daß ich wieder so lustig und unterhaltsam geworden wäre wie früher.

Was meinte sie damit?

Ich konnte den Gedanken nicht ertragen, ihr wieder persönlich begegnen zu müssen, ohne vorher mit ihr telefoniert und versucht zu haben, etwas aus ihr herauszukriegen. Später am Tag rief ich selbst an und versuchte sie dazu zu bringen, mir zu erzählen, was ich ihr gesagt hatte, was so unterhaltsam an mir wäre. Da dachte sie, daß ich noch nicht ganz nüchtern sei.

Bei keinem hielt die Wirkung von einem Schluck Alkohol so lange an wie bei dir, als wir noch Kollegen waren, und deine Sparsamkeit scheint in keiner Weise nachgelassen zu haben, seitdem du aufgestiegen bist, sagte sie lachend. Von einem Glas bist du gleich mehrere Tage betrunken, und das nenne ich Einsparung im System.

Ich hatte nicht vor, sie in Ruhe zu lassen, bis ich Gewißheit hatte.

Man könnte meinen, daß zwischen euch irgend etwas sei, sagte meine Frau, als ich endlich einhängte und seufzte, nicht aus Liebe, sondern vor Erleichterung.

Abends kroch ich auf die Beine. Meine Tochter ging mir aus dem Weg, weil ich nach Schnaps roch. Die Depression hatte zur Folge, daß mir mein Zuhause fremd wurde. Alles tat mir weh, und ich sehnte mich danach, daß mich die gleiche nächtliche Dunkelheit umgeben würde, die in meinem Inneren war. Als die Nacht kam, fand ich in der Hoffnung auf Schlaf und Träume endlich Frieden. Während ich schlief, reinigte sich die Seele. Tags darauf hatte ich mich wieder erholt. Das Tageslicht erfüllte den Geist mit Jubel. Innigliche Freude und Dankbarkeit gegenüber allem herrschte in der Seele, und ich mußte mich zügeln, um nicht Liebe gegenüber allen zu empfinden. Ich hatte keine Lust, unbegreifliche Freudenanfälle zu bekommen. Solche Anfälle gingen meiner Frau noch mehr auf die Nerven als die Depressionen.

Am Montag verließ ich das Ministerium und machte einen Besuch an der Schule und versuchte, mit meiner ehemaligen Kollegin ein Gespräch über das zu führen, was ich ihr, wie ich glaubte, im Vertrauen gesagt hatte. Sie begriff überhaupt nichts, blinzelte und sagte:

Stehst du immer noch unter Einfluß?

Von dir, sagte ich und tat, als wollte ich sie durch Komplimente anmachen.

Nein, sagte sie. Du wärst der letzte Vogel, der seine Eier in das Nest einer anderen Frau als deiner eigenen legen würde.

Davon hast du keine Ahnung, sagte ich und tat geheimnisvoll.

Ich habe die psychologische Intuition einer Lehrerin, sagte sie. Außerdem bin ich neugierig auf das Privatleben anderer Leute und bekam seinerzeit eine gute Note in Pädagogik.

Mich befiel Ärger wegen der Unbedachtsamkeit, Blindheit und Kurzsichtigkeit intelligenter Leute. Ich bin sicher, daß eine Lehrerin, die eine Prüfung über mich ablegen müßte, diese Aufgabe hervorragend bewältigen würde und die Bestnote dafür bekäme. Doch sie hat keine Ahnung von mir als einem lebenden Wesen. Wenn ich bei ihr beichten würde, würde sie sagen:

Das ist viel zu widersprüchlich und nicht logisch genug, um es dir glauben zu können. Du erfindest das bloß. Und wenn ich dir etwas im Vertrauen sagen darf, dann bist du ein so schlechter Dichter, daß nie eines deiner Werke in die *Goldperlen* aufgenommen würde, die Gedichtsammlung, die wir für die Kinder in der neunten Klasse verwenden.

Ich nahm mir vor, falls ich einmal ein anderes Buch schriebe als diese Art Tagebuch, dann würde mein erstes Werk auf dem Gebiet der Literatur sein, diese Lehrerin abzuschreiben.

Das habe ich hoffentlich mit diesem übermäßig langen Einschub getan und schon zu viele Worte an sie verschwendet.

*

Der Rasierer hat eine altmodische Klinge, ich nahm sie heraus, setzte dafür eine neue ein, und da geschah das

Seltsame, plötzlich hatte ich den Einfall, meine Genitalien abzuschneiden, sie ins Klo zu werfen und hinunterzuspülen, doch ich verwarf den Gedanken, statt dessen kam mir in den Sinn, daß ich sie dem Hund vorwerfen sollte, der mit den blutigen Geschlechtsteilen ins Wohnzimmer trotten würde, um vor dem Sofa liegend daran zu nagen, wo meine Frau und meine Tochter jeden Abend sitzen, um sich im Fernsehen englische Endlosserien und die Schreckensmeldungen in den Nachrichten anzuschauen; sie sind richtig versessen darauf, die Leichen des Krieges in Gott weiß was für einem Land zu sehen, und rufen mir zu:

Komm her und schau dir diese schrecklichen Bilder an, überall liegen die Kinder kreuz und quer herum, voller Blut, man kann nur noch Mitleid mit den Leuten haben, die in so einem Blutbad landen!

Würden sie dann schließlich vom Bildschirm aufblikken, wenn sie den Hund mit meinem Gemächt im Maul sähen, und denken, der Schrecken aus den Nachrichten sei vermittels einer neuen Technik in der Nachrichtenübertragung tatsächlich in die gute Stube gekommen? Würden sie es dann eher vorziehen, die Wirklichkeit im Maul des Hundes anzuschauen oder die Unwirklichkeit auf dem Bildschirm, um Mitgefühl für die Schatten zu empfinden?

Das kam mir plötzlich in den Sinn, auf die gleiche Art und Weise, wie vieles andere Unerwartete aus dem Kopf heraus fliegt und einen Moment den Bildschirm der Wahrnehmung erreicht, zum Glück nicht länger. Dennoch wäre es das wohl wert, daß man sich in seinem Kampf einmal kastriert, nur um seine nächsten Verwandten auf die Probe zu stellen ... doch wozu?

Zu meiner großen Überraschung schien mein Gefährte gleich doppelt so erregt zu werden, als er mich ohne Haare in der Leistengegend sah, einem vierzigjährigen Jüngling gleichend, mit einem Penis, der bereits bleich wird und runzlig und an dessen Wurzel sich ein weicher, grauer Fleischbeutel zu bilden beginnt. Seine Phantasie wurde dadurch gesteigert.

Du solltest dir auch deine Haare abrasieren, weg mit dem ganzen dürren Gras, sagte er und konnte kaum atmen vor Spannung, die ich nicht verstand. Seine Heftigkeit nahm so zu, daß er mich am liebsten auffressen wollte.

Was meinst du damit? fragte ich und wurde von der Aufmerksamkeit, die er mir entgegenbrachte, angesteckt.

Ich war so etwas nicht gewohnt, und in mir leuchtete ein Anzeichen von etwas auf, das ich Ergebenheit gegenüber dem Herrn nennen könnte, weil ich ohne große Überzeugung dagegen protestierte, bloß damit ich am Ende um so bereitwilliger vor ihm nachgab und den vorherigen Widerstand in loyale Unterwürfigkeit verwandelte.

Rasier dir die Haare unter den Armen, damit du weniger schwitzt, und auch die Brust, damit du einen größeren und kräftigeren Brustkorb kriegst, sagte er. Laß dir die Kopfhaare ganz kurz schneiden, dann wirst du reinlicher am Schädel, und die Schuppen gehen weg.

Ich folgte seinem Rat und wurde ganz haarlos, außer an den Waden, und hielt es vor Jucken kaum aus. Ich tat es daheim im Badezimmer, kurz vor dem Abendessen, und als ich in den Spiegel blickte, sah ich einen Mann vom Mars vor mir stehen, der mich an einen großen, zweibeinigen Penis erinnerte. Ist es nicht das, was hinter den Astronautengeschichten und den Filmen der heutigen Zeit steckt, die Leute träumen davon, daß von draußen aus dem All Männer kommen, die nichts außer dem Penis sind, der das verirrte Menschengeschlecht auf dem Weg in ein neues Zeitalter im nächsten Jahrhundert veredelt?

Meine Frau merkte am Abend nichts, außer daß ich am Kopf unbehaart war, und sie sagte gleichgültig:

Ich finde dich ganz schön optimistisch für März, du stellst dich zeitig auf den Frühling ein, wenn du dir jetzt schon eine Sommerfrisur machen läßt.

Sie war gerade beim Kochen, und ich half ihr, während sie ununterbrochen etwas über Haarwäsche und Glatzen und die Haarpflege des Haares von sich gab und sagte:

Die Leute verlieren trotzdem ihre Haare, auch wenn sie sie kurz schneiden lassen. Schau uns Frauen an. Kriegen wir jemals eine Glatze? Der Junge, der mir die Haare macht, sagte, das Haar würde wachsen und machen, was es will, egal, was man tut oder sagt oder wie viele Sorten Haarwasser man auch kauft; sogar Magnesium hat keine Wirkung auf die Haarwurzeln. Und das glaube ich auch wirklich. Dagegen glaube ich nicht, daß es Eisen in Tablettenform gibt, das speziell für das Blut von Frauen ist, obwohl sie ständig Werbung dafür machen.

Ich glaube, daß Frauen Männer nicht gut wahrnehmen und daß ihnen das Aussehen eines Mannes ziemlich egal ist, außer kurz bevor sie sich verloben, dann muß der Freund in ihren Augen »süß« sein, und er wiederum tut so, als sei er ein Mordskerl, obwohl er in Wirklichkeit ein Softie ist. Danach hören die Männer auf, etwas anderes als Hausväter zu sein, die sich beschimpfen und ausquetschen lassen, als Bezahlung dafür, daß die Frauen die Kinder geboren haben. So geht es immerzu, denn hierzulande gibt es keine Bordelle, und die Frauen haben keine Konkurrenz und können ohne jegliche Erfahrung und mit großen Worten über die Natur des Mannes und der Frau daherreden. Wenn Bordelle erlaubt wären und die Männer einfach dort hingehen könnten, sobald die Lust »jetzt« sagt, dann würde vieles im zwischenmenschlichen Bereich besser werden, in der Ehe und im Leben unserer Gesellschaft. Dabei würde sich unser Denken schärfen, denn es wäre nicht mehr ständig an kleinkarierte Vorstellungen gebunden, die zur Hauptsache werden, weil die Männer sich nicht abreagieren können. Ich könnte mir zum Beispiel vorstellen, ein Leben lang in Ruhe und Frieden mit meiner Frau zu leben, wenn ich bei einer anderen Frau gegen faire Bezahlung meine Triebe abreagieren könnte, selbst wenn die Prostituierte ihr lebendes Ebenbild oder nur aus Gummi wäre, aber gute Einfälle hätte und mit mir etwas Unerwartetes und Extravagantes machen würde, das man keinem erzählen darf.

So einfach ist das.

Diese seltsame Nacktheit im Nacktsein, diese Säuglingshaftigkeit, wenn man so sagen könnte, erregte meinen Gefährten über alle Maßen. Der kahlgeschorene Kopf hatte eine stimulierende Wirkung auf ihn, und der Körper verwandelte sich in seinen Händen in einen großen Penis, einen Riesenpenis, den er heftig anging, mit dem er in dem dämmrigen Keller rang und versuchte, ihn ähnlich wie ein Seemann, der auf einem offenen Boot mit einem Riesendorsch kämpft, an Bord zu ziehen. Er strich mir fest über den Kopf und sagte:

Hast du die Absicht, diese Eichel immer so sauber zu halten?

Nehee, sagte ich selbstbewußt und versuchte zum ersten Mal, die Worte wie ein richtiger Kerl zu dehnen.

So nackt am Kopf und am Körper bist du viel besser.

Ich glaube fast, du willst wieder auf einen Kutter zu den Dorschen, sagte ich zum Spaß, und er fing an zu lachen und hatte Vergnügen an diesem simplen Vergleich.

Natürlich ist das nichts anderes als ein riesengroßer Dorsch, sagte er.

Ich begriff, daß das stimmte, als er hinzufügte, daß ich meinen Kopf rot anmalen müßte, doch ich weigerte mich entschieden, und da fragte er:

Warum – bist du nicht Kommunist?

Mein Kopf ist vielleicht einmal innen drin im Denken halb rosa gewesen, aber bloß zu deinem Vergnügen wird er deshalb nicht außen blutrot, antwortete ich.

Deine Frau wird es schon nicht riechen, wenn du deinen Kopf für mich mit Lippenstift anmalen würdest, das geht leicht wieder ab, sagte er. Du würdest wahnsinnig toll und geil aussehen.

Zum Glück kriegen verheiratete Frauen nie etwas mit, und ich weiß nicht, was es ist, das sie in eine Ehe mit einem Mann zieht. Nachdem ich der Bitte meines Gefährten entsprochen hatte, probierte ich zum Spaß aus, ob ich die gleiche stimulierende Wirkung auf sie hätte, doch sie reagierte überhaupt nicht auf diesen Einfall, bis ich ihr einen Tip gab, indem ich fragte:

Wem oder was sehe ich ähnlich?

Nichts Besonderem; nur dir selbst, antwortete sie.

Rate!

Vielleicht dem letzten Mohikaner; haben sie nicht gerade einen Film über diese Rothaut gedreht?

Findest du nicht, daß ich mit dem kahlen Schädel aussehe wie ein großer...?

Was? fragte sie in aller Unschuld, doch ich verdächtigte sie der Hinterhältigkeit.

Penis, antwortete ich und ließ sie über meinen Schädel streicheln.

Ich versuchte ihre Hand am Körper entlang nach unten zu führen und sie meinen anderen Kopf streicheln zu lassen, doch die Hand entzog sich.

Ach, sagte sie müde und abweisend.

Dann wandte sie sich von mir ab und wälzte sich auf die andere Seite, als ob ich einen Schritt zu weit in Richtung der Wahrheit und meiner Begehren gegangen wäre.

Ich wurde von Wut und bitterem Haß erfüllt, und wenn es hier ein Bordell gegeben hätte, wäre ich aus dem Bett gesprungen und hätte mir eine schnelle Nummer besorgt, um mich zu rächen, und ich hätte die Hure gut bezahlt, doch da ich kein gleichermaßen unschuldiges Mittel zur Rache fand und keine Lust hatte, Hand an meine Frau zu legen, onanierte ich, während sie mir den Rücken zukehrte und eher dämlich schnaubte als vor Demütigung seufzte.

Trotzdem schien sie dem, was in meiner Hand vor sich ging, mit Interesse zuzuhören, doch sie beherrschte sich und drehte sich nicht um, um nachzukucken, wahrscheinlich damit sie nicht auf die gleiche Weise zu einer

Salzsäule erstarrte wie Lots Frau, die eine neugierige, verheiratete Frau war und es nicht lassen konnte, über die Schulter zu blicken und nachzusehen, was diejenigen trieben, welche bei dem Fest in Sodom zurückgeblieben waren. Deshalb wurde sie bestraft und in eine Salzsäule verwandelt, doch die Töchter, die zusammen mit ihrem Vater dem unzüchtigen Leben in die neue Sittsamkeit entkommen waren, bereiteten für den altersschwachen Kerl einen süßen Wein zu und verführten ihn, um das Leben auf der Erde zu erhalten. Da meine Frau jedoch über Intuition verfügte, sagte sie, als sie spürte, daß es bei mir nahe war:

Laß das nicht auf die Bezüge und ins Bett kommen. Hast du kein Taschentuch da?

Nein, sagte ich mit der gleichen Brutalität, wie wenn es einem kommt.

Nimm ein Kleenex von mir, sagte sie bestürzt, doch in einem affektiert jämmerlichen Ton.

Anstatt zu gehorchen oder zu antworten, nahm ich meinen Mut zusammen, ich riß die Bettdecke von ihr herunter und bespritzte sie von hinten, mit eher geringer Kraft, aber großem Vergnügen. Währenddessen zuckte sie ein bißchen mit dem Hintern, dann legte sie sich auf den Bauch, das Gesicht in die Hände vergraben, doch weder lachte noch weinte sie, ich hingegen lachte laut los. Sie lag totenstill, während ich ein Handtuch holte und sie abtrocknete.

Ging etwas ins Bett? fragte sie und vergrub mit einem Seufzer das Gesicht ins Kissen.

Nein, sagte ich.

Da richtete sie sich heulend auf und schrie mir ins Gesicht:

Du kannst Gott dafür danken, daß ich durch diese Demütigung einen Hexenschuß bekommen habe und nicht ins Frauenhaus gehen kann, wenn du dich so schweinisch und schändlich benimmst und mich bespritzt.

Können Schweine gute Frauen heiraten und sie bespritzen? fragte ich sarkastisch und ließ mich nicht beeindrukken, fast zum ersten Mal in einem Konflikt mit ihr. Und was ist so schändlich an dem, was auf dich draufging?

Bist du schon moralisch so verkommen und verroht, daß du das nicht weißt? fragte sie und konnte vor Wut kaum sprechen.

Meine Liebe, wir sind aus diesem Saft entstanden, dem Liebestrank, auch du, du Rotstrumpf, antwortete ich gutmütig und deutete ihr damit alles mögliche an.

Du solltest dich schämen! fauchte sie. Das ist ja widerlich, einen Mann und dazu noch den eigenen solche widerwärtigen Sachen sagen zu hören.

Hoffentlich müssen nicht viele Ehemänner täglich so weit gehen wie ich, sagte ich.

Ach, die Unschuld in Person! sagte sie verblüfft und verwirrt.

Angesichts ihrer weiblichen Boshaftigkeit, die keine Wirkung auf mich hatte, zuckte ich gleichgültig die Achseln. Und es geschah nichts weiter.

*

Gegen Morgen nach unserem Gespräch im Ehebett hatte meine Frau Brechanfälle bekommen, und als es auf Mittag zuging, hatte sie Anfälle von Ohnmacht und sagte, daß sie in allen Gliedern eine Mattigkeit spürte, doch sie wollte nicht, daß ich einen Arzt holte.

Ich möchte am liebsten sterben! schrie sie aufgebracht und war wütend und schweißgebadet.

Ich dachte, daß dies eine neue Art der Launenhaftigkeit bei ihr wäre, und zuerst belustigte mich ihr übertriebenes Getue, das, wie ich glaubte, daher kam, daß ich mich ein bißchen an ihr gerächt hatte, mit etwas, das spontan und gerade zur rechten Zeit gekommen war, und nun würde sie es mir heimzahlen und versuchen, das letzte Wort zu haben. Ich erlaubte mir sogar zu sagen, daß ich ihrem vernünftigen Wunsch zustimmte.

Meinetwegen kannst du sterben, sagte ich, aber tu es schnell.

So fühlte ich mich in meiner Siegesgewißheit, zumindest bis sie am Küchentisch beinahe das Bewußtsein verloren hatte. Ihre Arme fielen kraftlos an den Seiten nach vorne und berührten den Fußboden, und sie wäre vom Stuhl gefallen, wenn sich nicht ihr Kinn an der Tischkante verhakt hätte, so hing sie elend da und drehte hilflos die Augen in meine Richtung.

Wir hatten noch nicht einmal den Braten aufgegessen. Es war Sonntag, und bei näherem Nachdenken wagte ich nicht, den Arzt anzurufen, aus Furcht, die Ursache für die Erkrankung wäre die Erniedrigung, die ich ihr in der Nacht angetan hatte, und daß sie ihm das Geschehen schilderte und kein einziges Detail ausließ, so daß ich in Anwesenheit eines Zeugen die Schande über mich ergehen lassen müßte und sie als Sieger die Arena verließe und ins Bett ginge. Doch vielleicht würde sie es, wenn der Doktor kam, vorziehen, so zu tun, als läge sie in Ohnmacht und ihm die Wahrheit in einem Zustand der Benommenheit enthüllen, den sie simulierte, damit sie nicht selbst Zeuge davon zu sein brauchte. Ich konnte in Gedanken fast schon hören, wie der Doktor sagte:

Für solch seltsame Einfälle unter Ehepartnern gibt es keine Medizin, entweder mußt du zu Hause mit der Demütigung auf die gleiche Art und Weise fertig werden, wie es die Ehefrauen bis zum heutigen Tage immer getan haben, meine eingeschlossen, oder ins Frauenhaus gehen und dort um Asyl bitten, falls die Leiterin in der Lage ist, diese Art von Onanie als indirekte Vergewaltigung einzuordnen.

Ich hörte, wie meine Frau auf eine ähnliche Weise rief, wie so oft, wenn ich mir wie ein normaler Mann einen Scherz mit ihr erlaubt hatte:

Das Frauenhaus ist kein Zufluchtsort für Frauen, die den Männern entsagt haben!

Ach was, das ist alles dieselbe Mischpoke, bloß in neuer Verpackung, sagte der Doktor ruhig.

Also entschloß ich mich, sie über ihre Seelenkrise den ganzen Tag in Bewußtlosigkeit hinwegkommen zu lassen. Als sie gegen Abend völlig unbeweglich dalag, als ob sie tot wäre und nicht mehr atmen würde, war mir nicht mehr ganz wohl in meiner Haut. Ich weiß nicht, wie Frauen es anstellen, den Atem anzuhalten und dazuliegen, als seien sie mausetot, wenn ihr Mann etwas getan hat, das ihnen nicht paßt. Ich weiß, daß Mama sich immer totstellte, um Papa einen Streich zu spielen, und meine Frau fällt in meiner Anwesenheit oft in Ohnmacht, ich weiß, daß das ein Trick von ihr ist, und trotzdem bekomme ich jedesmal starkes Herzklopfen und ein Schuldgefühl gegenüber meiner Frau als Mutter. Hinterher stehen sie wieder quicklebendig vom Tode auf, doch sie sind noch lange danach beleidigt, denn sie haben dagelegen wie eine verwesende Leiche, aber langsam legt sich die schlechte Laune. Ich beschloß auszuharren, was auch geschehen mochte, einerseits, weil sie dieses Spiel schon öfters getrieben hatte, um mich durch Furcht unterzukriegen, und weil Mama das ebenfalls getan hatte, um ihren Willen durchzusetzen und damit wir nach dem vermuteten Hinscheiden der geliebten Mutter ganz bedrückt durch das Haus schlichen. Man wußte nie, was real war und was gespielt, und aus lauter Schuldgefühl bekam man einen trockenen Mund und einen bitteren Geschmack, doch da stand sie wieder von den Toten auf und fing für gewöhnlich an, die Schränke auszuräumen und sauberzumachen, oder sie putzte den Boden, um uns wie eine reuevolle Herde in der Stube einzupferchen; wir durften uns nicht vom Fleck rühren, damit wir nicht auf den nassen Boden stiegen und Spuren hinterließen.

Gegen Mitternacht saß ich völlig fertig vor dem Fernseher und beschloß, mich auf die gleiche Weise zu bekreuzigen wie der diabolische katholische Bischof in dem Video, das ich mir ansah und daher rein zufällig mit den Gedanken bei Gott war. Ich bekreuzigte mich eifrig und sprach Gebete, um herauszufinden, ob dieses Mittel nicht die Frau kurierte, die schwach stöhnend darniederlag. Ich bekreuzigte mich, das hatte ich seit meiner Kindheit nicht mehr getan, und dadurch fühlte ich mich besser, und ich dachte: »Also an den Gebeten ist doch irgendwas dran«; doch als ich hörte, daß sie bei meiner Frau keine Wirkung hatten, verlor ich den Glauben, vielleicht weil ich den Verdacht hatte, daß an dem, was Frauen über den Chauvinismus sagten, etwas Wahres dran sei, ich fühlte mich besser, doch sie nicht, deshalb konnte es nur so sein, daß Gott eher zu mir, dem Mann, hielt als zu ihr. Da ich kein Mariengebet konnte, sah ich den Film zu Ende, um eine starke Antipathie gegen die katholische Kirche zu bekommen, die gegen Abtreibung und Kondome war und statt dessen Päpste und moralisch verkommene Bischöfe anzubieten hatte.

Nach Mitternacht begann ich trotzdem, ernsthaft zu Gott zu beten, doch ich traute mich nicht ganz, ihm zu sagen, was ich getan hatte und was der Grund für die Gebete wäre, ich fand es furchtbar dämlich, in die Gebete einzufügen, daß ich um Vergebung dafür bat, daß ich meine Frau mit einer Flüssigkeit bespritzt hatte, mit welcher er den Mann ausgestattet und die er in dessen Blase hergestellt hatte, und daß ich sie dieses Mal nicht in ihr hatte verschwinden lassen, wo man die Flüssigkeit nicht sähe. Ich wußte, daß ersteres Blasphemie war, wenn man dem Glauben schenken konnte, was der katholische Priester in dem Film sagte, obwohl ich den Unterschied nicht begriff, es sei denn, die Unsittlichkeit besteht darin, daß man etwas außen auf den Leuten sah, es jedoch ganz anders damit bestellt wäre, wenn dasselbe in ihnen verschwindet und unsichtbar ist.

Als vernunftbegabter Mensch konnte ich darüber insgeheim nur lächeln, obwohl ich es als fühlendes Wesen bedauerte. Gott mußte den Vorfall vorhergesehen haben, wenn er allsehend ist, und trotzdem erzählte ich ihm gegen Morgen alles, auch wie es dazu gekommen war, und unterschlug nichts, obwohl ich mich dafür schämte, daß ich mit ihm im Gebet beinahe unanständig sprach. Ich fühlte mich erleichtert, als er mich erhörte, nachdem ich der Geschichte hinzugefügt hatte, daß es mir wahrscheinlich schien, daß etwas davon doch hineingelangt sei, so daß meine Sünde keine Todsünde sein konnte (warum tötete er nicht mich, den Schuldigen, sondern vernichtete sie, die gänzlich Schuldlose; war das ein Beispiel dafür, wie die chauvinistischen Schweine sich benehmen?), doch als sich bei ihr kein Anzeichen einer Besserung zeigte, hörte ich auf zu versuchen, Gott herumzukriegen. Ich sagte entschlossen:

Hör mit diesem verdammten Schwachsinn auf, und ruf den Bereitschaftsarzt an!

Ich wollte ihn anlügen und sagen, daß meine Frau sicher Gift genommen hätte, doch weil er sich um eine halbe Stunde verspätete und ich in der Zwischenzeit nachdachte, kam ich zu dem Ergebnis, daß ich sie lieber sterben lassen würde, als ihm zu verraten, was im Bett zwischen Ehepartnern passiert.

Ich fühlte mich erleichtert, als er sagte, daß man sie ins Krankenhaus bringen müsse, sie hätte irgendeine Infektion im Hals, die oft mit so starkem Durchfall endete, daß sie intravenös ernährt werden müßte. Ich verstand nicht, was für ein Infekt das war, denn ich hörte nur noch mit halbem Ohr zu, ich war so durcheinander vor Dankbarkeit, daß es Krankheiten gab, die meine Frau befielen und in keinem Zusammenhang mit meinem groben Benehmen standen. Ich dankte Gott im stillen, während ich hinter dem Arzt stand, doch ich war der Ansicht, daß ich dies eigentlich auf Knien liegend im Krankenwagen tun sollte.

Am ersten Tag des Krankenlagers gelobte ich Gott, mir selbst und der einstmaligen Liebe zu meiner Frau, daß ich, wenn es ihr wieder besser ging, aufhören würde, mich mit meinem Gefährten zu treffen. Zur weiteren Bekräftigung schwor ich dies fest und innig in meinem Zimmer vor dem Tagebuch, und nun sehe ich, daß ich geschrieben habe:

Von jetzt an ist alles aus zwischen uns. Was wir getan haben, ist eine psychische und physische Krankheit und eine Todsünde.

Ich hatte dies gerade schriftlich gelobt und mit rotem Kugelschreiber unterstrichen, als meine Frau im Krankenhaus aufwachte und ich sofort zu ihr fuhr. Als ich mich neben das Bett gesetzt hatte, schien sie sich im klaren darüber zu sein, wie es um sie stand, denn sie sagte:

Ich weiß, daß ich im Spital bin und bald sterbe, aber ich möchte lieber daheim bei dir und der Familie liegen und dort in Ruhe hinscheiden.

Ich fühlte mich noch mehr erleichtert, und der Doktor sagte, daß sie heimgehen dürfte, es wäre überhaupt nicht gefährlich, falls sie sich zutraute, bis zum Auto hinauszugehen, und daheim liegen und Pflege bekommen könnte. Sie sollte zweimal täglich Vilko-Blaubeermus essen, um den Durchfall zu stoppen.

In den Krankenhäusern wird wegen der Rezession in der Wirtschaft gespart, und die Leute müssen jetzt mit ihrem Dünnpfiff zu Hause klarkommen, sagte er und lächelte.

Das ist genau wie früher, sagte ich.

Spart der Staat etwas, wenn ich zu Hause krepiere? fragte meine Frau mit weiblicher Resolutheit.

Zum Glück regte sie sich nicht so sehr auf, daß sie gleich das ganze System angriff und forderte, daß im

Städtischen Krankenhaus eine Frauenasylabteilung eingerichtet würde oder daß sie ihr Leben bei ihren Schwestern im Frauenhaus aushauchen dürfe, und ich glaube auch, daß der Arzt so sarkastisch war, daß er sie völlig aus der Fassung hätte bringen können.

Du stirbst überhaupt nicht, sagte er trocken.

Ich kann mich um sie kümmern, außer wenn sie eine Spritze kriegen muß; bestimmt finde ich nicht die richtige Stelle, sagte ich.

Einen halben Tag lang war ich gramgebeugt und wollte alles für meine Frau tun, damit es ihr wieder besser ging, doch als sie wieder im Ehebett war und dort in ihrem pinkfarbenen Nachthemd auf dem Wege der Besserung lag, fing ich an mir zu wünschen, daß mein Gefährte anriefe, und es war, als hätte ich zu ihm oder zu Gott gesprochen, kaum war in mir der Wunsch erwacht, rief er an und wollte mich gleich im Zimmer sehen. Ich brauchte nicht aufzupassen, daß jemand zuhörte, und sagte ihm, daß ich Gott gelobt hätte, mich nicht mehr mit ihm zu treffen.

Was geht denn das Gott an? fragte er verwundert.

Meine Frau wurde vor ein paar Tagen todkrank und schien mit dem Leben am Ende, so daß ich Gott gelobte, damit aufzuhören, wenn er sie wieder genesen ließ, antwortete ich.

Dann ist sie also nicht tot? fragte er.

Nein, sie ist auf dem Wege der Besserung, antwortete ich.

Dann sollten wir das mit irgend etwas Verrücktem feiern, sagte er. Meine hat auch mit Durchfall im Bett gelegen.

Ach ja, sagte ich widerwillig.

Wer hat angerufen? fragte meine Frau mit schwacher Stimme, als ich wieder zu ihr ging und mich um sie kümmerte, indem ich die Bettdecke um sie herum feststopfte; sie hat es ausgesprochen gern, von einer Bettdecke umschlossen zu sein, die dicht am Körper anliegt. Dann sieht man deutlich, daß sie trotz der Geburten eine gute Figur behalten hat.

Jemand vom Krankenhaus, der sich nach deinem Zustand erkundigt hat, antwortete ich.

Unglaublich, wie gut sie sich im Krankenhaus um die Frauen kümmern, wenn sie wieder nach Hause in das alte Chaos gekommen sind, sagte sie kühl.

Ich dachte, daß sie sich aufregen würde und ich dann nicht von ihr wegkäme, so daß ich ihr am Nachmittag eine Schlaftablette gab und mich mit meinem Gefährten traf, damit wir die gemeinsame Freude über die Genesung meiner Frau feiern konnten, doch er kam nicht zum Zimmer. Das deprimierte mich, und ich ging nach Hause. Als sie aufwachte, war ich so matt, daß sie dachte, mein Blutdruck sei gefallen.

Ach, ist es in unserer Ehe schon so weit gekommen, daß du irgendeine Art Schlafkrankheit kriegst, sowie es mir wieder besser geht? fragte sie. Erfrisch dich doch mit einer Tasse Cappuccino, und laß dir meine Genesung nicht so nahegehen.

Wir dürfen in einer hoffnungslosen Partnerschaft nicht abwechselnd krank werden, sagte ich.

Als sie bereits zehn Tage im Bett gelegen hatte und manchmal aufstand, um sich um mich zu kümmern, fiel mir ein, daß man sie, wenn sie gestorben wäre, bereits beerdigt hätte und ich frei und ungebunden wäre. Ein seltsamer Schauder ergriff mich, und ich dachte, daß sie wegen meiner sündigen Gedanken einen Rückfall bekäme, aber so war es nicht; es ging ihr sofort besser. Gedankensünden haben entweder gar keine Wirkung oder sind direkt positiv für die Gesundheit derer, die sie begehen, und heilend für die, gegen die sie gerichtet sind.

Plötzlich rief mein Gefährte an und sagte, daß er neulich, als er auf dem Weg zu mir gewesen war, einen Mann getroffen hätte, der ihm Arbeit anbot, er hätte das Angebot sofort angenommen und hatte nun einen prima Job, der uns beiden zugute käme, es wäre eine gutbezahlte Nachtwache, und er könnte sich mit mir immer morgens um acht im Zimmer treffen, wenn er auf dem Weg nach Hause zum Schlafen war und ich zur Arbeit im Ministerium.

Du schaffst mehr im Büro, wenn du morgens nach einem Orgasmus hingehst, sagte er scherzhaft.

Ich konnte nicht mit ihm sprechen und Genaueres über die Arbeit erfahren, denn er legte auf, doch nach einem kurzen Moment rief er wieder an und sagte:

Ich weiß, daß du ein Mensch mit fixen Ideen bist und dir deshalb den Kopf zerbrichst, warum ich eine Nachtarbeit angenommen habe.

Ich räusperte mich und bekam einen Mordsschreck. Meine Frau war zu mir gekommen, während ich beim Telefon saß.

Ich habe eine solche Arbeit angenommen, damit ich mich mit dir in der Dämmerung treffen kann, bevor es Tag wird, flüsterte er und tat romantisch, wahrscheinlich um sich über mich lustig zu machen.

Als ich die Ironie hörte, legte ich auf, und das gefiel ihm nicht, er rief nun unablässig an, doch ich hob nur leicht den Hörer ab, weil ich nicht wagte, ihn auf die Gabel zu knallen, um ihn nicht ganz zu verjagen, und meine Frau fragte die ganze Zeit:

Wer ist das eigentlich?

Irgendein Spinner oder besser gesagt ein früherer Schulkamerad, der seit den 68ern nie vom Speed heruntergekommen ist und mich dazu kriegen will, daß ich dabei mitmache, Amphetamin und Hasch zu verkaufen, er will mich immer morgens im Arbeitszimmer treffen, damit ich dann das Gras im Ministerium verkaufe.

Dich? schrie sie fast, und es kam Leben in sie. Ja, das wäre eine Sensation, wenn ausgerechnet dir, der kein Wässerchen trübt, so ein aufregendes Abenteuer zustieße, einer, der zur Zeit der 68er-Generation nichts anderes getan hat, als Bestnoten in den Prüfungen zu sammeln, als sogar brave Papasöhnchen gegen alles in der Gesellschaft waren oder mit Frauen und Männern ins Bett stiegen und freie Liebe praktizierten oder nur Hasch rauchten und die Welt retteten. Sogar ich war kurz davor, lesbisch zu werden, doch statt dessen ging ich in die Frauenbewegung, ich war nur kurz dabei, bin aber immer noch ein Rotstrumpf. Stell sich einer vor, du würdest die Waschlappen in den Ministerien beliefern; da hat einer aber voll danebengehauen.

Wenn du meinst, sagte ich.

So verging der Tag, und mein Gefährte rief in immer kürzeren Abständen an. Am Ende legte ich den Hörer nicht mehr richtig auf, und so ließ das Herzklopfen nach, bis ich auf den Gedanken kam, er könnte im Zimmer anrufen, also ging ich hin, und als ich in den Gang gekommen war, hörte ich das Telefon, und er war es, der anrief.

Wo bist du denn gewesen? fragte er und beantwortete sich die Frage selbst: Du warst durch die Frau verhindert.

Ja, antwortete ich.

Ach du meine Güte, sagte er. Das ist bloß eine normale isländische Darmgrippe gewesen, die in ihr feststeckt und weder vorwärts noch rückwärts will. Die meine hat sie ebenfalls gehabt und wollte mir mit ihrem Gekotze auf die Nerven gehen, so daß ich sie schleunigst wieder zurückgab. In der Torte, die wir im *Komm heut abend* gegessen haben, waren Salmonellen. Ich habe das Lokal verklagt und Schmerzensgeld bekommen und eine neue, viel jüngere Schickse.

Ich sagte, daß eine Darmgrippe nicht so lange dauerte und daß ich ihm nicht glaubte, da fragte er, ob ich nicht die Zeitung las, darin hätte mit großer Überschrift gestanden: *Lebensmittelvergiftung durch Sahnetorte im Lokal »Komm heut abend«. Die Vergiftung ist nicht ernsthaft, und vor allem Frauen scheinen davon betroffen. Das Lokal wurde in einem Fall zur Zahlung von Schmerzensgeld verpflichtet.*

Meine Güte, verklage sie doch auch, in Amerika werden die Leute durch solche Klagen zu Millionären.

Ich sagte, daß ich das Lokal deshalb nicht verklagen könne, meine Frau sei außer Gefahr.

Wir verabredeten, daß er sich dann sehen lassen würde, und als ich eine Stunde nach dem Treffen nach Hause kam, sagte ich, daß mich die Muse geküßt hätte und ich meine Idee zu Papier hätte bringen müssen.

Ich verstehe, sagte meine Frau und fragte: Wann bekommt man denn mal etwas davon zu sehen?

Alles zu seiner Zeit, antwortete ich. Wenn du wieder kräftig genug bist, um diesen Wahnsinn zu lesen.

Glaubst du, daß die Kritiker zum dritten Mal in diesem Jahrhundert »Endlich, endlich!« rufen werden und daß der Ausruf in der isländischen Literatur zum klassischen Ausrufezeichen werden wird? fragte sie.

Ich lächelte sie an mit dem schwermütigen Lächeln eines Mannes, der ohne Hoffnung ist und dies auch weiß, dem es jedoch fast völlig egal ist.

Darf man etwas Pikantes erwarten? fragte sie und fügte hinzu: Falls dem so ist, dann hast du den Stoff von jemand anderem geklaut oder plagiiert, aber nicht aus deiner eigenen Brust gemolken.

Ich weiß nicht, was meine eigene Brust ist, meine Liebe, wollte ich schon sagen und hinzufügen, daß bei mir an der Stelle, wo eigentlich ein breiter und haariger Brustkorb sein sollte, wahrscheinlich nur ein tiefes Loch ist, sagte aber nichts.

*

Wie im fahlen Sonnenlicht spätabends ist der Brunnen, den ich in meiner Brust spüre. In ihm ist eine Sehnsucht nach Worten, nach einer Feuersbrunst und daß das Wasser in einer heiligen Flamme ohne materiellen oder sichtbaren Brennstoff vergehen möge. Es ist eher die Sehnsucht nach dem Geliebten im Immateriellen als die Nähe seiner selbst – in reiner Liebe ist nichts materiell –, denn die Flamme verlischt halb, wenn neues Holz auf das Feuer gelegt wird. So ist es auch, wenn der Geliebte ins Gesichtsfeld tritt. Diese seltsame Natur der Liebe zieht mich unablässig hinunter in den Brunnen, zu den Worten, zur Sehnsucht, zur Feuersbrunst und zur Vernichtung. Mit dieser Flucht vor dem Ziel der Liebe hält die Liebe sich am Leben, nicht aber dadurch, daß sie sich ständig in ihrer eigenen Umarmung befindet.

Wie oft habe ich nicht zu mir selbst sagen müssen: Man soll stets daran denken, daß der Geliebte derjenige ist, den das Feuer der Gefühle liebt und entzünden will, auflodern und zu Asche verbrennen lassen, so daß es nur das Prasseln übrig läßt.

Wenn man das Brennholz auflegt, wird die Flamme kleiner, bevor sie das Scheit umschließt. So bedarf es der Geschicklichkeit, der Geduld und des Verstandes, um die Flamme erneut anzufachen und in einem Brand enden zu lassen. Liebe, die an einer Stelle brennt, ist schwache Liebe. Und Liebe, die auf einem Gebiet brennt, ist eine Imitation der Liebe. Man muß voll und ganz aus Ergebenheit vor der Flamme lieben und sich darüber freuen, sich in Rauch aufzulösen und zu Ruß zu werden.

*

Ich genieße es, fast wie die Hure geworden zu sein, die eine Zeitlang ihre Gunst gewährt, dem Vogel, der kommt und geht, der nichts von seinen Federn und der Farbe hergibt, während er verweilt, und vielleicht weder Flug noch Farbe besitzt, um sie anderen zu geben. Für mich ist es jedoch etwas anderes als für die Hure, denn ich genieße es intensiv, einem anderen Freiheit zu schenken, dem, der einen stärkeren Freiheitsdrang hat als ich, und wenn ich einem anderen erlaube, seinen Freiheitsdrang auszuleben, empfinde auch ich eine Freiheit, selbst wenn nicht ich die Initiative ergriffen habe.

Diese Gunst ist ähnlich der Liebe, die man dem Leben an sich entgegenbringt, und sie braucht nicht auf etwas Bestimmtes gerichtet zu sein, außer manchmal. Das Leben kommt zum Menschen, verweilt eine kurze Zeit bei ihm und geht weiter zu seinen Kindern. Der Körper ist dann nur die Prostituierte des Lebens, das ihn aufsucht, ein paar Jahre ausgiebig benutzt und dann wieder verschwunden ist, doch vielleicht hat es ein Samenkorn übriggelassen, aus dem ein neuer Körper erwächst, für neue Prostitution. Der Mensch und die Welt sind daher Hurenhäuser, eines im anderen, mit einem Leben, das beide mißbraucht.

Wie oft bin ich nicht nach solchen zornigen Betrachtungen über das Dasein nach Hause zu Frau und Kindern gegangen, frohgemut und leichten Sinnes. In mir war unerschütterliche Freude.

*

Konnte es sein, daß ich gerne Rache an seiner Frau nehmen und mich ihr gegenüber auf die gleiche Art und Weise verhalten wollte, wie er es mit mir getan hat, als er mich völlig durcheinanderbrachte; oder wollte ich einfach nur wissen, ob er eine Frau hatte?

Ich bekam die Telefonitis, und obwohl er es mir verboten hatte, rief ich abends bei ihm daheim an, während er auf Nachtwache sein sollte. Ich wollte die Frau fragen, ob sie nicht etwas Heißes, Hartes und Gutes in den Körper kriegen wollte.

Tag um Tag antwortete keiner, so daß ich zu der Überzeugung kam, daß er nicht einmal mit einer Frau zusammenlebte, daß dies die Ausgeburt der Phantasie eines Mannes wäre, der lange auf ausländischen Schiffen zur See gefahren ist und alles eher in seiner Vorstellung als in der Welt der Wirklichkeit besaß und seine Neigungen dadurch kaschierte, daß er so tat, als hätte er in jedem Hafen eine Braut. Doch dann stellte ich mir vor, daß er sie wohl hinausgeworfen haben mußte.

Nachdem ich mir selbst diese Erklärung gegeben hatte, fühlte ich mich erleichtert und beschuldigte mich der Eifersucht und des Neides, was von meiner geringen Erfahrung in Liebesangelegenheiten kam. Sicher konnte ich nur bei unserer Bekannten Sigga mit dem schäumenden Haar sein, die glaubte, daß sie damit die Männer verführte; doch sie war in keiner Weise ein Abenteuer, sondern nur das Übliche, zu hintergehen und so zu tun, als ob.

Da fiel mir etwas ein, warum sollte ich nicht ausprobieren, ob dieser Rat nicht auch bei meiner Frau half, und ich nahm mir vor, systematisch Frauen in Reykjavik und draußen auf dem Land anzurufen und die daheim sitzenden damit zu beglücken, daß ich sie glauben ließ, sie hätten einen unbekannten Verehrer, während sie ihren Tätigkeiten im Haushalt nachgingen.

Ein paar Tage lang fragte ich meine Frau, ob jemand angerufen hätte.

Nur Sigga, antwortete sie kurz.

Was spricht sie?

Ach, bloß das Übliche, antwortete sie gleichgültig. Sigga ist eine makellose Seele, die nie geheiratet hat und nicht darum bemüht ist, Abwechslung in ihre Probleme zu bringen; sie drehen sich kaum um etwas anderes als: Bekommt sie trockene Schuppen oder fette, was sie als geringeres Übel ansieht; sie möchte nicht mit einer Schneedecke auf den Schultern in der Bank arbeiten.

Warum kriegt sie ihr Leben nicht in den Griff? fragte ich.

Es fehlt das richtige Shampoo, antwortete meine Frau und schnalzte mit der Zunge. Manche Frauen leben dafür, sich über das Waschbecken zu beugen und sich die Haare zu waschen, und ich finde das prima, auch wenn ich es mit meinem Bandscheibenschaden nicht könnte.

Meine Frau ist in letzter Zeit sehr für »das Übliche« im Leben, und soviel ist sicher, wenn es »bloß das Übliche« bei den Leuten ist, dann ist sie zufrieden und sagt es mit weiblicher Melancholie, doch ab und zu will sie »etwas unternehmen«. Am Ende ist das Vergnügen, oder wie man das Tanzen nennen soll, »auch bloß das Übliche«, und wir gehen nicht mehr essen oder nur zum Vergnügen aus.

Wir müssen uns mal von den Vergnügungen erholen und uns in Erinnerung rufen, was für ein schönes Zuhause wir haben, sagt sie.

Schließlich raffte ich mich dazu auf, aus einer öffentlichen Telefonzelle anzurufen, um ihrem Leben etwas Neues und Unerwartetes zu geben und um herauszufinden, wie sie reagieren würde. Ich hielt ein Taschentuch vor den Mund, um die Stimme dumpfer zu machen.

Sie antwortete mit der Freude der daheim arbeitenden Hausfrau darüber, daß jemand anderes als eine daheim arbeitende Hausfrau anrief, und ich dachte: »Sieh mal an, dann ist sie also noch nicht völlig tot.« Ich bekam eine starke Schwellung im Hals, die auf die Stimmbänder drückte und die Stimme veränderte, die so unterdrückt klang wie bei einem, der unbedingt mit einer Frau schlafen muß, und mit Mühe gelang es mir zu stöhnen:

Sollen wir unserem Körper nicht was Gutes tun, ich habe dich schon so lange beobachtet?

Zuerst brachte sie den Mund nicht auf und antwortete nichts, doch sie legte nicht auf, sondern hörte zu, und ich dachte, sie hätte die Stimme erkannt und würde sich aufregen und anfangen zu schimpfen. Ich hörte, daß sie auf der Hut war und den Atem anhielt, doch sie mußte den Speichel hinunterschlucken, so daß sie am Telefon keine Sterbeszene spielen konnte; man konnte sie hören, und sie sagte in Fortsetzung eines kleinen Räusperns:

Wenn ich mal fragen darf: Was vielleicht tun...?

Das, was man gerne einer Frau gibt, die man seit langem insgeheim liebt, stöhnte ich.

Nun antwortete sie nichts, und sie dachte ohne Zweifel, daß ein normaler Prolet sich nicht so gewählt ausdrücken würde. Ich fühlte mich unwohl und mußte unbedingt pinkeln, und dennoch fing ich an, sie zu begehren wie eine unbekannte Frau im Märchen, die in einem Glaskäfig wohnt. Ich schwieg, ich war heiser und mein Mund trocken.

Überleg es dir einen Moment, ich ersticke gleich, sagte ich beim Gedanken daran, daß ich dringend aufs Klo mußte. Ich denke schon lange an dich, fügte ich hinzu, ich platze gleich, und ich lege jetzt auf, aber ich rufe später an.

Mir war schwindlig, und ich schaffte es gerade noch ins Zimmer, und als ich mich erleichtert hatte, legte ich mich mit schmerzender Blase auf den Diwan und hatte auf überhaupt nichts Lust.

Ich stellte mir vor, wie das unterdrückte Verlangen in ihrem Fleisch brodelte. Dann rief ich nach einer Stunde an, fragte und wartete mit angehaltenem Atem. Zu meiner großen Verwunderung sagte sie:

Du kannst kommen; übrigens bin ich verheiratet, wie du eigentlich wissen müßtest, wenn es stimmt, daß du mich so genau beobachtest hast.

Wann darf ich?

Zu dieser Tageszeit bin ich allein zu Hause, mein Mann ist auf der Arbeit im Kultusministerium, und falls doch jemand kommt, dann finde ich schon einen Ausweg.

Sie begann ein zweideutiges, frohes Lachen zu lachen, das ich nie gehört hatte. Ich legte den Hörer auf und wollte mich gerne in eine andere Person verwandeln, in den primitiven, draufgängerischen und skrupellosen Mann, der in meinem Wunschdenken zu existieren scheint, und zur Verabredung mit ihr gehen und sie mit Gaben füllen und mich dann wieder in mich selbst verwandeln, so wie Prinzen im Märchen wegen einer ähnlichen Sinnesverfassung ihrem Fluch entkommen, doch bei mir nahm das Ganze eine andere Wendung, ich würde die Prinzessin nicht heiraten, sondern mich darüber freuen, daß die Prinzessin somit auf ähnliche Art und Weise frei würde, wie ich mich von ihr befreit habe. Anstatt der Geschichte ein Ende zu machen, rief ich Sigga an, und sie war sofort dazu bereit, sich über das Waschbecken zu beugen.

Ich habe Ei-Shampoo, sagte sie auf jene liebenswürdige und sachliche Weise, die es bei Frauen gibt, die ständig irgendein Verhältnis mit einem Mann haben, aber keinen kriegen, der sie heiratet.

Dieses Mal steckte ich ihr fünftausend Kronen zu, und sie sagte:

Verletze mich nicht so spät am Abend.

Trotzdem nahm sie den Schein entgegen, indem sie hinter sich griff und ihn aus der schlimmsten Nässe herausholte, wie sie sagte.

Als ich nach Hause kam, fragte ich meine Frau wie gewöhnlich, aber desinteressiert:

Und, hat jemand angerufen?

Nein, nicht daß ich wüßte.

Nicht einmal Sigga?

Nein. Aus irgendeinem Grund scheint sie sich still zu verhalten; vielleicht hat sie das richtige Shampoo gefunden.

Sigga ruft nicht mehr an, um von ihren täglichen Problemen zu erzählen, sagte ich. Wahrscheinlich hat sie sie jetzt abgewaschen.

Während wir miteinander reden, lebe ich mich in die geschlossene Vorstellungswelt meiner Frau ein, jene frohe Ungewißheit und gleichzeitige Enttäuschung, die in ihr brodeln muß, da keiner kam, nachdem das Telefon geläutet hatte, im gleichen Moment muß in ihr eine Furcht oder Angst davor sein, daß der Mann heute abend wieder anruft und ich drangehe, doch vielleicht tut er es morgen, wenn ich nicht zu Hause bin, und daher ist es möglich, in der Hoffnung zu leben und mit einem geheimnisvollen Lächeln auf den Lippen in der Wohnung herumzugehen.

Ein paar Tage lang ist sie wie auf glühenden Kohlen und will ihrem Körper öfter etwas Gutes tun als sonst. Sie benutzt sogar dieses Wort und sagt: »Gib meinem Körper doch was Gutes«, und wenn ich frage, was mit ihr los ist, dann tut sie, als hätte sie diese Redensart selbst erfunden und wird vergnügt und fragt:

Glaubst du, daß ich in der Liebe nicht auch poetisch werden kann?

Ganz wahnsinnig lyrisch, antworte ich.

Ich glaube, daß ich ein bißchen seltsam geworden bin, und ich verstehe es nicht, sagt sie froh und verwirrt. Ja, ganz wahnsinnig.

Man wird automatisch seltsam, ganz wahnsinnig um die Vierzig, sage ich tröstend und verständnisvoll, und im selben Moment werde ich zu dem Mann am Telefon, der sie tröstet, und in mir erwacht eine Liebe, die ich seit langem nicht mehr empfunden habe, die Liebe des Mannes, der sie liebte, als sie zwanzig war, und sich um die Sechzig ohne Zweifel mit ihrer fehlenden Liebe abfinden muß, weil er keine andere Wahl hat, als sich mit ihr zu arrangieren.

Die Zeit vergeht. Sie hört auf, wie auf glühenden Kohlen zu sein, und wird ruhiger, wahrscheinlich hat sie alle Hoffnung aufgegeben und denkt: »Das war wieder bloß so eine Verarschung.«

Das Leben fällt wieder in dieselbe Spur zurück, während sie ständig in Erwägung zieht, sich von Heim und Herd zu befreien und auf den Arbeitsmarkt zu gehen; doch welches Heim verlassen: Ein leeres Heim mit Mann und Weib und einem halbwüchsigen Mädchen, das sich größtenteils selbst versorgt; und hinaus auf welchen

Markt, wenn es auf ihm nichts anderes zu tun gibt, als zu versuchen, sich als arbeitslos registrieren zu lassen?

So ist der Liberalismus in Wirklichkeit, sage ich und rege mich wie in alten Tagen über das System auf, obwohl ich darin arbeite und es nicht gemäß der Ideologie untergrabe, wenn die Gelegenheit sich bietet, außer daß ich jetzt vielleicht die Maulwurftaktik der Faulheit, anstatt wie früher die des Leninismus anwende.

So ist die freie Marktwirtschaft und der Neokapitalismus, fügt sie hinzu. Auf dem Markt gibt es nichts außer Arbeitslosigkeit für die Allgemeinheit und ewige Versprechungen der gläubigen Nationalökonomen, daß die wirtschaftliche Lage sich im Jahr soundso bessert, dann im Jahr soundso, nichts, was jetzt am Ende des Jahrhunderts noch auf uns zukommen wird.

Sie ist jetzt erregt, und ihr stockt der Atem, und auch ich bin erregt, doch mir stockt der Atem weniger stark als ihr, und ich umarme sie. So lachen wir in der gegenseitigen Umarmung und werden durch die Erregung jünger, doch als es uns warm ums Herz wird und die Augen feucht werden bei dem Gedanken, daß wir einmal jung und verliebt gewesen sind, da reißt sie sich los und fährt fort:

Ach, obwohl ich vielleicht kein Rotstrumpf mehr bin, so ertrage ich den Wirtschaftsminister nicht mit seinen ewigen Versprechungen, daß wir aus der Krise kommen, wenn es im Luftschloß des Neokapitalismus aus dem Euter der fetten Kühe tropft.

Wir werden radikal im Geist der 68er-Generation und erfinden Slogans. Sigga ruft jeden Morgen wegen derselben Probleme an; sie findet nie das milde Shampoo, das sie mag und das man täglich benutzen kann, ohne die Haarwurzeln zu schädigen, und in der Bank ist es langweilig.

Eines Tages auf dem Heimweg beschließe ich zum Spaß, die Telefonmethode bei ihr anzuwenden, doch als sie antwortet, sagt sie, sie sei so erfahren, daß man sie unmöglich hinters Licht führen könne.

Du Armer, du hast es schwer, sagt sie und wird beinahe froh und fügt hinzu: Die Gentlemen sind hier früher einmal so gewesen, sagt Mama, aber ich kann dich unmöglich mit einer nichtgenannten Frau in Verbindung bringen, die mir anvertraut hat, daß ein Mann sie in derselben Absicht angerufen und mit ihr ein paar angenehme Stunden verbracht hat und daß er jetzt ein Verhältnis mit ihr hat. Abenteurer! Das bist natürlich du, aber sie bildet sich etwas ganz anderes ein, oder sie kennt alle deine verrückten Einfälle.

Jetzt weiß ich, daß meine Frau ihr von den Anrufen des Unbekannten erzählt und eine Geschichte erfunden hat, daß sie mit einem Märchenprinz ein Verhältnis hat; doch Sigga kennt ihre Pappenheimer und weiß es besser.

Trotzdem bin ich schon seit Gott weiß wie lange in dich verknallt, fährt sie ein bißchen ironisch fort, aber laß mich herausfinden, wonach mein Körper ruft, wenn du den Hörer aufgelegt hast. Ruf in zehn Minuten wieder an.

Ich rief nicht an, und ich habe keine Ahnung, was Siggas Körper wollte oder nicht. Ich rief in der gleichen Absicht meine Frau an, und dieses Mal verheimlichte ich nicht, wer ich war, und ihr stockte der Atem, und sie sagte: »Ja, ich hab's in den Knien; gehören die nicht auch zum Körper?« Dann ging ich langsam nach Hause, und sie empfing mich wie einen wildfremden Menschen. Danach wurde sie nervös, und ich fragte sie:

Ist irgendwas?

Ja, ich liebe dich nicht mehr, antwortete sie ganz einfach. In der letzten Zeit hat sich etwas in mir verändert, einfach so und ganz langsam.

Warum liebst du mich nicht? fragte ich aus Neugier und blieb ganz ruhig.

Ich glaube, das kommt wohl aus dem einfachen Grund, daß du für mich etwas Normales und Selbstverständliches bist, wie Ehemänner es werden, sagte sie.

Ich liebe dich auch nicht, gab ich ebenfalls zu und war erleichtert, daß sie bei unseren Geständnissen die Initiative ergriffen hatte.

Das schien sie zu schockieren, denn selbst wenn jemand aufhört, den anderen zu lieben, und das natürlich findet, glaubt er, daß es undenkbar ist, daß andere aufhörten, ihn zu lieben.

Ach, warum liebst du mich nicht? fragte sie und ließ in ihrer Stimme eine Andeutung von Verachtung durchscheinen.

Aus einem Grund, von dem ich nur eine ganz geringe Vorstellung habe, den ich aber nicht erklären kann, bevor du mir nicht beschrieben hast, was bei dir passiert ist, damit es gleich zwischen uns steht, antwortete ich.

Wahrscheinlich müßte man nach so einem Gespräch im Bett an einem Samstagabend kurz vor Mitternacht in Tränen ausbrechen oder deprimiert sein, doch ich fühlte überhaupt nichts, und sie zweifellos auch nicht, denn sie fragte:

Was möchtest du morgen für uns zum Mittagessen und zum Abendessen haben?

Ich lade dich und die Kinder ins *Komm heut abend* ein, sagte ich.

Du weißt, daß sie dort abends nicht aufhaben, nicht einmal, wenn du mich und die Kinder mit einer Lebensmittelvergiftung umbringen willst, sagte sie.

Dann bestelle ich einfach Pizza für beide Mahlzeiten und lasse sie ins Haus schicken, sagte ich.

Das ist eine ausgezeichnete Lösung, sagte sie zufrieden.

Wir tun, als sei nichts passiert, sagte ich. Wir wollen überglücklich sein und die Kinder einladen, um mit uns ein fröhliches Ereignis zu feiern, von dem sie keine Ahnung haben, und wir Eltern vielleicht auch nicht.

Das ist endlich mal was Neues, sagte sie.

*

Mein Gefährte wollte versuchen, mich heute nachmittag zu treffen, unter dem Vorwand, er wolle hinunter zum Teich gehen und die Kinder seiner Tochter die Enten füttern lassen, dann aber kurz verschwinden und »seine Ente« füttern, wie er sagte, um witzig zu sein.

In der letzten Zeit zeigt er sich öfters von der komischen Seite, die nicht immer zur momentanen Situation paßt und, gelinde gesagt, unangenehm sein kann.

Hast du vor, mir die schimmligen Brosamen zu geben, die vom Tisch der Ehe fallen? fragte ich und schlug einen ähnlichen Ton an, was er nicht verstand.

Seine Auffassungsgabe ist ziemlich begrenzt, wenn er sich auf dieses Spiel einläßt, und als ich versuchte, in seinen Schädel hineinzukriegen, daß ich komisch hatte sein wollen, da sagte er:

Man darf bei solchen Sachen nicht so albern sein; das ist nicht gesund für die Potenz.

Ich glaube langsam, daß ihn seine Potenz im Stich gelassen hat, denn anscheinend hat er es nicht geschafft, vom Teich, den Enten und den Kindern wegzukommen, oder er ist ins Wasser gefallen und mitsamt der ganzen Familie ertrunken. Ich war kurz davor, hinzulaufen und nach ihm Ausschau zu halten, doch ich gab den Gedanken wieder auf, denn mein Sohn hatte ebenfalls vor, mit dem Kleinen zum Teich zu gehen.

Trotzdem ertrinke ich nicht in einer Tränenflut, weil er nicht kommt, vielleicht ist er gar nicht hingegangen und hat sich statt dessen in den Teich der Hausente gestürzt. Die Warterei führte nichtsdestoweniger dazu, daß ich vor Nervosität Kopfschmerzen und ein Ziehen über den Augen und in den Beinen bekam. Ich würde wohl nie die Kunst des Wartens lernen können.

Aus irgendeinem Grund rief meine Frau ständig im Arbeitszimmer an, denn unser Sohn war mit dem Kind vom Teich gekommen und mußte noch mal kurz mit einem Mann weggehen, den er dort zufällig getroffen hatte, und als sie fragte, ob ich nicht bald käme, war ich »gleich soweit« und wartete in meiner Verzweiflung, und das Warten hörte nie auf.

Schließlich kehrte ich nach Hause zurück und ging in meinen Entenpfuhl, nach dem Sonntagsessen, als unser Sohn das Kind abgeholt hatte, aber nicht hereinkommen und mit uns essen wollte.

Ich esse mit meiner Frau zu Mittag, sagte er stolz, und ich empfand jenen leichten Schmerz oder Neid, den Väter manchmal beim Glück ihrer Söhne empfinden; in der Stimme lag Erleichterung und Freude, doch ich weiß nicht, worüber.

Meine Ente sagte immer: »Mach mir ein Kind!«, und ich fand, daß es bei einer Frau, die schon etwas über vierzig ist, wie ein kurioser Ruf um Leben und Tod klang. So war ich zusammen mit meinem Gefährten in ihr, und ich bemühte mich, seine Techniken anzuwenden, und hinterher sagte sie:

Du hast dich selten so intensiv auf mich konzentriert. Ich spüre, daß es zwischen uns besser geworden ist, nachdem wir neulich offen miteinander redeten und das Fehlen der Liebe voreinander zugaben, Ehepartner müssen in allen dunklen Ecken gründlich aufräumen, und zwar anders als mit Geschrei und Wutanfällen.

Ich wurde ziemlich verlegen, als ich sie so unverblümt sprechen hörte, und wich aus und sah in meine dunkle Ecke hinein.

Man stelle sich das mal vor, sagte sie, und wir, die nach einer langen Ehe dieses Alter erreicht haben; sollen wir da nicht versuchen, ein Kind zu zeugen, das letzte Kind?

Ja, warum nicht, antwortete ich aufgebracht. Aber wenn ich es schaffe, dich zu schwängern, dann hast du das Kind mit einem anderen Mann als mir.

Das ist Spitze! sagte sie. Das ist eine prima Idee, und wenn ich es zur Welt bringe, dann möchte ich es als Oma haben.

Wahnsinn, wie toll es ist, daß du verstehst, dich so über das Leben zu freuen, und dich über das lustig machen kannst, was am schönsten ist, sagte ich und war gerührt.

Ich fing an, Spaß an dieser Farce zu finden, denn die Gedanken waren weit weg von ihrem Körper, und ich meinte sicher zu sein, daß sie nach dem ganzen Planschen von meinem Gefährten schwanger würde.

Als wir uns das nächste Mal trafen, vertraute ich ihm an, welche Richtung meine Ehe nahm und wie lange ich neulich gewartet hätte, doch er entschuldigte sich damit, daß er einen jungen Mann kennengelernt hätte, mit dem er mitgehen mußte. Kaum hatte er das ausgesprochen, als er eine geniale Idee hatte, die darin bestand, daß wir am nächsten Tag wieder mit den Frauen schlafen sollten, genau zur selben Zeit, nun hatte er endlich seine frühere Idee perfektioniert.

Wir fangen in derselben Minute an, sagte er.

Ist das Zauberei? fragte ich ironisch, doch zu allem bereit.

Nein, nur um mal was Neues auszuprobieren, antwortete er. Wir sind keine Zauberer.

Nein, du bist, wie ich schon sagte, der Dichter der schrecklichen Liebe, sagte ich, und darauf einigten wir uns.

Reicht dir nicht ein Tag, um Saft zu sammeln, du bist doch nicht schon so alt? sagte er. Morgen bist du bereit.

Ich brauche bestimmt nicht länger zum Sammeln als du, sagte ich und versuchte ironisch zu sein.

Ich glaubte nicht, daß es mir gelingen würde, meine Frau dazu zu bringen, mit mir zur festgesetzten Zeit ins Bett zu gehen, an diesem späten Nachmittag schien sie allem abgeneigt zu sein, doch ich umarmte sie fest und liebevoll und flüsterte:

Meine Elfenfrau, in diesem Moment weiß ich, daß draußen im All zwei herrliche Wesen sind, die in ihren Astralleibern John Lennon gleichen und im Sinn haben, sich Schlag sechs Uhr miteinander zu vereinigen, willst du ihnen in ihrer Seligkeit Gesellschaft leisten?

In welchem Sternzeichen sind sie? fragte sie steif in meiner Umarmung.

Genau im gleichen wie wir, antwortete ich.

Dann ist es wahrscheinlich ein Glückszeichen, sagte sie und war bereit mitzumachen.

Sie zog das Kleid aus, als es zehn Minuten vor sechs war, und alles erreichte beim Glockenschlag seinen Höhepunkt. Auf diese Weise gelang der Plan perfekt, und sie stand fast sofort auf, um sich abzuduschen und die Kartoffeln für das Abendessen aufzusetzen.

Während wir aßen, sagte sie:

Du bist so nachdenklich. Glaubst du, ich bin schwanger geworden?

Ich bin mit den Gedanken draußen im All bei den Sternenmenschen, sagte ich. Ob sie es wohl geschafft haben, mit uns im Gleichtakt zu sein?

Wesen aus dem Weltraum können alles, antwortete sie. Ich habe mal gehört oder gelesen, daß fremde Wesen die Triebe nicht an einer Stelle haben wie wir, sondern daß sie bis in die Fingerspitzen und im ganzen Körper erotisch sind.

Ich fand, daß sie heute abend auch bei mir überall waren, sagte ich.

Da siehst du, sagte sie. Ich weiß, daß du nicht du selbst warst und ich auch nicht. Sigga würde sagen, daß so etwas eine Aufgabe für Psychiater ist.

Ja, aber erzähle ihr trotzdem nichts von dem Experiment, bat ich.

Ich erzähle ihr nie etwas Privates, obwohl sie neugierig ist und mir alles von sich anvertraut, sagte sie und schüttelte schwer nachdenklich den Kopf. Ich kenne sie bis ins Letzte.

Ach, ist das auf dem Weg der Erkenntnis denn möglich? fragte ich.

Es ist furchtbar, einen Menschen von vorne bis hinten zu kennen und im voraus zu wissen, was er sagen wird oder wie er reagiert, sagte sie.

Ich sagte als Ausrede, daß es gut wäre, zur Feier des Tages einen Lottoschein zu kaufen und auch noch im Lotto zu gewinnen.

Ich möchte selber einen wählen, und das braucht eine Weile, sagte ich.

Als ich aus dem Haus ging, rief ich Sigga an und sagte:

Hast du nicht Lust, dir vor dem Schlafengehen noch schnell die Haare zu waschen, ich weiß, es ist nicht mehr viel Shampoo übrig, aber ich würde es trotzdem gerne probieren.

Komm, sagte sie, selbst wenn es nur wenig ist, schaffe ich es, daß es schäumt; ich brauche nur einen Tropfen. Aber denk dran, egal, was die Männer tun, sie probieren lieber die Potenz aus, als gefälligst das Leben zu genießen.

Viertes Tagebuch

8. März 1991

Er hatte lange nicht angerufen und kam nicht, doch als er sich sehen ließ, fragte ich ihn, warum er nichts von sich hatte hören lassen.

Das ist ganz einfach, antwortete er, das macht die Frau.

Während er weg war, hatten sich meine Gedanken in ihre eigenen Phantasien statt in ihn verstrickt, daher akzeptierte ich die Erklärung nicht. Insgeheim dachte ich, daß er nicht unter so strenger Aufsicht stehen könnte.

Was ist das für ein Leben, so zu leben? fragte ich.

Er zuckte mit den Achseln.

Ich fragte, ob die neue Ehe stabil wäre. Er konnte darauf nichts anderes antworten, als daß man das nie wissen könne.

Das muß sich noch zeigen, fügte er hinzu. Man läßt es so lange laufen, bis es gut endet oder zur Hölle geht.

Seine stärkste Seite ist es, immer so zu tun, als ob er von nichts wüßte, solange bis es nicht mehr anders geht oder ans Licht kommt. Und dann kommt nie etwas ans Licht, sondern etwas Neues zur Geschichte hinzu, was nur bedeutet, daß man das Blatt wendet und so tut, als ob auf beiden Seiten nicht genau dasselbe stehen würde. Ich hingegen habe mein Wissen, Bildung, Belesenheit und Gedanken über das Offensichtliche und Schwache. Ich bin derjenige, der weiß, aber nicht wissen will, aufgrund des Verdachts, daß ich dadurch den verlieren könnte, der nichts weiß. Die Kenntnis von etwas ist meistens nichts wert, außer man wendet Gewalt an, und die Menschen sind dazu verpflichtet worden, ihren Regeln zu folgen, doch ich bestimme nicht über meinen Gefährten, und ich weiß, daß Loyalität, die aus der Anwendung von Gewalt erwachsen ist, selten lange hält, denn sie dringt nicht tief. Also ist er das Geheimnisvolle, ich jedoch kam schon vor langer Zeit ans Licht und bin offensichtlich, sogar für ihn, und ich kann nie guten Gewissens zurückweichen und sagen, daß ich von nichts weiß. Ich beherrsche nicht die Kunst der Auseinandersetzung, nicht locker zu lassen, Fakten starrsinnig und mit einem wirren Wortschwall abzustreiten. Meine Gefühle sind so etwas abgeneigt, und sie werden von dem geprägt, was sie meinen, und nicht von einem unklaren Naturrecht, das Beklemmung hervorruft und sich mit weitschweifigen Reden zur Wehr setzt. Meine Gefühle werden in ihrem Innersten durch das Verhalten meines Gefährten angerührt, und es bleibt mir nicht verborgen, daß ich ihn bewundere für die Leistung, sich Ursprünglichkeit, zügellose Leidenschaft und ein primitives Recht bewahrt haben zu können, entweder um etwas an sich zu reißen oder um sich nicht darum zu scheren, ob man nach den Launen der Natur etwas kriegt oder nicht kriegt. Mein Intellekt hat für solches Verhalten nur Verachtung übrig, und ich bin völlig überfordert, wenn er in seinen Ausflüchten alle möglichen Gestalten annimmt, so daß ich ganz verwirrt werde, fast den Verstand verliere und nachgebe, um ihn loszuwerden und nicht verrückt zu werden, doch nichtsdestoweniger weckt dies meine Bewunderung.

In einer solchen Situation, als ich überhaupt nichts mehr verstand von dem, was er sagte, kam mir ein einfaches Mittel in den Sinn, um ihn im Zaum zu halten. Ich sagte, daß ich ihm, wenn er das nächste Mal käme, etwas Interessantes erzählen wollte. Das Versprechen, das ich nie einlöste, gärte in ihm und trieb ihn dazu, mich so bald wie möglich wieder zu treffen, doch als er kam, vergaß er das Versprechen sofort wieder aufgrund dessen, was er von mir bekam, so daß ich es endlos als Köder hätte benützen können, wenn mein Verstand einen dermaßen simplen Trick nicht leid geworden wäre. Als er an der Tür stand, mit der Hand auf der Klinke, sagte ich:

Warte mal, ich muß dir noch etwas Interessantes erzählen.

Es war, als sei der Dolch der Neugier in seinen Rücken gestoßen worden, genau wie in den Büchern von Agatha Christie, doch im selben Moment änderte ich meine Absicht und sagte:

Ach, vielleicht doch nicht, ich warte damit bis zum nächsten Mal, wenn du kommst.

Er lebte völlig auf, entbrannte vor Neugier, lächelte liebenswert, doch er bestand nicht darauf, daß ich mein Versprechen hielt.

Bis dann, sagte er lächelnd und öffnete die Tür. Du erzählst es mir vielleicht.

So verabschiedete er sich, zufrieden damit, vor Neugier beinahe umkommen zu müssen, bis er baldmöglichst wiederkam und fragen konnte:

Also, was wolltest du mir erzählen?

Sein Gedächtnis war in dieser Hinsicht hervorragend, doch anstatt die Frage zu beantworten, zog ich ihn an mich und ließ ihn vergessen, bis ich das Spiel, das unter meiner Würde war, satt hatte und an seiner Stelle verletzt sagte:

Wie kannst du mir erlauben, daß ich dich ständig mit Versprechen zum Narren halte, die ich nie einlöse?

Er schien aus einem Schlafzustand zu erwachen und antwortete mit einem äußerst geheimnisvollen Satz:

Mir würde es nie einfallen, nur wegen dir hierher zu kommen, sondern weil du mich zum Narren hältst wie ein Mann.

Meine Güte, was habe ich getan? dachte ich, als ich kurz davor war, bei einer so unschuldigen und menschlichen Antwort innerlich zusammenzubrechen, doch ich konnte ihn nicht um Entschuldigung dafür bitten, daß ich glaubte, die Einlösung eines Versprechens habe etwas mit den Spielregeln des Lebens zu tun, weil er blitzschnell verschwunden war, und ich dachte, er käme niemals wieder, doch tags darauf kam er, und ich wußte, daß er das nicht meinetwegen tat, sondern wegen irgend etwas, das ich gesagt und bereut hatte, und daß ich somit einsam und hilflos war in meiner Ungläubigkeit an eine andere Liebe als diejenige, welche so ist, wie die Liebe nach meinem Willen sein muß, oder die, welche sich, wie ich glaube, in meiner Brust verbirgt.

*

Noch einmal stehe ich vor demselben Problem, wie wenn es im Leben auf etwas ankommt, das Problem ist, daß ich auf unangenehme Art und Weise mir selbst ins Auge sehen muß. Wenn ich an Gott glaubte oder wenn er existierte, ob im Glauben oder Unglauben, dann würde ich mich mit meiner Qual zweifellos an ihn anlehnen, in der Hoffnung, er würde sie besänftigen, oder ich würde ihn wie ein Sohn anbetteln, ihn bitten, den Kelch an mir vorübergehen zu lassen, der eher ein Brunnen als ein Kelch ist, das tiefe Becken, wo ich zwischen zwei Felswänden schwimmend mit dem Engel des Wassers im Haß auf mein Dasein kämpfe.

Ich bin der Sohn der Welt, der Gesellschaft und der Nation, doch obwohl ich nicht an Gott glaube, respektiere ich die Leute und verstehe ihre Schwäche und ihr Bedürfnis nach Mächten, die höher sind als sie und hoffentlich hilfsbereiter als die irdischen. Ich könnte mir nicht vorstellen, mich von neuem Gott in einem Glauben zu nähern, der sich auf Interessen gründet, und bei ihm nach Lösungen suchen für das, was ich ohne Hilfe mit meiner Vernunft und der Erfahrung lösen müßte, die ich gesammelt habe.

Was würde wohl passieren, wenn Gott existierte, nicht als Glaubenssache sterblicher Menschen, sondern in einer anderen Form, als wir uns vorstellen können, wenn es ihn in einer ungekannten Wirklichkeit gäbe und ich dies am Ende des Erdenlebens feststellen würde?

Ich würde ohne Zweifel aus Scham darüber sterben, daß ich unaufrichtig war und etwas getan habe, das nicht mit »meinem Glauben« übereinstimmt, der darauf hinausläuft, daß ich nicht weiß, ob Gott als Daseinsform existiert oder ob er auf die gleiche Art und Weise existieren kann wie manches andere, das ich nicht kenne, weil ich nicht wissen kann, was ich nicht weiß, sondern nur glaube zu wissen und davon überzeugt zu sein, so wie andere Menschen, doch ich lehne es ab, so zu tun als ob.

Wahrscheinlich würde Gott mir eher verzeihen, obwohl ich mich nie in Gebeten an ihn gewandt habe, als wenn ich mit meinen eigenen Interessen im Sinn zu ihm gebetet hätte. Nun würde ich ihm gegenüberstehen und sagen:

Gott, du existierst einzig und allein, weil du existierst, sonst kannst du es nicht. Doch zu existieren bedeutet nur, zu existieren.

Wenn ich es hingegen wagte, an mich selbst zu glauben, dann wäre ich in diesem Leben verpflichtet, der Welt, meiner Frau und meinen Kindern, der Schulbehörde, früher meinen Schülern und jetzt den Arbeitskollegen gegenüberzustehen, mich zu erkennen zu geben und zu sagen:

Schaut mich an, ich existiere ganz offensichtlich. So sind meine Taten, und bildet euch nichts anderes ein als das, was ihr gesehen oder gehört habt.

Obwohl dies einfach ist, lasse ich es sein, denn es ist unnötig, überall nackt unter Mitbürgern und Unbekannten zu gehen und zu sagen:

Schaut her, wie durchsichtig ich bin, ich verberge nichts an meinem Wesen.

Menschen müssen vor allem ihre eigene Zuflucht sein, sie müssen die Schutzkleidung sein, die das bedeckt, was nicht geschützt zu werden braucht.

Wenn ich der Kaiser wäre, der nackt in seinen neuen Kleidern war, würde ich dem Kind antworten, als es auf ihn zeigte:

Du brauchst nicht auf mich zu zeigen, ich weiß, daß ich nackt bin, aber Nacktheit schützt manchmal besser als das dickste Staatsgewand. Das weißt du nicht, du unerfahrenes und einfältiges Kind, doch gute Untertanen schweigen über ihre und anderer Nacktheit, und sogar über die der Kaiser. Das zeugt von Reife, Verstand und Selbstachtung. Man darf nicht in der Welt herumlaufen und wie ein Kind mit dem Finger auf etwas zeigen, weder auf Gott noch auf die Nackheit, wo sie auch vorkommt, sondern man muß beides mit Nachsicht dulden, denn es ist unsicher, ob Gott und die Nacktheit wirklich existieren.

*

Mein Jugendfreund gehörte zu jener Sorte von Menschen, über die man sagt, sie seien dazu geeignet, Führer anderer Menschen im Leben zu sein, eher aufgrund ihres Aussehens als ihrer inneren Eigenschaften, zumindest war er so, als er noch jung war und in unserem Heimatort wohnte. Dann schien es sich umgekehrt und er sich dahingehend entwickelt zu haben, daß er das Bedürfnis hatte, sich von anderen lenken zu lassen, zumindest in bestimmten wichtigen Bereichen. Dadurch wurde er zu einer Mischung aus Herrschsucht und Unterwürfigkeit, was oft ein Zug sogenannter Führerpersönlichkeiten ist, besonders in der Politik, für sie ist es gleichermaßen wichtig, andere zu leiten, wie sich von denen leiten zu lassen, über die sie ihrer Meinung nach herrschen.

Seine Eltern wohnten im Haus gegenüber, und schon als Kind war er immer der Beste, in der Schule und beim Sport, und obendrein war er eigentümlich gutaussehend, doch auf eine Art, daß sein Gesicht ziemlich unregelmäßige, aber scharfe Züge hatte, so daß er nicht das war, was man süß nennt, sondern ein hübscher Junge mit einem ruhigen und konzentrierten Ausdruck. Die Strenge, die aus seinen Gesichtszügen schien, brachte es mit sich, daß die anderen Jungen ihn fürchteten, doch in den Augen der Mädchen war er einfach unwiderstehlich und mit siebzehn Jahren bereits Vater. Er selbst äußerte sich kaum zu seiner Tat, doch wir hatten auf diesem neuen Gebiet noch mehr Respekt vor ihm und wollten gerne in seiner Nähe sein und ihm untertan, vielleicht in der Hoffnung, daß wir auf diese Weise Kinder bekämen, um so unsere Potenz unter Beweis zu stellen, obwohl wir keine verantwortungsvollen Väter werden wollten, sondern Grünschnäbel, damit die alten Weiber sagten:

Stellt euch mal vor, ein sechzehnjähriger Bengel, der kaum trocken hinter den Ohren ist, und du glaubst es nicht, er ist schon Vater!

Tja, jeder kann halt Vater werden, würden sie darauf sagen.

Die Eltern der Kindesmutter waren nicht begeistert von der Heldentat, die er an seiner gleichaltrigen Freundin vollbracht hatte, doch das war ihm egal, er besuchte sie und saß jeden Abend bei ihr und blätterte in Zeitschriften über Bodybuilding, während wir gerade zum ersten Mal hinter einem Autolenkrad saßen und so taten, als wären wir Männer, obwohl wir kaum etwas anderes waren als Jugendliche in der Schule.

Dann war er eines Tages zur Überraschung aller verschwunden, weggelaufen vor der Verantwortung und der Mutter seines Kindes, und es hieß, daß er ins Ausland abgehauen sei. Er hielt sich einige Jahre in fremden Ländern auf, doch manchmal kam er nach Hause, und seine Schönheit war fremd geworden, anziehend und abstoßend zugleich, so daß man nicht sofort wußte, was man von ihm halten sollte. Die seltenen Male, die er das Dorf besuchte, kümmerte er sich nicht um die Mutter seines Kindes, soviel man wußte. Als ich in den Schulferien heimfuhr und bei meinen Eltern wohnte, hörte ich, wie man fragte, ob er keine Alimente für das Kind schickte und was er im Ausland täte. Man zerbrach sich den Kopf darüber, wie er zurechtkam, ein junger Spund, der nichts Richtiges gelernt hatte. Die Leute hielten es für wahrscheinlich oder gaben sich selbst die Erklärung, daß eine wohlhabende deutsche Frau sich seiner angenommen hätte, obwohl man sehen konnte, daß seine Hände Sommersprossen bekommen hatten, was darauf hindeutete, daß er einer ziemlich anstrengenden körperlichen Arbeit nachging, wo die Sonne heißer scheint als in Deutschland, und deshalb können dort sogar die schönsten Menschen schon mit vierzig zu vertrockneten Mumien werden.

Als seine kurzen Besuche immer seltener wurden und er sich immer länger irgendwo draußen in der Welt aufhielt, verblaßte die Erinnerung an ihn langsam, und die Leute schienen ihn vergessen zu haben. Ich hatte schon lange aufgehört, an ihn zu denken, außer vielleicht bei Festen, wenn man gerade wieder einmal aufzählte, »wer das noch mal alles war, der mit dir konfirmiert wurde?«

So geschah es eines Sonntagnachmittags, als ich mit meiner Frau ins *Erfrischungseck* ging, um zusammen mit unserer jüngsten Tochter Kaffee zu trinken, aus dem Anlaß, daß man bei ihrer Blinddarmuntersuchung vor zwei Tagen nichts gefunden hatte, daß meine Frau einen Mann bemerkte, der beim Fenster saß, sie neigte sich zu mir herüber und flüsterte leise:

Dort sitzt ein unglaublich gutaussehender Mann, aber schau nicht zum dritten Tisch rechts vom Fenster, solange ich flüstere, und nicht gleich danach; er kann kein Isländer sein; solche Männer sind das, was man einen Charmeur nennt.

Ich folgte ihrer Bitte nicht, und unwillkürlich sahen wir uns an, noch bevor ihr Geflüster geendet hatte. Dort saß mein Jugendfreund mit einem jungen Mann, offensichtlich einem Ausländer, der, wie sich herausstellte, aus einem der kriegführenden Länder im östlichen Mittelmeerraum stammte. Es war ein grobknochiger Jüngling, mit einem Ausdruck, den Frauen lyrisch nennen, doch soweit ich sehen konnte, hatte er nur das Zeug zu einer gewöhnlichen Trantüte, und es sollte sich noch herausstellen, daß er schnell alterte und zu einer typisch männlichen Trantüte wurde.

Mein Jugendfreund erhob sich schnell und ging energisch auf uns zu, doch wir begrüßten uns eher zögernd, mehr aus Verpflichtung denn aus Freude über das Wiedersehen, da wir nichts mehr gemeinsam hatten, selbst wenn wir ein paar Worte wechselten.

Während der Unterhaltung erfuhr ich, daß er schon ein ganzes Jahr hier im Land wohnte, obwohl wir uns vorher nicht begegnet waren, denn seitdem ich die Schule beendet hatte, ging ich selten aus und hatte damit aufgehört, den Intellekt mit Kaffee zu begießen. Er war das, was man gutangezogen nennt, nach englischer Manier, und danach zu urteilen wohlhabend. Er ging einer Tätigkeit nach, von der ich nie mit Sicherheit wußte, worum es sich dabei handelte, doch soweit hatte ich es begriffen, daß er aufgrund seiner Fremdsprachenkenntnisse und seiner Erfahrung mit legalen Betrügereien Berater bei einem Unternehmen war, das ausländische Handelsbeziehungen unterhielt und an das im Zusammenhang mit der isländischen Industrie lange Zeit große Hoffnungen geknüpft waren, selbst wenn nie ein anderes Resultat zutage trat, als daß es unendlich viele einheimische Subventionen und Kredite bei den Banken erhielt.

Also, ruf mich an, oder ich rufe dich an, aus alter Freundschaft, sagte er, als er sich verabschiedete. Seine verwitterte und sommersprossige Hand war warm, aber hart, aufgrund der dicken Haut, die sich meiner Hand dennoch geschmeidig anpaßte und den Handschlag schlüpfrig und seltsam machte, ich möchte fast sagen falsch.

Es war offensichtlich, daß er nicht wollte, daß unser Wiedersehen im *Erfrischungseck* lang würde oder in Gegenwart von Zeugen stattfände. Sein Begleiter war zögernd an den Tisch gekommen, aus Neugier oder einer Neigung heraus, eher zu folgen, als durch seine Anwesenheit Gesellschaft zu leisten. Dies ist bei Ausländern üblich, und wir glauben, daß diese Vorwitzigkeit oder die Angewohnheit, sich der Gruppe anzuschließen, Höflichkeit sei, ein Zeichen von Freundschaft oder gar von Vertrauen. Da er hergekommen war, wurde er vorgestellt, ich verstand seinen Namen nicht, und er grüßte in passablem, aber beschränktem Isländisch und sagte mit einem kindisch liebenswerten Ausdruck:

Gut zu essen.

Wir wußten nicht, was er meinte. Meine Frau dachte, er sei hungrig, und wollte, daß wir ihn zu Kaffee und Sahnetorte einluden, und unsere Tochter reichte ihm in der Verwirrung ihren Teller mit den Resten, als ob sie ein blonder Engel wäre, willens, nicht ihre ganze Sahnetorte aufzuessen, sondern dem Bettler aus der Dritten Welt das zu reichen, was sie übrigließ. Da sagte er ebenso liebenswert und nett:

Nicht gut zu essen.

Ob dieser Reaktion befiel meinen Jugendfreund Verwirrung, und er sagte zur Erklärung, daß der Ausländer weder Hunger hätte noch die Sahnetorte meiner Tochter ablehne, sondern nur sein Isländisch üben und ausprobieren wolle, wie Sätze mit Verneinung gebildet würden.

Der Ausländer lächelte, und nachdem er uns eher angestarrt als höflich angeblickt hatte, kehrte er an seinen Platz zurück und fing an, jene Sorte isländischer Mädchen anzuglotzen, die ständig am Essen, Kaffetrinken und Rauchen sind, nur um etwas im Mund und zwischen den Zähnen zu haben.

Eines Tages rief mich mein Jugendfreund in der Schule an. Ich hatte gerade angefangen, an einer neuen Schule zu unterrichten, um zu versuchen, die Langeweile der ewigen Wiederholungen und der gleichbleibenden Auseinandersetzungen über das Pensum totzuschlagen; das war, bevor ich ans Ministerium kam war und begann, Vorschläge für den Unterricht zu erarbeiten, die es den Lehrern und besonders den Schülern einfacher machen würden, den Erfordernissen der Zeit in einer sich ständig ändernden Welt zu begegnen, in der eher Konkurrenz als Vernunft herrscht. Er sagte eher fröhlich:

Es ist verdammt noch mal nicht leicht, dich zu erreichen, du scheinst dir ja ziemlich viel Abwechslung in der Eintönigkeit zu verschaffen.

Die Bemerkung des Weltmannes, daß ihm das Leben in diesem Land eintönig erschien, beleidigte mich, doch ich fragte:

Warum rufst du nicht mal an oder kommst einen Abend bei uns vorbei?

Bei zivilisierten Völkern ziemt es sich nicht, uneingeladen in das Privatleben der Leute einzudringen, antwortete er nach Art des Weltmannes, der aus irgendwelchen Gründen in seinem Heimaterdloch eingeschlossen worden ist, obwohl er meint, er sei dazu geboren worden, mit Kosmopoliten in einer internationalen Bar zu verkehren, wo die Leute nichts anderes tun, als einander zu grüßen und sich für den letzten Abend zu bedanken.

Wir unterhielten uns lange, aber etwas gezwungen über alles mögliche, bis ich anfing nervös zu werden, weil das Gespräch kein Ende nehmen wollte.

Nachdem ich den Anfang gemacht habe, kommst du mir jetzt ein Stück entgegen, sagte er und bat mich, ihn zu besuchen, er müsse unbedingt mit mir über eine bestimmte Angelegenheit sprechen.

Worüber? fragte ich und wurde natürlich neugierig.

Ich glaube, daß ich wieder in meine Nation hineinkommen muß, und das kann ich nur, wenn ich dich als Fremdenführer bekomme, jemand, den ich seit meiner Kindheit kenne und dem ich ganz und gar vertrauen kann, fügte er ganz aufrichtig hinzu. Du verstehst das und auch, daß ich über das meiste in dieser Gesellschaft nicht mehr auf dem laufenden bin.

Ich fing an zu lachen und sagte:

Nein, eigentlich nicht, ich bin ein Hinterwäldler, aber ich werde versuchen, es mit der Zeit zu verstehen.

Eines Spätnachmittags nach dem Unterricht setzte ich es in die Tat um und besuchte ihn in seiner neuen Wohnung in einem Hochhaus. Es war das, was man ein schönes Heim nennt, mit ein paar Palmen aus Brasilien, doch sonst eher kühl eingerichtet, in der Art, wie ein gewollter Schick die Behausungen der Leute an der Nase herumführt, wenn er und die Architekten bestimmen dürfen. Ich habe unnötig geschmackvolle Wohnungen nie besonders leiden können, denn sie illustrieren, möchte ich fast sagen, Lähmung und Komplexe in der Sexualität der Eigentümer, so daß ich davon Zahnschmerzen kriege und spüre, wie sich mein Schneck zwischen den Beinen ganz schnell zusammenzieht und vor Angst einringelt, bis ich mich verabschiede, hinauskomme und frische und normale Luft einatmen kann.

Mein Jugendfreund war im Stil der Wohnung gekleidet, doch er trug es nicht direkt äußerlich zur Schau, daß er die Siegespalme errungen hatte, obwohl er Kleider trug, die nichts mit der Vorstellung von isländischen Berufen zu tun hatten und in keiner Weise in einer Beziehung zu dem Klima hier und unserer Realität standen. Tatsächlich war es damals schon üblich, daß wir uns tagtäglich so kleideten und Leute geworden waren, die in Wirklichkeit nie mehr hinausgehen, sondern ständig in etwas hinein, selbst wenn sie aus dem Haus gehen. Sie gehen aus dem Haus und steigen ins Auto, aus dem Auto heraus und hinein ins Haus. Er hatte genau denselben Stubenhockerzuschnitt. Ich erinnere mich, daß er, als ich ihn zum ersten Mal traf, ein blaues Halstuch trug, das in einem Bogen aus dem offenen Kragen seines Hemdes stand, das zweifellos aus reiner Seide war und ein eigentümliches Blumenmuster hatte. Ich sah ihn nie mit Krawatte. Auf der Couch saß derselbe Ausländer, der mit ihm in dem Lokal gewesen war, und verfolgte ruhig unsere Unterhaltung mit und nahm nicht daran teil und schwieg, solange ich da war.

Man bot mir einen Platz in einem braunen Ledersessel in gebührender Distanz an. Der Besuch schien bis ins kleinste arrangiert zu sein, genauso wie unsere Sitzordnung im Wohnzimmer. Wir sprachen über nichts besonderes, die Unterhaltung war weder locker noch gezwungen, und ich hatte keine Ahnung, warum man mich eingeladen hatte. Nach einer angemessen langen Besuchszeit wurde ich nach Hause gefahren, doch mein Freund wollte nicht mit zu mir hineinkommen. Ich hatte den Verdacht, daß er glaubte, daß es dort sehr unordentlich sei und meine Frau sich dafür entschuldigen würde.

Komm doch einen Moment mit rein, und sag meiner Frau guten Tag, sagte ich.

Ich habe dich schon zu lange aufgehalten und ihr und dem Heim vorenthalten, sagte er und lächelte in sich hinein, aber mich nicht an.

Als ich der Frau eine genaue Erklärung für die Verspätung gab und mich dafür entschuldigte, daß ich nicht rechtzeitig gekommen war, und sagte, wo ich gewesen war, da spurte ich, daß etwas komisch dabei war, daß ich mich gezwungen fühlte, ihr eine Erklärung abzugeben und zu sagen, weshalb ich nicht sofort von der Arbeit heimkam, als ob ich es für selbstverständlich hielt, daß sie den Verdacht hegte, ich wäre ihr untreu gewesen und hätte ein Verhältnis. Ich begriff indirekt, daß ich vielleicht keine Lust hatte, ihr untreu zu sein, sondern daß ich mir selbst treu bleiben müßte. Doch worin? Das wußte ich nicht. Ich hatte es nur einmal mit Sigga getrieben, und das aus reinem Zufall. Lange bevor dies geschah, waren wir einmal zum Essen eingeladen und zu früh gekommen, so daß sie noch beim Haarewaschen war.

Ach, hol doch bitte die Teller raus, und deck den Tisch! rief sie meiner Frau zu. Ich bin wie immer im Streß, aber das Essen ist schon fertig.

Ich wurde neugierig und ging dem Rufen nach. Sie stand mit gespreizten Beinen im Bad, über das Waschbekken gebeugt, die Tür stand offen, sie warf einen Blick nach hinten und sagte:

Komm, hab keine Angst, massiere mir mal das Shampoo von hinten in die Haare.

Ich gehorchte wie ein Idiot, und währenddessen rieb sie sich auf eine Weise an mir, daß ich verstand, was Shampoo bedeutete, und sie nahm meinen Finger und begann, sich damit zu reiben, und stöhnte: »Das ist so gut!« Ich begriff voll und ganz, was ich zu tun hatte. Meine Frau kramte vorne in der Küche im Schrank herum. Man hörte das helle Klimpern von Besteck, und sie riefen einander zu, wo die Teller wären und wie der Tisch gedeckt werden sollte, bis Sigga scheute, mit dem Fuß nach hinten stieß und sagte:

O.k., jetzt hau ab, das war's, ich muß jetzt nachspülen.

Alles war auf eine natürliche Art und Weise geschehen, und das Geschehen endete ebenfalls so. Was ich tat, empfand ich nicht als gut, sondern als eine spannende Erfahrung, die mir gefehlt hatte, und ich sehnte mich danach, ein gefährliches Leben zu leben, und wartete auf eine Gelegenheit.

Nachdem das Eis beim ersten Besuch gebrochen war, ging ich ein paar Mal zu meinem Jugendfreund, und da lungerte der Ausländer entweder im Wohnzimmer herum oder wanderte rastlos durch die Wohnung und holte sich aufgrund seines ständigen tropischen Durstes immerzu Wasser aus dem Kühlschrank. Ich weiß nicht, ob es wegen des Durstes war, daß mein Jugendfreund nervös wurde und zu verhindern versuchte, daß es dem Ausländer langweilig wurde, doch er ließ ihn an Unterhaltungen teilnehmen, an denen er zwar kein Interesse hatte, in denen er jedoch um so entschiedenere Ansichten vertrat; es wurde ziemlich problematisch, da er alles mit seinem Heimatland verglich. Das Merkwürdige geschah, daß ich ganz versessen darauf wurde, zu beobachten, wie mein Jugendfreund ihn in Schutz nahm, und ich suchte ständig Anzeichen dafür, daß sie zusammen waren, aber in gewisser Hinsicht auch auf der Flucht voreinander, eingesperrt in einer Falle in diesem großen Wohnzimmer.

Einmal war es dann so, daß der Ausländer nicht anwesend war, und da sagte mein Jugendfreund mir im Vertrauen, mit ausweichendem Blick, daß er den jungen Mann, der eine Waise war und bei irgendeinem der vielen Kriege und Auseinandersetzungen, die ständig im östlichen Mittelmeerraum im Namen der Gerechtigkeit stattfinden, seine Eltern verloren hatte, in gewisser Weise adoptiert hatte. Er hatte ihm einigermaßen Isländisch beigebracht und ihm eine sichere Arbeit verschafft, so daß er überlegte, ob er sich nicht selbständig machen und Datteln importieren sollte, und ihn mit seiner Tochter verlobt. Ich fand das ein seltsames Arrangement oder die zweifelhafte Maßnahme eines Vaters, um alles in der Familie zu halten, doch mein Jugendfreund sagte, daß er auf diese Weise den Familiennamen Al-murani bekam, was ein vornehmer Ehrentitel sei. Ich weiß nicht, wie er seine Tochter aufgespürt hatte, von der man sich erzählte, daß sie in schlechte Gesellschaft geraten sei, doch einige Wochen später sah ich sie mit dem »Araber«, wie ich ihn nannte, in der Wohnung. Sie war schön und eigenartig zugleich, ungefähr auf dieselbe Art wie ihr Vater, ein immer frohes Mädchen, das ständig zwischen den Zimmern hin und her lief und sich in ihrer leichten Schmetterlingsgestalt immer wieder Saft holte. Allein schon aufgrund ihres Alters hätte sie sie eigentlich schon längst abgeworfen haben müssen, doch sie flatterte mit dem Saft herum, und wenn sie sich in einem Sessel fläzte, spreizte sie andauernd ihre schmalen Finger, schob den langen Daumennagel unter den Ring am Ringfinger, um sich mit irgend etwas zu beschäftigen. Dennoch neigte sie manchmal den Kopf, um sich in den Augen des Geliebten attraktiv zu machen, so wie es die isländischen Schönheitsköniginnen vor einem Wettbewerb auf den gestellten Fotos in den Zeitungen machen, und ich hatte das Gefühl, daß ein solches Mädchen sich kaum Gedanken darüber machte, was wirklich um sie herum geschah.

Trotz meiner Hinterwäldlermentalität blieb mir nicht verborgen, für wen das Herz meines Jugendfreundes schlug, daß er für den jungen Mann und in ihm lebte, wobei er sich zu einer Religion bekannte, bei der man unmöglich zwischen Gott und Mensch unterscheiden kann; sie leben in einer universalen geschlechtlichen Vereinigung. Als ich noch jung war, nannte man das Geschlechtsverirrung, und das Wort war wohl ursprünglich einmal mit isländischer Logik und Intuition ersonnen worden, doch nicht aus einem Vorurteil heraus, sondern in und mit dem Bewußtsein um die religiöse Parallele, die zwischen der geschlechtlichen Liebe der Menschen und der Gottesliebe besteht, und es ist daher auf dieselbe Weise gebildet wie das Wort Glaubensverirrung, das bedeutet, daß man einen anderen Glauben hat als den, der offiziell und als richtig gilt, und deshalb eine Verirrung darstellt. Man kann von einer isolierten Nation nichts anderes erwarten, als daß sie eine Sprache formt, die zu ihrem Denken und Verständnis paßt und der es an Nuancen fehlt, außer in Gedichten, die mit der Natur und dem Klima zu tun haben, beides ist fast das einzige, was isolierte Nationen besitzen oder zumindest täglich vor Augen haben, und daher haben sie eher ein launenhaftes Temperament als einen vielseitigen und forschenden Geist.

Es war für mich peinlich und unterhaltsam zugleich, wenn ich sah, wie mein Jugendfreund seinen Araber ständig auf die gleiche Art und Weise in Schutz nahm wie ein Mann, der erst spät im Leben seine erste Freundin gehabt hat oder wie ein Junggeselle, der eine Frau geheiratet hat und ständig Angst hat, sie zu verlieren. Viele, die vom anderen Ufer sind, befinden sich fast das ganze Leben in einem Verlobungszustand und tun so, als wären sie zum ersten Mal verliebt, obwohl sie schon tausendmal geliebt haben oder es sich zumindest einbilden und ebenso oft den Bettgenossen wechseln. Das ist irgendwie dasselbe, wie wenn sie keinen lieben und impotent sind, und sogar unfähig zu normalem menschlichem Kontakt. Das Verhältnis zwischen meinem Jugendfreund und dem Araber war eher so, wie wenn er sich in sein eigenes Leben und das eines anderen verstrickt hätte, als eine wirkliche Liebesbeziehung, und irgendwie schauderte mich bei seinem Verhalten, obwohl ich sagen würde, daß es sich unter gewissen Umständen bei allen Menschen genauso entwickeln könnte.

Es zeigte sich, daß der Araber schnell nach oben kam, er kaufte sich sofort ein Auto und ein Haus, und seine Frau wurde schwanger, brachte das Kind zur Welt, und mein Freund wurde Großvater, und seine Tochter konnte ihren Vater offensichtlich gut leiden und nannte ihn »Opapa«. Sie war genauso über beide Ohren verliebt in den wiedergewonnenen Vater wie in den Ehemann, den sie aus der väterlichen Hand entgegengenommen hatte, wodurch sie von ihrer Unentschlossenheit, den Schwierigkeiten und den ständigen, aber losen Beziehungen mit isländischen Jungen loskam, die, wenn es in bezug auf Frauen zur Sache kam, lärmende Rotznasen waren, auf der Suche nach der Mama unter ihren Altersgenossen, denn ihre Mutter war ständig draußen auf dem Arbeitsmarkt gewesen, als sie noch kleine Jungs waren. Jetzt hatte sie das Gefühl, einen richtigen und zuverlässigen Ehemann bekommen zu haben. Die Liebe schwebte über den Wassern, auch über dem kleinen Jungen, dem Sohn mit den zusammengewachsenen Augenbrauen und einer kleinen, hammelartigen Nase. Er wuchs heran und wurde höflich, ernst, selbstbewußt und ruhig, unähnlich den isländischen Kindern, die keine Regeln kennen und daher zurückhaltend sind und sich im Spinnennetz der Liberalität verfangen, das am Ende ihre potentiellen Fähigkeiten erwürgt.

Die Tochter blühte auf. Sie war etwas älter als der Araber, oder so schien es zumindest, bis es plötzlich mit ihm bergab ging, er setzte an den Hüften an, und die Schultern hingen herab, das Haar fiel größtenteils aus, und er wurde unangenehm weich im Umgang, hatte ständig feuchte Lippen und eine ölige Stimme. Die Frau umflatterte ihn, doch nun wie ein Schmetterling um eine Pusteblume, wenn die Samen mit Wind und Wetter davongeflogen sind und es nicht viel anderes zu begehren gibt als offene Schweißporen auf der gräulichen Glatze des Löwenzahns, dem das letzte Haarbüschel am welken Hals herunterhängt.

Je länger er hier im Lande wohnte, desto stärker machten sich seine Bedrücktheit und Mattheit bemerkbar, er fing an, sich darüber zu beschweren, daß niemand Datteln und ihren unglaublichen Nährwert zu schätzen wußte, das Isländisch in seinem Mund wurde aus unerklärtem Heimweh immer gebrochener, und manchmal verstand man ihn kaum, doch er sprach ständig von einem Ort im östlichen Mittelmeerraum, wo man gesengte Schafsköpfe aß, vor allem die Augen und das Gehirn der Schafe, auf andere Weise und viel besser, als wir es machten, und hinterher bekam man wieder einen guten Geschmack im Mund, indem man sich Datteln in den Mund steckte und keine Opal-Lakritze; alles war dort bekömmlicher wegen der Tomaten, die Mama in einer Tonschale auf der Feuerstelle buk. Seine Frau wollte von diesem Bauerngerede nichts hören, wenn andere dabei waren, denn es bedeutete, daß seine Mama der Zeit weit hinterherhinkte, wo doch alle eine Mikrowelle hatten.

Ungefähr zur selben Zeit begann mein Jugendfreund zu trinken, zuerst ohne deutlich betrunken zu werden, doch dann schlug seine erbliche Veranlagung durch, und die Trinkerei fing an, unseren Trinkgewohnheiten zu entsprechen, er brauchte nicht viel in sich hineinzukippen, um in höhere Sphären emporgehoben zu werden und mit Leichtigkeit der Wirklichkeit oder sogar dem Sonnensystem zu entkommen und zu geloben, daß er sich zurückholen würde, was von ihm bei Gott war, um wieder heil oder ganz zu werden. Er entwickelte plötzlich ein seltsames Interesse für Sprachpflege, und seine hausgemachte Grammatik ging mir eine Zeitlang schrecklich auf die Nerven, weil er seine Verwirrtheit und seine verrückte oder verquere Heimatliebe dadurch noch unterstützte: Abwechselnd pries er seine Nation oder verdammte sie.

Das Isländische hat nicht nur Wörter für alles, was auf der Erde gesprochen wird, sagte er, sondern man sieht in der Sprache auch die Wissenschaft von einer anderen Welt, wie zum Beispiel, wenn wir sagen, »daß ein Mensch ganz ist«, wenn er tot ist, das bedeutet, daß er heil geworden ist, denn er vereinigt sich mit dem Teil, den Gott bei der Erschaffung bei sich bewahrte.

Nachdem er dies gesagt hatte, machte er eine bedeutungsvolle Pause in seiner Rede. Eine Weile herrschte Todesstille, doch dann fügte er mit leisem Gemurmel und feierlich düsterer Stimme hinzu:

Wir sprechen eine herrliche Sprache, und wenn eine Sprache von Gott gekommen ist, dann ist es das Isländische.

Dann fragte er den Araber, ob es etwas Ähnliches in seiner Sprache gäbe. Der Araber verdrehte lieber die Augen, als daß er sich lange den Kopf über Wortbildungen oder die Formung von Begriffen und die Denkweise in Sprachen zerbrochen hätte, und fragte, ob er *masdares* meinte. Mein Jugendfreund antwortete verneinend und sagte zu mir:

Da siehst du. Das ist bei uns einzigartig in der Sprachgeschichte.

Eines Abends, als ich mit Einverständnis meiner Frau bei ihm saß, während er sich betrank, verriet er mir, daß er anfänglich nicht aus Angst vor der Vaterschaft und ihren Folgen ins Ausland gegangen oder wie ein verantwortungsloser Vater geflohen sei, sondern er sei mit dem Vorsatz fortgesegelt, nach sich selbst zu suchen, doch vor allem, um den Ort zu finden, von dem er wußte, daß er dort in seinem letzten Leben vor dieser Geburt gelebt hatte. Das Haus seiner Kindheit war damals im östlichen Mittelmeerraum gewesen.

Nachdem er drei Jahre auf einem Tanker durch die Welt gefahren und in jedem Hafen an Land gegangen war, um nach seinem Ursprung zu suchen und nicht nach billigen Huren, fand er die Ruine eines Hauses und darin, in einer Ecke, einen Araber, der barfuß und in zusammengekrümmter Haltung dalag, und im selben Moment wußte er, daß er ihn lieben mußte wie sich selbst, denn in ihm war offensichtlich etwas von seinen Resten von Gott.

In diesem Land, in dem wir leben, findet sich niemand wieder, die Kunst sich selbst zu verlieren wird hier mit geringer Kunstfertigkeit, aber großer Vehemenz betrieben, vor allem unter Alkoholeinfluß, fuhr er fort. Doch dort begriff ich sofort, daß der Körper des Jungen ein Teil von mir war.

Solche geistigen Probleme bedrängten meinen Jugendfreund, besonders wenn er schon vor Mitternacht eine halbe Flasche Whisky geleert hatte, was ein wahrer Lord, wie er mir glaubhaft versicherte, an jedem Abend täte, wenn er den Landsitz seiner Jugend verloren hatte, dennoch war er wie ehedem schockiert und wütend über eine solche Maßlosigkeit und Verschwendung von Talent und zitierte den Dorfdeppen, der damals, als wir noch Kinder waren, im Ort lebte, und sagte:

Zweifellos ist viel dran an den Worten des Dorfdeppen, als er damals den Abgeordneten auf einer Veranstaltung vor der Parlamentswahl anschrie: »Ich bin nicht der einzige Schwachkopf hierzulande, es gibt auch hochgebildete Schwachköpfe.«

Ich hörte meinem Jugendfreund zu, zuerst aus Interesse, dann aus Mitleid und Pflichtgefühl, vielleicht in einer ähnlichen Weise wie jetzt mein Gefährte, wenn er mir bei unseren Treffen zuhört und zu dem, was ich sage, schweigt.

Schau mal, sagte mein Jugendfreund, wenn er besonders schlechter Stimmung war:

Das bin ich – der Isländer, der überall nur halb ist, weil die Vervollständigung beim Schöpfer geblieben ist.

Ich lächelte, doch insgeheim dachte ich, daß, von meinem Standpunkt aus gesehen, die Logik seines Denkens vermutlich eher drunten in Borgarfjördur geblieben war als seine bessere Hälfte bei Gott.

Nach dieser Rede fragte er mit eindringlichem Blick und sah mir direkt und scharf ins Gesicht:

Wer bist du? Du bist nur ein kleiner Bauer auf einem schwarzen Damenfeld.

Da lachte ich laut auf.

*

Während dieser Jahre war ich es nicht gewohnt, mit schwierigen Fragen an meiner Lebensweise oder an mir selbst Kritik zu üben, statt dessen nahm ich das Problem unbewußt wahr und erahnte eine denkbare Lösung ohne Kopfzerbrechen, ich glaubte genug zu wissen aufgrund dessen, was ich gelernt hatte. Ich habe sogar noch immer die Vermutung, daß ich eher unbewußt wahrnehme, als daß ich denke, oder daß die Gedanken zu mir kommen und ich sie nicht selbst formuliere. So ist ohne Zweifel mein Wesen. Ich sehe etwas Bestimmtes und Dinghaftes vor mir, wenn ich mir den Kopf zerbreche, und ich glaube, daß das Denken niedriger steht als die sinnliche Wahrnehmung des Menschen, es stützt sich auf ein Bild und nicht auf die Nebelwelten, die weiter, geheimnisvoller und reicher sind als jenes, und ihnen entstammt der Mensch, dort entspringt das Neue, und dorthin geht das Alte.

Jetzt sehe ich zum Beispiel das junge Mädchen wie lebendig vor mir stehen, das eine Straße weiter von meinen Eltern wohnte, sie, die sich unsterblich in einen Mann verliebt hatte, der beträchtlich älter war als sie und in der Straße oberhalb von ihr wohnte. Er war Seemann und fuhr auf verschiedenen isländischen und ausländischen Schiffen und war selten an Land. Seine Wohnung stand leer, und eine schlichte Gardine war vor die Fenster gezogen, außer die seltenen Male, wenn er zu Hause war. Die blinden Fenster gaben dem Haus eine so starke, geheimnisvolle Ausstrahlung, daß ich jedesmal, wenn mein Weg daran vorbeiführte, automatisch einen Blick darauf warf und hinsah, ob sie zugezogen waren, und ich spürte, wie ich Angst vor der Dunkelheit bekam, so daß meine Knie weich wurden. Doch wenn die Gardinen zurückgezogen waren, atmete ich erleichtert auf.

Ungefähr im Alter von vierzig Jahren hörte der Matrose auf, aufs Meer zu fahren, oder, besser gesagt, er sattelte um und fuhr auf einem Küstenschiff mit, doch er wollte nichts von dem Mädchen wissen, obwohl sie schön war und sicher eine gute Ehefrau abgegeben hätte.

Einmal in meiner Jugendzeit machte ich mit meinen Eltern eine Fahrt zu ihrem Heimatort in einem der Ostfjorde, mit der Hekla, wenn ich mich recht erinnere. Am zweiten Tag hielten wir uns auf dem oberen Deck auf, und plötzlich sah ich, wie das Mädchen unter der Brücke stand. In meiner Erinnerung glaube ich, daß das Schiff gefährlich nahe am Land fuhr und die Küste eher an ihm vorbeizog, als daß es an ihr entlangfuhr, so daß der Kiel unheimlich knirschte, als er über den steinigen Meeresboden glitt.

Meine Eltern waren ganz darin vertieft, einander froh auf vertraute Berge hinzuweisen, doch ich war mit meinen Gedanken bei dem Mädchen, das hinüber zur Reling sah. Ich blickte ebenfalls dorthin, möglichst unauffällig, und sah dort den Seemann, wie er gebückt einen verhedderten Draht entwirrte und das Mädchen ihn dabei beobachtete.

Die meisten haben schon einmal jenen seltenen magischen Augenblick im Leben erlebt, wenn die Wahrnehmung eines Moments die Luft um uns herum mit dem Mysterium der Liebe zu erfüllen scheint. Meine Eltern hörten sofort auf, sich die Berge ihrer Jugend zu zeigen, und schauten schweigend auf den Mann, als ob sie ganz entrückt wären. Ich sah, daß sie unsere Nachbarn wiedererkannten, wegen der Liebe des Mädchens vor Neugier entbrannten und errieten, daß sie sich eine Fahrkarte gekauft hatte und den Mann, den sie begehrte, belauerte. Man sagte, daß sie nicht gerade hell im Kopf sei und deshalb eher aus Trotz als aus Liebe verrückt geworden wäre.

Das Mädchen schien uns aus dem Weg zu gehen. Sie setzte sich nie an denselben Tisch wie wir, doch ich beobachtete sie, ich schaute sie nicht nur aus den Augenwinkeln an, sondern ich sah sie auch mit meinem inneren Menschen an. Meine Sympathie wurde so groß, daß es nicht unwahrscheinlich ist, daß ich mich dort ihren Gefühlen anschloß oder etwas Entsprechendes empfand, bevor in meiner Brust das Bedürfnis nach Liebe zu jemand anderem als meinen Eltern und der Hauskatze erwacht war. Ich war auch von dem Desinteresse des Seemanns hingerissen und fasziniert, der an Deck ruhig den verhedderten Draht entwirrte, und das Mädchen wandte ihre Augen nicht von den Bewegungen seiner Hände ab, das Gesicht zusammengekniffen wegen der kalten Meeresbrise. Meine Eltern versuchten danach zu vermeiden, an Deck zu gehen oder dorthin, wo der stille Liebeskummer ausharrte, und meine Mutter sagte:

Ich verstehe sie so gut.

Mein Vater antwortete ärgerlich und sarkastisch:

Ja, meine Liebe, aber wir wollen uns nicht die Schiffsfahrt verderben, indem wir uns womöglich noch in den zusammengekrümmten Seemann verlieben. In den Augen Gottes wäre das lächerlich.

Mein Vater war kein Pfarrer, sondern ein gewöhnlicher Arbeiter, doch mit ihm war es das gleiche wie mit all uns Isländern, wenn er nicht gerade über irgend etwas völlig Belangloses sprach, das Wetter oder die Arbeit, dann nahm er sich den salbungsvollen, aber sarkastischen Pfaffen zum Vorbild, denn unsere armselige Denkweise ist durch ihn geprägt, und wir kennen keine andere.

Wir haben ja dich, den Doktor, um uns zu kurieren, sagte meine Mutter mit merkwürdigem Gesichtsausdruck. Aber weshalb sollten wir von der Liebe des Mädchens nicht angetan sein?

Mein Vater antwortete nichts.

Während der restlichen Zeit der Fahrt schienen unsere Gedanken auf das gerichtet zu sein, was in der Liebesgeschichte geschah; das heißt, wenn wir zusammen waren, denn oft ertappte ich mich und eigentlich auch meine Eltern, meinen Vater und auch meine Mutter, dabei, wie wir gerade dem Mädchen und dem Matrosen nachspionierten.

Der Seemann war eher kurzgewachsen oder von mittelgroßer Gestalt, wie die Männer damals waren, schmal und in jeder Beziehung normal. Ich meine, daß ich auf dem Schiff zu der Erkenntnis gelangt bin, daß es das Normale ist, das die Liebe weckt, denn das, was wir Liebe nennen, ist ein normales Gefühl, doch kraft einer Fähigkeit, über die jeder Mensch verfügt, damit er sich selbst täuschen kann, wird sie in alltägliche hehre Höhen erhoben. Wenn man das Verhalten der Menschen genau betrachtet und nicht ihre Worte, ist völlig klar, daß an dem, den man liebt, nichts Besonderes sein darf, selbst wenn man aus den Worten andere Schlüsse ziehen könnte.

Ich beobachtete alles aus der Entfernung, von einem angenehmen Gefühl erfüllt, ich sehnte mich danach, abgewiesen zu werden, doch im selben Moment wünschte ich, ein unbestimmtes Wesen würde mich nehmen und mit Gewalt zu den Gefühlen des Mädchens bringen. Ich lebte mich in ihre Liebe ein.

Das nahm eine solche Intensität an, daß meine Eltern sie mißverstanden und sagten, ich dürfte nicht die Gefühle der Erwachsenen ausspionieren. Die Liebe sei heilig und das Spionieren unanständig, doch von ihrer eigenen Neugier sprachen sie nicht.

Wahrscheinlich spionierte ich ihnen nicht nach, sondern genoß es, einen Mann zu beobachten, der jeden Tag gebückt mit gelben Handschuhen dastand, um etwas zu entwirren, das anscheinend unentwirrbar schien.

Einige Jahre später fuhr ich im Sommer auf einem anderen Schiff zu den Westfjorden, ich war als Verkäufer für meinen Cousin tätig. Zu meiner Überraschung sah ich das Mädchen an einem Tisch im Speiseraum sitzen. Ich erkannte sie wieder, doch ich sprach sie nicht an und setzte mich nicht zu ihr. Ich hatte gehört, daß sie, immer wenn sie Geld hatte, mit dem Schiff mitfuhr, auf dem der Mann gerade war, ob ins Ausland oder die Küstenlinie entlang. Das war noch, bevor die Küstenschiffe keine Passagiere mehr mitnahmen.

Ich erkannte den Mann nicht wieder, er war deutlich gealtert, doch daraus, wo das Mädchen sich zwischen den Mahlzeiten aufhielt, konnte ich schließen, wer er war. Sie nahm es auf sich, das Ziel aller Blicke und auch der Bemerkungen aller Fahrgäste zu sein, um in der Nähe dessen sein zu können, den sie begehrte. In wetterfester Kleidung harrte sie schweigend an verschiedenen Stellen aus und tat zweifellos so, als wolle sie die gesunde Seeluft einatmen, doch sie wurde vom Sauerstoffmangel der Trauer gequält. Ich hörte, wie ein Matrose, der an mir vorbeiging, zu einem anderen sagte:

An seiner Stelle würde ich sie über Bord werfen, denn sie macht sich selbst und das ganze Schiff lächerlich, aber vor allem ihn!

Dann würde er sie nie loswerden, sagte der andere, und sie lachten darüber, daß sie dann als Schiffsgespenst umgehen und die ganze Mannschaft verfolgen würde.

Ich ließ den Mann von dem Bedürfnis ergriffen werden, der Belagerung durch das Mädchen irgendwie ein Ende zu machen, und so kam er eines Nachts, als es keiner sah, zu ihr in die Kabine. Sie saß kauernd zwischen der oberen und der unteren Koje und blätterte in einer Zeitschrift mit farbigen Bildern, die sie interessiert betrachtete, doch bei seinem Anblick legte sie sich flach hin und wandte sich ab, den Kopf auf dem Kissen; er liebte sie kurz und heftig, um sie ein für allemal abzuschütteln und um sie danach nie wieder loszuwerden. Auf diese Weise wollte ich um der Liebe willen eine gute Tat tun.

Im Jahr darauf erfuhr ich zu meiner Überraschung, daß sie sich den Seemann geangelt hatte, nachdem ihm ein Unfall zugestoßen war, bei dem ein Stahlseil riß und ihn so traf, daß er dabei einen Arm verlor. Sofort stellte ich mir in Fortsetzung meiner früheren Phantasie vor, daß er verletzt in ihre Kabine getragen worden wäre, und da wäre seine Liebe in der Qual erwacht, und er hätte mit Mühe gestöhnt:

Also gut, Mädchen, jetzt hast du endlich dein Schmuckstück, wenn ich dich nur noch mit einem Arm umarmen kann.

Eine halbe Umarmung ist mir mehr als genug, sagte sie.

Darüber wurde ziemlich viel geredet, und die Leute wußten nicht, was von ihrem Sieg zu halten sei. Ich unternahm sogar eine Reise heim ins Dorf und tat, als besuchte ich meine geschiedene Mutter, doch ich ging schnurstracks in die Straße mit dem Haus, um zu sehen, ob in der Wohnung des Seemanns die Gardinen zugezogen waren. Dem war nicht so. Als sich dies ereignete, war ich mit der Frau verlobt, die später meine Ehefrau und die Mutter meiner Kinder wurde, nachdem wir und auch andere fanden, daß wir einfach zusammengehörten. Bei der Feier wurde natürlich von dem Mädchen gesprochen und sie als Beispiel dafür angeführt, was die standhafte Liebe einer Frau zuwege bringen konnte. Man war sich einig darin, daß sie am Ende siegt, weil sie über das Grab und den Tod hinausreicht.

Daraufhin gestand meine Frau, so daß alle es hörten, daß ich sie, während wir noch verlobt waren, wie ein Zauberer eins ums andere Mal vor das Haus geführt hatte, wo die Gardinen jetzt nie mehr vorgezogen waren, damit wir von der wahren Liebe des Mädchens angesteckt würden.

Ich glaube fest und unbedingt daran, daß es möglich ist, von wahrer Liebe angesteckt zu werden, fügte sie hinzu.

Die Gäste fingen an zu lachen. Sie fanden die Methode lustig und schön zugleich, und daß die Geschichte wie gemacht für eine Hochzeitsfeier war.

Das bedeutet Glück für euch, meine Kinder, sagte Mama mit der Inbrunst und Gekünsteltheit, die charakteristisch für sie war, seitdem sie geschieden war oder wenn sie meinte, Anzeichen für eine Konstanz im Verhalten und den Handlungen eines Menschen zu sehen.

Ich schämte mich für die Affektiertheit meiner Mutter, und es kam etwas in mir hoch, das dort auf der Lauer gelegen hatte. Als ich nachts in der Umarmung meiner Frau lag, sehnte ich mich danach, das Mädchen zu sein, das vergeblich geliebt hatte, aber der Hoffnungslosigkeit einen Sinn hatte geben können. Ich versuchte mich zu täuschen, indem ich das Abschweifen meiner Gedanken in der Weise deutete, daß ich mich nach beständiger Liebe sehnte, doch jetzt glaube ich, daß die Erklärung anderer Art ist, daß sie auf das dunkle Muttermal geschrieben wurde, das auf meinem Gefühlsleben ist.

*

Heute nachmittag, als ich zu Hause war, wurde die Qual plötzlich unerträglich, so schrecklich, daß ich wußte, ich würde es unmöglich in das Zimmer schaffen, um sie in der Einsamkeit zu verbergen. Ich kam gerade noch auf allen vieren in den Keller hinunter und legte mich in der Abstellkammer auf den Boden, einem kleinen Bretterverschlag, der zu jeder Wohnung in diesem Mehrfamilienhaus gehört. Unsere Abstellkammer ist fast voll mit irgendwelchem Gerümpel, so daß ich kaum Platz darin hatte.

Nachmittags herrscht Totenstille im Haus. Als ich hilflos auf dem Rücken im Geruch alter Sachen dalag, kam eine Frau und fing an, in ihrem Gerümpel zu wühlen, doch ich wußte nicht, wo sie war. Anfangs hielt ich den Atem an, und ich vermutete, daß wohl auch bei ihr irgend etwas nicht stimmte, sie würde sich auf den Boden legen, und so bekäme ich im Halbdunkel eine Leidensgenossin.

Ich sah nichts, doch ich hörte ein Rascheln im Altpapier, und wahrscheinlich war ich bei dem einschläfernden Geräusch etwas eingenickt, doch als mir wieder einfiel, daß das Vorhängeschloß außen an der Tür am Bügel hing, fuhr ich hoch. Ich wagte nicht, mich bemerkbar zu machen, aus Angst, mich zu verraten und bei der Frau falsche Vorstellungen zu wecken oder sie zu erschrecken, denn zuvor, als sie kam, hatte Stille geherrscht, und ich konnte jetzt nicht mehr so tun, als wollte ich in den Sachen herumsuchen, doch wenn ich es nicht tat, dann war es möglich, daß sie das Schloß einschnappen ließ, wenn ihr Blick darauf fiele, und bei dem Gedanken daran wollte ich lieber bis in alle Ewigkeit tot im Verschlag liegen, als mich bemerkbar zu machen und mich zu blamieren, wie ich deprimiert in einem Haufen Schachteln voll alter Schulbücher und Hefte von meiner Frau und mir lag.

Im selben Moment wollte ich am liebsten eins mit dem Schimmel auf den Büchern werden, als wäre auch ich nur

Gerümpel, und ruhig daliegen und sterben, zu einer Mumie werden und Plunder unter anderem Kram werden, lieber wollte ich das als einen Laut von mir geben, und ich flüsterte meinem inneren Menschen zu:

Nun trägst du die Konsequenzen, was immer auch geschieht.

Hat der Mensch ein solches Bedürfnis, im Geiste zum Zuschauer seiner Qual zu werden und sie im selben Moment verachten zu können, daß ich vor mir auf einmal eine Nachricht in den Zeitungen sah: *Ehemann tot zu Hause in der eigenen Abstellkammer aufgefunden?* Dann würde in kleineren Lettern davon berichtet, daß er dort lange gelegen hatte, ohne daß ihn jemand vermißt hätte.

Schließlich sah ich durch den Spalt zwischen Fußboden und Lattenwand die Füße der Frau. Die Abstellkammern stehen auf Leisten und gehen nicht ganz bis an den Boden, damit die Luft um das Gerümpel zirkulieren kann. Ich hörte, wie das Trollweib herumwühlte und ächzte und dabei nicht aufsah, sie roch kein Menschenfleisch in ihrer Höhle.

Jetzt höre ich mit den Aufzeichnungen auf. Heute ist der 20. März des Jahres 1991, und ich bin heute allein und hilflos gewesen und mußte mir daher mit diesen Worten meine eigene Hilflosigkeit anvertrauen.

Daß ich dies tatsächlich geschrieben habe, hat auf meine Gefühle eine ähnliche Wirkung, wie wenn ich für einen Moment den Stachel des Todes aus dem Geist und dem Fleisch gezogen und ihm ein selbständiges Leben außerhalb von mir gegeben habe.

Das Leben ist nur eine bestimmte Art von Tod, sagte mein Jugendfreund. Das weiß ich auch, doch zumindest weiß man zu Lebzeiten um ihn und bewegt sich in ihm und kann manchmal über ihn lachen, doch nicht über jenen, der sich jenseits des Grabes befindet.

Vielleicht ist der Ausdruck des Lebens, die Liebe des Menschen zum Leben, die Liebe zu sich selbst und zu anderen der ständige Tod von etwas in unserem Wesen, das Sterben dessen, was wir am wenigsten missen möchten und von dem wir uns sehnlichst wünschen, daß es ewig währt, denn für das Denken gilt dasselbe wie für die Materie: Nachdem es gebildet worden ist, muß es wohl auch zugrunde gehen.

Deshalb ist es anders gelaufen, als ich anfangs dachte: Daß ich, wenn ich das Tagebuch zu meinem Vertrauten mache, den Gefühlen ewiges Leben in Worten verleihen würde. Die Erfahrung hat etwas anderes gezeigt. Der Ausdruck des Lebens und die Liebe haben in ihnen einen sicheren Tod gefunden. Ich glaube, daß ich nichts in meinem Leben eine ästhetisch beständige Form oder einen unsterblichen Inhalt habe geben können, und ich liebe in Wirklichkeit nichts als den Stoff, den ich in das Tagebuch eintrage, einzig und allein, um ihn dort zu vernichten.

*

Vor etwa zwei Stunden rief eine Freundin meiner Frau an, die ich nicht mit Namen nennen möchte, und sagte zu mir in dem affektierten Ton von Bitten und Betteln, zu dem manche gebildete Frauen greifen, wenn es sich um eine dubiose Angelegenheit handelt:

Mein Lieber, ich habe das Gefühl, daß du gerade nichts zu tun hast und mich deshalb mal aus alter Freundschaft besuchen könntest. Ich werde dich nicht langweilen. Sag deiner armen Frau, falls sie da ist, daß ich mit Gicht darniederliege und mich nicht bewegen kann. Mein Jüngster ist Fußballschauen gegangen, keiner ist zu Hause, und sei doch so lieb und vertreibe mir ein bißchen die Zeit; ich finde es schrecklich langweilig, so ganz allein dazuliegen.

Ein so freimütiges Auftreten bedeutet, daß man etwas Ungewöhnliches zu erwarten hat, etwas anderes als das Übliche bei Besuchen, doch das Verlangen der Frau, die anruft, verläuft im Sand, denn anstatt es in den Griff zu kriegen, schießt plötzlich etwas in der Seele quer, so daß sie nicht den Wünschen des Fleisches entsprechen kann, und der Besuch endet mit dem Verlangen, den zu quälen, der kam, statt daß sich beide mit ein bißchen Geschick im Umgang mit dem Temperament eine schöne Zeit ohne die geringsten Folgen gemacht hätten. Manche Frauen können nie die richtige Ader der Lust in Geist und Körper finden, und infolgedessen landen sie im Grab einer stets unbefriedigten und bösartigen Mama.

Ich sagte meiner Frau, wer angerufen hatte und wie es ihrer Freundin ging, und sie sagte:

Ach Lieber, geh für mich auf einen Sprung zu ihr. Ich finde sie so langweilig, wenn sie krank ist, und dann will sie sich so sehr verwöhnen lassen, daß ich es nicht über mich bringe, mich von ihr quälen zu lassen.

Ich hatte keine Lust hinzugehen, doch ich tat es, mehr, um Selbstvertrauen zu zeigen, als etwas anderes. Ich bereitete mich darauf vor, der Frau zuzuhören, wie sie laut und mit breiten Vokalen über die Kopfschmerzen der

Frauen, die Beschwerden vor der Menstruation und über vorbeugende Maßnahmen sprach.

Das Haus war unverschlossen. Ich ging geradewegs hinein. Die Freundin lag in einem kleinen Zimmer, das nach Süden ging; dort befand sich das sogenannte Frauenasyl, das früher Kemenate hieß. Ich war kaum eingetreten, als sie mich, ohne zu grüßen, fragte, ob sie nicht schwer nach Krankheit roch.

Nein, ich merke nichts, und ich habe keine Lust zu riechen, außer wenn du unbedingt willst, antwortete ich und hatte wegen meiner Gutmütigkeit und meinem Verständnis sofort schlechte Laune.

Sie lachte aufreizend, begann langsam und mit breiten, heiseren Vokalen zu sprechen und sagte:

Mich interessiert mehr, ob es hier stinkt, als ob du Lust auf etwas hast, das du bei deiner Frau nicht kriegst, mein Lieber.

Ich trat an das Bett, schnupperte zum Schein in der Luft und sagte:

Nein, ich finde keinen Krankengeruch an dir.

Gott sei Dank, sagte sie und hob die Hände von der Bettdecke und faltete sie. Ich hasse es, wenn Frauen, die das Bett hüten müssen, nach Medizin miefen. Ich halt's einfach nich' aus.

Ich roch zwar die Gichtsalbe, doch ich bin den Geruch so gewohnt, daß er mir nichts ausmacht. Dennoch muß ich zugeben, daß er abstoßend ist, und er weckt unangenehme Erinnerungen. Ich habe das Gefühl, daß sich meine Frau eine Zeitlang abends vor dem Schlafengehen mit dem Rest von Sloans Gichtsalbe von ihrer Großmutter einrieb, um mich abzuschrecken. Wenn ich sie küßte und den Geruch in die Nase bekam, war es vorbei mit mir. Mit der Zeit jedoch wappnete ich mich gegen den Gestank, riß mich zusammen und sagte zu mir selbst: »Heute abend kann mich nicht mal der alte Sloans aufhalten.«

Die Freundin sieht gut aus, mehr als das, sie ist hinreißend schön, gebildet und sehr belesen, sie hat ständig einen Stapel fremdsprachiger Taschenbücher herumliegen, sogar im Bett, und ist irgendwo in dem Alter zwischen dreißig und vierzig. Sie gilt als außergewöhnlich, wirklich speziell, oder zumindest tut sie so und gibt im Kreis ihrer Freundinnen den Ton an, doch sie hat keine gute Partie gemacht, ihr Mann ist angeblich weniger wert als sie.

An diesem Tag hatte sie trockene Lippen und lag in einem Anzug da, der mir die Sorte Aerobicdress zu sein schien, den die jungen und cleveren Leute in unserer Gesellschaft *Schweißpresse* nennen und darin schlafen, um durch die Ausdünstung während der Nacht abzunehmen. Sie schlug die Bettdecke zurück, um mir den grauen, alufarbenen Anzug zu zeigen, und dabei kam mir eine Erinnerung an meine Mutter in den Sinn, als sie im Kindbett lag, doch natürlich hatten die beiden Frauen nichts miteinander zu tun außer dem schweren Krankenbettgeruch.

Wir sprachen halbernst eine Zeitlang über alles mögliche, doch auf einmal fing sie an, mich auf die Art und Weise zu provozieren, die Frauen benutzen, wenn sie es auf einen Mann abgesehen haben. Ich finde diese Methode plump und werde dadurch eher schüchtern als erregt, denn sie haben weder irgendeine Ahnung davon, was ein

Mann wirklich will, noch verstehen sie es, ihn zu bezaubern oder ihn zu verführen. Sie schlüpfen in die Rolle von Männern der übelsten Sorte und versuchen einen anzumachen, indem sie sagen: »Was, hast du Angst vor Frauen?«, oder man muß wohl vom anderen Ufer sein oder nicht ganz normal. Dann schnauben sie wie alte Ackergäule, wenn nichts geht, und lassen durchblicken, daß sie auch ohne Männer klarkommen, sie seien so selbständig und hätten ihre Kinder ganz allein und ohne Hilfe aufgezogen.

Alle wissen, sagte sie provozierend, daß du eindeutig null an mir interessiert bist, nur an deiner Frau und ihrer Gichtsalbe.

Man kann nie wissen, woran jemand interessiert ist, wenn es darauf ankommt, sagte ich und tat, als wäre ich in einer ähnlichen Stimmung wie sie, das ist die einzige Methode, um sich gegen Frauen zu wehren, wenn sie einem auf den Geist gehen.

Neeein, selbstverständlich könnten wir keine Kinder haben, sagte sie und zog die Vokale breit und tat, als sei sie traurig. Ich bin schon zu alt; findest du nicht?

Warum sagst du das? fragte ich. Wir könnten ein Retortenbaby haben.

Die Idee ist nicht die schlechteste, sagte sie und tat, als ob ihre Laune sich aufhellte. Aber ein eiserner Heinrich wie du interessiert sich nur für seine eigene Frau.

Ganz genau, bis es mir reicht, sagte ich.

Das reicht bis zum Ende der Welt und über das Grab und den Tod hinaus, sagte sie. Natürlich, sagte ich und hatte das *Flirten* langsam satt.

Außer du hast es mit Männern, sagte sie und tat, als ob sie mich durchschaute.

Ich spürte, wie ein Strom in meinem Kopf alles umfegte, doch die harte Schale im Nacken hielt, und ich konnte ihr in die Augen sehen, ohne bleich zu werden, denn ich hatte sie die ganze Zeit angesehen; ich faßte mich sofort wieder und sagte:

Ich finde nicht, daß es direkt Untreue ist, wenn ich mich mit deinem Mann in einem Kellerraum treffe, um mit ihm dort ein paar nette Stunden zu verbringen und dich durch ihn kennenzulernen.

Sie ließ ein Hohngelächter hören, das eindeutig ihrem Mann galt, und wurde heiserer, bis sie Raucherhusten bekam. Ich tat, als ob nichts weiter wäre, und sah zur Seite, um den Husten nicht ins Gesicht zu bekommen oder damit sie dachte, ich sagte die Wahrheit, und es wäre mir peinlich ihr gegenüber.

Gib mir eine Zigarette, bat sie. Nach diesem Witz brauche ich unbedingt was zu rauchen.

Sie zündete sich eine Zigarette an und sog den Rauch tief ein, damit mir nicht entging, daß sie eine Superfrau war, die keine Angst vor Krebs hatte.

Ich weiß, daß du etwas mit meinem Mann hast, sagte sie. Willst du nur mit ihm etwas haben, nicht mit mir? fragte sie.

Sie versuchte schmollend und noch sarkastischer dreinzublicken und lachte, bis sie wieder zu husten begann und sagte:

Ich werde schon schwanger, wenn ich von dem Verhältnis zwischen euch Männern nur höre.

An ihrer Reaktion begriff ich, daß sie keine Ahnung von meinem Leben hatte, und ich antwortete:

Klar möchte ich eher mit ihm als mit dir zusammensein. Dein Mann ist wie seinerzeit Julius Cäsar und verschiedene andere Kaiser: Er war ein Mann bei den Frauen und eine Frau unter den Männern.

Es war keine Regung mehr an ihr zu erkennen, sie hatte sich wieder in der Gewalt und sagte:

Mein Lieber, ich kann mich nicht mehr an das erinnern, was ich auf dem Gymnasium in Geschichte gelernt habe.

Dann wechselte sie unerwartet das Thema und änderte den Tonfall.

Ich möchte dir jetzt was im Vertrauen sagen, sagte sie.

Ich wandte meine Augen nicht von ihr ab, um ihr zu zeigen, daß ich in keiner Weise zögerte. Und sie fuhr fort, völlig affektiert und mit Wiederholungen:

Du glaubst es nicht, aber meine Tochter – du kennst sie –, diese graue Maus, dieses Mauerblümchen, hat mir doch neulich erzählt, mir bis ins kleinste genau erzählt, wie ihr Freund es mit ihr macht.

Machen sie etwas, das neu in der Kulturgeschichte ist? fragte ich kalt.

Ich verstehe die jungen Leute nicht, fuhr sie fort und tat auf feminine Art, als hätte sie die Frage nicht gehört. Warum beschrieb sie mir das – und noch mit den entsprechenden Geräuschen dazu. Ich war so perplex, daß ich mich mit einem neuen Schmöker ins Bett legte. So und hier hast du mich also, gichtkrank, und mach mich wieder gesund, wenn du Manns genug bist.

Möchtest du zusammen mit mir, der über vierzig ist, das erleben, was deine Tochter bei ihrem zwanzigjährigen Freund kriegt? fragte ich. Siehst du nicht, daß das absurd wäre?

Die gefrorene Atmosphäre im Zimmer schmolz und verwandelte sich in gegenseitige Sympathie.

Darf ich dir was sagen, du bist der verständnisvollste Mann, den ich jemals kennengelernt habe, sagte sie und hörte auf, etwas Besonderes sein zu wollen, und wurde statt dessen eine menschlich einsame Frau, und sie rundete die Vokale.

Ich half ihr aus dem Jogginganzug, und sie fragte:

Haben wir genügend Zeit, wie lange dauert ein Fußballspiel?

Ich sagte es ihr.

Mit wem hast du es? flüsterte sie, wie es jemand macht, der mitten im Spiel das Geheimnis des anderen herauskriegen will, wenn er anfällig dafür ist und nicht ganz bei sich selbst.

Normalerweise habe ich es mit meinem Geheimnis, aber jetzt gerade mit dir, doch das wird nicht ewig so gehen, antwortete ich, um nicht mein ganzes Leben vor ihr auszubreiten.

Ich meine jetzt? fragte sie. Mit meiner Tochter, ihrem Freund oder mit mir?

Mit dieser heiligen Dreifaltigkeit, wie sie gerade kommt, aber hauptsächlich habe ich es doch mit meinem Geheimnis.

Sie erwartete vielleicht nicht unbedingt eine Antwort, und sie bekam auch nichts anderes. Ich strengte mich mit ihrem Körper an, und da ich noch nie zuvor mit ihr geschlafen hatte, verstand ich nun, daß sie »speziell« war wegen ihres Körpers, nicht wegen ihres Charakters. Es half, daß ich die ganze Zeit an meinen Freund dachte und wie seine Muskeln gleich geschwollenen Wurzeln über den Schultern liegen und wie der Hals dicker wird, rot anläuft und stark wird, wenn er sich hinlegt und mich empfängt. Wenn er nackt herumgeht, sehe ich, wie die Enden der Schlüsselbeine von den Achseln abstehen. Ich hörte ein Motorgeräusch, und ich verweilte in der Dunkelheit, die zweifellos auf dem offenen Meer herrscht; alles wurde düster um mich herum wie in der Nacht der angenehmen Einsamkeit. Als dies vorbei war, gestattete ich mir zum ersten Mal, vor jemand anderem in völligem Vertrauen zu weinen, obwohl ich keinen Laut von mir gab. Die Freundin erschrak und schlang ihre Arme um mich und flüsterte:

Du bist ein wunderbarer Mann. Du lebst dich so in die Liebe ein, daß du danach zu weinen anfängst. Ich habe davon geträumt, genauso einen richtigen Mann zu kriegen, der weiß, wie man mit Frauen umgeht.

Ich kauerte lange still an ihrer Seite. Ich wollte so zusammengekrümmt bis zum Endpunkt des Traumes daliegen, bis ich zur letzten Ruhe gebettet würde und in einem Sarg im Grab läge, doch ich wagte nicht, ihr von meiner Wahrnehmung zu erzählen, weil Frauen jenen Schrecken, der sich in dem verbirgt, was schön ist, nur dem Namen nach verstehen.

Tja, sagte sie plötzlich. Jetzt ist das Spiel wohl bald aus, und alle haben ein Tor geschossen, wir haben das hoffentlich ebenfalls getan und müssen aufwachen, und es ist

Zeit, daß du das Feld räumst, besiegt von einer Frau und überwältigt von deiner eigenen Trauer.

Während ich mich anzog, fragte ich, ob ihre Gicht besser geworden sei, und gab im selben Moment zu, daß ich nun nicht viel mehr als eine leere Wärmflasche war.

Ich kriege bestimmt noch mehr Anfälle. Darf ich dann anrufen?

Draußen auf der Straße empfand ich Mitgefühl für sie, doch im selben Moment begriff ich, daß unsere geheimnisvolle Natur nicht durch Mitleid geheilt wird und daß mich das Mitleid wegwarf, sowie es mich bezwungen hatte. Zum Glück wird unsere Natur nicht geheilt. Wenn ein Teil von ihr geheilt ist, wird ein anderer krank und ewig so weiter.

Ich ging nicht nach Hause, sondern in das Zimmer, und gerade habe ich meine Frau angerufen und sie wissen lassen, daß ich eine Weile arbeiten wollte.

Bist du nicht dort gewesen? fragte sie verwundert.

Nein, die Inspiration überkam mich statt dessen, antwortete ich. Aber ich spüre, daß sie dieses Mal nicht lange bleibt; ich bin in einer halben Stunde da.

*

Heute, als mein Gefährte kam und wir jedes Kleidungsstück ausgezogen und begonnen hatten, uns miteinander zu vergnügen, wurde er ganz seltsam, leckte sich langsam den Mund und sagte mit leiser Stimme, wie ein Junge, der glaubt, daß ihn jemand, vielleicht seine Mutter, belauscht, daß er dieses Mal ohne Vorankündigung verschwunden wäre, weil ihm eingefallen war, die Frau mit der Ausrede zu täuschen, daß er für ihr Auto Winterreifen für den nächsten Winter kaufen wollte.

Ist das klug, im Frühling? fragte sie verwundert. Als wenn ich das nicht selber im Herbst machen könnte?

Darf ich sie nicht für dich besorgen? fragte er. Traust du mir nicht, solange ich verbilligte Reifen kaufe?

Ich habe keine Werbung für verbilligte Winterreifen für die nächste Saison gesehen, sagte sie mit Zweifel in der Stimme. Ich lese die Reklame sorgfältig genug, um zu wissen, daß man Winterreifen nie billiger bekommt, andererseits gab es das Angebot, in Selfoss den neuen Volvo probezufahren. Warum fahren wir nicht lieber dorthin, wenn sie so Werbung dafür machen, serviert der Händler immer Sekt.

Wenn ich die Reifen gekauft habe, können wir überallhin fahren, habe er schlau erwidert. Glaubst du, ich betrüge dich mit einer Probefahrt, während ich kurz die Spikesreifen kaufen gehe?

Du hast genügend Gelegenheiten, um mich zu betrügen, falls du das denn willst, sagte sie.

Dafür habe ich heute nicht die entsprechenden Reifen drauf, habe er gesagt, und er lachte mir mit weitaufgerissenem Mund ins Gesicht.

Man konnte hören, wie zufrieden er mit seiner Leistung war. Ich lobte ihn uneingeschränkt für seine Schläue und Sprachgewandtheit, die mich ziemlich überraschte. So etwas hatte ich nicht von ihm erwartet. Er strahlte über das ganze Gesicht.

Ich glaube, seit ich dich kenne, kann ich mich gegenüber Frauen und Arbeitskollegen sprachlich viel gewitzter ausdrücken, und das hat seinen Vorteil, sagte er und sah mich bewundernd an. Sie sagt, ich sei witziger als Hemmi Gunn; aber ich habe vorher ein bißchen geflunkert bei dem, was ich sie sagen ließ – das gebe ich zu –, meine Frau hätte nie so wortgewandt sein können, außer sie spricht über andere Frauen.

Das habe ich mir fast gedacht, sagte ich.

Findest du nicht trotzdem, daß es vielleicht toller gewesen wäre, zu sagen: Ist unsere Liebe nicht schon überteuert genug, daß ich dir anständige Winterreifen kaufe?

Nein, sagte ich. Das wäre zu weit gegangen in den Wortspielen und hätte wie ein Widerspruch gewirkt, weil du vorher billige Reifen erwähnt hast. Ein Sonderangebot zu kaufen paßt nicht mit teurer Liebe zusammen.

Ja, das ist tatsächlich wahr, das hätte ich mir selber denken können, sagte er. Man muß aufpassen, daß die Worte nicht zuviel Schnickschnack haben.

Nun sank seine Stimmung.

Was hast du vor zu sagen, wenn du ohne Reifen ankommst? fragte ich.

Das ist das Problem, antwortete er. Könnte ich dann nicht das nehmen, was mir eingefallen war, und sagen, wenn sie fragt: »Wo sind die Winterreifen?«, daß ich dann sage: »Also, was soll das, Frau, ist unsere Liebe nicht absolut Grund genug, daß ich dir kein Sonderangebot kaufe, sondern anständige Reifen im Herbst, oder du kaufst sie selber, denn du verstehst mehr von Spikesreifen als ich?«

Das finde ich schon besser, sagte ich.

Er strahlte und fragte, ob ich schon für meine Frau Winterreifen für die nächste Saison besorgt hätte. Ich sagte »Ja, doch«, daß sie ihre Reifen bekommen würde, obwohl sie in Wahrheit gar kein Auto hat.

Auf diese Antwort hin hielt er eine Rede, daß es eine Sache der Verantwortung wäre, seine Frau nicht mit abgefahrenen Reifen herumfahren zu lassen, wenn es auf den Straßen Schnee und Glatteis gab.

Manchen ist es scheißegal, mit was für Reifen ihre Frauen herumfahren, sagte er und fing an, auf und ab zu gehen. Das sind meiner Meinung nach Charakterschweine; was meinst du?

Ich zuckte mit den Achseln, wie ich es immer mache, wenn das Gesprächsthema unter meiner Würde ist.

Da fügte er hinzu, daß er sich so gut um seine Frau kümmern würde, daß sie im Winter nur ein einziges Mal mit dem Bus zur Arbeit fahren mußte, und er würde nicht verstehen, warum er das Auto nicht schon längst in die Werkstatt gebracht hatte, denn er war damals gerade an Land und hätte sie mitnehmen können.

Doch, ich erinnere mich, korrigierte er sich, ich zögerte es hinaus, hinzufahren, bis wir uns treffen konnten, sagte er und sah mich mit zusammengezogenem Kinn und gespitzter Unterlippe an. Das war, als deine Alte die Kolik bekam und du in Betlaune kamst.

Ich wurde verlegen und schämte mich.

Er bemerkte nicht, wie elend ich wurde, er war zu sehr mit sich selbst beschäftigt. Aus seinen dunkelblauen Augen schien die Freigiebigkeit und Opferbereitschaft des Mannes, der viel für seine Frau getan hat, ohne daß er sich einfallen ließe, für seine Gefälligkeit eine andere Bezahlung anzunehmen, als daß er sich erlaubt, ihr statt dessen einen kleinen Streich zu spielen. Das führte dazu, daß ich anfing, darüber nachzudenken, ob ich so eine dämliche Miene aufsetze, wenn ich etwas für die meine tue. Nein. Ich scheine wie ein braver Junge zu sein, der für die Mama zum Einkaufen geht und der dann ein bißchen in die offene Milchtüte im Kühlschrank pinkelt, um sich an der Milch dafür zu rächen, daß er so brav und lieb gewesen ist; das sah ich meinen Sohn eines Nachts tun, als er noch ein Kind war und tagsüber besonders umgänglich und artig gewesen war.

Aus irgendeinem Grund vergrößerte dieses verworrene Gespräch unser Wohlbehagen, denn es wurde durch heftige Liebkosungen unterbrochen. Solange unsere Unterhaltung andauerte, opferten wir uns bereitwillig mit Feuer in den Gliedern auf dem Altar des anderen, um abends die halberloschene Flamme der Ehe wieder anzufachen. Das Treffen war kurz.

Heute muß es schnell gehen, sagte er, denn es braucht nicht viel Zeit, um Reifen zu wechseln.

Doch, manchmal, sagte ich.

Nein, die Jungs in der Werkstatt, zu der ich immer gehe, sind ziemlich fix, und meine Frau weiß das, sagte er.

Ich bin bei einer Werkstatt, wo die Jungs faul sind und man genug Zeit für alles mögliche hat, während man eben mal weggeht, sagte ich.

Man darf nicht untreu sein, um die Faulheit in den Autowerkstätten zu unterstützen, sagte er.

Du bist ein Schurke und ein Lügenbeutel, sagte ich und lachte.

Kein Lügenbeutel, protestierte er unschuldig, doch er schien es gern zu hören. Aber ich kann lügen wie gedruckt, was ... du weißt schon, betrifft ...

War die Geschichte mit den Reifen eher als Rätsel denn als Wahrheit gemeint, war sie raffiniert gesponnen, um die Liebe auf eine neue Art und Weise zu genießen?

Während er sich anzog, sagte er, daß er fünfundzwanzigtausend für die Reifen bezahlt hätte, und nun könne seine Frau wohl zufrieden sein.

Und dann kriegt sie heute abend auch noch das Ihrige, fügte er hinzu und tat selbstzufrieden wie ein Bauer, der einen Teigklumpen vor der Kuh versteckt und sie überraschen will, wenn er ihn ihr nach dem Melken ins Maul steckt.

Das habe ich alles dir zu verdanken, fügte er hinzu und wurde verlegen und hatte jene Unschuld in den Augen, die mich bezaubert.

Glaubst du, du würdest es genauso machen, wenn du es nicht im verborgenen tun müßtest? fragte ich.

Was heißt das, es im verborgenen tun? fragte er störrisch und war auf der Hut vor mir.

Vielleicht verheimlichst du es auch vor der Frau.

Man muß bei solchen Sachen immer aufpassen, antwortete er wichtigtuerisch. Man kann sich schnell eine Geschlechtskrankheit holen.

Wann treffe ich dich das nächste Mal? entfuhr es mir.

Die Frage war für seine Natur zu aufdringlich, er wurde nicht direkt wütend, sondern er reagierte abweisend und verzog das Gesicht, bis er den Bug in den Wind drehte und aufgebracht sagte:

Ich habe keine Ahnung. Es kann immer etwas dazwischenkommen. Man braucht nur hinzufallen, dann ist die Kniescheibe kaputt.

Dann stürzte er zur Tür, ohne sich zu verabschieden. Für ihn ist es ein Zeichen von Unabhängigkeit, zu kommen, ohne zu grüßen, und zu gehen, ohne sich zu verabschieden. Ich blieb allein zurück und dachte bei mir, daß die Winterreifen eine Erfindung sein mußten. Sofort ging ich hinterher und wollte neue Reifen für mein Auto kaufen.

Was? fragte der Verkäufer befremdet. Kein vernünftiger Mensch kauft kurz vor Frühlingsanfang Spikesreifen.

Der andere Verkäufer schnaubte, und sie sahen mich spöttisch und verstohlen wie jemanden an, der null Ahnung von Autos und Autoreifen hatte, ohne Zweifel warteten sie darauf, daß ich Frostschutzmittel verlangte, damit sie sich totlachen konnten.

Ich wurde furchtbar wütend.

Es ist wohl kaum verboten, ein Ding zu verkaufen, auch wenn es eurer Meinung nach nicht die richtige Jahreszeit dafür ist, sagte ich und versuchte, wie ein normaler Mensch darauf zu beharren, damit sie mich ernst nahmen.

Die Verkäufer preßten die Fäuste so fest auf den Tisch, daß die Knöchel bläulich anliefen, während sie darauf warteten, daß ich mich wieder beruhigte und die Schalen des Zorns ganz ausgegossen hatte.

Im Ausland würde man das als komische Verkaufsmethode ansehen, sagte ich. Dort verkauft man das ganze Jahr über Spikesreifen, sogar in den Tropen, da bestimmen die Gesetze des Marktes und nicht die Ansichten von Verkäufern aus abgelegenen isländischen Tälern.

Da wurden sie wütend wie ein paar Bauerntrampel, die von den Erfordernissen des Marktes keinen blassen

Dunst haben, obgleich sie diesen offiziell repräsentieren, doch ich hatte sie dermaßen beeindruckt, daß sie kein Wort herausbrachten. Ich fügte dieser jämmerlichen Komik eines Wichtigtuers noch hinzu:

Muß ich auch noch das Straßenbauamt darum bitten, daß sie Kunstschnee streuen, damit ich bedient werde?

Ich war aufgebracht wie eine hysterische Zicke, die Männer gingen an die Computer, und nach einigen Anrufen, Anfragen über das Haustelefon und zwei Faxen hinaus ins Lager, denn die Warenliste reagierte nicht auf die Befehle des Computers, bekam ich die Reifen.

Als ich heimkam und meiner Frau von meiner Tat und dem Kauf berichtete, war sie verwundert, um nicht zu sagen verwirrt.

Ich habe kein Auto, sagte sie.

Natürlich hast du mein Auto, antwortete ich ärgerlich.

Ich war schon sicher, daß ich dich im Herbst an die Reifen erinnern müßte, sagte sie. Das beweist, daß du unaufgefordert an mich denkst – aber zur falschen Jahreszeit!

Kommt nicht bald der Frühling, und ist das nicht Grund genug, daß man zu träumen anfängt und sich ohne besonderen Grund freut? fragte ich und kam mir dabei noch immer vor wie der Mann aus dem Volk.

Von Winterreifen? fragte sie und fing an zu lachen. Ich hätte gedacht, daß Autoreifen in einem Traum nichts Gutes bedeuten, und dann erst Winterreifen zur Frühlingszeit.

Meine Frau ist ein Genie, wenn es darum geht, einem ganz schnell die gute Laune zu verderben, wenn ich selten genug vor Begeisterung strahle, sogar wenn ich gutgelaunt von meinem Gefährten nach Hause komme und ich sie gern teilhaben lassen möchte an dem, was ich gemeinsam mit ihm genossen habe, und sie streichle. Dann sagt sie:

Ach, ich mag dieses aufdringliche Getue nicht; Männer können sowas mit ihren Kumpels tun, und das haben sie bestimmt von den Umarmungen und dem Geküsse der ausländischen Fußballspieler im Fernsehen gelernt, was bald nichts anderes mehr ist als versteckte ... ich wage kaum, das Wort Schwulheit in den Mund zu nehmen ... und Fußball ist ja auch bei euch Gegengeschlechtlichen beliebt, selbst wenn ich nicht verstehe, was daran gegen das Geschlechtliche sein soll, wenn denn das Wort von der Sprachkommission richtig gebildet worden ist. Ob da überhaupt eine Frau dabei ist?

Ich zuckte mit den Schultern.

Verdammt noch mal, man sollte am besten mit einer Frau zusammenleben, sagte sie dann.

Mit so etwas konnte sie mich halbwegs zum Schweigen bringen. Ich weiß, daß es Männern Spaß macht, dabei zuzusehen, wie sich kräftige Fußballspieler auf dem Spielfeld umarmen, und sie sich anschließend nackt unter der Dusche vorzustellen. Für irgend jemanden sind die Umarmungen da, ich kann mir kaum vorstellen, daß sie für Frauen da sind, die nur selten Fußball schauen und wollen, daß Männer schlanke Beine haben, wenn man den Umfragen Glauben schenken soll.

Einige Stunden später fiel mir ein, daß ich den Kauf damit hätte erklären sollen, daß ich ihr die Winterreifen im Frühling besorgte, so wie in den Modehäusern im Frühling die Herbstmode vorgestellt wird, und daß man das nicht komisch findet, doch man kann nicht den ganzen Tag schlagfertig sein, meistens weiß man erst hinterher, was man hätte sagen sollen. Es war zu spät, um noch mal damit anzufangen und ihr das zu sagen, so daß ich wieder zum Arbeitszimmer fuhr und das, was hier steht, in das Tagebuch eintrug. In einem Tagebuch kann man viel treffendere Worte finden als im täglichen Leben oder gegenüber seiner Ehefrau, und aufgrund meiner geringen Erfahrung mit dem Schreiben glaube ich, daß Schriftsteller Menschen sein müssen, die selten schlagfertig sind und im Umgang mit Menschen den Kürzeren ziehen, und nur zu dem einen Zweck witzige Bücher schreiben, um damit zu kompensieren, daß sie so langsam denken und so schlecht darin sind, sich bei heftigen Wortwechseln und Auseinandersetzungen richtig auszudrücken, und sie den Leser das Gegenteil glauben machen wollen.

*

Heute ging er auf alles los:

Ich habe für dich nicht mehr übrig als für die Scheiße, die aus mir herauskommt.

Es folgten Erklärungen, Flüche und Schwüre, daß er töten wolle. Dadurch wurde unser Umgang miteinander heftiger. Er fing an, immer wieder dasselbe zu sagen und bösartig durch die Zähne zu knurren:

Bring mich damit um!

Ich glaubte, er würde mir zuerst die Haut abziehen und dann die Gedärme aus dem Leib reißen. Bring mich ein für alle Mal um! wiederholte er. Töte, und mach es so wie Dame Agatha Christie mit ihren Figuren!

Wir verfluchten einander und das, was wir taten, und ließen die Worte der Raserei total zuwiderlaufen, um so viel Genuß wie möglich aus den Gefühlen herauszuholen.

Das wird noch so ausschweifend werden wie in den Bordellen in Kairo, sagte mein Gefährte. Da lernt man die Technik, das Fleisch von der Männlichkeit zu entleeren.

Machen sie euch dabei zu Frauen? fragte ich.

Ich hatte kaum das letzte Wort ausgesprochen, als etwas geschah, was ich am allerwenigsten erwartet hatte.

Ich vertraue dir nicht, sagte er mit Verachtung und schlug mit der Hand zur Seite, wie ein Mann, der betrunken nach Hause kommt und dort das ganze Geschirr vom Tisch fegt. Du könntest womöglich Aids haben. Nur Aidskranke reden so. Ich muß dich jede Woche zum Bluttest schicken. Das macht man mit den Huren.

Als ich das hörte, fühlte ich mich, als ob mich jemand am Schlafittchen gepackt und hinaus in die Wüste geworfen hätte.

Trotzdem weiß ich, mein Lieber, daß es ungefährlich ist, dir zu vertrauen, auch wenn du ein Biest bist, sagte er sanft.

Wieso denn? fragte ich und verstand überhaupt nichts mehr von seinem seltsamen und widersprüchlichen Verhalten.

Ich will den Beweis dafür, daß du den Aidsvirus im Blut hast. Dann gehen wir beide drauf.

Gemeinsam draufzugehen ist etwas anderes, als gemeinsam zu leben, sagte ich und sah keinen Zusammenhang in seinen Gedanken.

Das hätte ich nicht sagen sollen. Der Einwand machte ihn wütend, er fuchtelte wild mit den Armen und wollte mir zweifellos eine herunterhauen, denn die rauhe Hand landete auf meinem Mund, und eine Lippe sprang. Als ich das Blut von den Lippen leckte, war mir, als würde ich aus der ewigen Erfahrung des Menschen trinken, jene Kraft, von der ich mir wünschte, daß sie sich aus seiner Hand hinunter in den Abgrund in mir ergoß. Dann wandte er sich ab und gab zu verstehen, daß er gehen wolle.

Warum bist du so unleidlich? fragte ich versöhnlich. Was habe ich dir getan?

Meine Frau ist gestorben, antwortete er rasch und fing an, hektisch auf und ab zu laufen. Sie starb letzte Nacht.

Die, die mit dir im *Komm heut abend* war? fragte ich.

Im *Komm heut abend?* fragte er verwundert, riß die Augen weit auf und schien überhaupt nichts zu verstehen.

Ja, die aus dem Wohnblock, die eine Nahrungsmittelvergiftung von der Torte bekam, sagte ich.

Er brummte barsch etwas vor sich hin, und ich beeilte mich, mich zu entschuldigen, und fügte hinzu:

Man weiß ja überhaupt nichts von dir und deinen Frauengeschichten, du tust immer so verschwiegen und machst ein so großes Geheimnis darum, daß ich nie weiß, mit was für einer du zusammen bist oder ob du verheiratet bist oder nicht oder ob du noch bei deiner Mutter wohnst.

Meinst du die vom letzten Jahr? fragte er störrisch und nuschelte dabei leicht und antwortete selbst: Nein, sie starb im Herbst oder ist mit irgendeinem Typ, der in Skagaströnd eine Lizenz für Leinenfischerei hat, nach Norden abgehauen. Die, die letzte Nacht verschwand, liebte ich; die anderen waren nur wie eine kurze Fahrradtour, wenn man kein Auto hat.

Wolltest du deshalb, daß ich dich umbringe und du mich? fragte ich zögernd und verwirrt und wollte alles wiedergutmachen.

Es gibt nichts nach dem Tod, nur den, der irgendwo war, bevor man geboren wird, und an den man sich nicht erinnert, sagte er.

Glaubst du, daß man in einem anderen Leben etwas anderes gewesen ist? fragte ich, und mir kam der Gedanke, daß das, was wir vor der Geburt gewesen waren, der Grund dafür wäre, daß das Menschengeschlecht so konfus ist, daß die Erklärung für die Konfusion in unserer Psyche der Umstand sein mußte, daß alle Menschen so vieles und auf so vielfältige Weise in einer Unzahl früherer Leben und Tode gewesen sind, daß niemand seine Gegensätze vereinen oder einen Sinn hineinbringen kann, daß wir lebenslang in der Gewalt unterschiedlich bedeutender früherer Leben und Daseinsformen sind und daher unschuldig an unseren Verbrechen und Untaten auf der Erde.

Während er im Lehnstuhl saß, etwas schwindlig nach dem vielen Herumgehen, versuchte ich herauszubekommen, wie er meinen Jugendfreund getroffen und ihn kennengelernt hatte. Soweit ich begriff, stammte diese Ansicht und verschiedene andere von ihm, doch sie waren ziemlich durcheinandergeraten und in eine kindische Gestalt gebracht und manchmal seiner Frau in den Mund gelegt worden. Ich hatte so oft mit meinem Jugendfreund zusammengesessen, daß ich die Ansichten wiedererkannte und insgeheim dachte, daß mein Gefährte ebenfalls mit ihm zusammengesessen und zugehört und mehr Zeit mit ihm zugebracht haben mußte als mit mir. Es kam mir sogar der Gedanke, daß mein Jugendfreund in seiner Verrücktheit so weit gegangen wäre, daß er ihn mit seiner Mutter verheiratet hätte, obwohl das nicht stimmen konnte, weil ich sie seit meiner Kindheit kannte.

Er enttäuschte mich nie, sagte mein Gefährte nachdenklich und dankbar. Wir hatten das gemeinsam, und er enttäuschte mich nie.

Ich sah das sich ständig wiederholende Gerede nicht als klare Antwort an und versuchte noch einmal, ihn zu fragen, und da sagte er:

Wir waren auf einem holländischen Schiff, das nach Port Said fuhr.

War mein Jugendfreund Matrose, oder wart ihr beide es?

Über wen reden wir hier eigentlich? fragte er scharf. Müssen die Leute auf einem Schiff Matrosen sein; sind alle Schiffe Frachter, mit Containern, so wie jetzt? Vor ein paar Jahrzehnten hat man noch keine Container gekannt.

Vielleicht ist das Schiff ein Frachter gewesen, der auch Fahrgäste mitnimmt, sagte ich.

Es gibt viele Arten von Schiffen, antwortete er trocken, als redete er mit einem Idioten.

Du weißt, warum er sich das Leben nahm, sagte ich vorsichtig.

Das weiß man nie, am allerwenigsten die, die glauben, sie wüßten es, stieß er hervor. Und niemand nimmt sich das Leben.

Sondern?

Das Leben nimmt einem alles; es nimmt einen aus wie ein Metzger, der in ein Schaf hineingreift und die Eingeweide mit einem Ruck herausreißt und auf den Boden fallen läßt, antwortete er und benutzte dieselben Handgriffe, die man im Fernsehen in der Serie *Aus dem Arbeitsleben beim Schlachten* sah.

Du weißt, daß er das tat, um sich mit der Hälfte zu vereinigen, von der er sagte, daß sie bei Gott geblieben sei, sagte ich.

Ich finde, es ist genug von ihm bei mir geblieben, und ich bin nicht Gott, sagte er. Ich habe ihn nicht geschlachtet und im Badezimmer in eine schwarze Mülltüte gesteckt, aber das ist meine Angelegenheit.

Ich wagte kaum, meinen Gefährten anzusehen, und war darauf gefaßt, Zeuge eines neuen Mordversuchs zu werden.

Was glaubst du, wie ich mich fühle? fügte er rasch und anklagend hinzu. Jetzt habe ich schon zwei Ehefrauen verloren, habe mit fünf zusammengelebt, ich bin von zwei Frauen tatsächlich geschieden, habe insgesamt sieben Kinder mit allen und bin gerade mal um die Vierzig und stehe meinen Mann, was das betrifft. Wolltest du an meiner Stelle sein?

Nun wußte ich nicht, was ich darauf sagen sollte, und beschloß, schweigsam und niedergeschlagen zu sein, obwohl ich die Geschichte von seinen privaten Problemen ziemlich lustig fand.

Diesmal war ich heilfroh und erleichtert, als er gegangen war, doch ich fühlte, daß er für mich noch präsenter war als während seiner Anwesenheit, und so tat ich das gleiche wie manchmal, wenn ich auf unbefriedigende Weise mit meiner Frau geschlafen hatte, ich onanierte, um bei ihm und uns beiden zu sein, nach meinem eigenen Kopf.

Das Bedürfnis nach körperlichem Verkehr ist bei mir mit den Jahren gewachsen, und es ist mir auch fast ganz egal, in welcher Form er stattfindet, und es nimmt im gleichen Maße zu, wie die Kraft und die Potenz abnehmen. Dieser einfache Naturbursche, den ich geerbt habe, wird deshalb nicht bloß zu einem körperlichen Bedürfnis und einer Kompensation für die schwindende Energie, sondern er wird für mich zu einem sich immer stärker bemerkbar machenden Objekt der Betrachtung und einem Rätsel, je mehr Zeit vergeht. Der geistige Genuß und die Verwunderung über sein Benehmen und sein Verhalten sind größer geworden als der körperliche Genuß.

Was würde über mich hereinbrechen, wenn das passiert, was ich vor allem anderen fürchte, daß es sich rächen würde, daß ich meiner Frau untreu gewesen bin, und ich meinen Sexualtrieb verliere und meinen Gefährten nur noch mit den Augen genießen und sehen kann, wie er es genießt? Werde ich dann der Sklave des Körpers, der mich schändet, obgleich ich es selbst nicht spüre oder so empfinde?

Als ich das Zimmer hinter mir abschloß, flüsterte etwas leise in meiner Brust:

Meinetwegen mag das Fleisch sterben und einfach zu Staub werden.

Auf dem Heimweg durch die Straßen, die ich auswendig kenne, begann sich meine Seele zu verdüstern, und die Umgebung wurde gallertartig und fremd. Es war, als hätte ich den Keller mit einem fremden Körper bekleidet verlassen, der über sein Leben die Nase rümpft.

War dies nicht genau dasselbe Gefühl, das meinen Jugendfreund bedrückt hatte? dachte ich zitternd vor Angst.

Der Verdacht nahm zu, je kürzer der Weg nach Hause wurde, und ich glaubte, ich würde mir auch einmal das Leben nehmen, um mich mit irgend etwas zu vereinigen. Doch womit?

Wahrscheinlich mit gar nichts. Was mich betrifft, so können das Leben und der Tod nicht zwei reisebereite Hälften sein, die von ihrem Schöpfer auf die gleiche Weise hinaus in die Marschen und Wälder des Erdenlebens geschickt werden wie die Ritter, die in Sinnlosigkeit auf der Erde umherirrten, wie es scheint, bis sie nach vielen Strapazen auf einer hellen Lichtung in einem dunklen Wald aufeinandertrafen, jeder mit seiner Hälfte, und am Ende des Schwertkampfes unter einer großen Eiche die Probe machten. Die Hälften paßten zusammen. Die Gefährten wußten, daß sie Fleisch vom selben Fleisch waren, Blut vom selben Blut; sie waren ein und derselbe Mensch und Brüder in der buchstäblichen Bedeutung der Geschichte.

Ich verstehe die geheime Botschaft der Rittersagen und das Wesen der Dichtung, und ich kenne ihre Wurzel, denn ich habe mit ihren Ruten in meinem Körper gelebt.

An dieser Stelle möchte ich in meinem Tagebuch erwähnen, daß meines Wissens das Leben und der Tod Buchstaben sind. Ich möchte auch schreiben, daß dies an einem öden Herbstabend gewesen sei, selbst wenn es nicht so gewesen ist, die Sonne schien und der Sommer war fast schon gekommen. So unendlich weit ist das Denken von der Umgebung entfernt und das Verlangen groß, dem Ungeschriebenen etwas anderes zu erzählen als eine alltägliche Wahrheit.

Bei meiner Rückkehr sagte meine Frau:

Ich finde, du riechst total merkwürdig. Hast du wieder mit dem Rauchen angefangen?

Nein, aber das Leben macht einen manchmal stinksauer.

Dann ritt mich der Teufel, und ich wollte unbedingt etwas riskieren und das Äußerste wagen, und ich sagte:

Die Frau meines Freundes ist gerade gestorben.

Wer? fragte sie, und ein plötzliches Interesse erwachte bei ihr.

Ich wußte, daß ich deprimiert aussah, und schwieg und hätte endlos schweigen können. Sie sah mich lange forschend an, als warte sie auf schlimme Nachrichten.

Das ist doch nicht etwa die Frau deines Cousins gewesen? fragte sie.

Ich schüttelte verneinend den Kopf.

Na ja, da fällt mir doch ein Stein vom Herzen, und trotzdem; nachdem sie schon so lang krank ist, hätte sie Gott dafür danken können, endlich gehen zu dürfen, was hat man davon, wenn man endlos weiterlebt, nur um immer kranker und kranker zu werden und nichts vom Leben zu haben, außer daß man dabei rückwärts zählt, wie wenn man eine Rakete ins Weltall hinausschießt, und die Lebenszeit immer kürzer wird?

Nein, du kennst diesen Freund von mir nicht, antwortete ich. Ich habe ihn ganz für mich.

Dann alles Gute mit diesem Freund, sagte sie schnell, ohne mich anzusehen. Ich werde nicht mehr fragen. Es ist mir total egal. Wenn ich den Verstorbenen nicht kenne, dann kümmert es mich nicht, wer stirbt.

Dein Mitgefühl reicht nicht weit, sagte ich etwas herablassend.

Falls es sich um eine Person aus deiner Geschichte handeln sollte, dann fange ich nicht aus Mitleid über sie zu weinen an oder heule, schockiert über ihr Benehmen, bevor ich nicht das Buch zu lesen kriege, antwortete sie.

Ich lächelte meiner Frau zu, und sie lächelte mir zu, und ich bekam eine Träne in die Augen oder jenes Zukken, von dem man meinen könnte, es erzeuge Tränen, doch so war es nicht. Ich habe mir oft ein bißchen ängstlich an die Augen gelangt, wenn ich es spüre, und zu meiner Freude sind meine Augen stets trocken gewesen. Das waren sie auch jetzt.

*

Zur Zeit habe ich am meisten Angst davor, daß wir wegen der Furcht, die in uns gärt, oder aus Angst vor der Umwelt aufhören, einander zu lieben. Die Spielarten der Liebe, die die Natur bestimmen lassen und nicht die Regeln der Gesellschaft, werden als Bedrohung für die Familie angesehen, obgleich deren Zeit fast vorbei ist und sie sich von selbst totgelaufen hat. Nichtsdestoweniger repräsentiert sie noch immer das Wunschdenken von einem Zuhause, das kleine Bild von der erstrebenswerten Gesellschaft, in die man sich vorbereitet einzutreten und der man das ganze Leben gehorcht, eingeschlossen in die sanfte, aber erstickende Umarmung der Gewalt von Vater und Mutter, die grimmig um die Macht kämpfen und hinter den Kulissen ein Riesengezeter anstimmen, den Kopf voll von vergammelten Regeln, doch manchmal treten sie auf, entweder auf der Szene selbst oder auch vor den Kulissen, und verkünden eine schöne und gute Moral und Frieden. Ich habe meine Schuldigkeit gegenüber der Familie getan und bin ein für allemal weg; ich bin frei, doch ich habe Angst. Ich gehe meinen Weg und wähle die Furcht lieber in Freiheit als eingeschlossen in einem Gefängnis.

Wie oft habe ich mich nicht in der Ehe Regeln beugen müssen, die gegen die meisten meiner Vorstellungen verstoßen? Und wie ein Hund, von dem man sagt, er kehre zurück zu der Hand, die ihn schlägt, wage ich nicht, das unsichtbare Halsband zu lösen, sondern verschwinde jede Nacht in meiner Hundehütte, um meine Träume auszuschlafen, anstatt neue Träume zu träumen.

Deshalb kann es passieren, daß wir uns weiterhin auf die gleiche Weise treffen, bis wir unseren Sexualtrieb verlieren, die Leidenschaft erlischt und es am bequemsten wird, zu unseren Ehefrauen zurückzukehren, leidenschaftslos, und den Großvater zu spielen, der sonntags die Enkelkinder zum Teich hinunterführt, um die Enten mit der Rinde von altem und vergammeltem Brot von unseren Tischen zu füttern, doch wir sehen uns mit den gierigen Augen alter Männer nach dem frischgebackenen Brot um, das noch nicht bröselig ist und nie in unserem Mund landet und mit dem unsere schlechten Zähne nicht fertig würden.

So wären die Männer korrekt beschrieben. Im Alter würden wir ein »kameradschaftliches Verhältnis« zu den Ehefrauen entwickeln und sie helle Hosen und leichte Hemden für uns aussuchen lassen, um uns für die Reisen in den Süden zu verjüngen. Wir werden stets fröhlich und guter Laune sein und ihnen entgegenkommen sowie den Anforderungen der Zeit, die darin bestehen, daß sich die Männer von den Alterstechnikern zu einer leichteren Variante von alten Weibern machen lassen, mit denen sie in der Asexualität des Alters spielen können und einen Beitrag leisten für die Industrie, die die Frauenbefreiung aufgebaut hat, indem sie einen großen Markt um die letzten Lebensjahre der Menschen errichtet hat. Wir würden Verständnis zeigen, das darauf basiert, daß man so tut und redet, als wüßte man selbst überhaupt nichts vom Leben, obwohl wir es gelebt haben: Die Alterstechniker wissen alles viel besser. Wir werden zu Menschen, die empfänglich sind für die Lutherische Ausgabe der salz- und zuckerarmen Jungfrau-Maria-Macht, soweit unsere Ersparnisse und die Rente dafür reichen, um die Frauenriege zu unterstützen, die sich unablässig für die Alten opfert, durch Frisuren die eitlen alten Weiber verjüngt, die man in der Kultur und den Künsten immer verhöhnt hat, doch jetzt darf man so was nicht, die alten Knacker die Beine strecken und bei leichten Atemübungen die Hände hochheben läßt, Pediküre für beide Geschlechter macht und Vorlesungen von Spezialisten für die Belange älterer Menschen besucht, vom Liebesleben der *Altersjungen* hört, alles mögliche über die Erschlaffung der äußeren Geschlechtsorgane alter Frauen erfahren darf, ihre

Inkontinenz und die Harnverhaltung bei alten Männern sowie ihre Prostatabeschwerden.

Männer und Frauen müssen von den ungeschminkten Lippen der Alterstechniker die Wahrheit über ihren Körper erfahren, ehe die Tanzlehrer sie bei den altmodischen Tänzen von der Bühne verschwinden lassen.

Fünftes Tagebuch

31. April 1992

Ich mußte aus der Stadt und wollte ihn unbedingt vorher sehen. Es war, als ob der Körper Erfüllung finden müßte, indem er sich auf irgendeine Weise leerte, doch das durfte nicht so ablaufen wie einmal, als ich länger weg sein mußte. Da es mir verwehrt war, anzurufen, griffen wir zu dem Ausweg, daß ich mich abreagieren durfte, indem ich Briefe an mich selbst schrieb und sie postlagernd an seinen Namen schickte. Wenn er sie gelesen hatte, sollte er sie in einen anderen, kleineren Umschlag stecken, der beilag und den ich beschriftet hatte und der an mich adressiert war, und zur Post bringen. Diese Vorsichtsmaßnahme traf ich, damit er die Briefe nicht zurückhielt und jemand anderem zeigte, doch falls er es täte, dann wären sie nicht an ihn adressiert, sondern an jemand anderen. Ich weiß nicht, weshalb ich das tat, was sich später als schlimmer Fehler erwies. Unbewußt hatte ich gewollt, daß diese Ausdrucksform unserer Liebe nicht verlorenging, weil ich immer noch Vergnügen daran habe, die Liebesbriefe von mir und meiner Frau zu lesen und zu sehen, wie kindisch ich gewesen bin. Ich beginne, indem ich sage: »Meine liebe Frau ...«, doch ich erkenne kaum meine Handschrift, selbst wenn sich mir beim Lesen eine vergangene Zeit eröffnet. Ich stehe in einer Sphäre aus Licht und seufze.

Als ich nach der Rundreise durch das Land zurückkam, auf der ich die neuen Richtlinien des Ministeriums für den Schulunterricht bekannt machte, die vor allem auf eine angemessene Kürzung der Unterrichtsstunden hinausliefen, und den Stapel Briefe sah, der auf dem Wohnzimmertisch neben den englischen Frauenmagazinen auf mich wartete, da wußte ich nicht, wie ich reagieren sollte. Mir war sofort klar, daß ich mich selbst in die Klemme gebracht hatte. Meine Frau wunderte sich offensichtlich auch über die Korrespondenz und fragte:

Wer schreibt dir denn auf einmal, und dazu so oft?

Ich hatte sie im Verdacht, daß sie die Briefe heimlich gelesen hatte, und antwortete:

Niemand anders als ich selbst, ich fühlte mich so einsam auf der Fahrt, daß ich mir Liebesbriefe schrieb.

Hättest du nicht mir schreiben können? fragte sie.

Du bist genau wie die anderen Isländer, du schreibst nie zurück, sagte ich. Ich habe mich immer danach gesehnt, daß mich jemand in Briefen liebt. Da das keiner macht, mache ich es selbst.

Mir war nicht ganz wohl dabei, so ein Gewäsch von mir zu geben, doch ich bemitleidete mich wegen des Liebesmangels. Ich dachte, sie würde sagen:

Du bist manchmal schon seltsam.

Obwohl meine Frau nie als unabhängige Frau auf dem Arbeitsmarkt draußen gewesen ist, ist sie klar im Kopf und denkt logisch, und sie sagte:

Die Briefe sind hier aufgegeben worden, und du warst auf dem Land.

Da stand ich auf, riß hastig einen davon auf und las ihr vor.

Während ich vorlas, saß sie wie benommen da und ließ die Schultern leicht nach vorn sinken, während sie dem leidenschaftlichen Inhalt zuhörte. Ich weiß nicht, was sie von den Liebesbezeugungen dachte, doch vielleicht hielt sie sie für die typische Begeisterung eines Mannes von sich selbst, daß dies ein Beispiel von Chauvinismus sei, von dem sie in der Literatur noch nie gelesen hatte. Ich wiederum sagte zu mir selbst: »Wer bin ich, der ich viel eher ein Unbekannter bin als ich selbst?«

Zum Schluß zuckte meine Frau mit den Schultern, als ob sie fragte: »Und was soll man dazu sagen?« Ich stand wie gelähmt mit dem hocherhobenen Brief da und hatte keine Antwort parat, doch da kam mir der Schrecken zu Hilfe, wie sonst auch, ich bekam den Einfall, die Glasflasche auf dem Tisch zu nehmen, ganz schnell ein Gleichnis daraus zu machen und zu sagen:

Ich weiß, daß zu allen Zeiten das Gefäß in Parabeln als Symbol für das Leben verwendet worden ist. Mein Gleichnis hat damit nichts zu tun. Damit meine ich, mein Liebling, daß sich in einer unzerbrochenen Flasche eine Unzahl von Formen in einer einzigen, reinen, transparenten und einfachen Form verbirgt, welche die Gestalt der Flasche ist. Das heißt, solange sie ganz ist. Wenn die Flasche zerbricht, entstehen unzählige Formen und liegen meist verstreut am Boden. Die meisten werden gefunden, und man kann sie zusammenkehren und in den Mülleimer werfen, aber manche gehen verloren, und keiner möchte eine kaputte Flasche besitzen. Man will lieber ein Ganzes als ein Fragment, nicht, weil das Ganze schöner ist als die Fragmente, sondern weil es einfacher ist, mit einem Ganzen in einer vollständigen Form umzugehen als mit dem, was kaputt ist, selbst wenn es aus demselben Material ist.

Da meinst du dich selbst damit, ich weiß, ich verstehe, sagte meine Frau.

Sowie sie das gesagt hatte, überströmte mich das Wohlbehagen der alten Gefühle für sie, und ich sehnte mich danach, das transparente Ganze zu sein, das unsere Liebe einmal war.

Als mein Gefährte anrief und sagte, daß er nicht kommen könnte, nahm mich eine geflügelte Dunkelheit in ihre Umarmung, die nicht menschlich war, sondern am ehesten dem glich, wenn eine Naturkraft entfesselt ist oder ein Unwetter sich in eine Katastrophe verwandelt hat, und sich nun in Gestalt eines toten Vogel auf mich stürzte.

Solange mich dieser Zustand umfing, sehnte sich die Liebe nach der Liebe, doch der Körper nicht nach einem anderen Körper oder die Seele nach der Nähe einer Seele, selbst wenn es so zu sein schien.

Daher weiß ich, daß ich ohne meinen Gefährten als menschliches Lebewesen leben könnte, doch meine Liebe könnte ohne die Liebe zum Unklaren nicht ihr Leben fristen, oder wenn ihr verwehrt würde, Erfüllung in sich selbst zu finden, Liebe von mir selbst, die ich ihm, so glaube ich, eingepflanzt habe. Dagegen kann meiner Liebe nicht die Erfüllung durch seine Liebe zuteil werden, denn er liebt mich nicht; doch er läßt sich lieben, und meine Liebe hat in ihm Land genommen und wohnt dort allein für sich selbst, außer wenn ich ihn treffe und in ihm meine Liebe finde und ihr eine Weile Gesellschaft leiste.

Als ich aus dem Zimmer wieder nach Hause zurückgekehrt war, nachdem ich dies in das Tagebuch eingetragen hatte, sah meine Frau, daß ich bedrückt und niedergeschlagen war, und sie dachte, daß es mir bei meiner geistigen Tätigkeit schlecht ergangen wäre; so nennt sie jetzt mein Verschwinden von daheim. Kurze Zeit später brachte sie mir Kaffee ins Wohnzimmer. Ich saß in dem Sessel beim Fenster, doch anstatt zu trinken, nahm ich lose ihre Hand – da nur wir beide zu Hause waren – und führte sie schweigend ins Bett und erfrischte mich an ihr. Ich ließ sie dieselbe Erfrischung erfahren, und unsere Begegnung wurde zu einem unheimlichen Weinen. Ich weinte in sie hinein, und ihr Weinen empfing mein Weinen.

Die Trauer kam von weit her, wie ein Schatten von nirgendwo, und sie suchte niemanden heim, und mir war, als ob ich überhaupt nicht existierte.

Es ist intensiv, mit dir zu schlafen, flüsterte meine Frau aus Gewohnheit. Du verstehst so gut, du machst dich frei und gibst dich hin und bist ganz dabei, und ich werde ebenfalls zu einer Gabe für dich. Werden wir uns immer lieben?

Ja, antwortete ich. Immer.

In ihrer Freude sprach sie wie in fremden Zungen, ihre Worte wurden zu einem automatischen Sprechen, das aus der Stille von den feuchten Lippen eines Meerestieres kam. Es ist leicht für mich, sie in ein Kind zu verwandeln, das vor Zufriedenheit lallt, nachdem es seine warme Milch aus der Flasche bekommen hat. Es hat mich einige Zeit gekostet, sie an die Flasche zu gewöhnen, doch nun will sie nichts anderes, und wenn ich versuche, sie davon zu entwöhnen, sagt sie:

Nein, das ist ein Schnuller.

Ich zucke zusammen und höre zu.

Ich werde ein Mädchen, das nie aufhört, aus der Flasche zu trinken, hat sie mit einem merkwürdigen Gesichtsausdruck gesagt, denn sie schämte sich.

Vielleicht wollen wir die Flasche haben, jeder auf seine Weise, sagte ich. Dieselbe Flasche, doch wir kommen nicht beide gleichzeitig an den Sauger.

Sie fing über diese Idee zu lachen an, und ihre Betäubtheit verschwand. Ich lachte ebenfalls herzlich, und wir hatten das Gelächter gemeinsam.

Ich habe den Verdacht, daß keiner der Flasche völlig entwöhnt ist, sagte sie und wollte sich weiter über etwas lustig machen, dem es manchmal guttut, wenn man nicht zu feierlich damit umgeht.

Da brauche ich keinen Psychologen zu fragen, sagte ich.

Das einschläfernde Lallen zog sich zu lange hin, ich hatte das Geplapper satt und sagte zu allem »Ja«.

Das Zimmer wurde zu einer dämmrigen Kammer, und ich sagte:

Wir wollen auch aus dem Kelch des Lebens trinken.

Welcher ist das? fragte sie und war auf einen neuen Spaß gefaßt, gegen Mitternacht an einem Samstag.

Ob nicht der Kelch vielleicht eine Frau ist? antwortete ich.

*

Was denkst du von mir?

Nichts, antwortete er dämlich auf eine so unerwartete Frage.

Warum nicht?

Man soll nichts von anderen Leute denken, sagte er, ein bißchen ungehalten über mich. Ich habe nicht die Absicht, irgendwas von dir zu denken.

Wir kennen uns überhaupt nicht, außer in einem Bereich.

Das reicht, sagte er in unverbindlicher Bescheidenheit.

Willst du nicht, daß wir uns auf eine andere Art und Weise kennen oder kennenlernen?

Nein, sagte er kurz.

Warum nicht?

Dann ist es vorbei, und wir hören auch auf, uns darin zu kennen.

Ich blieb wie gewöhnlich noch im Zimmer liegen, damit es nicht auffiel, daß wir gemeinsam das Haus verließen, und niemand Verdacht schöpfte. Während ich in Gedanken ausrechnete, wie lange ich warten mußte, fing ich auch an, über die Wahrheit zu grübeln, danach zu tasten und nach einer Erklärung für das zu suchen, was er gesagt hatte. Ich betastete mich, um die Berührung von Händen in Erinnerung zu rufen, die unumwunden zur Sache gehen und den Zickzackwegen des Begehrens abgeneigt sind und die sich wenig um feingeistiges Spiel und die Suche nach den denkbaren Möglichkeiten scheren und daher echt sind.

Ich machte mich mit meinem willensschwachen Temperament auf den Heimweg, und es war Schauder in mir und Niedergeschlagenheit. Bei der Ankunft ging meine Frau nicht gerade zimperlich mit mir um, sondern sagte entschieden:

Geh ins Bett, du zitterst.

Nein, ich zittere nicht, widersprach ich und wurde mürrisch.

Sie brachte mir sofort einen Kaffee ins Wohnzimmer, wo ich zusammengesunken und schweigsam in dem Sessel beim Fenster saß. Ich ekelte mich vor mir selbst, und ich begriff, daß ich ein häßliches Spiel trieb. Wahrscheinlich hoffte sie, daß ich geistesabwesend ihre Hand ergriff und wiederholte, was neulich passierte, doch ich zog mich aus und ging ins Bett und lag wach da. Da kam mir der Gedanke, daß ich an Schwermut litt und nicht an Liebe, doch ich kam nicht dazu, mir den Kopf über meine Ahnungen zu zerbrechen. Sie kam kurz zur Tür herein und betrachtete mich eine Weile, wie ich schweigend unter der Bettdecke lag und den Rand bis über die Nase zog. Während sie mich so ansah, verwandelte sie mich mit ihrem Blick in ein mürrisches, gemütskrankes Weib mittleren Alters. Es fehlte nicht viel, und ich hätte angefangen zu lachen. Da kam sie her und kniete sich auf die Bettkante und sagte:

Du Armer, bist du verliebt?

Ja, antwortete ich entsprechend niedergeschlagen und hielt den Atem an, damit sie glaubte, daß ich nur so tat.

In mich?

Ja.

Jetzt lügst du, flüsterte sie mit einem Lächeln in den Augen.

Klar, antwortete ich.

Sie lachte und wartete darauf, daß ich mit dem Spiel weitermachte, doch als sie begriff, daß es nicht weiterging, ging sie hinaus in die Küche, und man hörte keinen Laut, als ob sie tot und hinauf zu Gott verdunstet wäre.

Ich hatte Lust, aus dem Bett zu schleichen, um ihr die Unsichtbarkeit wegzunehmen, und in mir erwachte das Bedürfnis, sie ein Leben lang zu lieben, doch ich liebte sie nicht in der Schlacke der Seele und konnte ihren Körper nicht packen und einen andern durch sie genießen. Bei diesem Gedanken durchdrang mich die Schuld, daß ich eins ums andere Mal eine andere besondere Art von Ehebruch mit ihr beginge, denn in gewisser Weise war sie für mich eine Prostituierte, damit ich an meinen Freund herankam.

Nachdem mir das klargeworden war, wurde die Dunkelheit in der Hütte in mir dichter als sonst, doch die Helligkeit eines Augenblicks schlug darin ein, das Verlangen, ebenfalls im Schweigen verlorenzugehen und aufzuhören zu existieren; mir kam der Gedanke, daß ich mir das Leben nehmen sollte, denn ich mußte ja das Leben so beenden, und nachdem ich sowieso sterben würde, wäre es egal, wann das geschah. Ich hatte dieses Verlangen nie in der Weise verspürt, daß ich mir völlig klarmachte, was es wäre, daß es die einzig vernünftige Lösung in meinem Leben wäre. Trotzdem ist es keine Lösung, weil es nach dem Selbstmord keine Prämisse für eine Lösung gibt. Es gibt nichts für den, der stirbt. Was einmal gestorben ist, ist für immer gestorben.

*

Das Schiff, auf dem mein Gefährte zur Zeit fährt, transportiert Klippfisch von den Häfen an der Ostküste in die Mittelmeerländer, deshalb kommt er erst in einem Monat wieder nach Island, wenn man dem, was er am Telefon sagte, Glauben schenken kann. Jetzt hat er es sich zur Angewohnheit gemacht, zu den unmöglichsten Zeiten vom Schiff aus anzurufen, manchmal nachts, wenn er anscheinend allein Wache hat und an das Schiffstelefon rankommt, ohne daß es auffällt. Ich habe keine Ahnung, was für Telefone es auf einem Schiff gibt, ich dachte, dort gibt es nur eine Funkstation, aber vielleicht haben sie jetzt Mobiltelefone. Die Mobiltelefon-Revolution hat denen die Liebe nähergebracht, die wegen ihr leiden, oder sie vergrößert durch die Nähe der Worte das Bewußtsein von der Entfernung zwischen den Liebenden.

Bevor er zum letzten Mal die Tour machte, rief er an und fragte, ob ich nicht mal nach Hornafjördur kommen wolle, um ihn zu sehen, das Schiff käme dort vorbei, um Klippfisch zu laden, der nach Portugal ging. Ich muß zugeben, daß mir die Idee schon gekommen war und ich unser Verhältnis gerne riskanter und dadurch schöner gestalten wollte, schmerzlicher und hoffnungsloser, und ich freute mich, daß wir den gleichen Einfall gehabt hatten.

Ich fühlte mich durch sein Interesse geschmeichelt und dachte insgeheim, daß uns das Verlangen bis ans Ende der Welt treiben konnte, wenn es darauf ankam, wir träfen uns dort einen kurzen Augenblick und kehrten anschließend aus der Endlosigkeit wieder nach Hause zurück. Als Idee war das ausgezeichnet, aber undurchführbar, und deshalb war es am besten, daß es das Ende der Welt nicht gibt.

Vor ein paar Tagen rief er aus dem Ausland an, ich weiß nicht, von wo, seine Geographiekenntnisse scheinen ziemlich vage zu sein. Er fragte, ob ich immer noch vorhätte, ihn im Hotel in Neskaupstadur zu treffen, und ich korrigierte ihn und sagte »In Hornafjördur«, und er antwortete: »Das ist doch fast dasselbe« und fügte hinzu: »Also gut, wie du willst, es ist mir egal, wo du diesen Fliegenschiß auf der Karte haben willst.« Es belustigte mich, wie ihn der Klippfisch-Export zu einem richtigen Weltbürger gemacht hatte, und ich sagte, daß ich mir nichts anderes vorstellen könnte, als in Hornafjördur am Landungssteg zu stehen, wenn er auf dem Klippfisch-Schiff Bacalao de Islandia die Mündung hereingesegelt kam, doch im selben Moment dachte ich, daß ich nicht unähnlich einer alten Jungfer redete, die mit sich selbst spricht, oder wie ein junges Mädchen, das sich in ihrer Unerfahrenheit so verhält, daß es im Kampf ums Dasein verlieren muß und Schwierigkeiten mit den Männern kriegt, weil es sich ständig im Nebel der Liebe verirrt.

Es ist mir egal, was für eine Meinung ich manchmal von mir selbst habe, nichts im Leben hält länger, als ihm von der Hand der Natur vorherbestimmt ist, flüsterte ich mir zu und strich die Schamesröte weg.

Ich versuche, von Bord zu kommen und dich in der Nacht zu treffen, aber falls irgend etwas Unvorhergesehenes passiert und ich nicht wegkomme, tja, dann wird es halt nichts.

Kann ich dich nicht in irgendeinem Container treffen? fragte ich halbernst und war auf das Schlimmste seinerseits gefaßt.

Nein, keiner kommt in die verschlossenen Container rein, außer mit spezieller Erlaubnis der Zollbeamten, antwortete er und nahm meine Worte gut auf und wurde richtig feierlich, als er die Zollbeamten und ihre Verantwortung erwähnte.

Die isländische Zollbehörde erlaubt also keine Schweinerei in den Containern, fuhr ich fort.

Und dann weiß man nie, wann das Schiff mit der Flut hereinkommt und ob wir über Nacht am Landungssteg liegen, antwortete er und tat, als ob er nicht gehört hätte, was ich sagte.

Du versuchst ins Hotel zu kommen und mich dort zu treffen, wenn uns jegliche Zuflucht in den Containern verwehrt ist, sagte ich halbernst.

In drei Wochen werden wir weiter sehen, sagte er, und ich hatte Spaß an der Komödie.

Nach der Antwort zu urteilen schien mir klar zu sein, daß er schwankte, ob wir uns auf diese abenteuerliche Weise treffen sollten. Ich fragte, ob seine Frau nicht nach Hornafjördur fahren würde, um ihn zu treffen, und er sagte:

Neehe, sie kommt nicht, sonst verliert sie vielleicht ihren Job.

Offensichtlich war er etwas verwundert, daß mir etwas so Abwegiges einfiel.

Das haben wir nicht nötig, sagte er, als ich ihn bedrängte und sagte, daß sie sich dann erst in ein paar Wochen oder einem Monat sehen würden.

Wie könnt ihr jungen Leute bei so langen und ständigen Trennungen überhaupt leben?

An so was gewöhnt man sich, antwortete er. Man sagt einfach, daß ein Monat nur einen Monat dauert und man nicht länger wartet; das ist eine einfache Rechnung.

Das ist mir egal, sagte ich. Ein Monat ist ein Monat für Leute, die ein gemeinsames Zuhause haben und sich nicht sehen.

Die Frau gewöhnt sich daran, wie dehnbar die Zeit ist, sagte er. Auf See gibt es keine Zeit, außer noch am ehesten im Frachtraum.

Er sagte das in einem Ton, der mir klarmachen sollte, daß er wisse, daß Frauen für ein kurzes Wiedersehen nie die Strapazen eines langen Weges auf sich nehmen würden, und dann ginge bestimmt auch kein Flug, solange das Schiff beladen wurde, doch falls ein Flug ginge, würde seine Frau nicht fliegen, weil sie Flugangst hatte, doch wenn sie nicht an Flugangst litt und im selben Flugzeug landete wie ich, dann fände er das um so besser, sie kannte niemanden am Ort und übernachtete im Hotel, und er könnte zwei Fliegen mit einer Klappe schlagen, zuerst zu ihr gehen und dann zu mir ins Nachbarzimmer und dann wieder hinüber, um mit ihr die Rechnungen durchzugehen, es gab ständig etwas zu bezahlen, obwohl er, wenn er an Land kam, nichts anderes tat, als Schulden zu begleichen, und wenn er sich gegen Morgen aus dem Hotel schlich, »genau wie die Schürzenjäger es machen«, dann würde entweder niemand an der Rezeption Verdacht schöpfen oder der Nachtportier würde insgeheim denken:

Auf welches Zimmer hat sich dieser Typ gestern abend geschlichen, ob er wohl seinen Spaß in der Nacht gehabt hat?

So einfach ist es, in den Hotels auf dem Land ein Verhältnis zu haben und ein für alle Mal zu kriegen, was einem zusteht, sagte er eingebildet.

Ich finde das Ganze nicht einfach, so wie du es beschreibst, sagte ich und versuchte nicht, den Sarkasmus zu verbergen.

Ja, das ist deine Sache, was du findest, antwortete er. Wozu habe ich dich Agatha Christie lesen und daraus etwas lernen lassen, wenn du eine so simple Sache nicht kapierst, verglichen mit den Morden und Verwicklungen in ihren Büchern, denen du am Ende entkommen bist; oder bist du vielleicht tot?

Ich fing an zu lachen und sagte, daß man bei einem Telefongespräch aus dem Ausland nicht so eine lange Geschichte erzählen würde; die Worte darin würden teuer für ihn werden.

Ich mußte mit dir reden, koste es, was es wolle, sagte er mit lauter, anklagender Stimme, und dann herrschte Schweigen.

Nach dem Telefongespräch fiel mir ein, daß es nur Männer sind, die in Geschichten und Büchern durch die Berge ziehen und sich mit dem nackten Schwert den Weg durch einen dunklen Wald bahnen und Einöden durchqueren, über sturmgepeitschte Meere segeln, durch ferne Länder ziehen auf der Suche nach ihren Freunden, um sie zu treffen, und beim Wiedersehen fallen sie einander in die Arme und freuen sich über die Heldentaten des anderen oder rächen sich für jemandes Tod, oder wenn ihnen ein Feind großen Schaden und Schande zugefügt hat. Das heißt, wenn die Seele und der Körper heidnischen Glaubens sind, was die eigene Natur und den Geist betrifft; ich halte es für denkbar, daß der Körper und die Seele immer heidnisch sind und sich selbst genug in der Liebe, doch verheiratete Männer werden nach der Trauung schwach. Im Umgang mit anderen verheirateten Männern geben sie nach, werden vorsichtig und hinterlistig wegen der Frauen, der Kinder und der ständigen

Furcht vor der Umgebung, dem Arbeitsplatz oder der Kontrolle, ob auch die Gesetze des Sakramentes befolgt werden, selbst wenn keiner daran glaubt oder sie beachtet. Sie haben Familie und ein Zuhause und bewegen sich innerhalb dessen, was einen dazu bringt, zu betrügen.

Ich beschloß, nirgendwohin zu fahren, wenn er zurück nach Island kam, doch ich hatte mich auf die Reise gefreut, ich sehnte mich danach, im Bus zu sitzen wie ein Mensch in einer frommen Legende über die Entstehung der Gefühle. Ich hatte mich für den Bus entschieden, weil der Landweg länger dauerte und mir Zeit gab, die Erwartung auszukosten und zu glauben, daß am Zielort nichts geschehen würde, daß dies eine vergebliche Reise würde, doch dann schmuggelte er mich in einem Container auf das Schiff; da lachte ich.

In meiner Vorstellung dauerte die Fahrt zehn Stunden. Das Hochland wäre stets linker Hand und das Meer rechts. Auf jeder Seite war eine andere Art von Wüste und die kalte Bewegung der friedlichen Natur. Dazwischen säße ich, ein Mann, in dem es gärte, eingeschlossen in eine der erstaunlichsten Konstruktionen der Erfindungsgabe des modernen Menschen. Das Auto fuhr über steinige Ebenen, durchquerte fast endlose Weiten, in denen vereinzelt Hügel oder Felsen gleich Kristallen oder Edelsteinen aus dem schwarzen, flachen Land emporragten. An manchen Stellen sollte der Schleier einer Schneewehe über dem Sand liegen. Der Bus war fast voll besetzt, doch ich konnte trotzdem ganz allein am Fenster sitzen. Ich hatte genug Platz, und ich betrachtete eine Landschaft, die meine Augen zum ersten Mal erblickten, und sie verschmolz mit dem unwirklichen Stoff der Geschichten, die ich in der Schule lesen mußte: Geschichten von tapferen Ärzten, die zu Pferd einen eisigen Fluß überquerten, um eine Frau in Kindesnot zu retten. Nun paßten ja heroische Geschichten mit Herz und Schmerz gut zu meinem Gefühlsleben: Auf diese Weise bekommt alles irgendwann einmal einen Wert auf dem Lebensweg, sowohl das, was von kleinem Zuschnitt ist, als auch das Imposante. Es schien gerade so, als könnte ich die stilistischen Tricks der Autoren auf die Tricks meiner Liebe übertragen. Die Zeit wurde endlos. Es wurde Morgen, und es wurde Abend, und dennoch war es ständig der gleiche Tag; das war zur dunklen Jahreszeit. Ich lernte die Mitreisenden kennen und die Menschen an den verschiedenen Orten, an denen der Bus hielt; wir machten eine Pause und aßen etwas oder tranken Kaffee, und es dröhnte auf dem Dielenboden. Überall versuchten die Leute, auf Umwegen ihre Neugier zu stillen und herauszubekommen, weshalb ich ausgerechnet nach Hornafjördur fuhr, ob ich von dort stammte, ob ich dort jemand kannte. Keinem wäre in den Sinn gekommen, daß ein Mann in den Vierzigern mit Bauchansatz und einer Aktentasche die Angewohnheit hatte, zur dunkelsten Jahreszeit und aus keinem besonderen Grund zu reisen, am allerwenigsten nach Hornafjördur. Das waren Landbewohner, die mit dem Bus nach Hause fuhren, weil sie keine Lust hatten, mit ihrem Jeep eine so lange Strecke zu fahren, und ich war der einzige Auswärtige im Wagen.

Ich bin Kanadier isländischer Abstammung und reise aus Heimweh von Winnipeg hierher, nur um den Hornafjördur-Mond zu sehen, und am liebsten seine Rückseite, antwortete ich und machte ein ernstes Gesicht.

Obwohl die Mitreisenden ungläubig reagieren würden, gäben sie sich mit der Erklärung zufrieden, aus Liebe zur Heimat und aus Freude, daß der Hornafjördur-Mond so weltberühmt geworden war.

Doch irgendwer bequemte sich zu sagen:

Ja, aber guter Mann, wir haben Ende April, und da sieht man gar keinen Mond, nur den bleichen Schein davon, wegen der zunehmenden Helligkeit, denn unser Land ist auf dem Globus am weitesten im Norden, wie alle wissen.

Ach ja, sagte ich und ließ mir nichts anmerken, ich habe so lange drüben gelebt, daß ich wohl vergessen habe, wann der Mond in meiner Heimat am hellsten scheint.

Dann fügte ich entschuldigend hinzu:

Ich möchte zu meiner Verteidigung sagen, daß es egal ist, wohin wir Isländer fahren, wir sind schon immer ein Volk gewesen, das sich in der Zeit nicht zurechtgefunden hat und das, was ist oder vergeht, nicht auf dieselbe Weise begreift wie andere.

Wie das, fragte einer beleidigt, daß ein Mensch, der Isländisch sprach, während der Kaffeepause unter den Eyjafjöll schamlos behauptete, daß seine Landsleute einen Fehler hätten.

Ich mußte das, was ich in der Hast meinem Mund hatte entfahren lassen, abschwächen und fügte hinzu:

Entschuldigung, ich habe nur gemeint, daß hier in der dunklen Jahreszeit fast den ganzen Tag lang Nacht ist, aber im Sommer ewiger Tag; die ständige Helligkeit ist wegen der geographischen Lage des Landes unser Privileg.

Nun waren meine Mitreisenden erleichtert und froh über meine Heimatliebe und lächelten mir zu und nickten auf kindliche Weise.

Wir schalten mal schnell den Mond für dich an, sagte ein junger Mann. Es gibt nichts, was ein Isländer nicht tun kann, wenn er nur will.

O.k., ich kann dafür bezahlen, wie für jedes andere Licht in meinem Leben auch, sagte ich.

So sind die meisten schnell dazu bereit, sich aufgrund der Liebe zu ihrer Heimatregion zu täuschen, so wie ich voll und ganz dazu bereit bin, mich wegen der Liebe zu den Regionen eines anderen Körpers selbst zu täuschen. Natürlich schöpfte keiner Verdacht, daß ich mit schön verzierten Lügen einen Bogen um die Wahrheit machte. In dem Spiel, in das ich mein Leben habe kleiden müssen, rede und antworte ich um die Wette, indem ich das Gefährliche und Wahre durchscheinen lasse oder es mit Andeutungen sage. Ich denke immer öfter daran, je mehr Jahre vergehen, daß ich mich eher indirekt als direkt zu erkennen geben sollte, indem ich im Labyrinth des Lebens spiele und Waghalsigkeit an den Tag lege.

Um mir darüber besser klarzuwerden, fuhr ich tatsächlich nach Hornafjördur und besuchte einen Mann, den ich dort kenne. Ich lud ihn ins Hotel Vik zum Kaffee ein. Als wir an einem Tisch im Speisezimmer saßen und ich spürte, wie nervös er wurde, nachdem er herausgefunden hatte, daß es keinen besonderen Grund für die Reise gab, keinen anderen Zweck als den, mit ihm Kaffee zu trinken, da bemerkte ich, daß am Nebentisch ein Mann saß, der bei allem, was ich sagte, die Ohren spitzte, während er, den Kopf in die Hände gestützt, dasaß und so tat, als wäre er über seinem Glas eingenickt. Es schien, als würde er in der Betäubtheit die Worte in der Tiefe seines Rausches verstehen, so daß ich den Verdacht hatte, daß der Sinn meiner Reise in seinem Geist eine Resonanz erfahren würde. Ich schenke dem Beachtung, seit ich begonnen habe mich anzustrengen, mein Augenmerk viel eher auf die schlechte innere Verfassung der Menschen zu richten, als ihr äußeres Verhalten zu betrachten. Ich rief den Trunkenbold an und sagte:

Komm, wir machen Armdrücken!

Er schien nur darauf gewartet zu haben, daß ich ihn ansprach, und unter viel Getöse und Aufhebens kam er rasch an den Tisch. Wir nahmen die entsprechende Haltung ein, und er umfaßte meine Hand. Natürlich hatte ich gegen ihn keine Chance, das war von vornherein klar, und nach einem kurzen Moment hatte er meinen Arm umgelegt, und er fand es ganz offensichtlich langweilig, daß ich so ein Schwächling war und er so stark. Ich lächelte jedoch und sagte:

Tja, du hast mich gründlich flachgelegt.

Er schnaubte und kehrte schweigend, aber mit ziemlichem Gepolter an seinen Tisch und zu dem halbvollen Glas zurück und legte seine Wange daneben auf die Tischplatte, und das Gesicht und die Augen nahmen in der Benommenheit den Ausdruck eines Toten an, ich jedoch stand auf.

Mein Zimmer erwartete mich. Dort war der altvertraute Geruch von Reinigungsmitteln, und die Bettwäsche duftete nach der unpersönlichen Sauberkeit, die typisch für Hotels ist. Das Bett war kurz und schmal, eher eine breite Bank als ein Bett. Die Bettdecke lag aufgeplustert auf dem glattgezogenen Laken der Matratze. Ich ließ mich von Müdigkeit erschöpft darauf fallen, und die Luft entwich mit einem leichten Seufzer der Erleichterung darüber, meinen Körper empfangen zu haben, aus den Federn. Ich spürte, wie ich weich auf der Matratze landete. Während ich in einem Zustand der Schläfrigkeit, doch voller Erwartung dalag, fing ich an, Angst und Zweifel wegen meiner Potenz zu haben, bei Männern kann dies leicht passieren, bevor es überhaupt so weit ist, und ich versuchte den Ausbruch des Verlangens zu kontrollieren. Ich glaube, es ähnelt dem, was mit einer Frau passiert, wenn sie ein Kind gebären will: Zu große Anstrengung zur falschen Zeit, bevor die Wehen mit voller Kraft einsetzen, macht den Körper so schwach und schlapp, daß gar nichts geboren wird, wenn es geboren werden soll. Genauso bricht man bei einem starken seelischen Kampf zusammen, noch bevor die Stürme des wirklichen Kampfes einsetzen. Das ist eines von vielen Geheimnissen des Mannes und die Wahrheit über das Wesen seiner Natur. Der Mann ist voll von fast unergründeten düsteren Winkeln, über die nie gesprochen wird, sie dürfen immerzu in Schweigen übergangen werden, wegen des unablässigen Redens der Frauen über ihr allseits bekanntes Wesen, das das Menschengeschlecht terrorisiert hat, seit ihm eine Sprache und Denken gegeben wurde und die Männer ihre Begrenztheit erkannten und begannen, in Rede und Schrift von der Frau zu sprechen, um ihr eigenes Wesen zu verbergen, und die Frau dies bereitwillig entgegennahm und dachte, sie sei das bedeutendste Werk der Schöpfung.

Ich durfte nicht in der Tiefe der Bettdecke einnicken. Sie bauschte sich entlang der Seiten und der Arme, keinesfalls durfte ich zu fest schlafen, sonst konnte ich schlaff werden und käme spät oder überhaupt nicht mehr in Gang. Gleichzeitig bereute ich es, die Reise an diesen merkwürdigen Ort auf mich genommen zu haben, wo die Brandung kein stärkeres Geräusch machte als die Daunen, die in der Decke schlafen. »Brandung im Bett«, dachte ich und schlief ein.

Wenn ich den Körper des Mannes richtig beschreiben sollte, würde ich unter anderem sagen:

Er ist die Tragödie seiner Sehnsüchte; er ist unersättlich in seiner Befriedigung des Verlangens. Männer laufen Gefahr, auf dieselbe Weise in die eigenen Wertvorstellungen eingeschlossen zu werden, wie es mit dem Volksleben in Diktaturen passiert, und sie sind dem Verfall preisgegeben und erleiden den Tod aufgrund eines zu starken Glaubens an ihre Lebenskraft.

So wartete ich zwischen Schlafen und Wachen auf etwas, das nie aus meinen Gedanken zur Tür hereinkam. Ich wurde hellwach und torkelte auf die Beine und rief meine Frau an, und sie fragte:

Na, wie geht's in Hornafjördur; bist du dem Mann im Mond begegnet, und hast ihm die Ansichten des Kultusministeriums dargelegt?

Ich hörte das sarkastische Lachen aus den Jahren der Revolution, sie verjüngte sich, und wir fingen an, über Gott und die Welt zu plaudern, bis wir aufhörten und sie sagte:

Versuche doch endlich, dich zu entspannen, die Betten im Hotel Vik sind so weich.

Die Fahrt nach Hornafjördur ging in Gedanken zu Ende, am selben Ort, wo sie begonnen hatte, und sie führte nicht weiter. Dennoch war ich froh, daß ich gefahren war, und ich würde tausendmal wieder fahren, wenn es notwendig würde, an einem unbekannten Ort auf ein aufgeplustertes Federbett zu fallen und der Brandung zu lauschen, die keiner am Strand hört.

Jetzt, wenn ich daran denke, glaube ich, daß Liebesgeschichten auf diese Weise beginnen und enden müssen: Sie beginnnen in ihrer eigenen Falle und kommen nicht weiter, sie schaffen es keine Handbreit darüber hinaus.

Früh am nächsten Morgen flog ich von Hornafjördur ab. Ich sah die Wolken und das Blau des Himmels und erinnerte mich daran, was mein Onkel erzählte, als er zum ersten Mal von dort geflogen war:

Wenn das Flugzeug abstürzt, wäre der Tod, auf die Wollflocken des Himmels zu stürzen, so wie es in einem Buch stand.

Ich schickte hingegen einen telepathischen Gedanken an die Propeller und befahl ihnen kaputtzugehen. In meiner Phantasie verlangte ich von dem Piloten einen Flugzeugabsturz, doch der Geist hat keinen Einfluß auf Piloten und Flugzeuge, so daß ich anfing die Zeitungen zu lesen, und ebensowenig wie gestern konnte ich etwas Besonderes darin entdecken. Ich fragte meinen Sitznachbarn:

Warum steht in den Zeitungen nie was Interessantes?

Woher kommst du; merkst du das erst mit Mitte Vierzig auf dem Flug von Hornafjördur nach Reykjavik? fragte er zurück, ohne von der Zeitung aufzublicken.

Ich war verblüfft, das zu hören, und fragte:

Woher weißt du, wie alt ich bin?

Das sieht man dir an.

Niemand könnte sagen, es sei originell, sich nach Hornafjördur aufzumachen, um dort eine Nacht in aller Ruhe nachzudenken, doch es ist genausowenig originell, hinterher nach Hause in ein eher kleines Arbeitszimmer mit Küchenzeile in einem Keller zurückzukehren; trotzdem haben die Leute bestimmt nicht viel Gescheiteres auf der Suche nach dem bleichen Mann im Mond in sich selbst angestellt und fügen ihn anschließend in ihr Werk ein.

Sechstes Tagebuch

1. Januar 1993

Die Erinnerung in der Brust des Menschen ist erbärmlich, und ich würde sie bedauern, wenn es möglich wäre, dem einen Gefühl Mitleid durch ein anderes zu erweisen, das besser ist und barmherziger, auf die gleiche Weise wie gutherzige Menschen es mit denen tun, denen es schlecht im Leben ergeht. Unsere Erinnerung ist keine verläßliche Krücke, um darauf aus der Gegenwart zurück in die Vergangenheit zu humpeln, wenn jemand nach dem suchen möchte, was in vergangenen Tagen geschah. In ihrer Dummheit läuft sie Gefahr, zu glauben, sie sei nicht bloß sie selbst, sondern die Wirklichkeit einer vergangenen Zeit und die Wahrheit hinter ihr. Diese Einfalt und Überschätzung kommt daher, daß sie meint, daß die Vernunft das Wahre und Richtige irgendwo in dem Bereich zwischen dem Ereignis und dem Moment, wenn es in Erinnerung gebracht wird, gefunden hat.

Damit als Leitstern machte ich mir bewußt, daß ich, wenn mein Leben die Sphäre anderer Menschen und ihre Lebensweise berührte, merkwürdige Angewohnheiten an den Tag legen musse, die Erinnerung größtenteils verlieren und weltfremd und auf diese Weise freier im Umgang mit meiner Frau, meiner Familie und der Umgebung werden, doch dann versuchen, die Erinnerung und meine Handlungen in Tagebuchform wiederzugewinnen.

Ich griff zu diesem Mittel aus Erbarmen mit meiner Frau, das weiß ich jetzt, denn wenn alles herauskäme, dann würde ihr mein Verhalten als natürliche Fortsetzung dessen erscheinen, was durch mein seltsames Benehmen vorangegangen war. Auf diese Weise legte ich ihr den richtigen Satz in die Hände, falls sie sich gegenüber ihren Eltern und den Freunden rechtfertigen mußte, die nicht so übermäßig viele sind, und beweisen, daß sie keine Ahnung von irgend etwas gehabt hat und das Opfer ihrer eigenen Gutgläubigkeit ist. Dagegen tat ich heiter, froh und offenherzig im Umgang mit Fremden und Leuten, mit denen ich außerhalb der eigenen vier Wände zu tun hatte. Die Widersprüche waren zu dem Zweck organisiert, um mich zu zerstückeln und etwas von mir auf viele zu verteilen, um selbst nur wenig von mir zu behalten und meine Spuren zu verwischen, auf diese Weise konnten keine zwei Menschen mich für denselben halten, und die Leute würden sagen:

Ach, diesen Zug kenne ich gar nicht an ihm ... ganz im Gegenteil ... außer, er hat unzählige andere und vielleicht täuschende Seiten ...

Ich weiß nicht, ob eine solche Ausdrucksweise üblich ist, doch die Reaktionen könnten ungefähr so sein. In kleinen Gesellschaften ist es die Regel, daß die Leute ihren Nachbarn mit sich selbst vergleichen, seine verschiedenen problematischen Seiten und die eigene gute Seite, die sie vermittels einer erstrebenswerten Lebensweise als die einzig wahre ausgeformt haben. Menschen in engen Gesellschaften sind nach außen hin einseitig, doch alle Seiten des Lebens befinden sich natürlich in ihrem Inneren; in dieser Hinsicht sind kleine Gesellschaften nicht kleiner als die großen. So zu tun, als hätte man viele verschiedene Seiten, ist das größte Vergnügen einseitiger Leute, wenn sie plump und reserviert in der Küche und am Arbeitsplatz sitzen und sich unterhalten.

Ich fand es schwierig, mich anders zu verhalten, als ich zweifellos bin. Ich war oft völlig erschöpft, und es fehlte nicht viel, und ich hätte meine Eigenheiten wieder aufgegeben. Ich gab nicht auf, innerhalb kurzer Zeit wurde ich in den Augen meiner Verwandten und der Familie so sonderbar und eigenbrötlerisch, daß keiner wußte, was von mir zu erwarten war, daher war mir auch alles erlaubt. Daheim wurde ich wählerisch beim Essen und hatte an allem etwas auszusetzen und schob ohne Appetit den Teller weg. So ein Benehmen gilt als normal in diesem Teil der Welt, ich habe vor allem Männer gesehen, die nicht nur das Kind in sich bewahren, sondern auch ähnlich wie kleine Kinder reagieren, die ewig ein Lätzchen umhaben wollen und so lange in den höchsten Tönen jammern, bis sie bei Mama ihren Willen durchgesetzt haben. In Friedenszeiten sind die Menschen am besten mit Weinen und Jammern vorangekommen, anstatt ein unaufhörliches Kriegsgeschrei anzustimmen; doch in den Wohlstandsgesellschaften der heutigen Zeit nutzt weder das eine noch das andere, will man siegen, dann muß man abwechselnd schreien und jammern.

Deshalb war es für mich einfacher, den ganzen Abend im Zimmer zu bleiben oder ganz ohne Vorwarnung dorthin zu verschwinden. Meine Frau war erleichtert, wenn sie mich los wurde, ich war so eigensinnig und anstrengend.

Wenn ich wiederkam, wartete sie bereits mit stockendem Atem auf mich, gespannt, in welcher Verfassung ich mich wohl befinden würde, und anfangs konnte sie nicht einschlafen, bis ich neben ihr lag und im Schlaf ruhig atmete. Gewöhnlich schien ihr dann mein Gemüt viel heiterer zu sein, als kurz bevor ich wegging, und sie sagte:

Ich kenne dich in- und auswendig und brauche nicht in mir zu spüren, ob es dir mit dem Schreiben gut oder schlecht gegangen ist, ein dienstbarer Geist hat es mir gesagt.

Eines von dem, was die erdrückende Langeweile in einem langen Zusammenleben vermehrt, ist, daß man so tut, als kenne man seinen Ehepartner bis ins letzte, aber in Wahrheit keinen blassen Schimmer von ihm hat, sagte ich ärgerlich und drehte mich zur Wand oder lag auf dem Rücken, mit der Hand auf der Stirn, und starrte in die Luft, bis sie fragte und Interesse zeigen wollte:

Woran denkst du?

Nichts, sagte ich trocken, doch so, daß man sich leicht vorstellen konnte, daß ich an etwas Besonderes dachte.

Ich kenne dich und könnte von deinem Verhalten und deiner Denkweise eine Röntgenaufnahme machen, sagte sie, doch sie stellte keine Forderungen nach einer Herausgabe des Werkes, an dem ich zu Zeiten und Unzeiten arbeitete, besonders zu Unzeiten.

Also, laß uns schlafen, sagte ich müde und vermied, sie anzusehen, in der Hoffnung, daß dadurch in ihr ein Schuldgefühl wegen meiner Niedergeschlagenheit erwachte und sie keinen Schlaf fand und wachlag, dann könnte ich sagen, daß ich hören würde, daß sie aus Sorge um mich wachlag, was unnötig sei, und es wäre am besten, wenn wir aufhören würden, in einem Zimmer zu schlafen, damit ich nicht wachlag aus Besorgnis darüber, daß ich der Grund für ihr Wachliegen wäre.

Wir gingen schlafen oder besser gesagt sie; weil ich am Ende wachlag wegen des Spiels, das ich nicht in den Griff bekam, und ich erklärte mich dazu bereit, ihretwegen in einem anderen Zimmer zu schlafen. »Nein, nein,« sagte sie. »Du hältst mich nicht wach, ich bin ein richtiger Siebenschläfer, ich schlafe, egal, was um mich herum vor sich geht.« Trotzdem hörte ich ihretwegen auf, bei ihr zu schlafen, und sie sagte:

Du nimmst meinetwegen zuviel auf dich, aber wir können die Tür zwischen den Zimmern auflassen.

Nein, nein, widersprach ich, ich will nicht, daß mein Geschnarche dich wachhält.

Ich verwende das Zimmer jetzt schon seit ungefähr vier Jahren, ohne daß etwas dabei herausgekommen ist, man könnte meinen, daß ich das Meisterwerk schriebe, das die isländische Nation schon mit Spannung und ein bißchen ängstlich erwartet, wegen der Behandlung, die sie darin erfahren wird.

Ich habe den Verdacht, daß du zu sehr die Griffel spitzt, ein Mann, der im Ministerium arbeitet, sagte sie.

Wir fingen an, ins Theater zu gehen, nachdem ich »infiziert« worden war, und meine Frau saß wie auf Kohlen, weil sie die Stücke nicht richtig verstand oder zumindest nicht genauso gründlich wie ich.

Du beschäftigst dich mit Kunst und mußt es ja richtig verstehen, sagte sie.

Nachdem sie begonnen hatte, die Besprechungen der täglichen kulturellen Ereignisse im Radio anzuhören, bekam sie darin Übung, schwammige Ansichten zu haben, zu sagen, der Text wäre mit leichter Hand geschrieben, doch ihrer Meinung nach fehle es in den entscheidenden Passagen an dem letzten Schliff, und es gebe eine Menge loser Fäden darin.

Sie fing auch an, Bücher zu lesen, damit sie als Ehefrau mithalten und mir Unterstützung leisten konnte und um auf diese Weise das Klimakterium zu überspringen, das unmittelbar bevorstand und im Leben der Frau wie ein Wunderwald ist, der in der Zukunft wächst und gleichzeitig entzückt und Furcht errregt, und meine Frau wünschte und hoffte, daß sie sich darin nicht verirrte, wenn sie mich als Führer hatte.

Ich fing an zu lachen und sagte, daß uns noch dasselbe bevorstehen würde wie einigen anderen aus der Hippie-Generation, einmal würde es sich rächen, daß wir uns so schnell der Avantgarde angeschlossen hatten, daß sie zu einer Avantgarde zurück in die Vergangenheit geworden ist oder eine rückwärtsgewandte Avantgarde.

Sie schüttelte den Kopf in einer Siegesgewißheit, der nichts etwas anhaben konnte und die immer an das Geschlecht gebunden war. Nachdem sie der Epoche der Slogans, Buttons und Transparente entwachsen war, konnte sie sich geistig nicht rühren, ohne ein Abzeichen zu tragen, und verwechselte immer das Warenetikett mit der Überzeugung. Sie trug stets den Frauenstern an der Brust.

Vielleicht müssen die Männer dafür bezahlen, aber wir Frauen sind anders, sagte sie. Was von der Frau kommt, ist verwandt mit der Natur des Kindes, das sie gebiert, es kann nur in die Zukunft geboren werden.

Ich hatte es schon lange satt, daß sie noch immer dieselben Überzeugungen und Antworten unverändert parat hatte. Einmal hörte ich, wie sie zweifelte, als sie sagte: »Mein Gott, und wenn ich am Ende dieses Abschnittes in meinem Leben noch lesbisch werde! Das passiert öfter, als man denkt, weil eine Frau dann in gewisser Hinsicht aufhört, Frau zu sein.«

Was wird sie dann? fragte ich.

Ich habe dir das nie erzählt, aber Sigga hat sich für mich interessiert, sagte sie. Das Komische dabei war, daß ich es seltsam fand, aber trotzdem natürlich, und ich hatte schon auf diesen Moment in der Büchse des Lasterlebens, das in jedem Menschen brodelt, gewartet. Aber ich sagte zu mir selbst: »Nein, Mädchen, so weit gehe ich nicht, obwohl ich in den Wechseljahren bin«, und zum ersten Mal im Leben stieß ich sie von mir weg.

Sie seufzte, und ich sagte:

Was du nicht sagst. Vielleicht sollte ich Sigga dafür eins mit der neunschwänzigen Katze geben.

Liebster, sie schaut weder dich noch andere Männer an, sagte sie entschieden. Du weißt, daß sie heiratete und sich nach einem Monat scheiden ließ, und das sagt mehr über sie aus als viele Psychologiebücher... Aber willst du wissen, wie ich mich dabei fühlte?

Ja, sagte ich.

Sie seufzte, und man konnte hören, daß sie gerne und doch nicht so gerne ihr Geheimnis lüften wollte, doch dann sagte sie:

Mir war, als würde ich zu einem kleinen Mädchen werden, das wieder die weichen Milchzähne in den Mund bekommen hat.

Was du nicht sagst, sagte ich. Dann zeigst du mir zumindest nicht die Zähne, wenn mir mal etwas Ähnliches passiert.

Männer können nie lesbisch werden, sagte sie. Sie würden nie in diesen Erfahrungsbereich vordringen, selbst wenn sie das Geschlecht wechseln würden. Ich habe nicht vor, mich in irgendeiner Weise zu verirren, obwohl ich bald Mitte Vierzig bin, und ich kann weiter in der Ehe herumhängen und für dich Korrektur lesen, wenn es darauf ankommt. Man muß nur genügend Fehler finden.

Sie machte es sich zur Angewohnheit, mit weiblicher Intuition über Bücher zu reden und sich entsprechend zu erregen, aber völlig überzeugt zu sein, auf furchtbare Druckfehler aufmerksam zu werden, ungelenke Sätze zu finden und zu sagen:

Einen so unfertigen Text hätte ich nicht aus der Hand gegeben, aber man sieht eher die Fehler von anderen als die eigenen. Überall im Text sieht man deutlich die Nahtstellen, da sind Wiederholungen, die Zusammenhänge in den Dialogen sind nicht flüssig genug, und dieselben Wörter stehen zu nah beieinander.

Na und? fragte ich und hatte die Absicht, sie aus dem Konzept zu bringen.

Das ist ein Gestammel und kein Stilmittel des Autors, aber mit dieser Schlamperei kommt er bei den Kritikern durch, weil er jetzt bekannt ist. Trotzdem tut man ihm mit der Veröffentlichung keinen Gefallen.

Ich wunderte mich, mit welcher Kenntnis sie sprach, und glaubte, das käme daher, daß Frauen schnell darin sind, Dinge, Gefühle, Namen und Themen aufzugreifen und sich anzueignen, vor allem wenn Männer sie beiseitegelegt haben, dann richten sie die gefallene Fahne wieder auf und schwenken sie siegesgewiß bis zum Tode. Doch das schürft nicht tief; der Verstand reicht bis zur Gebärmutter, aber nicht bis in den Mutterkuchen, wo sie dem Leben Tiefe geben, und sobald sie die Tiefe entbunden und jemand anderem gegeben haben, fliehen sie sie und geben sich damit zufrieden, ständig an der Oberfläche herumzuplanschen. Wenige Frauen können still und schweigend leiden.

Bevor ich darüber nachgedacht hatte, fügte sie nach kurzer Überlegung hinzu:

Wohlgemerkt, was ist das Menschenleben anderes als Gestammel, endloses Gestammel?

Sie blinzelte mit den Augen, auf die gleiche Weise, wie ein Schmetterling an einem sonnigen Frühlingstag zwischen den Blumen mit den Flügeln schlägt. Es war schon lange her, daß ich sie in das Schmetterlingsgewand des Mädchens, das der Augenstern des Hauses ist, schlüpfen sah, doch es gelang ihr wirklich gut, und sie fügte eine alte Weisheit hinzu, die in den Krümeln auf den Kuchentellern in den Cafés zurückgeblieben war, Gott weiß, wann, und wir sammelten sie mit den Fingern auf, als wir jung und Revoluzzer waren, und ich dachte, sie würde sich nicht mehr daran erinnern:

Literatur ist nicht das Leben, die Dichtung muß ihren besonderen Gesetzen gehorchen, und obwohl das Leben voll ausgezeichneter Wiederholungen ist, so sind sie unzulässig in einem richtigen Text, der für sich selbst stehen will und der nichts anderem verpflichtet ist als der Ästhetik des Werks und der potentiellen Leserschaft, wohlgemerkt – der künstlerischen Tradition, soweit du nicht noch immer der Subkultur verhaftet bist, die wir der bürgerlichen entgegenhielten.

Ich zuckte mit den Achseln.

Ich glaube, daß ihr Kunstinteresse seinen Anteil daran gehabt hat, daß ich meinem Gefährten den Vorschlag machte, unsere Frauen wieder zum Essen auszuführen, diesmal ins *Kunstcafé*. Ich war schon ganz zappelig vor lauter Neugier, wie die Neue aussah; er sprach so gut von ihr.

Wir können sie uns zeigen, obwohl es bei mir nichts weiter als dieselbe zu sehen gibt, sagte ich.

Die Tatsache, daß er sich im Bett ständig Abwechslung verschaffte, erhöhte die Spannung in unserer Bekanntschaft, doch er wich aus und tat, als habe er keine, so daß ich glaubte, er habe sogar mehrere.

Wozu soll das gut sein, ständig seine Schicksen herzuzeigen? fragte er mürrisch. Wir haben das einmal gespielt, und ich spiele es nicht noch mal.

Du hast sie wohl kaum alle an diese Leinenfischer im Norden verloren? fragte ich.

Nein, nur die fettesten, die Typen fangen eine Menge und können sich große Autos leisten; ich kann sie nicht mit einem zwei Jahre alten Toyota Corolla bei Laune halten, sagte er zögernd, doch er war mit dem Vorschlag einverstanden.

Zuerst dachte ich, er hätte sich gedrückt, doch dann sah ich ihn, wie er mit derselben wie im *Komm heut abend* saß, was mich überraschte, und ich glaubte, sie wären wieder zusammen, oder sie wäre seine Mutter, die er nie verließ. Ich kann nicht sagen, daß ich haßerfüllt geworden wäre, doch ich schämte mich wegen des Spiels, von dem die Frauen keine Ahnung hatten. Aus Aberglauben oder Gewissensbissen dachte ich, daß ihnen nun ein Licht aufgehen müsse, wie der Hase lief, und daß sie uns nun vor all den Gästen, die andächtig Gerichte aßen, welche eher dekorativ auf den Tellern angerichtet waren, als daß sie gut schmeckten, die Leviten lesen würden. Ich sah auf, und unsere Blicke trafen sich. Während dem Essen gaben wir einander Zeichen und trafen uns auf dem Klo. Er sah mich an, als ob ich krank wäre, und sagte verächtlich:

Es regnet heute nicht so wahnsinnig viel im Großraum Reykjavik.

Kommst du gerade aus deinem Regenloch? fragte ich dagegen. Es tropft ja nur.

Es brummte viril aus ihm, und ich wußte nicht, ob das ja oder nein heißen sollte, und so betrachteten wir einander, und da sagte er:

Man ist gezwungen, immer in dieselbe Kerbe zu hauen, wenn es bei einem anfängt weniger zu regnen.

Was meinst du damit? fragte ich.

Nur das, was ich sagte, antwortete er. Alles steckt fest, wenn die Drüse drückt. Und warum hast du mich dazu gebracht, diesen Schwachsinn mitzumachen?

Sein Gesicht nahm einen brutalen Ausdruck an, und er tat, als wolle er den Strahl auf mich lenken, als ein junger Mann hereinkam und sagte:

Nur ruhig, Kameraden, keine Aufregung. Man soll nie mit dem Schwanz in der Faust streiten.

Ich erschrak, und als ich mich nach draußen stahl, hörte ich, wie mein Gefährte anfing, mit ihm darüber zu streiten, was man denn dann tun solle; dann schrie er:

Was geht dich das an, wie ich mein Eigentum anfasse!

Der junge Mann hatte ohne Zweifel die Flucht ergriffen, denn ich hörte ihn hinter mir fluchend die Treppe hochkommen.

Lauert der Knallkopf da Fremden auf, um das Maul aufzureißen? fragte er.

Ich gab keine Antwort.

Während wir den Nachtisch aßen, sagte meine Frau:

Das Leben kann komisch sein.

Und das nicht zu knapp, stimmte ich zu.

Denn wenn ich recht sehe, dann sitzt gewöhnlich dasselbe Ehepaar am nächsten Tisch, wenn wir mal in ein Restaurant gehen.

Das gibt's nicht, widersprach ich.

Hast du es nicht bemerkt?

Nein, ich bin so gierig, daß ich nicht aufschaue, wenn ich reinhaue, sagte ich desinteressiert.

Soll man das so verstehen, daß du mich zum Essen ausführst, weil dir das Essen daheim nicht schmeckt? fragte sie.

Ich kann mich wohl kaum über deine Küche beklagen, sagte ich.

Das ist wahr, stimmte sie zu. Du führst mich selten aus, damit ich die Gerichte der Nouvelle cuisine probieren kann.

Ich finde wenig Vergnügen daran, etwas zu essen, das sich um den Teller wickelt wie Seetang, sagte ich.

Verfolgst du dann vielleicht dieses Ehepaar; kann das sein? fragte sie zögernd ... Meine neue Wahrsagerin sagt, daß es keinen Zufall gibt ... aber ich bin gegensätzlicher Ansicht; das beweist ohne Zweifel die Existenz höherer Mächte, daß dasselbe Ehepaar am nächsten Tisch sitzt ...

Glaubst du, daß Gott sie mit einem solchen Magen erschaffen hat, daß er hungrig wird, wenn wir ausgehen? fragte ich.

Vielleicht nicht der Gott, den es in unserem Kinderglauben gab, sagte sie und fing an zu lachen. Es kann mehrere Götter geben. Ich hoffe, daß sie öfter Hunger haben als die paar Mal, die du mich zum Essen ausführst. Obwohl ich deine Zuvorkommenheit nicht mit der unserer Nachbarn vergleichen kann, kann man von der Frau nicht behaupten, daß sie an Unterernährung leidet. Die körperliche Verfassung beweist, daß er ein liebevoller Mann ist, obwohl er hungrige Blicke zu mir an den Tisch herüberschickt.

Hast du nicht Lust, dich von ihm vernaschen zu lassen?

Warum sollte ich keine Lust dazu haben? fragte sie herausfordernd zurück. Die Lust dazu ist da, aber die Faulheit zu groß, als daß ich einen frommen Wunsch in Ärger verwandeln würde, wenn er mir erfüllt worden ist.

Probier es, sagte ich.

Nein, antwortete sie.

Warum nicht?

Es ist ganz offensichtlich, daß der Mann sich nicht nur für das interessiert, was ihm gehört, das sieht man an den Augen; sie zögern und werden traurig, wenn sie etwas ansehen, das sie verschlingen wollen, antwortete meine Frau.

*

Danach wurden mein Gefährte und ich noch mutiger und hatten Spaß daran, die Kommentare unserer Ehefrauen zu vergleichen, und jedesmal wenn wir uns trafen, wurde ich davon mehr überzeugt, daß meine sympathischer war, weil sie zu Hause arbeitete und die Welt durch das Küchenfenster betrachtete und durch das Telefon hörte und sich das vorstellte, was dabei fehlte und womit sie nicht in Berührung kam, oder sie fügte Geschichten und Ereignissen, von denen sie bei einem Besuch bei Freunden und Bekannten gehört hatte, noch etwas hinzu. Der Umgang mit den Kindern hatte seinen Teil dazu beigetragen, daß sie zu einem unterhaltsamen Geschichtenerzähler wurde, wie Kinder es in einem gewissen Alter sind; diese Qualitäten können Frauen, die draußen auf dem Arbeitsmarkt sind und Büros reinigen, in Geschäften bedienen oder in Fabriken schuften, nicht erreichen. Normale Männer weisen ebenfalls keinen solchen Wesenszug auf, sie lassen ihre Phantasie nur selten auf einem anderen Gebiet als dem der Tatkraft und der sexuellen Energie spielen.

Als mein Gefährte Sommerurlaub hatte und ich ebenfalls, machten wir es uns zur Gewohnheit, uns mit den jüngsten Kindern wie zufällig am Teich zu treffen. Wir fingen ein Gespräch an, ähnlich wie Unbekannte es tun, wir unterhielten uns und machten die Kinder miteinander bekannt. Wahrscheinlich war meine Absicht dabei gewesen, daß sie sich durch unsere Bekanntschaft an meinem Verlangen ein Beispiel nähmen und unzertrennnlich würden. So könnten wir uns besuchen, und unsere Familien wären freundschaftlich miteinander verbunden. Ich hatte meine Tochter dabei, und er kam mit einem Jungen und einem Mädchen in ungefähr dem gleichen Alter. Die Kinder verstanden sich prima, sie fütterten die Vögel, und die Treuherzigkeit, mit der sie Brot ins Wasser warfen, erweckte bei mir ein heftig pochendes Bedauern, das ich nichtsdestoweniger genoß.

Mit der Zeit fand auch ich langsam Spaß daran, Brot in den Teich zu werfen und zu sehen, wie es quoll, wenn es Wasser aufsaugte. Es bereitete mir Vergnügen, den Vögeln dabei zuzusehen, wie sie schnell zum Futter schwommen, sich um den Bissen schlugen und um die Wette in die vollgesogene Rinde pickten.

Während die Kinder sich um die Vögel kümmerten, saßen wir auf der Bank, und als ich ihn fragte, was er in den Ferien vorhatte, sagte er:

Vielleicht sollte man mal in den Süden fahren, ich könnte nicht behaupten, daß ich die Südländer kenne, selbst wenn ich jahrelang mit Klippfisch hingefahren bin und mir immer gewünscht habe, Abenteuer zu erleben. Man macht kaum etwas anderes, als an der Reling zu stehen und zum Land zu blicken; seitdem alles in Container verladen wird, gibt es keinen Aufenthalt mehr. Ich habe, gelinde gesagt, langsam Lust auf heißblütiges Lammfleisch bekommen ... du weißt schon ... die Mädchen, die festes Fleisch haben ... aber denen die Creme fehlt, um wie Seehunde in der Sonne zu glänzen ...

Er ließ die Zungenspitze lange im rechten Mundwinkel, und als ich die rote und feuchte Spitze zucken sah, schlug ein Gedanke in meinem Hirn ein.

Wo wolltest du hinfahren? fragte ich mit schwerem Herzklopfen.

Er sagte es ohne Umschweife, was ihm unähnlich war, und bei welchem Reisebüro er gebucht hatte.

Fliegst du allein oder mit der ganzen Familie?

Ich fahre nur mit meiner Frau, du verstehst ... zur Sicherheit und um zu vertuschen, falls man vielleicht ... du weißt schon ... Komm doch mit, Mensch, wir könnten zusammen ein Mädchen aufreißen ...

Ich nehme meine auch mit, sagte ich erregt, aber ängstlich, daß er mir verbieten könnte, zu fahren, doch das tat er nicht, und ich beschloß herauszufinden, ob die Reise ausgebucht war. Ich rief eiligst meine Tochter her und ging mit ihr ins Reisebüro.

Jetzt lade ich euch zu einer Reise in den Süden ein, sagte ich und verzog den Mund zu einem Lächeln.

Papa, sagte das Mädchen verwundert.

Und als ich nach Hause kam, sagte meine Frau:

Da bleibt mir doch die Spucke weg, und ich bin sprachlos. Du bist verrückt.

Ja, sagte ich, aber erlaube mir mal, richtig verrückt zu sein, nur ein einziges Mal im Leben. Du wirst noch sehen, es lohnt sich wirklich.

Ich mußte mich hinlegen, weil ich so schnaufte, und ich glaubte, ich würde einen Herzanfall bekommen, bevor das Abenteuer meines Lebens begonnen hätte, und das wäre das Ende von der Geschichte gewesen. Als sie meine Erregung bemerkte und meine Stirn berührte, sagte sie:

Man darf sich nicht vor lauter Vergnügen umbringen, es lohnt sich, das Leben mit Gelassenheit zu nehmen oder unglücklich auf der Heimatinsel dahinzuvegetieren.

Hier füge ich in das Werk die Geschichte ein, daß ich unschuldig bin, denn es war nicht ich, der einen Gefährten oder Kameraden suchte, sondern ich erbte ihn auf ungewöhnliche Weise.

Als mein Jugendfreund starb, erbte ich nicht nur seinen Gefährten, sondern auch die Wohnung und eine beträchtliche Menge Geld, das er von seinen Bankkonten abgehoben und alle Scheine der Größe nach auf fünf Schuhschachteln verteilt hatte; das Geld war nicht in großen Scheinen. Das zeugte von seinem Humor, denn er erwähnte oft, daß isländischer Reichtum nur aus Kleingeld bestehen würde, selbst wenn die Leute sich damit brüsteten. Mit dem Erbe in Bargeld, für das ich keine Steuern zu bezahlen brauchte, denn es tauchte nirgendwo auf, und den Immobilien, für die ich Steuern bezahlen mußte, verbesserte sich unsere finanzielle Lage erheblich, und daher konnte ich es vor meiner Frau rechtfertigen, daß ich mir ein Arbeitszimmer mietete, um mir einen Traum zu verwirklichen, den ich das ganze Leben mit mir herumgetragen hatte. Zuerst hatte ich Angst, daß es ihr verdächtig vorkommen könnte oder daß sie überrascht wäre, daß ich die Wohnung erbte, denn es ist hierzulande nicht üblich, daß jemand einen fast unbekannten Menschen beerbt. So etwas kennt man so gut wie gar nicht, denn sonst hätte man groß in den Zeitschriften davon berichtet. Man beerbt höchstens die nächsten Verwandten, Eltern oder irgend jemanden aus der Familie, der ledig gewesen ist, doch für gewöhnlich sind unverheiratete Leute in Island knauserig, und entweder haben sie, vor allem die Junggesellen, lange vor dem Ableben ihren Besitz vertrunken oder zum Fenster hinausgeschmissen, oder die Habseligkeiten zerrinnen ihnen nach Aussage der Rechtsanwälte irgendwie unter den Händen, ungefähr dann, wenn sie wissen, daß sie in Kürze den Löffel abgeben müssen und sich mit ein paar lauten Weibern, die am liebsten alles bis zum letzten Tropfen hinunterschlucken würden, das letzte Glas genehmigen. Meine Erfahrung ist daher die – und ich habe es oft gesagt –, daß es sich nicht lohnt, alleinstehende Verwandte gut zu behandeln, ihnen ist alles andere zuzutrauen, als daß sie ihre Dankbarkeit im Testament zeigen. Man soll sich nie bei ihnen lieb Kind machen.

Mein Jugendfreund war von Natur aus nicht großzügig, was das Finanzielle betraf, sondern so knauserig wie gemeinhin unverheiratete Leute, und nicht zuletzt Homosexuelle, doch wahrscheinlich aufgrund des langen Aufenthalts im Ausland und einer gewissen Weltmännischkeit, die sich, so glaube ich, hauptsächlich darin zeigte, daß er um den ständig dünner werdenden Hals ein Halstuch trug und keine Krawatte und daheim in einem Frisierkittel herumstolzierte, war er auf originelle Weise exzentrisch, als es darum ging, sich ins Grab zu bringen, wenn man so sagen kann. Das kam mir und meiner Familie zugute.

Als er sich schließlich dazu entschloß, sich das Leben zu nehmen, nach so vielem Zögern und Überlegen, daß ich dachte, er wolle mich einfach dadurch umbringen, daß ich mir das Ganze anhören mußte, da hinterließ er einen Brief in einem braunen und dicken Kuvert auf dem Glastisch vor der Couch im Wohnzimmer. Er lag da wie zufällig neben einem Häufchen Zigarrenasche und einem angetrockneten braunen Kaffeering, wahrscheinlich von der letzten Tasse Kaffee, die er getrunken hatte, während er dabei eine Zigarre rauchte. Außen auf dem Kuvert stand mit deutlichen Buchstaben geschrieben, daß er denjenigen, der als erster in die Wohnung käme, darum bat, nicht nach ihm zu suchen, er läge in einem schwarzen Müllsack in der Badewanne, bereit für den Sarg. Hingegen solle der Betreffende das Kuvert öffnen, darin befänden sich zwei verschlossene Kuverts, und er solle mit dem einen sofort zu dem Rechtsanwalt gehen, an den es adressiert war, ohne es zu öffnen, und selber in das andere schauen, es sei für den Finder bestimmt und an niemand adressiert, denn er hätte keine Ahnung, wer ihn tot auffinden würde. Ich entsprach in beidem seinem Wunsch, und als ich zu dem Rechtsanwalt kam, riß er den Umschlag auf und sagte, daß sich darin Instruktionen befänden, zum Beispiel wegen des Begräbnisses, und eine Kopie des Testaments, das mein Jugendfreund vor ungefähr einem Jahr in seinem Büro in Anwesenheit von zwei Zeugen gemacht hatte. Darin stand, daß er es so verfügt habe, daß nur derjenige sein Alleinerbe wäre, der mit dem ungeöffneten Brief zum Anwalt käme.

Die Tochter meines Jugendfreundes wurde natürlich fast wahnsinnig, als sie dies erfuhr, sie bezeichnete ein solches Verhalten als Verschwörung gegen sie und drehte durch, nicht aus Trauer über den Verlust des Vaters, sondern weil sie das Erbe verlor. Ihr Ehemann war etwas niedergeschlagen und voller Bedauern, doch er sagte, daß Araber nie über den Verlust von Geld weinten, das würden nur Christen und Juden tun, sie wären egoistisch und ließen sich nur von ihrem Geldbeutel leiten. Er war es gewesen, der mich an dem Nachmittag vor dem Tag, an dem ich meinen Freund tot vorfand, angerufen und gebeten hatte, für ihn hinzugehen und nachzusehen, ob mit seinem Schwiegervater alles in Ordnung war, er könne nicht drei ganze Tage lang so guter Laune sein, daß er nicht anrief, um ihn zu beschimpfen und sich über ihn lustig zu machen, daß er von Datteln und Feigen keine Ahnung habe. Wenn er anrief, versuchte er nicht nur knauserig zu seiner Tochter zu sein, sondern auch gemein, weil sie einen nichtsnutzigen Mann mit drei Goldzähnen hatte, die er in einer Welt, in der alles an Wert verlor und man kein anderes Ziel haben konnte, als gerade so durchzukommen, nicht verkaufen könnte. Er endete stets damit, daß er selbst allein deshalb schon verrecken müsse, weil er nach Hause zurückgekehrt war, als er draußen in der großen, weiten Welt gerade kurz davor war, steinreich zu werden, sowohl auf dem Kontinent als auch im Nahen Osten, dort würde er eine Ölquelle besitzen, die auf ihn wartete. Bei den letzten Worten seufzte der Araber so schwer, daß ich dachte, ein Sturm wäre in den Hörer gefahren, und nach dem Seufzer fügte er noch hinzu:

Er machte uns immer fertig, und wenn er uns gerade nicht fertigmachte, dann machte er sich selbst fertig, und ich machte mir Sorgen, daß er sich umgebracht hätte. Doch immer, wenn ich anrief, nachdem ich mir geschworen hatte, daß ich jetzt nicht anrufen würde, da war der Kerl quicklebendig, und ich bekam nichts als Datteln und Beschimpfungen an den Kopf geworfen, und deshalb bitte ich dich jetzt darum, nach ihm zu sehen.

Ich konnte darüber nur lachen und hatte keine Lust, sofort hinzugehen, und verschob es bis zum nächsten Morgen. Ich erinnere mich, daß ich zu dem Araber sagte:

Er kratzt wohl kaum in der Zwischenzeit ab.

Die Zwischenzeit ist meist die allerschlechteste Zeit für Menschen, die mehr als nur rastlos sind, sagte der Schwiegersohn. Ich glaube, daß alle isländischen Verrückten gerade in der Zwischenzeit abkratzen.

Weshalb gehst du dann nicht hin oder deine Frau? fragte ich.

Er sagte, daß er das nicht tun könne, und seine Frau auch nicht. Es war nicht klar, weshalb es ihm unmöglich war, mit dem Auto vorbeizufahren, doch als Erklärung sagte er, daß seine Frau sich weigerte hinzugehen, weil sie eine Blase an den Fersen hatte und wußte, daß der Lift außer Betrieb war, sowohl bei ihnen als auch bei ihrem Vater, und es würde ihr nicht einfallen, auf Zehenspitzen zwei Stockwerke hochzuklettern. Den wahren Grund weiß ich nicht, doch wahrscheinlich hat es mehr als nur einen unbedeutenden Vorfall zwischen Vater und Tochter gegeben, obwohl ich das nicht mit Sicherheit weiß.

Bei der Beerdigung, als der Leichnam eingeäschert wurde, wurde wenig gesprochen und noch weniger geweint, der Schwiegersohn sah halb betreten und halb gramgebeugt aus und versuchte so, Mitleid bei mir zu wecken, und er gab mir zu verstehen, daß ich bereits auf das Erbe verzichtet hätte, wenn ich nicht so egoistisch wäre, seine Frau und er hätten das Vermögen des Verstorbenen viel nötiger als ich, der in diesen Zeiten einer neuen Rezession eine Vollzeitstelle hatte, und meine Frau könne auf eine Erbschaft von ihren Eltern hoffen, sie könnten nicht mehr lange leben, und sie arbeitete außer Haus, und daher könne man ihr weder kündigen noch sie entlassen (ich weiß nicht, woher er das hatte; sie hat nie außer Haus gearbeitet und kann deshalb gar nicht entlassen werden), er selbst sei ein Ausländer, der an seinem Arbeitsplatz nicht auf warmes Entgegenkommen treffe, obwohl er eigentlich der Eigentümer war und ein Unternehmen leitete, das versuchte, Arbeitnehmern Beschäftigung zu verschaffen, indem er Datteln importierte und sie hierzulande durch Erdwärme dörrte, doch wir würden nie lernen können, den richtigen Geschmack hinzukriegen, sogar die Datteln würden in unseren Händen einen Fischgeschmack annehmen, und das sei zum Heulen für ihn und ein großer finanzieller Verlust.

Wenn die Isländer über Arabien herrschten, dann würden sie es schaffen, daß die Kamele nach Fisch riechen, sagte er.

Wir nennen sie Wüstenschiffe, sagte ich, stolz über diesen poetischen Namen, doch er hörte mir nicht zu und war in einen Zustand der Trauer gekommen und lallte nur mit der Zunge.

Sogar mit der neuen Dattelpresse habe ich Geld verloren, fuhr er so jämmerlich fort, daß ich diesen Ausländer dafür bedauerte, daß er allein deshalb hierher gekommen war, um bei allem nur zu verlieren.

Er gab sogar zu verstehen, daß er ein gewisses natürliches Anrecht auf das Erbe hätte, aufgrund dessen, was zwischen ihnen beiden gewesen war, bevor es meinen Jugendfreund verdrossen hatte, daß er sich zweifellos das Vergnügen, das ihm die Gesellschaft anderer bereitete, erkaufen mußte, und dazu war er nicht bereit.

Es war mir egal, daß er ein Geschwür hatte, als ich ihn kennenlernte, sagte er.

Wo und wann hatte er eines? fragte ich, während wir auf die Asche warteten, die wir allerdings erst am nächsten Tag bekamen.

Geschwüre können überall sein, wenn man sie einmal hat, antwortete er.

Aha, sagte ich und verlor das Interesse.

Und dann bin ich auch sein Schwiegersohn, sagte er mit Nachdruck. Und deshalb ist er für mich zumindest eine Zeitlang im Leben viel mehr als nur Papa gewesen und ich ihm mehr als nur Sohn. Ich brauche nicht näher ins Detail zu gehen – du verstehst ja das Wort Papaonkel, obwohl du nur von hier bist; er war mir immer ein Papaonkel, bis er mir seine Tochter zur Frau gab und statt dessen anfing, mich zu hänseln, und einmal bei einer Taufe sagte er, daß ich einen nutzlosen Dattelsack hätte; doch zum Glück verstand das keiner, und so lachte nur er über den Witz, und die anderen lachten mit ihm, denn hier lachen alle nur gemeinsam mit den anderen.

Ich tat, als kapierte ich gar nichts, und unter den besonderen Umständen, die in der Kapelle herrschten, war dies ziemlich leicht. Es wiederholten sowieso alle ständig dasselbe und sagten: »Ich verstehe das nicht; ich verstehe das nicht«, obwohl es eigentlich unbegreiflich war, was den wenigen Gestalten, die meinem Jugendfreund bei der Einäscherung das Geleit gaben, so unverständlich war.

Die Tochter war viel eher sauer auf das Dasein im allgemeinen, als daß sie wütend auf mich gewesen wäre, und sie sagte im Vorraum:

Kannst du dich einen Moment in meine Lage versetzen, bevor du ins Auto steigst?

Ich will es versuchen, antwortete ich.

Zuerst haut Papa von Mama ab und macht mich dadurch kurz nach der Geburt zu einer Waise; viele Jahre habe ich keinen Vater und akzeptiere es am Ende und befreie mich so aus dem ganzen Schlamassel, dann kommt er auf einmal heim, wie der Teufel aus der hohlen Nuß, motzt mich als seine Tochter auf und ist wahnsinnig lieb, aber dann verheiratet er mich mit einem Ausländer, von dem ich jetzt ganz genau weiß, daß er ihn bloß loswerden wollte; er hat mir einen Mann besorgt, bei dem sich herausstellt, daß er zu nichts taugt, außer mich zu schwängern. Und jetzt bringt Papa sich um und enterbt mich. Ist es da nicht verständlich, daß ich völlig fertig bin?

Mein Frau hörte ihr ruhig zu, doch sie wurde ganz aufgeregt, als sie von dem Erbe erfuhr, und sagte:

Ich habe das große Los gezogen, und du erst! Bist du sicher, daß der Anwalt nicht irgend etwas unterschlagen hat? Das tun sie meistens.

Nach der geistigen Aufregung war sie total verwirrt und kapierte überhaupt nichts mehr und tut es eigentlich bis heute noch nicht; sie löst das Problem, indem sie alles von sich wegschiebt. Doch als Stimmen laut wurden über die Ungerechtigkeit, die mit der Erbschaft verbunden sei, und daß diejenigen sie bekämen, die es am wenigsten verdient hätten, da bemühte sie sich, die Tochter und das »internationale Gesocks, das sie geheiratet hatte«, zu schneiden. Sie sagte, daß sie so eine Ausdrucksweise sonst vermeiden würde, außer im Notfall, so wie jetzt, wo sie sich für etwas schämte, von dem sie nicht wußte, was es war, doch sie spürte, daß das Gesindel irgendwie das Geld, das wir in einer Art Lotterie gewonnen hatten, an sich bringen wollte. Und so setzte sie eine Miene auf, die bedeutete:

»Ich verstehe das nicht; ich will überhaupt nichts verstehen; am liebsten wäre ich wieder so arm wie eine Kirchenmaus, wie vorher, obwohl die Erbschaft bloß das Schwarze unter dem Fingernagel war, verglichen mit den ungeheuren Erbschaften, die die Leute im Ausland von manchen Junggesellen machen können. Dort gehen Junggesellendasein und Geld Hand in Hand, denn viele Männer heiraten ihr Vermögen und keine Frau. Hier, auf diesem dürren Strohhalm, wo es wegen der geringen Bevölkerung keine Kapitalbildung gibt, passiert so was nie, und ich weiß nicht, aus welcher Beschränktheit heraus man sich seinerzeit einmal über das Morgunbladid-Verlagshaus aufgeregt hat oder über den isländischen Kapitalismus, der überhaupt nicht existierte, außer in den Schädeln von uns Schwachköpfen!«

Laut dem Testament und dem Brief sollte die Asche unter einen Stein am Strand bei dem Dorf, in dem wir aufgewachsen waren, gestreut werden, von dem mein Jugendfreund behauptete, daß wir beide bei Ebbe oft darauf gesessen hätten, und er sagte, daß er ihn mit einem roten Kreuz markiert hätte, damit wir ihn finden würden. Ich wußte nichts davon, daß wir jemals zusammen auf einem Stein gesessen hätten. Dieser merkwürdige Einfall machte mich, gelinde gesagt, nervös.

So was ist hierzulande nicht Sitte, die Asche eines Verstorbenen unter einen Steinbrocken zu kippen, sagte seine Tochter.

Das hat man hier früher einmal mit ausgesetzten Kindern gemacht, aber nicht mit Männern, sagte ihre Mutter.

Die Leute lachen nur, anstatt uns zu kondolieren, wenn sie uns mit der Urne im Gänsemarsch hinunter zum Meer laufen sehen, fuhr die Tochter fort. Ich werde Aschenputtel genannt werden, was ich auch bin, weil er mich enterbt hat, und dieser Mann, mit dem ich verheiratet bin, wird Aschentonnenkerl genannt, und dem kann ich nur zustimmen, denn ich bin das ganze Leben von meinen Eltern von der Asche ins Feuer geschoben worden.

Ihre Mutter zog am selben Strang, zumindest was ihren Vater betraf, doch sie wagte nicht, deutlich zu werden und zu verlangen, daß dem Wunsch des Verstorbenen nicht entsprochen würde, denn sie hielt es nicht für ganz unwahrscheinlich, daß mit Hilfe unserer Bekannten Sigga eine große Geldmenge zum Vorschein käme, die er in ausländischen Banken deponiert hatte und die sie mittels drei verschiedener Transaktionen über die Kirche ins Land und zum rechtmäßigen Eigentümer schaffen könnte.

Das ist, als würde man sich über den Tod und die Verwandten, die noch leben, lustig machen, sagte sie. Island ist kein Arabien, wo man die Leute unter Steinen beerdigt.

Isländer haben überhaupt keine Ahnung von anderen Ländern und reden nur dummes Zeug daher, auch daß alle alles über die paar Gestalten hier wissen müßten und ob der Hahn schon auf dem Mist gekräht hat, sagte der Schwiegersohn. In Arabien gibt es kein Meer, die Leute werden auf eine einfache Art und Weise in der Wüste bestattet, und Papaonkel hat von diesem Brauch nichts gelernt.

Ach, gibt es nicht einmal ein Meer an der Küste? fragte seine Schwiegermutter, fest entschlossen, nicht nachzugeben. Ich weiß nur, daß es da in den Büchern, die man in der Jugend las und in denen man mit deinem Schwiegervater ständig schmökerte, tolle Perlentaucher gab.

Ich gehe keinen Schritt hinunter ans Wasser, sagte die Tochter. Das ist eine Rache von seiten Papas.

Dennoch schloß sie sich uns an, denn ihre Mutter mischte sich ein, und ihr gelang es, sie im letzten Moment zur Vernunft zu bringen, doch ihr jetziger Ehemann – ein älterer Mann, der im Dorf den Strom ablas und sich deshalb für äußerst wichtig hielt – weigerte sich, dem Wunsch seiner Frau zu entsprechen, und sagte, daß er sich diesem lächerlichen Haufen nicht anschließen wolle, es sei ihm egal, ob jemand der Asche eines komplett verrückten Mannes in einer Urne folgen würde, diese Farce sei eine Privatangelegenheit, die mit etwas zu tun hatte, das passiert war, bevor er sie geheiratet hatte.

Ich denke nicht daran, Rede und Antwort zu stehen und mir jedesmal, wenn ich in ein Haus komme, um den Strom abzulesen, von den Leuten Löcher in den Bauch fragen zu lassen, wie die Zeremonie für diesen Abartigen abgelaufen ist, sagte er entschieden. Für solche Typen ist genug Platz auf dem Friedhof, und es gibt schon genug Müll und Plastikbehälter und Gift, das an die Strände gespült wird, selbst wenn sie noch nicht durch eine Urne mit der Asche von toten Leuten versaut worden sind.

Ich erinnerte mich nicht genau, wo zu Hause es am Strand Steine gab oder sich dieser bestimmte Stein befand, der mir nicht so unvergeßlich war, daß ich mich an ihn erinnert hätte, doch wir fanden ihn und erkannten ihn an dem Kreuz, das oben drauf mit roter Farbe gemalt war. Sie war schon verwittert, und folglich hatte ihn mein Jugendfreund schon vor langer Zeit auserwählt und beschlossen, sich umzubringen; das war keine plötzliche geistige Verwirrung, wie die Tochter sagte und beinahe anfing zu jammern und sich plötzlich daran erinnerte, daß ihr Vater sie beide eines Sonntags im vorletzten Jahr, wie sie glaubte, hergefahren und das Kreuz gemalt hatte, und sie hatte sich dabei überhaupt keine Gedanken gemacht.

Man stolpert wie ein Esel durchs Leben, sagte sie, von Trauer überwältigt. Die Väter von einem malen rote Kreuze auf einen Stein, man glaubt, das sei ein Spaß, aber das wird mit dem Gedanken an Selbstmord gemacht, und man hat keine Ahnung davon! Wie hätte ich denn wissen können, daß da etwas dahintersteckt? Ich erinnere mich nur, daß er sagte: »Auf diesem Stein saß ich wie die Seeschwalbe, die ein Zugvogel ist, und von hier aus habe ich in größere Weiten geschaut als an anderen Orten in der Welt, und von hier aus möchte ich gerne fliegen und auf dieselbe Weise in die Ferne entschwinden wie das Sturmkind.«

Da war dein Papa in seiner poetischen Stimmung gewesen, als er das sagte, und es hätte nicht viel gefehlt, und er hätte versucht, mit irgendwem ins Bett zu gehen, der Arme, sagte ihre Mutter und lachte kalt, wie die Frauen, die so tun, als seien sie aller Vorurteile ledig, aber meinen, sie würden durch den losen Lebenswandel anderer beleidigt.

Der Stein war schwer und schien fest im Boden verankert zu sein. Während wir uns damit abplagten und versuchten, ihn von seinem Platz zu heben, standen die Eltern meines Jugendfreundes da und sahen uns aus feierlicher Entfernung zu, eher aus Gründen des Anstands als aus Pflichtbewußtsein, denn auf ihren Gesichtern war keine Gemütsregung erkennbar. Ich sah sie allerdings nur undeutlich durch den Schweiß, der mir vor Anstrengung in Strömen in die Augen rann, und mit dem Beschlag, der sich auf die Brillengläser setzte, wurde mein Geist von Erinnerungen erfüllt. Ein stetiges Rauschen kam mit dem weißen Schaumrand der Welle, die sich lebendig in einem schönen Bogen über den Sand wand, den Strand herauf. Die salzige Feuchte des Meeres klebte an meiner Stirn und vermengte sich mit dem Schweiß.

Da geschah es, daß ich mich noch einmal an die Worte meines Jugendfreundes erinnerte und mir ein neues Detail seiner Grübeleien über das Bedürfnis nach Selbstmord einfiel, denn als rücksichtsvoller Sohn wollte er seinen Eltern nicht noch mehr Sorgen machen, als das Leben ihnen bereits zugemutet hatte, und er hatte vor, solange damit zu warten, sich umzubringen, bis das alte Ehepaar unter der Erde lag und dieses Unglück nicht mehr miterleben mußte. Jetzt begriff ich nicht, weshalb er plötzlich aufgehört hatte, es weiter hinauszuzögern, und aufgehört, seine Eltern zu respektieren, oder ihnen gar Kummer machen wollte. Vielleicht war er krank, oder ihm war klar geworden, daß sie weder weinen noch ein äußeres Zeichen von Trauer über seinen Tod zeigen würden oder daß sie es als Zeichen von Verachtung empfinden würden, wenn er sich das Leben nahm. Wahrscheinlich war es ihnen egal, er hatte mit ihnen eigentlich wenig zu tun gehabt, außer daß er seiner Mutter sowohl am Mutter- als auch am Frauentag Blumen schickte, und dank dieser Sohnestreue vergaßen alle mindestens für einen Tag, wie er in Wirklichkeit war. Alte Leute haben etwas anderes verdient, als über den Tod anderer zu trauern, selbst über den von Verwandten, sie fürchten sich nur vor dem Gedanken, daß sie selbst nach kurzer Zeit unter die Erde kommen werden, auch wenn sie im Altersheim unter der Leitung studierter Optimismusdesigner im Chor die Heimaterde besingen.

Der Stein bewegte sich kaum, ich richtete mich auf, strich den Schweiß von der Stirn und sagte:

Wir müssen eine Brechstange holen, um ihn anzuheben.

Als sein Vater das hörte, bezog er die Worte offensichtlich auf sich und stapfte mit schweren Schritten zu uns her, ein ziemlich schweigsamer Mensch, alt geworden und krumm. Die klobigen Hände an den dicken Armen hingen achtlos an den Seiten herab. Plötzlich räusperte er sich, stieß sich den Daumen tief in den Unterleib, wie jemand, der einen Leistenbruch hat, und legte sich schräg über den Stein, der ohne weiteres auf die Seite rollte, und der Alte lächelte zufrieden, weil er und seine Hilfe nötig waren, ein armer, alter Mann mit Leistenbruch und unnützen Händen, aber er hatte gezeigt, daß er noch ziemlich viel Kraft im Leib hatte, sogar mehr als wir, die jünger und an den Schläfen kaum ergraut waren. Anschließend stapfte er wieder mit gespreizten Beinen, um festen Halt zu haben und rascher über den losen Sand zu kommen, zurück zu seiner Frau und betrachtete uns schweigend, wie wir den Deckel von dem Gefäß nahmen. Die alte Frau schwieg ebenfalls, blinzelte ohne Unterlaß und hielt den Rock an den Schenkeln fest, denn eine steife Meeresbrise kam den Strand herauf und hätte ihn ihr hochreißen können. Die Tochter meines Jugendfreundes kam zu uns her und sah in das Loch, das der Stein hinterlassen hatte.

Da ist nichts drunter, sagte sie mit Enttäuschung in der Stimme, als hätte sie erwartet, daß wir dort ein neues Erbe für sie finden würden, einen Schatz aus glänzendem Gold oder Perlen von ihrem Vater.

Nein, noch nicht, sagte ich, aber dein Vater wird bald drunter liegen, wenn wir seine sterblichen Überreste aus der Urne geleert haben.

Mir war sofort klar, daß es gemein gewesen war, so etwas zu sagen, doch es war zu spät, und ich dachte nicht daran, mich zu entschuldigen. Die Tocher fing an zu weinen, und ihre Mutter sagte befehlend:

Mädchen! Heulsuse!

Nun blies ein unablässiger Wind vom Meer und fegte über den Sand. Es war kalt am Wasser, und meine Hände waren ganz steif, doch es war einfach, den Stein ohne die Hilfe das alten Mannes zurück an seinen Platz zu wälzen. Klares und kaltes Meerwasser war aus dem feuchten Sand gesickert und hatte das Loch gefüllt, so daß etwas von der Asche zusammen mit dem Wasser herausspritzte, als der Stein wieder dort landete. Der Schwiegersohn bekam einen Spritzer ab, er nahm ein weißes Taschentuch heraus und trocknete die Spitzen seiner Schuhe, indem er damit hin und her schlug, und die Tochter rieb eine Schuhspitze am Stein, wahrscheinlich um nach der

Zeremonie nicht die Asche ihres Vaters auf den Teppichboden daheim bei ihrer Mutter und dem Stromableser zu tragen, wo wir uns treffen und Kaffee trinken wollten.

Tjaja, sagte ihre Mutter fest und entschieden und starrte auf die herankommende Welle, fast blau im Gesicht und mit vor Trauer geröteten Augen. Es ist vorüber, und von jetzt an tun wir, als ob nichts gewesen wäre, und ich sage dir nur: Jetzt hast du nie einen Papa gehabt, genau wie damals, als du noch ein Kind warst.

Mama, es reicht nicht, Worte zu gebrauchen und zu sagen, du hast keinen Papa, dieses Mal kannst du nicht bestimmen, ob oder was ich habe oder was nicht, antwortete die Tochter.

Wir wollen die ganze Sache vergessen und begraben sein lassen, und bitte verschone mich mit Beleidigungen über Arabien, sagte ihr Mann, und die Reste des dünnen, schwarzen Haares wehten ihm wie ein langer Bindfaden in die Augen. Es ist meine Schuld, daß ich nicht hingegangen bin, als ich den Brief mit der Bitte bekam, zu Papaonkel in die Wohnung zu gehen, und statt dessen jemand anderen schickte. Das war nicht richtig von mir als Araber.

Man hat es langsam mehr als satt, daß du uns immer daran erinnerst, daß du Araber bist, sagte seine Frau. Ich könnte genauso mir die Schuld geben, ich bekam ebenfalls einen Brief, der an mich adressiert war, mit der Bitte zu kommen. Aber zwischen dir und Papa war natürlich mehr als zwischen mir und ihm.

Nicht mehr, sagte ihr Mann mit düsterer Miene. Er war schon so lange hier auf Island gewesen, daß ich in seinen Augen zu einem dahergelaufenen Zigeuner geworden war und nicht mehr der Hirsch aus dem Wald im Libanon.

Als seine Frau das hörte, begann sie zu lachen und zu heulen und wiederholte immer wieder:

Jesses nein, ich habe nie einen Vater gehabt; ich habe nur das gehabt, was er hatte, dich! Ich erbte dich von ihm; meinem Papa! Jesses nein! Das war das einzige Erbe, das ich bekam, und trotzdem hätte ich noch etwas viel Schlechteres von Papa erben können! Glaubst du, ich wüßte es nicht, ich habe deinen ständigen Bankrott geerbt und die Unbesonnenheit und habe das Geld verloren.

Es war uns ziemlich peinlich, und wir wurden ganz betreten, als wir dieses schonungslose Geständnis anhörten, und ich wagte nicht aufzublicken, aus Furcht, daß ich vor Mitgefühl weich werden und sagen würde:

Also gut, meine Lieben, nehmt die verdammte Erbschaft ... alles ... und auch das, was noch dazugehört, denn die Sache hat noch einen Haken, von dem ich euch noch nichts erzählt habe; aber er würde zumindest für deinen Mann passen!

Die Eltern meines Jugendfreundes nahmen nicht an dem Trauerspiel am Stein teil, sie drehten sich ganz langsam um und gingen schwerfälligen Schrittes, fast vorsichtig, über den Sandstrand hinauf, denn dort lag rötlicher, trockener Tang, wie ein dichtgeknüpftes Netz, in dem sie ihre Füße verheddern und hinfallen konnten, und er knackte bei jedem Schritt. Sie waren offensichtlich wenig angetan von dem, was da vor sich ging.

Glaubst du denn, ich wüßte es nicht? fragte die Tochter trotzig und sah ihren Mann an, mit einer solchen

Miene, daß es mir vorkam, als wäre sie am liebsten auf der Stelle tot. Ich weiß alles über euch!

Ich wollte die beiden in meine Arme schließen, wie das Unheil, das ich auf mich genommen und einem anderen noch hinzugefügt hatte, und sie dann mit Bedachtsamkeit in die Geheimnisse des Daseins einführen, doch innerlich hatte ich den Verdacht, daß sie über die Wirrungen des Lebens sogar noch mehr wußten als ich, auch wenn sie jünger waren, denn sie kannten das Reich der Verschwiegenheiten. Dennoch muß ich nicht recht haben, viele sind weitsichtig und richten ihren Blick nicht auf das, was direkt vor ihrer Nase ist.

Ich glaubte Beweise dafür gefunden zu haben, daß irgendeine Auseinandersetzung, von der ich nichts wußte, oder ein unangenehmer Verdacht es bewirkt hatte, daß keiner von beiden dem Wunsch meines Jugendfreundes nachkommen wollte. Sicher begriffen sie, was es zu bedeuten hatte, daß sie brieflich darum gebeten wurden, zu einer bestimmten Zeit in die Wohnung zu kommen, und sie hatten nicht den Mut gefunden, dem letzten Zynismus des Lebens ins Auge zu sehen oder ihn auf sich zu nehmen. Sie wußten auch, daß er mir die Schlüssel zur Wohnung anvertraut hatte, falls er einmal seine eigenen drinnen vergessen würde. Vor ein paar Jahren hatte er mir einen Satz davon ausgehändigt, zur selben Zeit, als er mich eher zu seinem Zuhörer als seinem Vertrauten machte.

Ich vertraue lieber dir die Schlüssel an als mir selbst, falls ich mich aussperren sollte; das kann schneller passieren, als man denkt, sagte er und sah mich zögernd an. Und dann komme ich nicht mehr rein.

Es war eindeutig, daß hier etwas im Busch war, und es gab keine Möglichkeit, zu erfahren, welche Absicht hinter diesem vieldeutigen Spiel steckte, doch eines war klar, ich fand ihn tot vor, entdeckte den Brief, übernahm das Erbe und auch seinen Gefährten. Ich hatte die Siegespalme errungen, denn in dem Brief stand als Bedingung, daß der Finder den jetzigen Geliebten des Verstorbenen übernehmen und die Wohnung, die er als Erbe bekäme, dazu verwenden müsse, um sich dort mit ihm zu treffen (das konnte ich mir nicht vorstellen), sonst würde über den Erben früher oder später dasselbe Unheil hereinbrechen, das der Verstorbene selbst hatte erleiden müssen; er könnte diesen Gefährten nicht zum Erben seines Besitzes bestimmen, denn »... er lebt in derartigen Verhältnissen, daß, sollte ihm Geld zuteil werden, für das er keine Erklärung abgeben konnte, seine Frau sich ihren Teil denken würde und die Scheidung verlangen, um natürlich ihren Anteil an dem Erbe zu bekommen und mit dem Geld sofort nach Norden zu den Leinenfischern abzuhauen, genau wie bei anderen geldlichen Zuwendungen in den Jahren zuvor, obwohl man von ihr sonst nicht behaupten könne, daß sie die Weisheit gerade mit Löffeln gefressen habe, doch im Unterhalt ihrer Gier sei sie ein Genie.«

Was die Nutzung der Wohnung betraf, so verstieß ich gegen die Bedingungen, doch in diesem Zusammenhang kann ich sagen, daß ich für das Vergehen büßte, indem ich statt dessen einen Kellerraum mietete, ohne daß ich den wahren Grund dafür sagte. Meine Frau war ohne Einwände damit einverstanden und sagte:

Da wir ein ganzes Luxusapartment bekommen haben, verkaufen wir es für einen Haufen Geld und vergrößern unser eigenes und machen mal eine lange Reise in den Süden. Ich wohne nicht dort, wo sich einer im Bad umgebracht hat, selbst wenn er so stilvoll war, sich vorher in den Sarg zu legen wie ein Fertiggericht, das man direkt in die Mikrowelle schiebt.

Dann mußt du mir erlauben, daß ich mir ein Arbeitszimmer miete, sagte ich.

Einverstanden und in Ordnung, sagte sie kurz.

Ich wartete zwei Tage mit stockendem Atem, daß ich angerufen würde. Schließlich wurde ich eines Nachmittags im Ministerium unter meiner Durchwahl angerufen, und der, der anrief, sagte:

Sollen wir unserem Körper nicht was Gutes tun?

Mein Herz klopfte, und ich verstand das Zeichen. Das war es, was im Brief gestanden hatte. Ich entschuldigte mich beim Leiter des Ministeriums, fuhr in die Wohnung des Verstorbenen, und kurz darauf kam der, der angerufen hatte, mein jetziger Gefährte. Sofort bei unserer ersten Zusammenkunft erläuterte ich ihm meine Situation als verheirateter Mann und meine Bedingungen.

Bevor du anfängst, dich quer zu stellen, wollen wir ausprobieren, ob wir zusammenpassen, sagte er selbstbewußt. Ich weiß, was in dem Brief stand, und kann Schluß mit der Erbschaft und deinem Leben machen, es sei denn, du hältst zu mir und hintergehst mich nicht, solange ich will, daß es so weiterläuft.

Ich brauchte eine ziemliche Zeit, um mich daran zu gewöhnen, er mußte mir erst verschiedenes beibringen. Mit einem Menschen des eigenen Geschlechts auf diese

Art und Weise Umgang zu haben ist von anderer Natur als eine Frau zu haben, dennoch ist der Unterschied kaum größer, als daß mir war, als würde ich meine Gefühle ein bißchen überholen lassen. In den ersten Wochen war mir, als würde ich in seiner Umarmung zu einem Sack Kartoffeln, und jedesmal, wenn er mir nahe kam, hatte ich sogar den Geruch von Sackleinen in der Nase, ich weiß nicht, warum. Und dann geschah es auf einmal, daß es mir ganz so vorkam, als würde ein leeres Fach in meinem Seelenleben berührt und auch gefüllt. Die Berührung des »Engels« brannte sich so tief in mir ein, daß ich nun lieber sterben wollte, als »das« aufgeben zu müssen und wieder zu meiner früheren Lebensweise mit meiner Frau und vielleicht auch manchmal mit Sigga am Waschbecken zurückzukehren. Dennoch erzeugt »das« bei mir eine schwere, oft fast so unerträgliche Qual, daß ich mich am liebsten von allem durch einen plötzlichen physischen Tod lösen möchte ...

Siebtes Tagebuch

Zuerst überraschte mich am meisten der starke, heiße Wind, der uns empfing, als wir aus dem Flugzeug stiegen. Es war ein feuchter Wind, der einen mit Gewalt in seine Umarmung riß und den Körper fast zum Orgasmus brachte. Später am Abend, als wir uns im Hotel eingerichtet hatten und am Strand entlanggingen, spürte ich, daß die Brise vom Meer leicht salzig war und etwas sich in ihr verbarg, das unsichtbaren, angenehm spitzen Nadeln glich, die leicht die Haut ritzten und mein geistiges und körperliches Wohlbefinden vermehrten.

Hat man da noch Worte! rief meine Frau plötzlich. Schau doch, schau doch, sehe ich recht oder watet dort nicht das Ehepaar im Meer, das wir immer wieder zu Hause gesehen haben, wenn wir zum Essen ausgingen! Ich dachte schon, ich hätte sie im Flugzeug gesehen, aber ich wollte nicht direkt hinschauen.

Ich sah in die Richtung, die sie gemeint hatte, obwohl sie wie immer sagte, wenn sie über jemand anderen sprach:

Schau nicht hin, solange ich rede, schau in die andere Richtung und dann langsam zu ihnen hin, wenn ich mich in die andere Richtung drehe.

Das gibt's doch nicht, sagte ich. Also so was. Auf uns muß ein Fluch liegen. Ich dachte auch, daß ich sie im Flugzeug gesehen hätte, sie saßen, glaube ich, ganz vorn, und die Frau kaufte unglaublich viel von den Stewardessen und stürzte dann den Gang an ihnen vorbei nach hinten und verkaufte das Zeug an ihre Freundinnen.

Das habe ich nicht bemerkt, sagte meine Frau.

Unsere Tochter sah mich an, nicht anklagend, nicht verwundert, nicht als ob sie alles wüßte und verstünde, sondern als ob sie ahnte, daß etwas dahinter stecken müsse, denn sie hatte diesen Mann, mit dem ich sprach, oft gesehen, während sie die Enten auf dem Teich fütterte, und sie erkannte ihn offensichtlich wieder, doch sie sagte nichts. So reagieren Kinder, wenn sie zum ersten Mal durch den Umgang mit ihren Eltern begreifen, daß mit deren Verhalten und Beziehung etwas nicht stimmt, und so bekommen sie einen Vorgeschmack vom Leben und wissen instinktiv, daß der Mensch so unbegreiflich geschaffen ist, daß mit ihm von Geburt an etwas nicht stimmt. So wartet das Kind voller Spannung, ohne zu wissen, worauf, bis es das gleiche Irrationale in seinem eigenen Wesen bemerkt, und wenn es genau dasselbe wahrnimmt, so daß es keine Zweifel gibt, dann schweigt es, doch es sagt zu seinem inneren Menschen: »Jetzt bin ich in die Wirklichkeit eingeweiht worden, und durch diese Konfirmation bin ich in die Gemeinde der Erwachsenen eingetreten.«

Selten habe ich es aufrichtig genossen, meine Frau insgeheim zu verletzen, ohne daß sie davon eine Ahnung hatte, doch nun wird mir klar, daß einer der bedeutendsten Aspekte dabei, verheiratet zu sein, der mannigfaltige Genuß der Qualen ist. Sie entspringen nicht nur der Liebe, die man versäumt und nie völlig genießen darf, sondern viel eher derjenigen, die man bekommt, heiratet und mit der man jahrelang zusammenlebt, die man aber nicht genießt, weil sie nicht mehr auf dieselbe Weise befriedigt, wie sie es zu Anfang tat. Sie ist die angenehme Liebe, die dem Menschen gegeben war und die wir unbedingt verunstalten müssen, wenn in unserem Leben die gequälte Liebe im Versteck der Seele zum Vorschein kommt.

Tags darauf, als ich auf dem Balkon neben uns Stimmen hörte, begann ich mich danach zu sehnen, dort zu liegen und meinen Gefährten mit Sonnenöl einzureiben, während ich hörte, wie meine Frau und meine Tochter auf unserem Balkon saßen und sich leise über irgend etwas Belangloses unterhielten und keinerlei Verdacht hegten. Ich wollte, daß vom Himmel über uns, der im Sonnenschein brannte, eine himmelblaue Badewanne voll Kokosöl herunterschwebte, damit wir hineinsteigen und unsere Körper waschen konnten. Ich wollte mit ihm in ein großes, leeres Faß steigen und ihn darin lieben und es so oft tun, bis sich die Tonne mit dem Liebesöl aus unseren Körpern füllte und es weiß und duftend über den Rand floß. Ich sah die Bienen, ich sah, wie die Vögel der Lüfte kamen und sich auf den Rand setzten, um zu singen, und die Bienen begannen ihren Honig zu saugen, und in der Tonne waren wir, mein Freund und ich, in der Dämmerung, die sich auf die Welt senkte, um uns zu schützen. Das Faß wird in der Vorratskammer der Liebe aufbewahrt, und wenn wir uns hiernach treffen, verschwinden wir darin und lieben uns dort in dem alten Glanz, der vielleicht schon angefangen hat zu schimmeln. Ich wußte, als ich zusammengerollt am Boden des Fasses lag, daß wir nie voneinander loskommen würden, eingeschlossen zwischen den Faßdauben, und daß er mich sogar noch heißer liebte als ich ihn, genau deshalb, weil er sich nur ganz selten durch Worte ausdrückte, sondern vielmehr durch seine Präsenz, und die Faßdauben um uns herum waren die harte und verläßliche Umarmung des Daseins.

Ich sah dies in einer Vision und erzählte sie ihm hastig am nächsten Tag, als wir gleichzeitig aus dem blauen Schwimmbecken stiegen und ich den Vorschlag machte, daß wir einzeln hinausgehen und den Frauen sagen sollten, sie könnten ruhig liegen bleiben und in der Sonne baden, wir wollten sehen und gesehen werden und im Garten in der Badehose herumlaufen, das würde ihren Humor wecken, und sie würden arglos sagen: »Ihr seid uns schon die richtigen; hoffentlich nimmt die Polente solche Kerle fest und schmeißt sie nackt ins Gefängnis«, und sie lagen dann ruhig weiter in der Sonne, während wir nach oben ins Zimmer verschwanden.

Das wäre zu gefährlich, sagte er erschrocken, meine Frau schleicht da oft herum, um sich heimlich ein Stück Stockfisch aus dem Kühlschrank zu holen. Wenn wir sichergehen wollen, dann sollten wir lieber versuchen, sie auf denselben Ausflug zu schicken, und selber hierbleiben. Dann können wir uns ein geiles Stück Lammfleisch genehmigen.

Wie sollen wir das anstellen? fragte ich, und mir gefiel der Vorschlag nicht übel, obwohl mir keine Idee kam.

Du mußt sofort anfangen, schlecht über mich zu reden, um jeden Verdacht zu zerstreuen, daß es sich hier um ein Komplott handelt; bei den Verleumdungen kriegt deine Frau Mitleid mit meiner Frau und will deine schlechte Tat wiedergutmachen, indem sie sie auf einem Ausflug begleiten möchte, um sich so davon überzeugen zu lassen, was für ein guter Mensch sie ist. Die Psyche der Frauen ist so, verstehst du?

Auf einmal schien ich wie ausgewechselt, und noch am selben Tag, kurz vor dem Abendessen, redete ich schlecht von meinem Gefährten und seiner Schickse, diesem nervtötenden Mann, der eine ebenso nervtötende Schickse hatte, mit einem Bauch wie eine riesige runzlige Quarktasche, die auf einer Ferienreise im Süden Stockfisch aß.

Was ist so besonderes daran? fragte meine Frau.

Unsere Tochter hörte der Auseinandersetzung zu und schwieg mit leicht bekümmerter Miene, so wie Kinder werden, wenn sie auf der Suche nach der Irrationalität des Lebens mit unsichtbaren Händen tief in ihren Geist greifen, ohne zu wagen, die Wahrheit anzunehmen, die offen zutage liegt, oder zu ihren Eltern zu sagen: »Bis hierher und nicht weiter mit eurem Theater und der Verlogenheit.« Doch wie es Kinder in ähnlichen Situationen tun, sie sagte nichts mehr und begann statt dessen zweifellos zur Vorbereitung auf das Leben sich selbst zu belügen. Ich machte deshalb unverdrossen weiter und war der Ansicht, daß das Mädchen davon nur profitierte, wenn es uns zuhörte, sie lernte dabei und würde sich entschließen, sich nicht so anzustellen, wenn dies einmal ihr selbst widerfahren sollte.

Das paßt irgendwie nicht, in so einer heißen Region Stockfisch zu essen, antwortete ich.

Meine Frau nahm natürlich den Fehdehandschuh für das Ehepaar auf, vor allem für sie, und sagte:

Laß sie doch sein, wie sie sind, und versuche nicht, sie nach deinem tadellosen Lehrerkopf zu verbessern. Wir wissen, daß du gegen alle Männer bist außer dir selbst, dabei bist du der schlimmste von allen.

Was hat das mit dem Stockfischessen zu tun? fragte ich, um die Diskussion noch absurder zu machen und damit meine Frau nun anfinge, das fette Weibsstück zu verteidigen und zu sagen, daß wir doch Isländer seien, und selbst wenn du überall herumgekommen wärst und deinen Fuß in jedes Land gesetzt hättest, so würden Geist und das Herz das Gepräge ihrer Heimat tragen.

Können wir nicht wahrhaftig sein, ohne uns mit Stockfisch und Orangen vollzustopfen? fragte ich.

Natürlich, aber wir können auch ohne Orangen sein, antwortete sie mit ihrer Dialektik. Wenn die Frau fett ist, dann kommt das davon, daß ihr Proteine fehlen, die nicht in Orangen enthalten sind, nur Zucker, dagegen sind sie im Stockfisch enthalten; doch ihm fehlt das Vitamin C, das in ihnen enthalten ist, und deshalb passen Stockfisch und Orangen prima zusammen, und nun laß uns essen.

Sie redete wie ein Wasserfall, während wir auf der Veranda des Restaurants saßen, und sie hatte ein paar Gläser Rosé getrunken und danach eine halbe Flasche Rotwein derselben Marke, um den Unterschied zwischen beiden Weinsorten zu schmecken, und sie sagte, daß ich eifersüchtig und nie völlig zufrieden mit einer Frau wäre, weder mit dieser noch mit anderen, weil ich wie viele Männer am liebsten alle Frauen haben wollte.

Zum Teufel damit, nicht diese, egal, ob sie Proteine hat oder nicht, sagte ich langsam und signalisierte mit Mund und Augen Verärgerung. Und dann riecht sie jetzt so furchtbar, wie nach einer Mischung aus Sonnenöl und

Stockfisch, und das weckt andere Gefühle, als wenn sie den Liebestrank vom alten Gichtspezialisten Sloan trinken würde.

Meine Frau fing an zu lachen und nahm einen Schluck aus dem Glas, um die Erinnerung zu verjagen.

Gott sei Dank ist der Mensch nicht geruchlos, sagte sie dann und verteidigte die Frau und meinen Gefährten heftig, so daß ich es wagte, dieselbe Frage wie im *Kunstcafé* zu stellen, ob sie sich vorstellen könnte, mit ihm zusammenzusein.

Die Frage ist völlig absurd und hat nichts mit dem zu tun, worüber wir sprechen, sagte sie. Das ist bei dir schon zu einer Phrase geworden, ob ich mit dem oder dem zusammensein könnte, weil du es selbst nicht kannst.

Ist das nicht völlig in Ordnung, leben wir nicht nur von Phrasen?

Vielleicht, stimmte sie zu, aber in der Menschheitsgeschichte könnte es in den Phrasen einiger Leute mehr Abwechslung geben.

Die Menschheit hat von einigen wenigen Parolen gelebt und es für viel besser befunden, je weniger Phrasen es sind, sagte ich.

Nenn mir ein Beispiel, bat sie tiefsinnig.

Freiheit, Gleichheit und Brüderlichkeit, sagte ich. Menschen wiederholen mechanisch irgendwelche Wörter, ohne auf ihre Bedeutung zu achten.

Das ist keine Phrase, sondern ein Ideal, sagte sie.

Dann provozierte ich sie zum Schein, indem ich sagte, daß sie nicht nur für ihn Partei ergriff, sondern bestimmt auch ein Verhältnis mit ihm hatte und sich ins Zimmer hinaufschlich, während ich wie die Unschuld in Person im Becken herumschwamm und seine Frau immer hungrig mit Stockfisch im Liegestuhl saß, und ich fragte sie, ob die Affäre nicht weitergehen würde, wenn wir heimgekommen waren.

Sollten wir die Anschuldigungen nicht lassen, bat sie und legte die Hand auf meinen Unterarm. Oder willst du, daß die Wirkung des Alkohols und des Vergnügens bei mir vergehen?

Unsere Tochter hatte den Appetit verloren und schlenkerte mit den Beinen, während sie mit herabhängenden Schultern und die Hände im Schoß zuhörte, doch sie sagte nichts.

Ich empfahl meinem Gefährten, eine ähnliche Methode anzuwenden. Er tat es, und wir berichteten uns gegenseitig im Pool unter den Ausländern, die nichts von dem verstanden, was wir uns erzählten, vom Resultat.

Dann begann die letzte Attacke, als ich anfing, ihr auf die Nerven zu gehen, und am Ende so unerträglich war, daß sie nicht begriff, was mit mir los war, und sagte, daß sie ein paar Tage mit unserer Tochter vor mir fliehen müsse.

Meine Liebe, bei der Rückkehr betrügst du mich mit ihm, obwohl du weißt, daß du in seinen Augen nichts anderes als eine kleine Fahrradtour sein wirst, nörgelte ich weiter und regte mich jedesmal auf, wenn sie Rosé trank, nur um ihr den guten Geschmack zu verderben und sie zu ärgern. Du bist ein ausgekochtes Luder, das weiß ich, du kann ihn ohne Risiko reinlassen, während ich im Ministerium schufte, und dann benutzt du einen grünen Reißnagel, den du in den Pfosten bei der Gartentür steckst, das bedeutet »o.k., ungefährlich, zu kommen«, und einen roten Reißnagel, wenn er nicht kommen soll. Er muß ständig um das Haus herumschleichen, um nach dem Reißnagel zu schauen.

Es war einfach für mich, mir diesen Trick auszudenken, weil ein Stein auf der Mauer bedeutete, daß ich im Zimmer war, falls er gerade vorbeikäme, und nun entschied ich mich dafür, lieber Reißnägel zu benutzen.

Meine Frau begann schallend zu lachen, sie hob das Glas und sagte:

Prost, ich finde das einen schlauen Trick, aber ich hätte nicht die Phantasie dazu, mir so was einfallen zu lassen, und ich stehle keine Ideen von anderen.

Behalte sie, mein Liebling, ich bin ein bißchen speziell, wie ihr Frauen sagt, und erfand das speziell für dich, sagte ich und sah sie mit generösem Blick an.

Ich danke, aber du brauchst dir keine Tricks für mich auszudenken, antwortete sie unwirsch. Man findet schon welche bei Bedarf.

Sag nicht, »Not lehrt die nackte Frau das Spinnen«, bat ich, um die Frau in ihr zu verletzen. Ich schenke dir die Idee als guter und verständnisvoller Ehemann.

Man könnte meinen, du seist etwas wunderlich geworden, sagte sie, und ihr schien bewußt zu werden, daß etwas an mir mehr als nur unnatürlich war.

Menschen werden seltsam bei Reisen in den Süden, sagte ich. Weißt du, warum?

Nein, antwortete sie kurz.

Das macht der Duft der Erde; er ist fremdartig, aber wegen irgend etwas in der Seele erkennt man ihn wieder.

Sie sah mich an, und ihre Miene war ruhig, oder vielleicht hatte sie zuviel Rosé getrunken, und er hatte sie beschwipst gemacht, doch das geschah natürlich größtenteils nur in meiner Phantasie und entsprang einem Verlangen nach ... ich weiß nicht, was ... Trotzdem glaube ich, daß das nicht von dem Verlangen kam, sie zu demütigen, sondern ich benutzte sie, um die Nervosität und Rastlosigkeit von mir abzuschütteln ... Es war eher unernst gemeint und aus dem Bedürfnis heraus, einigermaßen in Harmonie mit meiner Natur zu leben, ohne Behinderung durch Gebote, Verbote und Ideen anderer davon, was gut ist oder böse, Ehre oder Unehre, richtig und falsch. Ich weiß, daß ich das nicht an den Menschen, die mir am nächsten stehen, auslassen soll und daß mir dabei Grenzen gesetzt sind, doch ich tue es trotzdem.

Der Körper wird nicht durch Ideen motiviert. Sie sind nicht seine Energiequelle. Sie sind nicht das, was die Leidenschaften in Bewegung bringt, sondern etwas anderes, und ich habe den Verdacht, daß das der elektrische Fluß ist, der in der Materie existiert und den ich höre, wenn er in meinen Kopf mit einem Geräusch eindringt, als ob zwei Stromkabel zusammenschlagen und brennen. Die Lebensenergie des Menschen ist der strahlende Fluß der Flüssigkeit, die die Materie bildet; und wie ich gesagt habe, daß die Materie vernichtet wird, wenn sie gebildet wird, so gibt es auch kein Mittel gegen das Versiegen dieses Flusses.

Und was ist dieser Fluß? frage ich nun, wo ich in meinem Tagebuch an diese Stelle komme, um es zu überarbeiten.

Der Fluß ist, wenn man vorwärts und rückwärts im Lauf der Zeit reisen kann und nach etwas sucht, das erklären könnte, was auf unserem Gang zwischen den

Ereignissen geschehen ist, doch es erklärt überhaupt nichts, und wir haben innerhalb der Lebensenergie nichts erreicht, da sie sich in der Materie erschöpft, und diese Geschichte erschöpft sich in der Erzählung, und deshalb sage ich über meine Erinnerung, was ich gesagt habe und worum ich sie bedauern kann.

*

Die Fahrt in den Süden war in verschiedener Hinsicht seltsam und zugleich ziemlich problematisch. Als es endlich soweit war, zeigte es sich, daß es für uns schwieriger war, uns dort zu treffen als zu Hause, oder die Angst war tatsächlich größer.

Wir versuchten ständig »unsere Gattinnen« zu demselben Extra-Ausflug zu bewegen, doch es endete immer damit, daß sie nicht synchron waren, wenn die eine an einer bestimmten Fahrt teilnehmen wollte, dann wollte die andere nicht. Wir versuchten, was wir nur konnten, um sie zur Vernunft zu bringen, jeder auf seine Weise, denn sie wußten nichts von unserem Plan, doch der Refrain bei der meinigen ging ungefähr so, daß sie fragte:

Was weißt du von diesem Extra-Ausflug, wenn du noch nie hier gewesen bist? Warum fährst du nicht selbst mit, wenn er so interessant ist?

Aus irgendeinem Grund waren alle Ausflüge, die ich vorschlug, gleich unmöglich, solange ich nicht mitkam. Das war ein neuer Zug von ihr, daß sie sich ohne mich überhaupt nichts zutraute. Die Frau meines Freundes schien genauso zu sein, außer daß sie zur Entschuldigung stets vorbrachte, daß die Preise in den Läden auf den

Routen höher seien als woanders und völlig überteuert, weil sie in Absprache mit den Reiseführern, Reisebüros und Händlern organisiert wären, die sich ihrer Kunden sicher waren, sie kamen in Busladungen angefahren, und deshalb sei alles eine Verschwörung gegen die Touristen. Sie behauptete sogar, daß sie gehört hätte, daß die Fahrten so langweilig gestaltet würden, daß die Leute, die dazu verlockt wurden, teilzunehmen, sich die Zeit damit vertrieben, daß sie sich in einen Kaufrausch stürzten und alles, was ihnen unter die Hände kam, kauften, obwohl es sündhaft teuer war.

Wir berichteten einander, wie die Lage war, wenn wir im Becken Seite an Seite oder aneinander vorbeischwammen, als würden wir etwas vor uns hin murmeln, wie Debile beim Schwimmen. Um uns nicht der Lächerlichkeit preiszugeben, sprachen wir von etwas anderem, während wir uns am Beckenrand ausruhten. Ich hatte langsam alle Hoffnung aufgegeben, obwohl ich weiterhin meiner Frau hart zusetzte, damit sie am Badestrand ein selbständiges Individuum würde, doch jedesmal fragte sie dasselbe:

Warum willst du mich auf einmal so selbständig machen?

Das habe ich immer gewollt, antwortete ich.

Man könnte glauben, die Selbständigkeit der Frauen würde in Extra-Ausflügen nach deinen Vorstellungen bestehen, sagte sie.

Sie besteht unter anderem darin, sagte ich.

Ich mache keinen Ausflug ins Gebirge, ich fühle mich prima hier am Pool, sagte sie entschieden.

Wir griffen daher zu dem simplen Trick, rohen Knoblauch zu essen und unsere Frauen hartnäckig zu bedrängen, sowie sie abends im Bett lagen. Das wirkte Wunder, denn nach drei Nächten fand mich meine Frau nachts völlig unerträglich, weil ich von dem täglichen Knoblauchessen zu hohen Blutdruck bekäme.

Ich habe gehört, daß Knoblauch das Blut reinigt, sagte ich.

Sie rümpfte die Nase und sagte:

Vielleicht reinigt er das Blut, aber nicht die innere Einstellung, denn man kann alles übertreiben.

Am Ende beschloß sie, selbständig zu werden und sich nicht mit unserer Tochter an mich dranzuhängen. Genauso erging es der Ehefrau meines Freundes. Dann war es an uns, ihre Selbständigkeit aufeinander abzustimmen, und wir standen vor einem neuen Problem. Wenn die eine sich eine Zweitagesfahrt »vorstellte«, war die andere nicht bereit, dabei mitzufahren. Wenn es der Zufall so wollte, daß meine Frau einen anderen Ausflug wählte als jene, mußte ich sie wieder von ihrem Vorhaben abbringen. Die Frau meines Gefährten konnte nach seinem Willen auf- und abspringen, doch meine Frau wurde von meiner ständigen Einmischung durcheinandergebracht und fragte scharf:

Wer von uns beiden flieht eigentlich den anderen?

Ich finde es schade, wenn du meinem Rat nicht folgen willst, sagte ich.

Fahre ich oder du? fragte sie noch schärfer.

Natürlich du, sagte ich.

Und wer von uns hat dann die Entscheidung zu treffen? fragte sie.

Ich bin nun mal dein Mann, und ich mag dich doch, und ich glaube, daß ich eine Vorahnung bekommen habe, und ich möchte, daß wir in irgendeinem Punkt übereinstimmen und daß du nicht an diesem Ausflug teilnimmst, antwortete ich und tat ganz ergeben.

Sie erschrak offensichtlich und war unschlüssig, doch sofort war sie wieder sanfter und sagte:

Ich höre auf dich, unserer Tochter wegen.

Sie fuhr nicht und war zwei Nächte lang willig. Dadurch bekam ich neue Kräfte, und ich fing an, sie auch beim Dösen während der Siesta zu bedrängen. Es ging ihr wahnsinnig auf die Nerven, daß sie nie einen Moment Ruhe hatte, und besonders während der Siesta wurde sie völlig irritiert, entweder schwitzte sie oder zitterte am ganzen Leib, wenn die Klimaanlage lief, und sagte, daß sie Zweifel hätte, daß sie davon schöner würde oder ihre Schönheit länger behielte, wenn sie zwischen drei und vier Uhr nachmittags ständig eine Gänsehaut hatte und ich geil war.

Sie wartete deshalb voller Ungeduld darauf, daß die Leute von dem Ausflug zurückkamen, von dem sie zurückgetreten war. Als sie wiederkamen, befanden sie, daß der Ausflug ein wahrer Traum gewesen sei, und da sagte sie:

Auf deine Vorahnungen ist nicht mehr Verlaß als auf andere Dinge von dir. Selbst wenn du etwas anderes behauptest, so bin es nicht ich, sondern du, du großer Held, der nie eine Entscheidung treffen kann. Jetzt werde ich meine Standhaftigkeit unter Beweis stellen und nie an einem Extra-Ausflug teilnehmen.

Das deprimierte mich. Die andere Frau schien eine ähnliche Entscheidung getroffen zu haben. Wir gaben auf und versuchten nicht mehr, sie fortzuschicken, damit wir auf dem Balkon liegen konnten, zuerst am Tag nackt in der Sonne auf dem Handtuch, dann ein oder zwei Nächte im blauen Mondschein, frei und hemmungslos.

Plötzlich entschieden sich beide ohne sichtbare Übereinkunft, ihre Männer loszuwerden und mit drei gleichaltrigen und ganz besonders fidelen Frauen an einem zweitägigen Ausflug in eine Stadt oben in den Bergen teilzunehmen. Das war fünf Tage, bevor der Urlaub endete. Als sie im Bus saßen, wurden sie ganz kämpferisch und sagten zu uns auf Englisch:

Good bye, ihr Holzköpfe, und have a good time ohne Frauen!

Nachdem wir zum Abschied brav gewinkt hatten und nun allein waren, prallten wir zusammen wie zwei überladene Schiffe bei hohem Seegang.

Aus irgendeinem Grund spürte ich in mir dennoch eher Trauer, als daß ich wirkliche Freude empfand, und mich befiel ein seltsames Gefühl. Dieser Gemütszustand, ohne Zweifel der Bodensatz des langanhaltenden Verlangens, das unerwartet erfüllt worden war, paßte schlecht zu dem immerzu strahlenden Sonnenschein und der Vegetation. Nachdem wir uns befriedigt hatten, ohne Rücksicht darauf, ob es dem anderen gefiel oder nicht, wußten wir nicht, was wir mit unserer Freiheit anfangen sollten, und versuchten einander zu meiden, indem wir alte Zeitungen von daheim lasen.

Gerade als keiner von uns wußte, wie er dem anderen entkommen könnte, klopfte es heftig an der Tür, und wir dachten, daß man uns beobachtet hätte, die Polizei wäre gekommen, oder die Frauen wären umgekehrt. Zum Glück ist nichts Besonderes dabei, daß man in der Sonne kaum bekleidet ist, und wir gingen halbnackt an die Tür. Es waren die Ehemänner der anderen Frauen, die sagten:

Na, habt ihr auch gerade euren Spaß, aber ihr seid noch gar nicht blau, nur fast nackt bis an den Arrrsch?

Dann lachten sie unglaublich laut über ihren Witz. Sie dagegen waren ziemlich betrunken und hatten auf die andere Seite des Mannes übergewechselt, die darin besteht, Freiheit in Besinnungslosigkeit und in unerfüllten Träumen zu suchen. Deshalb wurden sie schnell völlig betrunken, legten sich auf das Bett und machten große Sprüche, daß es jetzt toll wäre, ein paar Huren dazuhaben. Sie wollten mit ihnen alles mögliche anstellen, doch sie schliefen bald so fest ein, daß es unmöglich war, sie aufzuwecken und aus dem Zimmer zu kriegen. Ich muß zugeben, daß sie mich anwiderten, wie sie so halbnackt dalagen, triefend von Sonnenöl, rotgebraten, nachdem sie zu lange in der starken Sonne gelegen hatten. Mir war, als sähe ich dabei die Gier, die Sonne so ausgiebig auszunutzen wie möglich, auf Kosten des Körpers. So schliefen sie auf einem Haufen, und wir warteten peinlich berührt und deprimiert draußen auf dem Balkon bis zum späten Abend. Als uns klar geworden war, daß wir nichts anderes tun konnten, als sie ihren Rausch ausschlafen zu lassen, nahmen wir alle Wertgegenstände aus dem Zimmer mit und gingen zu mir hinüber, und es war uns noch viel peinlicher, im selben Bett schlafen zu müssen.

Nein, ich kann nicht mit einem anderen Mann im Doppelbett schlafen, sagte mein Gefährte. Ich nehme lieber eine Schlaftablette und schlafe auf der Couch, auch wenn meine Beine über die Lehne hinaus hängen.

Er nahm eine Tablette, legte sich hin und begann zu schnarchen. Ich jedoch lag die ganze Nacht wach, da ich ständig ein unbekanntes Atmen in meiner Umgebung hörte. Am nächsten Morgen gingen wir in sein Zimmer, um zu sehen, wie es dort aussah, da hatten sich die anderen bereits verzogen und auf dem Laken Flecken zurückgelassen. Die ausländischen Frauen reinigten gerade die Böden und hingen neue Handtücher ins Bad. Als mein Gefährte ihnen den Schlüssel zeigte, um zu beweisen, daß dies sein Zimmer sei, stürzten sie ans Bett und rissen unter großem Lärm und Getue das Laken herunter; es knallte zwischen ihren Händen und fiel luftgefüllt zu Boden. Wir konnten nicht umhin, darauf zu starren, wie es immer kleiner wurde und auf seltsam menschliche Weise auf dem Boden zusammenfiel, als die Luft aus ihm herausfuhr. Die Frauen lachten uns provozierend oder höhnisch zu, so daß man ihre bräunlichen Zähne sah. Sie zuckten mit den Schultern und machten Grimassen, doch wenn sie zu uns hersahen, war es unmöglich, ihren Gesichtsausdruck zu deuten, denn es waren ja ausländische Frauen, und wir verstanden nicht, was ihr Mienenspiel bedeutete. Wir fanden sie einfach nur abstoßend.

Am selben Tag kurz vor Mittag beschlossen wir, ein Taxi zu nehmen, und nachdem wir dem Fahrer klargemacht hatten, wohin er uns bringen sollte, nahmen wir die gleiche Route wie die Frauen. Als wir in den Ort kamen, sahen wir den Reisebus vor dem einzigen Hotel stehen, und im selben Moment blitzte in uns die Begierde auf. An der Rezeption war niemand, den wir kannten, und wir mieteten das einzige Doppelzimmer, das frei war, nur um das Risiko der Situation zu erhöhen, und wir befriedigten uns aneinander wie Unbekannte, die sich zufällig in einem fremden Ort begegnen und wissen, daß sie sich nach diesem Zusammentreffen nie wieder begegnen werden. Die Qual des Augenblicks wurde zur Wonne der Ewigkeit, gleich der kalten Erinnerung an etwas, das unerwartet und verboten ist und sich unmöglich wiederholen läßt und deshalb für immer in der Erinnerung leben wird, genau wie ein ständiges und unbefriedigtes Verlangen.

Danach gingen wir hinaus, nicht zusammen, dieses Mal ging ich zuerst, dann er.

Ich spazierte im Garten des Hotels, und mir war leicht ums Herz, denn ich atmete das Dasein ein. Es war ein großer Obstgarten mit mächtigen Bäumen, und ganz am äußersten Ende ragte er über einen Abgrund. Der Ort war merkwürdig schön, ich hatte noch nie solche Schönheit gesehen, geschweige denn das Symbol der Schönheit und des Lebens am selben Fleck. Die Bedrohlichkeit des überhängenden Vorsprungs vermehrte noch die Schönheit und die Ehrfurcht vor ihrem Leben, denn etwas nahm an der Kante sein Ende und setzte sich jenseits davon fort. Dort war ein waldbewachsener Hang, der fast senkrecht aus einer weiten Schlucht emporragte, und daran schlossen sich Berge mit spärlichem Baumbewuchs an. Während ich wie betäubt dastand und die Landschaft betrachtete, begriff ich, daß mein Gefährte demselben Pfad folgte, den ich gegangen war, doch er bemerkte mich und bog wieder in den Garten ein. Ich hätte gewollt, daß er herkäme, um mit mir die Aussicht zu betrachten, und hinterher hätten wir uns gemeinsam in den Abgrund gestürzt, obwohl ich wußte, daß es keinen Weg gibt, gemeinsam mit einem anderen die Natur der Erde und die Gefühle eines Menschen für sein eigenes Wesen und das Wesen anderer und das Wesen der Schönheit miteinander zu vereinen.

Ganz zufällig stießen wir fast gleichzeitig, jeder aus seiner Richtung, auf unsere Frauen, als sie mit ihren Reisegefährtinnen unter einem Sonnenschirm an einem Tisch saßen und eine Erfrischung zu sich nahmen. Sie riefen fast gleichzeitig:

Nein, seht mal, wer da kommt!

Dann lachten sie vor Freude laut auf, und meine Frau sagte:

Tjaja, ihr könnt also nicht ohne uns sein.

Die Frau meines Gefährten sagte zuerst nichts, doch dann sagte sie höhnisch:

Nein, sind die Scheißer hier, man hat einfach keine Ruhe vor denen; so ist das, wenn man begehrt ist!

Es war Freude in der Stimme, gemischt mit der gewissen Langeweile dessen, der am Ende siegt und so selbstsicher wird, daß er nicht weiß, wann er aufhört zu gewinnen und wann er anfängt zu verlieren, und wenn er verliert, verliert er alles.

Die anderen Frauen fragten:

Sind euch mal unsere Heinis über den Weg gelaufen, stinkbesoffen oder mit ein paar Freudenmädchen?

Obwohl sie fragten, fanden sie es offensichtlich schade, daß dem nicht so war. Wir sagten, daß sie eher ihre Sauferei vorgezogen hätten, als sich nach Freudenmädchen umzusehen. Da sah ich, daß sie unsere Frauen darum beneideten, daß sie so treue Trolle als Ehemänner hatten, die zwei gut vierzigjährigen und etwas beleibten Jungen glichen, die nach ihren Müttern suchten.

Wir saßen ziemlich lange mit den Touristen, die in der drückenden Hitze des Abends Erfrischungsgetränke und Bier tranken, im Hotelgarten. Vereinzelt kam durch die Hitze eine leichte, angenehme Kühle aus dem Abgrund herauf. Mein unklarer Gemütszustand und die Traurigkeit der Stunde paßten zum Sonnenuntergang. Die Sonne, die im Westen zu einem heißen Feuerball wurde, schien vor Erleichterung zu seufzen, daß sie endlich vom Himmel verschwinden und im Meer versinken durfte, sich abkühlen und die eigene Hitze loswerden konnte. Wie gewöhnlich befiel mich tiefe Trauer. Mein Freund nahm seine Frau sofort mit sich nach drinnen. In Gedanken begann ich mir beide zwischen kühlen Laken vorzustellen. Ich hatte bemerkt, daß sich Bettlaken in heißen Ländern bei der Berührung ungewöhnlich kühl anfühlen. Es ist angenehm, zwischen ihnen den heißen Körper eines anderen Menschen zu berühren. So etwas hatte ich noch nicht gekannt, bis wir die Reise in den Süden machten. Meine Frau wollte nicht hineingehen.

Ich möchte einen Moment den Sonnenuntergang betrachten, sagte sie wehmütig. Wenn hier die Sonne untergeht, scheint es, als ob die Sonnen aller Tage Abschied nähmen.

Sie war schon etwas angetrunken und hatte den Sonnenuntergang wohl bald vergessen, und sie fing an, mit den Händen vor dem Gesicht zu heulen.

Du bist unmöglich, wiederholte sie ständig. Hättest du nicht auf mich warten können? Ach, ich werde irgendwie so traurig und deprimiert, wenn ich doch froh sein sollte.

Unsere Tochter sah weg und blickte in Richtung der Schlucht.

Ich wußte nicht, was ich antworten sollte. Die Trauer in ihrer Brust hatte eigentlich keinen Einfluß auf mich; ebensowenig erfreute sie mich. Ein kühler Luftzug aus der Schlucht strich über mein Gesicht. Ich verspürte wieder das Verlangen, um etwas zu trauern, bis es keine Zeit mehr gäbe und mit einem rötlichen Schein der Untergang von allem gekommen wäre und sich über die Erde gelegt hätte. Während ich mich in diesem Zustand befand, sagte meine Frau:

Du verschwendest sauteure Devisen für ein Taxi den ganzen Weg hier herauf in die Berge. Dein Benehmen und das deines Freundes ist absolut unmöglich.

Was für ein Benehmen? fragte ich und erlaubte mir, eine Andeutung zu machen, doch sie hatte keine Ahnung und antwortete:

Ach, ich weiß es nicht. Uns geht es nur finanziell nicht so gut, daß wir Geld für irgendein Abenteuer ausgeben können, und du hättest auch gut mit ihm daheim im Hotel warten können.

Ich sah, daß die Hitze sie zum Schwitzen gebracht, aber keinesfalls klüger gemacht hatte, und sie tat mir leid.

Ich weiß nicht, was die Frau meines Freundes drinnen im Hotel sagte, doch während des Sonnenuntergangs fühlte mein Herz, daß wir bis zum Abend besser hätten zusammenbleiben sollen. In der Dämmerung beschlich mich der Gedanke, daß man nie eine Gelegenheit ergreift, wenn sie sich einmal bietet, doch wenn sie sich nicht bietet, dann genießt man sie im Wunschdenken. Es ist nicht die Natur der Gelegenheit, daß sie zuließe, daß man sie tatsächlich ergreift.

Dann fiel die Dämmerung auf das Land und uns im Garten. Ich kam mir vor wie ein Junge, der die Schule schwänzt, um es zu genießen, bis zum Mittag zu schlafen, doch gerade dann wacht er ganz früh auf und kann nicht wieder einschlafen und verdirbt sich den Tag, indem er daheim hockt, damit ihm der Lehrer nicht über den Weg läuft und er nicht beim Schwänzen erwischt wird. Nie ist er so hellwach gewesen wie in dem Moment, als er beschließt, bis zum Mittag tief und fest zu schlafen. So kam ich mir vor, und ich versprach meiner Frau, in Zukunft nie wieder unser Geld unnötig zu vergeuden.

Wenn du dein Versprechen nur hältst, sagte sie.

Oben im Zimmer hinter dem Balkon flackerte ein Schatten, den ich für den meines Gefährten hielt, denn wenn die Frau ihn küßte, blieb sicher Speichel auf seinen Lippen zurück, und er fuhr mit dem Handrücken darüber. Das tat er immer. »Bestimmt kann er den Speichel von den Küssen seiner Frau nicht ausstehen«, dachte ich. Der Speichel brennt auf seinem Fleisch wie die Sünde. In den Bildern im Kopf war seine Hand geschwollen von der Schufterei, die Finger steif und die Nägel in die Kuppen eingewachsen. Ich sah, daß das Fenster offen war, und ich schloß die Augen und ließ den Duft von unbekannten Kräutern und Blumen an mich heranströmen.

Unsere Tochter hatte sich davongeschlichen, und ich sah, wie sie zwischen den Schatten verschwand.

Laß uns weiter in den Garten hineingehen, sagte ich leise zu meiner Frau.

Wozu? fragte sie. Morgen müssen wir in aller Frühe aufstehen.

Da wurde es plötzlich hell um uns herum, denn im Speisesaal, der große Fenster hatte, hatte man die Deckenbeleuchtung eingeschaltet. Die Helligkeit floß nach draußen und verlor sich in dem weißlichen Dunst zwischen den Bäumen. Der Reiseleiter kam und sagte:

Wollt ihr nicht zu Abend essen?

Wir laben uns gerade an der Romantik, sagte ich.

Da habt ihr recht, sagte er.

Wir bekamen Hunger und gingen in den Speisesaal essen. Mein Freund und seine Frau saßen am Tisch, offensichtlich gerade aus der Badewanne gekommen. Ihre Gesichter waren ausdruckslos und hungrig, genau wie ein Ehepaar, das gerade miteinander geschlafen hat und sich hinterher nichts zu sagen hat. Beim Essen herrschte verständnisvolles Schweigen.

Manchmal ließ ich den Blick zu ihrem Tisch hinübergleiten, doch mein Gefährte sah nie zu uns her. Unsere Tochter kam, setzte sich zu uns und aß und verschwand wieder. Meine Frau trank Rosé und wurde schläfrig und ging bald aufs Zimmer. Ich strich draußen herum. Später am Abend kam mein Freund allein in den dunklen Garten hinaus und ging mir schweigend hinterher, jeder setzte sich auf eine Steinbank, und wir saßen schweigend in der Dunkelheit da, nicht weit voneinander entfernt. Ich wollte gerne etwas tun, doch ich tat es nicht. Ich hatte Lust, mich mit einer duftenden Blume zu geißeln, die neben der Bank an einem langen Stengel ihren Geruch verströmte.

Als ich wieder zum Hotel zurückkehrte und mich vor dem Haus auf einen Stuhl in dem rechteckigen Schein des Restaurantfensters setzte, hatten die Touristen angefangen, sich mit Rotwein zu betrinken. Die Männer waren schon ziemlich blau, und es war ihnen alles egal, sie umarmten sich nur noch und waren zufrieden damit, in ihrer Daseinslosigkeit zu existieren und bloß Unsinn von sich zu geben. Die Frauen hingegen waren laut und ihre Kleider in Unordnung geraten. Die ausländischen Kellner betrachteten uns mit Verwunderung, doch es war unmöglich, in ihren Mienen zu lesen, was sie dachten, ob sie völlig platt oder neidisch über unsere Ungezwungenheit waren. Falls sie gedacht haben, daß wir frei seien, so haben sie sich geirrt. Freie Menschen führen sich nie so auf. Nur das, zu wissen und vor sich selbst zuzugeben, daß alles, was geboren wird, in Fesseln ist, heißt frei zu sein, wenn auch nur einzelne Male.

Um mich herum war die Helligkeit des großen Fensters, doch plötzlich wurde das Licht im Speisesaal ausgeschaltet, und ich saß im Dunkeln. Ich hörte, wie die anderen Touristen lautstark protestierten, aber dann in das Hotel gingen, um die Lustbarkeit dort fortzusetzen. Ich blieb ruhig in der Dunkelheit und der Stille sitzen und dachte daran, daß unsere Frauen Einzelzimmer hatten, das Hotel voll war und wir in dem Zimmer schlafen mußten, das wir bekommen hatten. Da bemerkte ich, daß in den Bäumen unablässig die Zikaden sangen, und das Tosen ihrer vieltausendfachen Stimmen war erdrückend. In der Dunkelheit sah ich auch, daß auf dem Erdboden Glühwürmchen waren, und ihre graue Helligkeit beleuchtete das harte Laub. Sie erzeugten einen schwachen

Lichtschein, in dem ich zu dem Geländer ging und über den Abgrund blickte und sah, daß er fast vollkommen von derselben grauen Helligkeit erfüllt war, die mir mit dem leichten Wind entgegenzuströmen schien.

Schlucht, sagte ich zu mir selbst.

Ich wollte mich am liebsten der undeutlichen Helligkeit und dem schneidenden Gesang der Baumzikaden entgegenstürzen, doch mein Körper war völlig kraftlos geworden, während ich vornübergebeugt auf der Balustrade lag. Und da tat ich es nicht, als hätte ich beschlossen, die Versuchung für eine bessere Gelegenheit aufzuheben, wenn meine Tochter erwachsen und verheiratet wäre. Ich wollte eine gewisse Zeit unter unveränderten Bedingungen in meiner eigenen Gräue weiterleben, bis ich einsam nach dem Licht suchen würde, das nirgendwo existierte.